Luka Bakanidze

Das dritte Ufer

Roman

Aus dem Georgischen
von Katja Wolters

KLAK

1.

Genau so wache ich am liebsten auf: Man schlägt die Augen auf und hat erst einmal keine Ahnung, wo man sich befindet... Genau dafür, für diese Art des Aufwachens, lebe ich so, wie ich lebe. Übrigens nicht nur ich – alle meinesgleichen.

Du wachst auf – und egal wie es dir geht, egal ob dein platzender Schädel von einem Kater oder einem anderen, wie auch immer gearteten Teufel kommt, egal ob du vor Kälte frierst oder deine Füße wie im Feuer brennen, egal wie dreckig es dir geht: Eigentlich geht es dir doch gut. Denn du weißt, du hattest gestern einen Tag, der wirklich genau nach deinem Geschmack war – und den heutigen wirst du ebenfalls in vollen Zügen genießen. Du wirst nämlich nur gehen, wohin du gehen willst, egal, ob das erlaubt ist oder nicht. Und alles, was man essen, trinken, rauchen kann, wirst du trinken, rauchen – den ganzen Scheiß, den du der Schädlichkeit wegen lieber lassen solltest. Doch manchmal begegnest du dabei auch coolen, ich meine: richtig coolen Typen; mit manchen wirst du was trinken, mit anderen rauchen, und wenn da einer ist, mit dem du reden magst, dann redest du eben. Und die, die flachzulegen in deiner Macht liegt, die legst du halt flach. So einfach ist das – und genauso wird es weitergehen, hier, in diesem Quartier, in meiner Dimension, wo du dem Minderwertigkeitskomplex in all seinen coolen, interessanten, lustigen und manchmal auch gefährlichen Erscheinungsformen begegnen kannst. Wobei die Hysterie die größte Rolle spielt und die Freiheit die geringste. Aber im Prinzip ist das ja überall so, nicht nur hier.

Beinahe hätte ich vergessen, das Hauptquartier zu erwähnen, unseren Tempel – ein abgelegener Rockclub, geführt und bewacht vom epischsten Menschen auf Erden: Dem einäugigen, rotbärtigen und riesigen alten Drummer Mamao[1], der, eher an einen Piraten als an einen ehemaligen Geistlichen erinnernd, als charismatischer Teilzeit-Türsteher und Erzfeind aller respektablen und einen gesun-

---

[1] Mamao – geor. für Vater. So spricht man den Geistlichen, den Popen an.

den Lebensstil führenden Menschen unser Helfer in der Not und Beschützer ist. Mamao hat mir das Spielen der Mundharmonika beigebracht, mit dem wir, seit ich das Haus verlassen habe, unser tägliches Brot verdienen: Zigaretten, Zitronen und Schnaps. Wir, also ich, mein Kumpel, der abgefahrene Gitarrist Alexander, und „Taste", ein kahlgeschorenes griechisches Mädchen namens Nea, die mit Nadeln und Tinte auf jeden beliebigen Teil des menschlichen Körpers ein Meisterwerk zaubern kann. Früher hat sie in einem Tattoo-Studio gearbeitet, hatte sogar eine ziemlich große Kundschaft, doch dann verliebte sie sich in den aidskranken Markus und wurde gefeuert. Mamao ist Nea besonders zugetan; er trägt sogar eines ihrer Tattoos auf dem Rücken: Einen tätowierten und gepiercten, auf den Hinterbeinen stehenden Kentauren, der in der Hand eine E-Gitarre hält – so, wie man einen Hirtenstab hält. Also Mamao selbst, wie er leibt und lebt, mit vier Beinen halt – der Cheiron des 21. Jahrhunderts, Erzieher und Freund der Helden des Untergrundes und der Bedürftigen.

Ja, und Neas Freund Markus hat bis zu seinem Tode auch bei uns gespielt.

☆☆☆

Am Anfang, als wir Markus und Nea kennenlernten, habe ich mich gewundert, wie ein Mädchen wie Nea wohl mit so einem zusammen sein konnte. Sie waren so verschieden: Markus ruhig und in sich gekehrt; oft errötete er wie ein Kind und sah überhaupt aus wie ein Kind – klein und dünn, wie eine Zigarette. Nea hingegen war laut, rotzfrech und einen Kopf größer als Markus.

Damals saßen Alexander und ich in einer Unterführung und waren damit beschäftigt, uns mit einem neuen Thema für die Gitarre auseinanderzusetzen. Wir hatten einen schlechten Tag hinter uns, nur ein paar Groschen eingenommen, die nur für Schnaps und Zitronen reichten... Langsam wurde es Nacht, wir hatten Hunger und noch keinen Schlafplatz. Ich wollte eher zum Park gehen, zu den Karussells. Diese Karussells sind wie eine Wiege – einmal anschubsen, einmal richtig zum Drehen bringen, dann aufspringen, sich auf einem Doppelsitz ausstrecken und einschlafen. Und auch wenn man nicht einschlief, war's trotzdem geil dort zu liegen, besonders wenn man vorher einen Joint geraucht hatte... Manchmal kreuzte ein Polizist auf einem Pferd zwischen den Karussells auf, der mit seinem gesenkten Kopf irgendwie einsam wirkte und aus der Ferne wie ein kopfloser Reiter aussah. Wen sollte er in diesem gottvergessenen Park bewachen und schützen, was für ein Trottel hatte ihn hierher bestellt – ich habe keine Ahnung, doch uns hat er niemals etwas zuleide getan. Manchmal hielten sie inne, er und sein Ross und schauten uns an, kamen aber niemals näher. Später dann, als wir alle zusammen, also auch Markus und Nea dabei waren, machte das alles richtig Spaß. Das zu viert angeschubste Karussell drehte sich mindestens eine halbe Stunde lang. Markus liebte die streunenden Hunde, die, aufgeschreckt vom Ächzen und Krächzen des Karussells, von irgendwoher herangekrochen kamen, noch mehr als die Karussells selbst. Und die Hunde liebten Markus; während wir auf den Bänken lagen und irgendeinen Mist klimperten, spielte er mit den Hunden und das war auch gut so, alles war gut – die Karussells, der stumme Polizist, Alex, Nea, Schnaps und der granatendichte Markus, der mit diesen lausigen Hunden herumtollte.

Was wollte ich erzählen? Ach ja, die Geschichte, wie wir Nea und Markus kennengelernt haben. Also, wir saßen in der Unterführung, Alex und ich; ich hatte Bock auf Karussell, aber das Geld für die U-Bahn hatten wir nicht. So entschieden wir, dort zu bleiben. Dort gab's auch Bänke und in der Nacht war es ziemlich warm. Früher war ich da öfter. Im Sommer ist es unterirdisch, immer angenehm kühl, wobei ich damals noch keine Ahnung hatte, dass es nachts hier so mollig warm werden kann – als ob jemand die Heizung eingeschaltet hätte. Passanten gibt's hier nur selten: Die Leute, die aus der U-Bahn heraufkommen, sind mit Einkäufen beladen und haben es eilig, nach Hause zu kommen; sie werfen dir höchstens einen flüchtigen Blick voller Angst oder Ekel zu und ziehen schnellen Schrittes vorbei. Niemand außer Unsereinem mag nachts in der Unterführung verweilen. Alex und ich mögen es. Und zwar besonders diese, mit Sicherheit von irgendeinem ehemaligen Clochard entworfenen und hie und da in die Nischen montierten

Bänke, die auch zum Liegen taugen. Um zwei Uhr morgens geht in der Unterführung das Licht aus, vielleicht um Strom zu sparen. Und genau dann wird es hier richtig episch: Man liegt gemütlich auf der Isomatte, hört dem komischen Rauschen und Kratzen sowie geheimnisvollen Echos zu... Genau dann fallen uns die krassesten Tunes für Mundharmonika und Gitarre ein, dem Alex und mir. Gestank und Müll machen uns längst nichts mehr aus. Müll ist ja allgegenwärtig, man hat sich daran gewöhnt.

Wie ich bereits sagte, wir saßen in der Unterführung und da kamen die Beiden. Das kahlgeschorene Mädchen und ein kleinwüchsiges, spindeldürres Kind, das, wie sich erst später herausstellte, älter war als wir. Der Junge hatte riesengroße Augen wie ein Außerirdischer und trug ein Gitarrenetui auf dem Rücken, aber nach einem Gitarristen sah er keineswegs aus. Zu unserer Verwunderung hielten die Beiden an und hörten uns zu.

Alexander wollte dem Jungen eine Kippe abluchsen, obwohl die paar Glimmstängel, die wir noch hatten, für die Nacht ausgereicht hätten. Er hat sich nicht mal gerührt. Das Mädchen hat aus dem Rucksack eine Camelschachtel gezogen, eine großzügige Anzahl an Kippen herausgeholt und in die vor uns stehende Dose geworfen. Sie war voll mein Typ: schlank, mit kleinen Brüsten und ernstem Gesicht. Doch den Jungen mochte ich überhaupt nicht. Habe sogar gedacht, dass es gar nicht übel wäre, wenn seine Gitarre bald in Alex' Besitz übergehen würde. Es war ja keine Menschenseele in der Nähe und man sah dem auch an, dass er sich nicht lange wehren würde. Und all das nur, weil mir das Mädchen so gut gefiel und, na ja, ganz nüchtern war ich auch nicht, sonst bin ich doch überhaupt nicht so. Ein Heidenneid hat mich plötzlich gepackt. Man hat ja sofort geschnallt, dass sie zusammen waren, wie sie dastanden, Hand in Hand. Und Alex, als ob nichts wäre, zog aus der Tasche unsere halbvolle Zigarettenschachtel, tat die von dem Mädchen dazu, steckte sich eine an und fummelte weiter an der Gitarre. Das Mädchen lachte, nahm dann noch zwei Kippen aus dem Rucksack, zündete eine sofort an, die andere gab sie ihrem Freund. Der Junge steckte sie nicht an, drehte sie bloß zwischen den Fingern und starrte uns an.

Plötzlich sagte er:

– Jungs, darf ich kurz mit euch spielen?
Seine Stimme hätte auch besser zu einem Kind gepasst.
Ich schaute zu Alex rüber.
– Bass? – fragte ich dann den Jungen. Eine Bassgitarre wäre ja cool, aber unseren Mini-Verstärker und Akkumulator hatten wir schon im Abstellraum des Sonnenblumenkernverkäufers eingeschlossen.
Alex, richtig dicht, zupfte immer noch an seiner Gitarre.
Der Junge legte das Etui auf den Boden und setzte sich selbst daneben. Dann öffnete er es vorsichtig und holte anstatt einer Gitarre eine glänzende Flöte heraus.
Mir verschlug es die Sprache.
– Ist das alles was du da hast? Ich warf einen Blick ins Etui: Es war leer. Der Typ hatte in diesem Riesending echt nur eine Flöte mit sich herumgetragen. Also da gab es nur zwei Versionen: Entweder war er voll der Psycho oder aber, keine Ahnung, hatte eben Bock es so zu tun und nicht anders. Übrigens: Durchgeknallte, sprich unberechenbare Leute schätze ich sehr, sie müssen aber in echt durchgeknallt sein; es gibt doch viele, die alles dafür tun würden, dir etwas vorzumachen. Plötzlich habe ich gegenüber dem Flötenbesitzer so etwas wie Respekt empfunden und musste mir eingestehen, dass, wenn dieses Mädchen nicht gewesen wäre, er mir doch sofort gefallen hätte, so wie er war, schüchtern und mit den weit aufgerissenen Kindesaugen, unser künftiger Bruder und Genosse Markus, der schon damals aidskrank war.
Alex hob den Kopf, sah mit trüben Augen auf die Flöte und murrte:
– Fick die Pop-Amateure!
Der Junge lief rot an.
– Ist halt breit, – sagte ich.
– Man sieht's, – das Mädchen ging neben dem Jungen in die Hocke – sogar dann schien sie größer als er, – was spielt ihr, Jungs?
– Was weiß ich, was gerade so flasht... Spielst du auch?
– Ein wenig. Ich zeichne, – das Mädchen zündete sich eine neue Zigarette an und sagte, – er ist Markus, ich bin – Nea, – dann schaute sie den Jungen an und fügte hinzu – wir sind zusammen.
Sie liebte ihn sehr, man sah ihr das an.

Ich zeigte auf Alex:
– Der hier ist Alexander, ich bin Gio und wir sind auch zusammen. Da fiel mir ein, dass der uns für ein schwules Pärchen halten könnte, obwohl – er schien mir einer zu sein, der bestimmt nachgefragt hätte, sollte er so gedacht haben. Nea war ein cooles Mädchen, sie ist es immer noch und sogar dieser kahlgeschorene Kopf steht ihr richtig gut.
Markus saß die ganze Zeit da und starrte wortlos seine Flöte an.
– Wollen wir anfangen? – fragte er plötzlich.
Ein Alter spielte immer morgens hier in der Unterführung Flöte und ich hasste es. Die Flötenstimme passte irgendwie nicht zum Untergrund. Man war danach recht komisch drauf. Besonders, dann wenn Flöte mit Verstärker gespielt wird – diesen hallenden Sound kann ich gar nicht leiden. Irgendwo auf der Straße, wo sie im Lärm kaum hörbar wird, kann ich sie besser ertragen.
– Fang an, ich werde dich begleiten, – sagte ich lustlos und wischte meine Mundharmonika am Ärmel ab.
– Was spielst du denn, was für eine Note soll ich nehmen?
– Nimm die Note, sonst frisst dich der Kojote, – lallte Alexander und rülpste.
Markus wurde blass und steckte seine Flöte beinahe wieder ein.
– Spiel, ich bitte dich, – wenn sie mich so angefleht hätte, würde ich sogar Zurna[2] spielen und zwar tausend Jahre lang.
Markus legte los und ich zückte auch meine zweistöckige Hohner, aber sobald ich reinblies, wurde mir schwindelig vor Hunger und zu viel Schnaps – ich steckte sie wieder ein. Markus schien glücklich zu sein, er spielte und es war ihm sowas von Latte ob ihn jemand begleitete oder nicht. Er würde den anderen sowieso nicht wahrnehmen; der Junge, Markus stand auf und füllte die ganze Unterführung dermaßen mit seinen abgefahrenen Improvisationen, dass sogar Alexander auf der Stelle ausnüchterte. Wir saßen alle da und starrten ihn an.
– Na, wie war's? – fragte Markus am Ende, völlig aus der Puste und über das ganze Gesicht grinsend, ehe er sich zu uns setzte.

---

[2] Ein Doppelrohrblattinstrument mit trichterförmigem Schallbecher aus dem Orient.

– Geil! – sagte Alex und warf ihm eine Zigarette ins Gitarrenetui. In dieser Nacht schliefen wir alle beisammen. Im Untergrund.

An jenem Tag waren wir im Proberaum, Alex, ich und ein minderbegabter Bassist, den wir am Vorabend in einem Park gefunden hatten. In diesem Park, am Denkmal irgendeines Alten, versammelten sich abends halbwüchsige, immer noch dilettantische Goths, Punks sowie allerhand hübsche und ungezogene Mädels, die ihre Eltern anlogen und nicht bei der Freundin übernachteten, sondern mit beliebigen Gitarren- und Ohrringträgern in beliebigen Ecken der nächtlichen Stadt kopulierten, sich hernach mit der Rasierklinge den Spitznamen des jeweiligen Typen in die Haut kratzten, die Kratzer gegenseitig bestaunten und sich freuten. Dementsprechend waren in dieser Gegend oft Typen mit Gitarre zu sehen. Um seine Pickel loszuwerden, kam einer dieser Spinner sogar auf eine fantastische Idee: Erst legte er sich eine nagelneue Fender mit Hülle zu, steckte sich in der Nacht einen Drahtohrring ins Ohrläppchen, Gitarre auf den Rücken und ab in den Park. Kaum angekommen, hatte er schon ein, zwei Leichtgläubige abgeschleppt. Dann aber, als er sich so richtig breitgemacht und sein Hautproblem behoben hatte, kam jemand hinter den ganzen Betrug und hat ihm die Fresse poliert; selbst die Mädels haben ihn verprügelt und zwar mit den leeren Bierflaschen. Hätte er sich doch ein wenig Gitarre zu spielen beigebracht, der Depp... Für diese Art Mädels, waren wir mehr oder weniger erfahrene Punks – obwohl Alex und ich uns überhaupt nicht für Punks hielten – und somit Prinzen auf weißen Pferden, trunksüchtige Reiter, die ihnen den feinsten exotischsten Stoff für ihre Masturbationsfantasien lieferten – und wenn wir nur kein Geld für den Proberaum auftreiben konnten, wurden wir jenen Mädels zuliebe halt die Punks... Es war ja auch praktisch: Man musste sich nicht duschen und rasieren, kein Geld in der Tasche für ein Date haben, so wie in unserem früheren Leben – alles war eben umgekehrt. Sie zahlten die Miete für den Proberaum...Und dort brannte das rote Licht und es war schon oberhammergeil, die schwarze Gitarre von Proberaumbesitzer Tomaso zu schrubben, mit Trash-Effekt und dem auf volle Kanne aufgedrehten Kenwood-Verstärker – und um einen herum geile Tussen, die sich im Rauch von Zigaretten und Marihuana, langsam wie die Geister bewegten – das war dazu noch richtig weggespaced.

Also wir sind wieder mal pleite, wir gehen in den Park und sehen, wie jemand bewusstlos am Denkmal liegt, umzingelt von Halbwüchsigen, die seine Taschen durchsuchen. Die Rotzlöffel haben wir schnell vertrieben und uns den Liegenden angeschaut. Lag da und stank höllisch nach Schnaps. Alex hat ab und zu einen Hang dazu, Mutter Teresa zu werden, so auch jetzt: Erst verpasste er dem Ohnmächtigen eine Ohrfeige und als das nichts nutzte, zog er ihn zu einer Bank und legte ihn darauf. Der Betrunkene schien in unserem Alter zu sein, trug eine Hose aus Leder und ein doofes Tattoo am Hals – ein Sternzeichen oder dergleichen Mist. Mir ging der Typ völlig am Arsch vorbei. Er war nicht der erste und bestimmt auch nicht der letzte, den wir in diesem Zustand gefunden haben, uns selbst mit eingerechnet, aber Alex bestand darauf, dass wir uns erst um den Fremden und danach um die Girls kümmern sollten. Am Ende schleppten wir ihn in Tomasos Proberaum. Mamaos Club war weit entfernt, sonst hätte der sich ohne Frage auch um ihn gekümmert. Der Proberaum war besetzt. Doch es waren Bekannte, die ihn gemietet hatten und wir durften problemlos rein. Sie haben sich sogar gefreut. Ihr Drummer war krank geworden und ich konnte ein wenig trommeln und sogar ein paar Akkorde auf der Gitarre zupfen – Alex hat's mir beigebracht. Ein echter Drummer war in dieser Gegend übrigens eine Seltenheit und viele verschiedene Bands mussten sich abwechselnd einen teilen. Manchmal half sogar Mamao aus, wenn wir bei ihm im Club auftraten. Die Jungs, die wir im Proberaum antrafen, spielten Heavy Metal, hatten genügend Zuhörer und mussten sich um die Miete auch keine Sorgen machen: Sie hängten eine Anzeige an die Tür des Proberaumes, kassierten ein wenig Eintrittsgeld und das war's. Um die dreißig Leute passten da rein, also blieb etwas für den Schnaps übrig und manchmal reichte es sogar, um unsere Schulden bei Tomaso zu begleichen. Sie waren, wie gesagt, keine Fremden. Wo war ich stehen geblieben? Ah, ja. Wir gingen rein, Alex und ich, unsere Last schleppend. Und ehe wir uns umgeschaut hatten, kamen zwei, drei Leute aus der dunklen Ecke, stürzten sich auf unseren Besoffski, legten ihn aufs Sofa und fingen an, ihn von seinen Klamotten zu befreien – eifrig wie notgeile Schwule und hin und wieder ein freudiges Gebrüll ausstoßend. Völlig baff standen wir da, Alexander und ich, bis die Jungs uns aufklärten: Es habe sich herumgesprochen, dass am nächsten Tag in der Stadt eine Metalparty stattfinden sollte. Fünf, sechs Rocker aus der Gegend-X, den Namen konnte ich mir nicht merken, seien in den Zug gesprungen, um sich auf den Weg in die Stadt zu machen. Im Zug hätten sie selbstverständlich mächtig gefeiert und den einen, den ich gefunden hatten, unterwegs verloren. Da sie ihn nicht mehr fanden, seien sie in Tomasos Proberaum gekommen, weil einer von ihnen schon mal hier gewesen war. So saßen sie da, bei Tomaso und machten, wie man auf dem anderen Ufer sagt, Gesichter wie drei Tage Regenwetter, aus lauter Sorge um den verschollenen Kumpel. Warum haben sie ihn dann nicht gesucht, werden Sie wohl fragen. Weil unser Besoffski ihren ganzen Vorrat von ungefähr zwanzig Marihuana-Joints bei sich versteckt hatte. Alex muss das gespürt haben, denn bisher haben wir doch auch jede Menge Besoffene bewusstlos liegen sehen und nicht jeden aufgesammelt.

Wir wachten im Proberaum gegen drei, vier Uhr auf. Der Typ, den Alex und ich gefunden hatten, lag genauso da wie am Vortag und Tomaso, der Proberaumbesitzer, schnarchte unter dem Schlagzeug. Die Anderen waren weg. Übrigens, der Spinner wachte einmal in der Nacht auf und brüstete sich ewig damit, dass es weit und breit keinen größeren Bassisten als ihn selbst gebe, doch dann nahm er die Gitarre in die Hand und es war sofort klar, wozu er fähig war. Daraufhin hat er noch alleine einen Joint geraucht, angeblich um den Hangover zu mildern und ist wieder umgekippt und seine Kumpels meinten dazu nur, dass er, wie immer er auch sei, den Bass doch großartig spiele.

Auf den Side-Metalpartys bin ich ein paarmal gewesen und die Musik machte mir mehr zu schaffen als die dort versammelten Satanisten, Goths und irgendwelche Sadomasochisten. Aber Alex bestand darauf, hinzugehen, weil er Alina dort vermutete und ja, klar, wir gingen auch. Dort hat er nämlich Alina zum ersten Mal gesehen und sich auf der Stelle in sie verknallt.

Alina war ein Wesen mit unbestimmter sexueller Orientierung, Weltanschauung und Nationalität, welches man überall und in jeglicher Form antreffen konnte – heute unter der U-Bahnbrücke, in zerfetzten Jeans, zusammen mit Lesben und Punks, die sich ein Jahr lang nicht gewaschen hatten und Bentylpillen mit Ethylalkohol runterspülten, am nächsten Tag konnte sie fesch gekleidet und in Begleitung eines Krawattenträgers aus einem schicken Restaurant kommen. Wo sie auch immer war, hatte sie ihre kleine Schwester im Schlepptau, die ungefähr sechs Jahre alte Lada, mit gepiercem Nasenflügel und einem Tattoo auf der Schulter, das womöglich schon viel früher gestochen worden und durch das Wachstum ziemlich aus der Form geraten war – eine mit Stacheldraht umwickelte Feder. Alina stand auf Marihuana, die Kleine auf Kleber, das sie als Kleper aussprach und einmal hat sie uns in ihrem Kleberflash gesagt, dass sie und ihre Schwester Russinnen waren, dass ihr Heimatort stets verschneit war und im Frühjahr ihr Großvater und die Bären zusammen fischten. „An einem Ufer der Großvater, an dem anderen die Bären, hab mit meinen eigenen Augen gesehen", beteuerte die Kleine. Keine Ahnung, ob das mit den Bären stimmte. Was jedoch feststand war, dass ihre Schwester Alina von meinem Bruder und großen Gitarristen Alex bis zum Gehtnichtmehr geliebt wurde.

Alex hat mir seine Geschichte selbst erzählt, als wir uns kennenlernten und dabei mächtig feierten. Ich erzählte auch von mir und danach gingen wir einander eine Zeitlang aus dem Weg, weil ich es nicht leiden kann, bei Fremden mein Herz auszuschütten und wie sich herausstellte, war Alex da genau wie ich. Und hier ist alles, was er mir erzählte: Einmal hätte Raschid ihn zu sich eingeladen – Raschid kannte ich damals nicht – hätte ihm ein Mädchen vorgestellt und gesagt, dass sie ihn nach oben führen und nach allen Regeln der Kunst verwöhnen sollte. Alex hat sie sofort gemocht und zwar nicht so, wie man eine Dirne mag... Er mochte sie wirklich und beteuerte, dass dieses Gefühl auf Gemeinsamkeit beruhte, so wie sie ihn angeschaut hatte. Dieses Mädchen, Alina, hätte den zotteligen Alex eine Zeit lang angestarrt, danach hätte sie ihn nicht in das Zimmer, sondern zu irgendeinem Schuppen geführt... Und dort hätten sie so schweigend dagesessen, keinen Sex gehabt und überhaupt gar nichts, aber so wohl sei es **ihm selten** mit einer Frau ergangen, ich, Gio, sollte ihm glauben, erklärte mir Alex. Am Anfang dachte ich, er würde irgendeinen Porn erzählen und das verdarb mir die Laune. Alex aber hatte damals in jenem dunklen Schuppen auch gedacht, wenn er nicht auf der Stelle mit irgendeinem Hardcore anfinge, würde sie ihn für einen Loser oder Afterhöhlonforscher halten und genau da scheiterte er, weil das Denken bei solchen Aktivitäten seit eh und je etwas richtig Übles ist. Man soll sich dem Flash hingeben und wenn gar nichts da ist, man soll es lieber lassen und nach Hause gehen. Als Alex aber dennoch mit sinnlosem Gefummel anfing, hätte Alina gesagt, dass er damit aufhören und einfach mit ihm zusammen dasitzen solle, das würde ihr viel mehr Spaß machen. Und sie hatte wie ein Kind nach seiner Hand gefasst. Also saßen sie da im dunklen Schuppen, lauschten dem Gepolter in Raschids Haus und als Alex herauskam, war er schon bis über beide Ohren verknallt. Das alles hat mir Alex erzählt und ich, um mich solidarisch zu zeigen – wie gut ich ihn verstanden hatte – habe meinerseits irgendeinen Mist erzählt, dass ich mit meiner Kommilitonin Mary heißen Sex hatte, nur eben im Messenger und dass er sich darüber keine Sorgen machen sollte, weil einem manchmal so ein Abfuck eben Spaß macht... Kurz gesagt, ich war stockbesoffen, außerdem war ich nie so verliebt wie Alex gewesen – ich habe ihn damals überhaupt nicht verstanden und ich kann mich noch erinnern, ganz gerührt gesagt zu haben, wie unbändig ich das Gerumpel eines in der U-Bahn einfahrenden Zugs mochte.

Normalerweise wird man bei uns nicht gefragt, wer man war und was man machte, bevor man hierher gelangte. Wir wussten nicht mal die richtigen Namen voneinander, ganz zu schweigen von der Abstammung. Die Meisten gaben sich einen beliebigen Namen und damit war auch alles erledigt und entweder erfuhr man später rein zufällig den wahren Namen oder der Betreffende sagte ihn dir von selbst, wenn er Bock darauf hatte. Kurzgefasst, es war bei uns irgendwie nicht wichtig, wer man war und was um einen herum geschah. Es war wie, wenn man einen Traum erzählt bekommt, das Gehörte amüsant findet und es nach ein paar Minuten schon wieder fast vergessen hat. Zum Beispiel wusste ich über Markus nur, dass er an der Musikhochschule studiert hatte und aidskrank war und dass er sich das Virus in der Poliklinik, durch die dreckige Spritze geholt hat, aber Markus, genauso wie wir alle, tat so, als ob nichts wäre, als ob er keine Krankheit hätte, als ob er das Virus, wo auch immer er es geholt hatte, dort zurückgelassen hätte wie einen schlechten Traum. Die meisten von uns waren im Prinzip wie Markus: Wir alle haben uns irgendein Aids geholt, waren schon lange erkrankt, wir haben es gecheckt und kamen deswegen hierher... Es gibt auch welche, die praktisch hier hineingeboren wurden – und die ihr Leben auch wieder hier beenden werden – durch eine Flasche oder eine Spritze, die haben keine Ahnung, dass es ein anderes Leben gibt und wollen auch nichts anderes erfahren, sondern beim Gewohnten bleiben. Für manchen ist es nur ein Lebensabschnitt und manchmal denke ich, – ich bin seit drei Jahren hier und Alex, als ich ihn kennen lernte, war erst zwei Wochen zuvor angekommen – ja, manchmal denke ich, und dabei, muss ich zugeben, wird's mir ganz bange: Was, wenn mich das alles hier genauso ankotzt, wie mich das hinter mir gelassene Leben einst angekotzt hat und ich mir hier auch Aids hole – wo zum Teufel soll ich dann hin? Wer weiß, vielleicht wird sich dann auch eine andere Welt auftun, die ich mir noch nicht vorstellen kann, so, wie sich damals dieses Ufer gezeigt hat, an dem ich jetzt lebe... Markus jedoch ist wirklich Aidskrank. Hat sich einfach in der Poliklinik angesteckt, durch die dreckige Nadel.

Von Alex' Aids wusste ich auch ohne, dass er mir etwas darüber erzählte. Nicht nur ich, die ganze Stadt wusste Bescheid. Alex' Aids war seine Familie, die seit der Erfindung von Dynamit ein Gangsterdasein führte. Alex' Großvater und Vater waren einflussreiche kriminelle Autoritäten, mit Schusswaffen, Knastaufenthalten und Businessanteilen und Alex hatte auch nur noch zwei, drei Stufen bis zu der Position, die in deren Hierarchie als höchste anerkannt wird, aber er hat auch Aids bei sich erkannt; hat seine Gitarre geschnappt, die er seit Kindertagen spielte und die sein Vater in Trunkenheit oder unter Pep stehend mehrmals gegen die Wand geschmissen und zerschmettert und ihm dafür die in ihrem

Clan übliche und für Alex maßgefertigte Schusswaffe „Tschese"[3] geschenkt hatte, die für kein Röntgengerät keines Flughafens der Welt sichtbar war... Also nahm Alex seine Gitarre, schmiss die zerschlagene CZ ins Zimmer seines Vaters und kam hierher, zu Mamao. Mamao selbst war wie ein Türwächter zum anderen Ufer: Wenn er es für richtig hielt, stellte er die Leute einander vor und wies ihnen den entsprechenden Platz zu. Eben durch Mamao lernte ich Alexander kennen und auch Nea und Markus hatte er zu uns geschickt. Na ja, einige gurken auch ohne Mamao herum. Manche fanden das, was ihnen dort drüben gefehlt hat, so wie wir zwei, doch manchen gefällt's hier überhaupt nicht, aber eine andere Wahl haben sie auch nicht... Solche können weder uns noch sich selbst leiden; wenn es irgendwo Ärger und Messergefuchtel gibt, kann man sicher sein, dass es entweder welche von denen, oder Mädels sind. Der eine oder andere besoffene Punker unter uns kann jemandem eine leere Flasche über die Rübe zerschlagen und das war's dann auch.

Der Fürst und Verwalter der Goths, Satanisten, Sadomasochisten, kurzgefasst, des aus dem gleichen Ei stammenden Volks, ja der ganzen Stadt war jedoch Raschid; der hatte Geld wie Heu, die am schwierigsten zu beschaffenden Drogen und die geilsten Girls. Die Letzteren setzte er dafür ein, um die, die für ihn arbeiteten, zu manipulieren und ich habe mit eigenen Augen gesehen, wie sie ihm die Hand küssten, wie einem Popen. In Wirklichkeit war Raschid nur ein abgefuckter Kameramann, schleppte eine Kamera mit dem Logo eines nicht minder abgefuckten Fernsehsenders herum und sah so harmlos und vertrauenserweckend aus, dass man ihn am liebsten ins Pausbäckchen gekniffen hätte.

Dieser Raschid hatte, oder vielleicht auch mietete er ein paarmal im Jahr ein großes, ziemlich weit abgelegenes, von einer Mauer umrandetes Haus, dessen Untergeschoss mit Nackenrollen, Kissen und Puffen vollgestopft war. Riesige Lautsprecher standen herum, an der Decke waren Kameras montiert und auf einem an die Wand geschobenen Tisch lagen, so wie beim schwedischen Buffet, haufenweise G-Spot-Pillen, das ist so eine Art Ecstasy, das,

---

[3] CZ – Tschechische Waffenwerke – Česká zbrojovka.

wie der Name schon sagt, zusätzlich zu den anderen Segnungen auch Viagrawirkung hat. Außerdem lagen da wie zum Trocknen ausgelegte Marihuana-Büschel herum, stapelten sich Kisten mit teuren Getränken, alles angefärbt mit Neonbeleuchtung, die sich je nach Situation oder nach Raschids Lust änderte. Kurzgefasst, wenn nicht diese idiotische Mucke gewesen wäre, hätte man hier seinen Spaß haben können, zumal das ganze Haus proppenvoll war mit Raschids Frauen. Die meisten konnten von solchen Frauen nicht einmal träumen, wenn sie sich einen runterholten, ganz zu schweigen von der Möglichkeit, sie flachzulegen. Ein Wunder, dass diese notgeilen Rotzlöffel Raschid auf die Hand küssten – und nicht auf den Arsch.

Oben gab es möblierte Zimmer ohne Kameras und dort traf man auf etwas härtere Drogen und Typen mit gelockerten Krawatten, Typen, die einen tagsüber vom Fernsehbildschirm mit nationalistischen Slogans anbrüllten, womit sie die Herzen der enthirnten Bevölkerung höher schlagen ließen, und die abends, in Raschids Haus, den einen oder anderen bekifften Teenager ins Zimmer zerrten, egal ob Junge oder Mädchen, und nach Herzenslust ballerten.

Den Bassisten ließen wir dort und Alexander fragte, ob es wohl gut aussehen würde, wenn er sich den Bart abrasierte. Danach ging er in Tomasos Haus, kam wirklich glattrasiert wieder heraus und ging mir auf den Geist mit seiner Fragerei, ob nach der Rasur sein Kinn nicht zu spitz aussehe. Was sollte ich denn dazu sagen. Nea war sowieso Markus' Freundin und mir war doch scheißegal, ob ich ungewaschen und unrasiert war. Na ja, auf jeden Fall versuchte ich es. Es war zwei Tage her, dass ich die Beiden zuletzt gesehen hatte und ich vermisste Nea bereits. Und Markus auch, den Abfuck. Wir nahmen sie einmal mit zu Raschid und es hatte ihnen gar nicht gefallen: Irgendein hackedichter Goth hat Nea belästigt, Nea hat ihn auf das übelste beschimpft, Markus war, wie immer, krebsrot geworden, Alex und ich haben den Goth allerdings beinahe totgeschlagen. Wenn er nicht besoffen gewesen wäre, hätten wir ihn sicher nicht verschont. Dabei, was hat der Arme denn schon verbrochen. In Raschids Haus stanzte man die Frauen nach Lust und Laune und ich selbst habe mir eine solche Gelegenheit auch nie entgehen lassen und dafür keine Prügel bezogen.

Im Gegenteil, ich wurde von einem Typen sogar gefragt, ob seine Lady nicht die geilste Klemme hatte. Aber Nea war eben Nea und wir bereuten es schnell, sie zu Raschids Haus gebracht zu haben. Raschid schäumte damals vor Wut und sagte uns direkt, dass er weder Krach noch Scherereien brauchen konnte. Wir sollten Spaß haben oder aber uns zum Teufel scheren. Raschid hatte Alina, und Alina wurde von Alex geliebt und Raschid hat das blitzschnell erkannt und auch sofort gecheckt, dass Alex niemals zugeben würde, in eine Nutte verknallt zu sein – und zwar in Raschids Nutte. Alex war halt so und selbst wenn er nicht so gewesen wäre, es bestand immer noch die Gefahr, dass jemand aus seinem vorherigen Leben ihn ausfindig gemacht hätte – und dann hätten sie ihn in Stücke zerhackt; sie konnten ihn schon früher sowieso nicht leiden und... Na ja, vielleicht hätten sie ihn nicht gleich zerhackt, aber ohne Zweifel ihm ordentlich die Fresse vermöbelt. Und seit Raschid das alles kapiert hatte, war er uns gegenüber so entspannt. Früher hätte er sich nicht getraut, uns die Tür zu weisen. Er wusste über Alex' kriminelle Abstammung Bescheid, hatte Schiss und versuchte, sich bei uns einzuschleimen.

Nea und Markus werden heute vielleicht auf dem Karussell übernachten, trinken, mit den Hunden spielen und womöglich werden sie mich in der Nacht, wenn sie betrunken sind, vermissen... ich meine uns, Alex und mich, vermissen. Der Kopflose Reiter wird auch auf seinem Posten erscheinen und dort, falls der Mond scheint, im Mondschein hocken. Plötzlich wünschte ich mir nichts sehnlicher als dort zu sein und ärgerte mich über Alex und diese Schlampe Alina, aber weil ich Alex mehr liebe als Nea und Markus, sagte ich nur: „Du solltest dich nicht rasieren, Kumpel, dein Kinn streckt sich nach vorn wie der Willy."

Je unauffälliger man hier auftaucht, desto besser; es ist nicht ratsam, mit dem Auto zu kommen. Deshalb bogen Alex und ich irgendwann von der Straße ab und gingen in den Wald, nach etwa zehn Minuten Fußmarsch hielten wir vor einer Wiese an und checkten die Lage. Raschids Haus ist genauso wie sein Besitzer;

es steht allein am Wiesenrand und sieht mit seinen weißen Jalousien aus wie ein harmloses Ferienhaus, von dem man auf die Stadt hinunterschauen kann. Von hier aus, sieht und hört man gar nichts, als ob kein Mensch drin wäre, nur wenn man direkt vor der Tür steht, nimmt man das Dröhnen der Basslautsprecher wahr. Erst spät in der Nacht durfte man raus in den Garten oder auf den Balkon, erst wenn Raschid voll sicher war, dass Antichrist nicht mehr kommen würde: Wenn er denn aufzukreuzen hatte, so wäre dies schon längst geschehen.

Antichrist wurde so genannt, weil er selbst diesen Namen ständig herumbrüllte. Bestimmt kennt ihr aus Filmen und Büchern so verrückte Fanatiker und mit Gewändern bekleidete Typen, die überall ihre Nase reinstecken und alles versauen – so war er auch, er hatte genauso kindische, runde Augen wie Markus und rote Backen und er hatte ungefähr dreißig Jahre auf dem Buckel. Kurz gesagt: abgesehen von diesem Gewand eines Geistlichen war er ein waschechter Bauer und er hatte, wenn er bei Raschid aufkreuzte, immer die Dorfbewohner dabei, die mit Beilen und Hacken bewaffneten Männer und Frauen. „Antichrist", „Zeugen Satans", – schrien sie lauthals, rüttelten am Gartentor und bewarfen und beschmutzten das Haus mit all dem gammeligen Zeug, das sie unterwegs gefunden hatten. Einmal war das Gartentor sogar mit Scheiße beschmiert, keine Ahnung, wie sie das hinbekommen haben, ob sie es damit angestrichen oder gar drauf los geschissen haben... Doch es waren im Grunde genommen keine schlechten Leute. Ich check immer noch nicht woher sie über Raschid und seine Taten Bescheid wussten, aber sie kamen halt ab und zu mal angerannt und das war's auch. Die Bullen hassten sie mehr als Raschid; selbst Raschid gingen die Bullen am Arsch vorbei. Sei es aus Freundschaft, sei es wegen des Schmiergeldes – die Bullen haben sich nie um Raschids Partys gekümmert – es war Wichtigeres los im Lande. Ein paarmal kamen sie angebraust und einmal auch, um den Antichrist und seine Mannschaft zu vertreiben, sie haben sogar die Bullen als Antichristen beschimpft, mit den Hacken wild herumgefuchtelt und es muss echt heiter gewesen sein, wir haben es selbst nicht mitgekriegt, die Jungs haben es uns erst später erzählt.

Wir rauchten etwas Gras, so, für die Stimmung, dann gingen wir pupsleise über die Wiese und klingelten an die Tür. Nach einer Weile meldete sich aus der Sprechanlage eine ordentlich versoffene Stimme:
– Hallo!
Es war Petro, Raschids Kumpan und seine rechte Hand in den Türangelegenheiten.
– Mach doch die Tür auf, Mann! – rief Alex und schaute verstohlen herum.
– Und wieso sollte ich es tun? Was bist du für einer?
Dieser Hurensohn! Man weiß doch, dass er uns in der Kamera sieht. Na ja, jetzt hat es echt keinen Sinn zu schimpfen, man hört's, der Typ ist granatendicht.
– Wir sind's, Petro. Alex und ich, – sagte ich.
– Gio, bist du es? Was ist mit deinem Kumpel los, kommt er zur „fourchette"? Zum Scherzen aufgelegt ist er auch noch.
– Leck mich doch, Mann! –Da hat den rasierten und verliebten Alexander die blanke Wut gepackt,
– Mach auf, sag ich dir, muss mit Raschid reden!
– Mach ich doch, Herrgott noch mal, was hast du? Petro hat sich bestimmt an Alex' vergangenes Leben erinnert, das Gartentor öffnete sich und wir gingen rein.

An einem herzförmigen, mit Kotze und Kippen halbgefüllten Schwimmbecken stand ein gelber Jeep mit diplomatischem Nummernschild.
– Was hat das zu bedeuten, Petro? fragte ich Petro, der mittlerweile in den Garten gekommen war.
– Gestern hatten wir VIP-Party. Wir haben es halt nicht mehr geschafft aufzuräumen, – sagte Petro und rülpste.
– Er meint das Auto, du Dödel! – sagte Alex.
– Dieses da? Sag ich doch, wegen gestern…Hättest sehen sollen, was für ein Karren gerade abgezischt ist, heh…
– Und Antichrist? Hat euch nicht angeschissen? Ich warf einen Blick aufs Haus.
– Hätte keine Zeit gehabt, um drei Uhr morgens hat Raschid uns reingejagt; Es seien ein paar Ausländer da und wir sollten uns richtig bemühen, hat er gesagt. Der, der erst vor kurzem

abgefahren ist, hat auch eine geile Schnitte abgeschleppt, – Petro lachte, – Raschid hat ihm eine Pille gegeben und er ist die ganze Nacht wie ein Gorilla ums Haus gerannt, mit der Lady auf dem Rücken. Am Morgen hat er sie ins Auto reingestopft und mitgenommen... Alex, warum hast dich rasiert? Dein Kinn streckt sich nach vorn wie...

– Wie was, du Ast!

– Wie der... – Petro verstummte und strich sich über das Kinn, – wie der halt... Kurz gesagt, steht dir nicht. Das war's. Wollt' ihr nicht rein? Eure Leute sind auch da...

Petro öffnete die Tür. Im Flur, der nach Scheiße roch, hörte man schon das Dröhnen der Bässe.

– Irgendein Penner hat ein ganzes Blister Codein gefressen, hat das Abführmittel vergessen und war total verstopft, – erzählte Petro unterwegs, – dann ist er in Panik geraten, hat Durchfall gekriegt, hat den Weg nach draußen nicht gefunden und ist zu den Grünschnäbeln nach unten gerannt, ist dort der phosphoreszierenden Valera begegnet und voll durchgeknallt – Die Jugend war aufgescheucht und ihn selbst kriegten wir kaum runter, Mann!

– Ihr hättet ihm Schnaps geben müssen, – sagten Alex und ich gleichzeitig.

– Schnaps hätte ihn umgebracht. Soda und Suprastin hat Raschid ihm gegeben und das hat geholfen, – erwiderte Petro und hielt uns an, – hier liegt er auf dem Sofa. Schau wie der stinkt.

– Warum habt ihr ihn nicht rausgeschmissen... Stank wirklich wie die Pest, das Arschloch. Ich hielt mir die Nase zu.

– Da draußen könnte er uns laut Raschid nur Ärger machen, er sollte lieber hierbleiben. Außerdem, die, mit denen er zusammen ist, sind mit einer Menge Stoff angekommen.

– Echt?

Und da hat's geblitzt: Ich ging zum Sofa, hab darauf geschaut und da packte mich die Wiesenflash – ich habe so einen Lachanfall bekommen. Ich fing an zu lachen und konnte nicht mehr aufhören, ging in die Hocke und lachte. Als Alex dazu kam, hat's ihn auch weggeflasht. Was wohl Petro zu lachen hatte, die Arschgeige? So saßen wir im Scheißgeruch und glucksten eine Zeit lang, denn auf dem Sofa lag unser Bassgitarrist, den wir vor kurzem bei Tomaso gelassen hatten – der Bote Gottes, der Bankert oder sonst ein Verwandter von Hermes wenn's um die Schnelligkeit ging, in der Umarmung seines nächsten Todes, wie immer von den Kumpels im Stich gelassen und bestialisch stinkend.

In dem Raum, den wir nun betraten, lief leichter Rock und zwar ziemlich leise und ich habe gecheckt, dass es nicht lange her war, dass sie sich hier versammelt hatten. Der Schreiber und die Jungs von „Leber" aus dem Proberaum saßen beisammen und wir gingen auch hin.

Dieser Schreiber ist doch wirklich überall und nun sitzt er hier, wie immer mit geselliger Miene, und glotzt Raschids Frauen an. Wenn er nüchtern ist, kann ich ihn gar nicht leiden, aber bei einer Überdosis macht er abgefahrene Sachen und es gibt nichts Besseres, als ihm dabei zuzusehen. Meistens macht er sich die Hose auf und jagt mit heraushängendem Schwanz die Mädels in die Parkanlagen wie ein geiler Pan die Nymphen. Und wo man ein wildes Gekreische hört, weiß man gleich, dass auch der Schreiber, der lustige Exhibitionist, nicht weit sein kann. Dass er ab und zu mal dasaß und etwas in einem Notizbuch kritzelte, habe ich schon gesehen, aber kritzeln tun viele und deswegen war es uns auch scheißegal, bis eines Tages irgendwelche mit Kameras und Mikrofonen bewaffnete Typen aufkreuzten und nach einem Schriftsteller fragten. Der würde schottendicht irgendwo liegen und pennen, sagte Nea zu den Journalisten und da drehten sie völlig durch. Sie sollte ihnen zeigen, wo genau der Schreiber lag. Dafür würden sie ihr zwanzig Bucks zahlen. Nea hat sie gnadenlos ausgeschimpft und das war auch gut so. Der Schreiber gehört zu unseren Kreisen. Außerdem hatten wir genug Dope, Schnaps dazu, Zitronen, deshalb scherten wir uns einen Dreck um ihre lausigen zwanzig Bucks... Später haben wir uns es doch anders überlegt, aber, na ja, der Schreiber ist doch einer von uns und im Grunde genommen kein schlechter Mensch.

– Na, sieh mal einer an, die Pseudo-Beatniks sind da! – sagte der Schreiber, – Wollt ihr was rauchen, Jungs?

– Gib her, – brummelte Alex. Wir setzten uns.

– Hast dich rasiert oder sind sie dir von selbst ausgefallen, –

wandte sich unser Drummer Tschuj sorgenvoll an Alex und ließ sich neben ihm nieder.

Ich habe gleich gemerkt, dass er schon meilenweit weggespaced war. Alex hat ihm auch ein eindeutiges Zeichen gegeben, dass er sich verpissen sollte.

Tschuj war ganz einfach nur Tschuj, unser Kumpel, mit Glubschaugen und nur n' Tick kleiner als eine Giraffe dazu noch sowas wie ein Prototyp oder ‚ne Kopie eines Helden aus einem alten Film. Dieser Held ist auch groß und wie unser Tschuj, ein Spinner. Tschuj hat ständig Drumsticks in der Hand und dreht sie zwischen den stets mit Pflaster umwickelten Fingern, er trommelt überall und auf alles was ihn umgibt: auf Wände, Kisten, Frauen, Flaschen und sogar auf die eigene Wampe. Da die Stöcke oft kaputtgehen, trägt er Ersatzstücke in der hinteren Hosentasche. In der anderen Tasche trägt er seinen Reisepass, in dem die Stempel aus der halben Welt zu finden sind, der Beweis seines vergangenen Sportlerlebens und das Hauptthema, der Hintergrund, der Sinn und die Rechtfertigung der unzähligen Joints und U-Boots aus dem gegenwärtigen. Die Welt, Drumm und Basketball ausgeschlossen, ist Tschuj voll Latte. Dafür kann er dir auswendig sagen, welcher Basketballspieler wo und wann gefurzt hat. Ein argloser, ein wenig unbewanderter Mann ist unser Tschuj, deswegen versuchen ja auch alle, ihn zu veräppeln und aufzuziehen. Er nimmt jedem alles ab, fühlt sich nicht beleidigt. Einen verärgerten Tschuj habe ich nur einmal im Leben gesehen und hätt' ich es bloß nicht getan. Er hatte damals eine Freundin, Tamara, und ihretwegen ist die ganze Sache auch passiert:

Einer hat uns einen kaputten Mischer versprochen, da stehen also die Hacker und ich vor seinem Hauseingang und warten. Die Hacker waren Zwillingsbrüder, die ihr eigenes Tonstudio hatten, aber ihre Geschichte werde ich später erzählen. Also standen wir da und warteten, als plötzlich ein schwarzer BMW um die Kurve raste, die Mülltonen umwarf und, nachdem er an uns vorbeigefahren war, etwas aus seinem Fenster rausgeschleudert wurde, woraufhin er mit quietschenden Reifen um die nächste Ecke bog. Wir hatten den Mund immer noch offen, als eine weiße Niva herangeschossen kam, wie Schumacher in knappem Bogen die auf der Straße liegenden umgeschmissenen Mülltonnen umsteuerte, uns beinahe über den Haufen fuhr und dem schwarzen BMW folgte. Der BMW hatte abgedunkelte Scheiben, im Niva jedoch saßen grinsende Bullen, die dich sogar in Flip-Flops und dem Blaulicht in der Hand bis in die Hölle verfolgen würden, sollten sie Geldgeruch in der Luft spüren. Voll die Bruce-Willis-Typen und echt gemeines Volk. Die einfachen Polizisten schnarchten irgendwo in den dunklen Gassen in ihren Schrottwagen mit gelöschten Scheinwerfern und wenn irgendein Pechvogel von Junkie ganz zufällig vorbeilief, schalteten sie sofort das Licht an, streckten die Hand raus und krallten ihn wie ein Kaninchen. Die einfachen Polenten stammten meistens vom Land und wenn sie nur eine Chance bekamen dich zu verfolgen, freuten sie sich darüber wie die Kids, schrien und fluchten wie die Wilden und streckten die Köpfe aus dem Autofenster. Vielleicht hast du es schon mal erlebt, wie sie, sollten sie dich erwischt haben, bevor sie dich verdroschen, erstmal unbedingt ihren Polizeiausweis zeigten mussten und dabei vor Freude und Selbstgefälligkeit zappelten. Aus welchem Grund auch immer, waren sie auf uns, die Leute vom anderen Ufer nicht besonders scharf. Keine Ahnung ob es daran lag, dass sie mit uns die Fäden der Solidarität verband, oder aber, weil sie wussten, dass wir, selbst wenn sie bei uns Marihuana oder gar einen abgehackten Menschenkopf gefunden hätten, nicht in der Lage gewesen wären, ihnen auch nur einen einzigen lausigen Cent zu zahlen. Die von drüben haben sie komischerweise ununterbrochen verhauen und sogar immer wieder ins Polizeirevier gezerrt, selbst wenn sie nur Spielwürfel in ihren Taschen fanden. Uns haben sie manchmal das Gras abgeknöpft und ich wunderte mich darüber, wie viele von ihnen in so einen kleinen Wagen reinpassten und wenn sich mich erwischten, dann lief ich nicht weg, sondern blieb kurz stehen, guckte zu und amüsierte mich prächtig, wie sie aus dem Auto stiegen, einer nach dem anderen, und zwar ohne Ende.

Kurz und gut, die Polenten waren keine schlechten Leute und... Was wollte ich eigentlich erzählen? Ach ja, der BMW war verschwunden, die ihm hinterherjagenden Bullen auch, und als das

Lautsprechergebrüll nicht mehr zu hören war, ging einer von den Hackern los und kam bald darauf mit einer Tüte ins Treppenhaus zurück. In der Tüte lag ein Handtuch, darin eingeschlagen ein dickes Paket mit weißem Pulver und die Hacker haben sofort ihre Finger rechts und links reingesteckt, das Zeug ins Zahnfleisch gerieben und festgestellt, dass es reines Kokain war und zwar eine Menge, die ausreichen würde um Dutzende von Leuten für einen Monat zu versorgen und den Dealer auf eine Liege auf Hawaii zu befördern. Ich bin nicht scharf auf Drogen. Sporadisch, hie und da probiere ich mal etwas und zwar meistens um denjenigen zu widersprechen, die ständig meckern: Man solle das nicht machen, sonst würde man süchtig. In der Wirklichkeit wird man, wenn man im Leben sonst was hat was einen antreibt und kein eindeutiger Loser ist, nach gelegentlichem Konsum nicht sofort zu einem Suchtkrüppel. Schau mal die Hacker an, wenn sie es wollen, greifen sie halt zu, und wenn nicht, lassen sie es liegen. Die Hacker haben ihren Jazz und der Rest ist für sie ein Spiel. Die Drogen ziehen sich meistens untätige und gelangweilte Typen rein, oder irgendwelche verängstigten Teenager, die eine Chance, sich zu behaupten und einen Status zu erwerben so sehr brauchen wie die Luft zum Atmen. Egal wieviel du schimpfst, je mehr du es ihnen verbietest, desto mehr Respekt haben die dummen Teenager gegenüber den Typen, die mit Drogen zu tun haben. Ich kenne manche, an ihrer Stelle wäre ich auch drogenabhängig und schlimmer. Solche Leute habe ich gern, ich respektiere und bedauere sie. Den schwachsinnigen Professoren vom gegenüberliegenden Ufer, die alle auch nur mit Wasser kochen, sollte man überhaupt nicht zuhören. Sogar ein Mönch greift zu Drogen. Kurz gesagt, Alex mochte Gras, Markus – Schnaps, also haben die Hacker, Tschuj, der Schreiber, Nea und noch ein paar unserer Kumpels dieses Paket auf das Regal gelegt, alles aufgebraucht und liefen ewig mit geschwollenen Nasen rum. Ich hatte mit Kokain noch keine Erfahrung und am Anfang nahm ich es auch, doch nach einer Woche waren alle Rezeptoren, die ich in Nase und Mund hatte, dahin. Außerdem musstest du ja immer wieder aufs Neue schnüffeln, um nicht abzutörnen und ganz am Ende, als ich Wasser und Schnaps nicht mehr auseinanderhalten konnte und die Zitrone wie Pappe schmeckte, hab ich gepeilt, dass es nix für mich ist. Der Geruchs-und Geschmackssinn, das ist doch das halbe Leben, also hab ich es nie mehr angefasst.

Wir sitzen einmal bei den Hackern. Alex, ich und Markus ziehen uns einen Film mit Bruce Lee rein, – bekifft findet man das Gekreische von Kung-fu-Kämpfern geil. Die Hacker sind on-air mit ihrem Radiosender im Nebenzimmer, Nea auf dem Klo, Tschuj und Tamara sitzen am Couchtisch. Tamara hat ihren Koks bereits gezogen und macht jetzt mit einer EC-Karte eine Line für Tschuj, gleichzeitig zwinkert sie mir zu, schneidet bescheuerte Grimassen. Shit, – denke ich, – was, wenn sie in ihrer Reise hängen – und mein Kumpel womöglich ohne seine Freundin bleibt. Solange ich am Überlegen bin, hat Tschuj sein Röhrchen in die Nase gesteckt und an die Line angesetzt. Tamara jedoch macht weiterhin blöde Grimassen. Als ich endlich gepeilt habe, dass sie mir damit irgendein Zeichen gab, da zückte sie ein Zippo, knipste es am Ende von Tschujs Line an und... Es gab eine Explosion, ein Zischen, Tschuj hat wie ein Drache Feuer und Rauch gespien. Tamara rutschte einfach vom Sessel auf den Fußboden runter und lachte sich den Arsch ab. Als sie den Lärm hörten, rannten die Hacker aus ihrem Zimmer heraus. Wir gingen alle zu Tschuj und sahen ihn zur Salzsäule erstarrt, mit einer Nase wie ein Eimer. Aus Tschujs blutenden Nüstern rauchte es immer noch ein bisschen. Ich habe Tschuj nicht minder als Markus und Alexander gemocht und war schon besorgt und erschrocken, konnte das Geschehene jedoch nicht fassen. Tamara lachte. Ich hatte auch einen Joint intus und wie es zu erwarten war, bekam ich selbst einen Lachkrampf. Alex folgte mir. Die Hacker glotzten den Tisch, das Erbstück von ihrem Großvater, und die darauf ausgebrannte Linie an, rieben sich die Nasen und genau da beginnt die Fabel über Tschujs großen Zorn. Wie er seine Freundin Tamara wie eine Heuschrecke ansprang und sie so prügelte, wie man normalerweise nur Männer prügelt. Mit seinen Chucks in Schuhgröße 43 zerstampfte er ihr das Gesicht und als Alex und ich die auseinanderbringen wollten, haben wir auch einiges abgekriegt. Nach uns ging Tschuj auch noch auf die Hacker los. Es ist kein Zuckerschlecken von einem zweieinhalb Meter großen Mann verdroschen zu werden. Wir lagen im Zimmer wie Pilze und Tschuj ging herum und kickte mal den einen und mal den anderen an, beschimpfte uns auf das Übelste – und dabei spritzte ihm das Blut aus der Nase. Endlich verzog er sich – immer noch laut schimpfend. Es stellte sich heraus, dass diese verfickte Tamara eine Silvesterrakete aufgemacht hatte, die, wie ich mich später überzeugen konnte, mit einem weißen Zündpulver gefüllt war. Anstatt aus Koks hatte sie aus diesem Pulver die Line gezogen und sie, wie eine fleißige Kanonnierin, anschließend angezündet. Tschuj hat Schwein gehabt, dass es ihm das Hirn nicht ausgebrannt hat. Daraufhin trennten sich Tamara und Tschuj. Tamara zog zu Raschid und Tschuj ist immer noch ein naiver, gutgläubiger Typ und die Narbe auf der Nase steht im gut.

Wenn du Tschuj sehen möchtest, wirst du ihn im Proberaum der „Leber"-Jungs finden, in dem winzigen Loch mit den niedrigen Decken und einer Tür mit der Aufschrift „Leber" in Großbuchstaben. Außer Tschuj kannst du dort eine Katze antreffen, die auf einem Lautsprecher mit mindestens 100 Watt sitzt und die ich am Anfang für ein ausgestopftes Tier hielt, die mich aber mitten in der Probe zerkratzt hat. Dann habe ich schon gepeilt, dass es eine echte Katze war, die mit einer Mischung aus Pottbrühe und Milch großgezogen wurde und sich an die Umgebung bestens adaptiert hatte. Auf dem anderen 100-Watt-Lautsprecher lag eine flache khakifarbene Panzermine, die wie eine Fischdose aussieht und bei zu starker Vibration explodieren kann. Ich meinte, sie sei alt und unbrauchbar, aber die Jungs meinten, dass sie neu sei. Ja, sie sieht auch aus wie neu, mit Öl eingefettet und glänzend. Kurz und gut, das sind Spinner, sie spielen aber eine ruhige Mucke – Country, Blues, halten sich für Fatalisten, die Katze mit eingeschlossen, und meinen, dass sie nur deshalb immer noch nicht in die Luft gejagt wurden, weil sie anständige Musik spielen. Ab und zu haben wir sogar Trash reingebracht und an die Gefährlichkeit der Scheißmine glaube ich nicht mehr, aber diese verfluchte Katze die in den Backvocal kräht, die stört mich schon ungemein und dazu die Tatsache, dass der Raum gar keine Fenster hat. Und was mich nicht zuletzt auch stört: Diese ganze Action findet in der Dachetage eines sechzehnstöckigen Plattenbaus statt, der Aufzug aber ist des Öfteren außer Betrieb. Ab und an kommt eine wirklich verrückte Alte daher, die Nachbarin, deren Geschrei im ganzen

Treppenhaus nur so widerhallt: Sollten wir nicht auf der Stelle ihren Trockenraum verlassen, würde sie uns mitsamt unserem Kram dem Feuer übergeben. In der Zeit der Kommunisten hat sie hier ihre Wäsche getrocknet und nun wird sie von den Gespenstern der Vergangenheit heimgesucht.

Die Jungs selbst, Tschuj und die Zwillinge, die wir die Hacker nennen und die sich mit Computern und Geräten jeglicher Art wirklich saumäßig gut auskennen, wohnen unter ihrem Proberaum im sechzehnten Stock. Die Wohnung und der Proberaum gehören den Zwillingen, die den obdachlosen Tschuj bei sich aufgenommen haben und natürlich nicht nur ihn. Ich habe bei denen nie weniger als neun Leute gesehen und zwar bei Tag und bei Nacht und zu jeder Jahreszeit. Ich, Alex, Markus und Nea haben auch mehrmals dort übernachtet. An den Wänden sind diverse funktionierende und nicht funktionierende Geräte aufgetürmt. Die vielen verschiedenen Bildschirme, sei es vom Computer oder Fernseher, flimmern ununterbrochen. Die Hacker haben dort eine Art Tonaufnahmestudio, aber eine Schallschutzkammer wie in einem echten Studio ist nirgendwo zu sehen, dafür ist auf dem Mikrofon ein Schwamm mit Kupferdrähten befestigt, der als Filter dienen soll. Doch machen die Zwillinge großartige Soundregie und Audio-Mastering und haben sogar Schlangen von den Popleuten dastehen, na ja, wenn sie in Not sind. Normalerweise kümmern sie sich nur um die eigene Mucke, es sei denn, jemand spielt Country, Blues, Jazz wie sie auch, dann ist es von vorneherein klar, dass sie seitens der Hacker mit Unterstützung rechnen können. Die Zwillinge haben uns auch gesagt, dass unsere Mucke, obwohl wir nicht richtig spielen konnten und auch keine guten Singstimmen besaßen, doch etwas Echtes rüberbringen würde und uns deswegen das Studio und sogar das Radio jederzeit zu Verfügung stünden. Sie haben auch einen eigenen Radiosender mit der Reichweite von ein, zwei Kilometern und nicht einmal das kann man ohne Störungen empfangen. In der Nacht rufen irgendwelche glücklichen Typen on-air an und quasseln über glückliche Themen oder aber über Jazz and Blues und die Zwillinge und Tschuj laufen, egal ob nüchtern oder dicht, den lieben langen Tag mit diesen strahlenden Visagen herum. Was sie so glücklich macht oder warum ihre Band ausgerechnet „Leber" heißt, habe ich keinen blassen Schimmer und muss zugeben, ich will's auch gar nicht wissen. Radio und Popularität ist uns völlig Latte. Im Mamaos Club spielen wir ja auch nur so vor uns hin. Es ist Nea, die uns ständig anmeckert, dass wir mit der ewigen „Scheißegal"-Haltung aufhören und es einmal richtig versuchen sollten. Wer weiß vielleicht hätten wir es auch geschafft. Besonders im Winter habe ich „Leber" gern. Man geht rein und einerlei wie voll der Raum auch sein mag, es gibt kein Getümmel und kein Getöse, als hätte die ruhige Art der Zwillinge alle anderen angesteckt. Es brodelt immer etwas auf dem kleinen Elektroherd, sei es Essen oder Dope und es ist im Raum so warm wie ums Herz.

Was ich aber erzählen wollte: Wir saßen bei Raschid, Alexanders Augen suchten seine Angebetete und ich habe die Leute gecheckt, die gruppenweise dasaßen und mit ihrem Mist beschäftigt waren. Anfangs ist das immer so, erst später kommt alles durcheinander. Es waren nicht viele da an dem Tag. Auf unserem Stockwerk jedenfalls. Unten waren vielleicht mehr Leute, denn oben durfte sich bloß ein Paar von Raschids Nächsten aufhalten. Begleitet von den begierigen Blicken des Schreibers gingen zwei von Raschids Frauen, Tamara und Pria, treppauf und treppab. Raschid selbst war wahrscheinlich oben und diese zwei haben immer wieder die Lage gecheckt, um ihm später davon berichten zu können. Die anderen Frauen kannte ich nicht oder sie waren neu hier. Alina war nirgendwo zu sehen und Alex wurde nervös. Seine Lovestory habe nur ich gekannt, also würde er die anderen nie im Leben nach Alina fragen. In einer Ecke schlief ein Onkel mit aufgelockerter Krawatte, oder vielleicht döste er auch nur vor sich hin, mitten im berauschten Volk. Mich hat noch ein letzter, leichter Lachflash erwischt, so stand ich allein da wie ein Penner und kicherte. Der Krawattenträger sah nicht wie ein Einheimischer aus. Womöglich war er einer von Raschids ausländischen Gästen, den seine Kumpane hier vergessen hatten.

Ich stand auf und sagte zu Alex:

Komm, lass uns mal nach unten gehen und schauen, vielleicht ist Alina dort.

Alex' Kummer hätte ich beinahe vergessen.

– Ist mir doch wurscht ob sie da ist, – erwiderte Alex und sein frisch rasiertes Gesicht wurde grünlich wie Afghane[4]. Er hat sich rasch umgeschaut, aber selbst, wenn die Jungs Alex und Alina zusammen in einem Hochzeitsgespann gesehen hätten, hätten sie dem Paar alles Gute gewünscht und das Ganze in paar Minuten wieder vergessen. So ist es hier: Jeder darf sich in wen oder was auch immer verlieben, sei es eine Frau, ein Baum oder ein Maulwurf und es ist weder ein Problem noch geht es jemanden etwas an. Die Jungs haben sich auch diesmal nicht gerührt. Nur der Schreiber hat einen Blick auf uns geworfen. Das war's.

– Ich werde hinuntersteigen und bin gleich wieder da, – murmelte ich und ging zur Treppe, unterwegs ein paar Worte mit Bekannten wechselnd. Die meisten habe ich gar nicht gekannt, aber da sie mit unseren Metaller-Kumpels zusammen waren, hätten sie ja auch selbst welche sein können. An der Bar bot mir ein Mädel einen Joint an. Ich zog einmal kurz und lief die Treppe runter; kurz, weil ich es nicht leiden konnte, mich auf der Stelle zu bekiffen und zu besaufen. Ich musste erst die Lage gecheckt haben.

Unten brannte grellrotes Licht, genau wie in Tomasos Proberaum und aus den Lautsprechern floss kaum hörbare Elektromusik. Das war einer von Raschids Tricks: Er fing immer mit Trans und leichten Farben an, machte dann aber mit Black Metal Schluss, nachdem du „Sepultura" bestimmt für ein liebliches Wiegenlied gehalten hättest. Jetzt war hier jedoch etwas anderes los. Ich setzte mich unauffällig in eine Ecke und schaute mich um.

Eine Wand war fast vollständig mit irgendeinem Scheiß bedeckt, der jetzt auf den Boden floss. Petro und Valera, Raschids linke Hand, hatten die Eimer mit der Farbe immer noch in der Hand und bespritzen auch die andere Wand. Valera war wirklich mit Phosphor oder ähnlichem Ultramist beschmiert und unseren Kumpel, den Bassgitarristen, habe ich auch schnell entschlüsselt. Er sah aus wie der Hund von Baskerville, der Oberpenner. Das, womit die Wände angespritzt wurden, war nichts anderes als eine rote Farbe, die in diesem Licht wie eine Matschpampe aussah und überhaupt keinem Zweck diente. An die gleichen Wände haben

---

[4] Haschischsorte

sie früher verfickte Pentagramme, Sterne und Hörner gemalt, doch diesmal schien es, hatte Raschid sich etwas Anderes überlegt. Nun hatten sie schwarze Kerzen sternförmig aufgestellt, aber noch nicht angezündet. Kurzgefasst, voll der Kindergarten, aber in einer Ecke hockende Teenager glotzen sie mit weit aufgesperrten Mündern an. Neben mir auf dem niedrigen Sofa saß Pria, hatte rechts und links einen Typen und ein Mädchen und tauschte die Zungenküsse mal mit dem Einen, mal mit der Anderen aus. Dem Jungen sah man an, dass er es genoss, das Mädchen war sogar in diesem Licht leichenblass, doch sie knutschte weiter mit Pria und nahm immer wieder einen großen Schluck aus der Vodkaflasche und verzog anschließend das Gesicht. Genau das war Raschids Brüdergrimm-Haupttrick: Zuallererst setzen sich seine Frauen zu einem Pärchen, fangen erst mit freundlichem Geplapper an, bieten ab und zu ein Schlückchen Schnaps an, mittlerweile ändert Raschid von oben Mucke und Beleuchtung und seine Weiber fangen dann mit Rumfummeln und Knutschen an, mal mit der einen, mal mit dem anderen. Und wenn die Zwei auch miteinander angefangen hatten, dann war ihr Job gemacht, sie standen auf und gingen zum nächsten Pärchen, um auch dieses in ihre schmutzigen Machenschaften zu verwickeln, die sie so meisterhaft beherrschten, dass sie auch Mädchen problemlos miteinander verkuppelten. Auf diese Tour schätzten sie ein, wer lesbisch oder schwul war, erstmal natürlich immer nur auf dem Niveau des Unterbewussten; sprich, echte Sigmunds, nur halt mit Titten. Am Ende haben sie so ein Gangbang veranstaltet, hättest du in irgendein Bein gezwickt, würdest du im Leben nie erraten, welcher Kopf wo geschrien hätte.

Mittlerweile war schon eine aufgeilende Mucke zu hören und in den dort versammelten Teenagern „kam ein nicht zu beherrschendes Gefühl der Freiheit auf", wie der Schreiber einmal sagte. Sie verloren jegliche Hemmungen, dazu gab es noch etwas zu rauchen und leichtes Ecstasy und sie freuten sich. Sie freuten sich darüber, wie einfach alles ging, selbst das, was sie als „schwer zu knacken" einordneten. Es war hier eher unwahrscheinlich, dass einem schlecht wurde, doch für den Fall der Fälle standen immer Eimer mit in Salzwasser eingelegten Handtüchern parat, die meistens im oberen Stockwerk gebraucht wurden. Am schlimmsten war, dass es hier außer Teenagern auch waschechte Satanisten gab, die manche für Goths hielten und sich wahnsinnig irrten, weil… also, ich weiß ja nicht, wie es anderswo ist, doch in meinem Heimatland haben diese Spinner und die Goths keine Gemeinsamkeit und die Letzteren mieden die Ersteren sogar. Selbst Raschid war nicht scharf auf sie. Nun standen die Satanisten da und haben die mit Farbe bespritzen Wände und auf dem Fußboden aufgestellten Kerzen so ernsthaft und ehrfürchtig angesehen, dass es zum Kotzen war. Dabei sahen sie so bedauernswert aus, mit treudlosen Augen und düsteren Gesichtern. Ich habe sie auch außerhalb von Raschids Haus getroffen. Sie schlendern still und geräuschlos durch die Gegend und genauso still enthäuten sie Katzen und Hunde auf den Friedhöfen. Einmal hatte der Schreiber mit denen gesoffen und sagte danach zu uns, dass er in unseren Kreisen selten so belesene und gebildete Typen getroffen hätte. Man solle sie mit den Eiern aufhängen, meinte Markus, weil die Arschlöcher die Hunde enthäuten würden, doch der Schreiber meinte dazu, sie würden ihm leidtun, weil sie dort, wo sie herkamen, mehr abgekriegt hätten, als jemand von uns und in der Zukunft sollte uns der Herrgott bitte weiterhin von solchen Erfahrungen schützen. Markus hatte ihm kurz still zugehört, dann hat ihn als verfickten Schreiberling beschimpft und ist weggegangen. Der Typ würde in ein paar Tagen verrecken, was sollte denn schlimmer gewesen sein als sein Schicksal, sagte Alex. Dem Schreiber taten seine Worte im Nachhinein auch total leid und er ist Markus gefolgt. Später zeigte er sich selten und wenn, dann saß er in Markus' Anwesenheit mit gesenktem Kopf da und schwieg und Markus sagte auch kein Wort.

Ein, vielleicht auch zwei Wochen nach diesem Gespräch liegt Alex einmal in der Wohnung der Hacker, trinkt Schnaps mit Pfeffer und isst eine Zitrone dazu. Wir, also Nea, Markus, Tschuj, ich und die Hacker selbst sitzen um ihn herum und trinken auch den Schnaps, bloß ohne Pfeffer. Da liegt Alex und nach jedem Schluck beschimpft er uns auf das Übelste, einfach so, neckt uns halt. Er hatte sich eine schlimme Grippe geholt, hat vierzig Grad Fieber und pflegt sich auf diese Weise. Alle bei uns pflegen sich auf diese Weise, egal ob sie eine Erkältung oder Tripper haben. Bei Tripper wird das Ding halt mit dem Schnaps übergossen und das tut höllisch weh. Über Tripper werde ich später erzählen, genauer gesagt über Charlize, die Frau, die mich damit angesteckt hat. Ja, es gäbe sicherlich etwas Besseres zu erzählen, aber es wäre auch nicht gut, so etwas zu verschweigen. Also liegt Alexander da und beschimpft uns. Irgendwann ging es uns schon auf die Nerven, also schlug Markus vor, einfach abzuhauen. Es war schönes Wetter, wir könnten theoretisch auf dem Karussell übernachten, doch die Hacker waren dagegen. Jemand musste ja auf Alex aufpassen und sie wollten die Rolle der Krankenschwestern nicht übernehmen.

Drüben habe ich mir immer wieder eine Grippe geholt. In solchen Fällen trank ich jede Menge Himbeertee, nahm Medikamente und wickelte mich in mindestens zehn Decken und das Geile ist: Seit ich hier bin, ist mir gar nichts passiert. Toi, toi, toi, dreimal auf Holz geklopft, bin ich so kerngesund, als ob ich in den Bergen mit Ziegenmilch großgezogen worden wäre. Ich habe sogar zugenommen, dabei esse ich nur ein paar Bissen am Tag und brauche auch nicht mehr: Vodka, Gras und das war's. Nur mit dem Einschlafen auf den Bänken und Isomatten tat ich mich schwer am Anfang, da stand ich am nächsten Tag oft mit Rückenschmerzen auf, doch jetzt lehne mich, wenn ich müde werde, an einem x-beliebigen Gegenstand und schon bin ich in süße Träume gehüllt. Wo haben Alex und ich nicht schon geschlafen: Auf Dächern, in Kellern, in Erdölleitungsrohren und sogar mitten im strömenden Regen. Ganz zu schweigen von dem bequemsten aller Betten, einer mit der Isomatte gepolsterten Bank; einmal haben wir sogar in einem Container gepennt. Dieser Container war voller Bananenkisten und in unserem Gras-Flash haben wir uns wie die Affen die ganze Nacht mit den Bananen vollgestopft und danach eine Woche lang an Durchfall gelitten. Ich habe schlechte Erinnerungen an diesem Container... Kurz gefasst, keine Ahnung wo wir überall geschlafen haben und als ich einmal in einem normalen Bett schlafen musste, da habe ich kein Auge zugetan. Man gewöhnt sich schon arg an die Isomatte.

Also die Hacker hatten nicht vor, für Alex die Krankenschwester zu spielen. Nea hat sich angeboten. Wir sollten gehen und sie würde sich um Alex kümmern. Es hat mir schon gestunken, dass

Nea nicht mitkam, aber, na ja, ich war schon aufgestanden und zum Gehen bereit und wenn ich mich nun wieder hingesetzt hätte, hätten meine Leute womöglich etwas kapiert. So nahmen wir unsere Schnapsflaschen, Markus und ich und liefen zur U-Bahn.

Als wir über den Parkzaun sprangen, war es immer noch hell. Unser Park ist tagsüber auch krass anzusehen, menschenleer und mit lauter Karussells um dich herum, die einen verrostet und mit abgerissenen Sitzen, die anderen wie neu, bunt angestrichen und mit vollständigen Sitzen darauf. So durchschritten wir die Stille, nahmen immer wieder einen kräftigen Schluck aus der Flasche. Es war das Gebrüll eines Löwen oder ähnliche komische Geräusche zu hören und wir lachten uns den Arsch ab. Hinter dem Park war ein Zoo. Dieses Gekreische kam bestimmt von dort. Unser Karussell dreht sich am längsten, aber um es zu erreichen, muss man erst geradeaus und dann nach unten gehen, bis zu den Schiessbuden. Dort ist es windstill und dort hausen auch die Hunde von Markus. Unterwegs hat sich Markus wie ein Novize besoffen: Er taumelt, spuckt auf den Boden, schreit und singt. Überhaupt, je weiter sein Aids fortschreitet, desto mehr verändert er sich: Er ist nicht mehr schüchtern, errötet auch nicht mehr, ist irgendwie beweglicher und flinker geworden und flucht wie ein Kesselflicker. Er ist spitzzüngig und unverfroren. Sonst ist er wie immer. Ich habe noch nie mit einem echten Aidskranken zu tun gehabt und hab auch keinen Schimmer davon. Ich dachte, Markus würde eines Tages einen eitrigen Hautausschlag bekommen und in schweren Krämpfen liegend und röchelnd verrecken und er tat mir leid, aber bei dem ist nur Charakterveränderung festzustellen und dass er manchmal auch nüchtern und ohne jeden Grund kotzen muss. Das war's. Sonst ist er völlig normal.

Nun schreiten wir singend des Weges und plötzlich fragt Markus:

– Gio, du bist in Nea verliebt, stimmt's? Und schaut mich an, als ob nichts wäre.

Ich bin sprachlos.

– Bist' bescheuert, Markus, was stellst du da für eine Frage?

Und als ob er mich überhaupt nicht gehört hätte, spricht Markus weiter:

– Ich habe sie auch ganz doll lieb und dich auch, du Penner...

Dabei kann ich es doch gar nicht leiden, im Suff das Herz auszuschütten, Alex auch nicht und sollte er jetzt damit anfangen, würde er doch nie mehr aufhören. Gott sei Dank, der Zoo hat geholfen. Vivat das Tier in dem Käfig, das genau in diesem Moment anfing, wild zu kreischen. Markus blieb stehen und wurde fürchterlich blass.

– Hörst du es? – fragt mit der völlig veränderten Stimme.

Ich wurde nervös. Markus, meinem Kumpel würde jetzt doch hoffentlich nichts passieren, so bleich wie er war. Nea und jedes andere Mädchen waren mir doch scheißegal.

– Klar, so wie das verfickte Tier doch schreit. Kann es sein, dass es ein Vogel ist? Ich zwang mich zu einem Lächeln und schaute Markus an.

– Leck mich mal, Mann, stell dich nicht so doof an, Gio, es ist ein Hund!

Aufmerksam lauschte ich dem Geschrei. Es schien wirklich Hundegeheul zu sein, das mit einem eigenartigen Röcheln eines Erwürgten aufhörte. Markus schoss davon und ich rannte ihm mit einer schlimmen Vorahnung hinterher. Wir sind nach unten, an unserem Karussell vorbeigelaufen und erst am Gebüsch gelang es mir, Markus zu schnappen. Hinterm Gebüsch waren die Ruinen der alten Schießbuden und ein dreckiger, stinkender Bach, an diesen Bach grenzte der Zoo und genau in dem Moment, in dem wir angerannt kamen, verstummte das Geheul in dieser Gegend.

– Hab doch gesagt, dass es aus dem Zoo kam, du Penner. Was rennen wir denn da wie die Deppen.

– Es kam von den Schießbuden, – sagte Markus und versuchte sich zu befreien.

– Dann lass uns mal hingehen und nachschauen, aber sei leise, erst checken wir die Lage, – sagte ich und wir krochen zwischen die Büsche.

Was wir von dort aus erspähten, ist nicht mal in den scheusslichsten Horrorfilmen zu sehen. Mir wurde plötzlich bewusst, dass ich meine Vodkaflasche immer noch fest in der Hand hielt, hinter den Büschen hockend habe ich sie auf einmal ausgetrunken und das war auch gut so, denn ich kam wieder zu mir.

Eine Wand, die uns die Sicht verdecken würde, gab's nicht. Deshalb waren alle dort versammelten verfickten Satanisten und sonstigen Scheusale gut sichtbar. Sie standen still, zwei davon waren Mädchen, und glotzten auf etwas, das am Boden lag. Dieses Etwas zappelte und war blutverschmiert und es war ein Hund, Mann, genau gesagt einer von Markus' Hunden. An eine der immer noch vorhandenen Wände hatten sie mit schwarzer Farbe die verfickten Hörner und Sterne gemalt. Dabei waren es Leute, die bestimmt älter waren als wir, verfickt sei erst ihre Bildung und obendrein die des Schreibers.

Ich ergriff die Hand von Markus und sagte mit leiser und zittriger Stimme:

– Komm schon, Markus, lass uns die Jungs holen und diese Bastards auf der Stelle vergraben!

Das sagte ich nur, um ihn von dieser Stelle weg zu kriegen. Am besten wären wir abgedampft, weil es ja doch keinen Sinn hatte. Du kannst diese durchgedrehten Arschlöcher nicht mal mit Stangen aus Stahlbeton verjagen. Einer von dieser Sorte würde, selbst wenn er zwanzig anderen allein gegenüberstehen würde, nicht ausweichen, sondern sich stellen und das Schlimmste daran ist, dass sie dies auch noch mit diesen bedauerlichen, verängstigten Gesichtern tun.

Wer solche Augen hat sollte eher weglaufen und sich verstecken, aber diese masochistischen Spinner schreiten nach vorn, als ob sie selbst zwar gerne weglaufen, aber von einer unsichtbaren Hand nach vorne geschubst würden. Dir bliebt gar nichts anderes übrig, als selber abzuhauen oder sie zu erschlagen, denn sonst werden sie dich mit was auch immer erstechen, weil solch einem ist alles einfach nur scheißegal, das habe ich mit eigenen Augen gesehen und darum sag ich es auch. Dass sie in irgendwelchen Vororten Katzen und Hunde schlachten und idiotische Rituale vollziehen, das wusste ich und ich habe sie ab und zu auch bei Raschid gesehen, aber dass ich sie mitten in der Stadt antreffen würde, das habe ich nicht erwartet.

Ich habe es nicht mehr geschafft, Markus zum Gehen zu bewegen. Wie ein vollgerüsteter Krieger sprang er den Satanisten entgegen, zerschmetterte unterwegs die Vodkaflasche und fuchtelte mit dem Rest wild herum. Er zerfetzte jemandes T-Shirt und schon spritzte das erste Blut. Ich folgte Markus, murmelte dabei irgendeinen Scheiß, dass Markus betrunken war und dass sie es verstehen und nicht böse auf ihn sein sollten. Ich bin mit solchen Entschuldigungen angerannt, als es plötzlich blitzte: Jemand griff mich von hinten an.

Als ich wieder zur Besinnung kam, lagen Markus und ich auf dem Boden. Die Satanisten, viel mehr, als ich anfangs gedacht hatte, liefen still um uns herum und traten uns mit den Füßen. Ein junges Ding schien besonders aktiv zu sein, lief hin und her, schlug uns zwischendurch mit irgendeinem Balken und ich beschimpfte sie auf das Übelste. Was hätte ich sonst tun sollen, es war doch bestimmt die, die von hinten auf mich draufgehauen hat. Plötzlich hat Markus, mein Kumpel, sich gekrümmt und zu weinen angefangen – laut, wie es die hysterischen Weiber tun, er schluchzte geradezu und ich riet ihm, seine Kapuze aufzusetzen und das Gesicht mit den Händen zu bedecken damit ihm keiner was antun konnte. Dabei schrie ich lauthals, dass sie ihn nicht schlagen dürften, die verfickten Spinner. Ich versuchte mich aufzurappeln, aber die schmissen mich zurück auf den Boden. Mir war langsam auch alles scheißegal. Ich wollte nur, dass Markus diesen Tag überlebte und am nächsten Tag würde ich mir eine Knarre von den Jungs leihen und diese Säue alle einzeln abknallen. Aber dann habe ich ihnen in die Gesichter geschaut und es lief mir kalt den Rücken runter: Sie schauten uns so an, als hätten Markus und ich sie verhauen und nicht umgekehrt und ich habe herausgebrüllt, was mir gerade in den Sinn kam:

– Wir sind doch Raschids Bros, ihr Arschlöcher!

Sie hörten auf der Stelle auf, nur diese bescheuerte Schlampe machte weiter. Erst die anderen mussten sie ruhigstellen. Wir sollten die Hände vom Gesicht nehmen, meinte einer, dessen Bart ihm fast bis zum Bauchnabel reichte. Ich hab's getan und er bestätigte, er hätte uns bei Raschid gesehen. Dieses Mädchen hat noch einmal mit dem Brett ausgeholt, doch die anderen konnten sie rechtzeitig stoppen und ich nahm mir vor, erst dann zu sterben, wenn ich ihr ihren Balken in den Arsch gesteckt hätte. Unheimlich ruhig sagte der Bärtige, dass wir nun gehen und sie nächstes Mal bitte nicht mehr stören sollten. Sie halfen ihrem blutverschmierten Kumpel, den Markus mit der zerschlagenen Flasche verwundet hatte, auf die Beine, verschwanden und ließen uns mit dem enthäuteten Hund zurück.

Wir haben echt Schwein gehabt, dass wir besoffen waren, sonst wäre aus uns, mir und meinem Kumpel und Meisterflötisten nicht mehr viel übriggeblieben, und der Schreiber hat sie auch noch bedauert, der Spinner.

Ich habe das Ganze erzählt, weil die verfickten Satanisten nun auch in unserer Nähe waren und schauten mal Petro und Valera an, mal rückten sie die auf dem Boden aufgestellten Kerzen zurecht. Der Bärtige bemerkte mich und nickte mir zur Begrüßung mit dem Kopf zu, als ob nichts gewesen wäre. Ich hatte auch nicht vor, dort einen Kung-Fu-Kampf aufzuführen. Außerdem es war schon lange her, Markus und ich waren beide wieder heil und so habe ich seinen Gruß mit erhobener Hand erwidert. Ich habe sogar an das mit dem Brett bewaffnete Mädchen gedacht. Wenn sie da gewesen wäre, hätte man sie flachlegen können, aber in dieser Beleuchtung konnte man kaum etwas sehen. Allmählich wurde die Mucke auch dunkler und später gab's eh keine Chance mehr sie in diesem Kuddelmuddel zu finden. Als Petro sich zu mir umdrehte, winkte ich auch ihm zu und er kam rüber, der Einzige von Raschids Leuten, mit dem ich mich echt angefreundet hatte.

– Was bringt dich ins Erdgeschoss, Gio? Hast du knospende Brüste vermisst?

Peto ließ sich neben mir nieder und warf einen Blick auf die Teenager, von welchen keine mit weniger als C-Cup ausgestattet war.

– Valera, der Arsch, hat sie nach der letzten Unterrichtsstunde hierher befördert. Schau, sie haben immer noch die Hemden mit den Unterschriften an!

– Na warte, lass mich zum führenden Pornostar in Raschids Filmen werden und dann wirst du mich sogar am Arsch lecken, Petro, – sagte ich, – Was für eine Unterrichtsstunde?

– Echt? Wieviel will er dir dafür zahlen? Der Kretin hat das echt geglaubt oder halt so getan, als ob er mir glauben würde, – und warum weiß ich nichts davon?

– Weil du und Valera die Eunuchen in seinem Harem seid, darum.
– Selber Eunuch, – Petro war sofort gekränkt.
– Ok, war ja nur ein Witz, chill dich!
Es war mir doch Latte, ob Petro sich chillen würde oder nicht, aber ich wollte noch ein paar Dinge klarstellen.
– Was für eine Unterrichtsstunde?
Petro lachte.
– Die da, mit den weißen Hemden, siehst du? Die sind heute mit der Schule fertig geworden und Valera hat ihnen angeboten, sie auf eine geile Party zu bringen und sie sind ihm auch gefolgt, brav wie die Schafe.
Ich habe hingeschaut, doch von Weiß war keine Spur.
– Die sind schon ausgezogen, – klärte mich Petro auf.
Na bravo! Die Sigmunds kamen, wie man sah, heute besonders schnell voran. Ich würde die Satanistin mit dem Holzbrett vögeln oder eben gar keine. Ich würde mich heute einfach aufs Dach legen, kiffen und an Nea denken.
– Und die, Petro? – fragte ich und deutete auf die Satanisten.
Petro schüttelte den Kopf.
– Die kotzen mich doch langsam an, Gio. Warum sie Raschid, verfickt noch mal, überhaupt noch reinlässt...
– Was wollen sie von dir?
– Was wollen sie wohl? Fragten, warum wir die Wände mit roter Farbe besprizt hätten. Sagten, wir hätten ihnen bloß Bescheid sagen sollen und sie hätten echtes Blut aufgetrieben.
Sieh mal einer an, die sind also immer noch dabei Katzen und Hunde zu entsaften, die Arschlöcher. Warum hat noch kein einziger Hund es geschafft hat, sie zu zerfetzen.
– Ist ein Girl mit einem Holzbrett in der Hand mit ihnen mitgekommen?
Na, das war wohl der Zug, den ich an der Bar genommen hatte. Jetzt kam ich richtig drauf.
Petro hat mich angeschaut.
– Bei diesem Licht hab ich dir gar nichts angemerkt, Mann. War's gut? Ich bin in letzter Zeit auf Pillen, Raschid hat welche bekommen und...

– Ich kann Drogen und Pillen nicht leiden, weißt du doch, Petros. Hab einen Zug von einem Joint genommen, das war's. Jetzt aber mal ehrlich, sind sie nicht in Begleitung von zwei, drei Mädels angekommen?
– Was weiß ich. Als ich die Tür aufgemacht habe, waren sie alleine da, – sagte Petro. Das verdarb mir die Laune. Ich hatte richtig Lust auf sie. Nach Ersatz suchend schaute ich mich um, doch dieses Kuddelmuddel war nicht so meine Sache. Ein von hier abgeschlepptes Mädel würde bei mir nur einen Anfall von akuter Impotenz auslösen, das wusste ich schon aus Erfahrung und Raschids Frauen hatten für einen zotteligen Gio nun mal keine Zeit. Sie mussten sich um einen Bus voller Schüler kümmern. Plötzlich habe ich einer von Raschids Kameras den Stinkefinger gezeigt. Zwar filmte er aller Wahrscheinlichkeit nach noch nicht, aber es hätte ja sein können, dass er uns nur so zugesehen hat.

Da sitze ich also übel gelaunt und denke, ob ich schon hier wegflashen, oder nach oben zu Alex gehen soll. Fraglos wird mich Alex weiterhin über Alina belabern... Plötzlich höre ich Valera sagen:
– Magst kein Gras, Kleines?
– Oh, geh doch scheißen, Valera! – antwortet eine Kinderstimme. Mag sein, dass es irgendein Teenagerküken ist, das da so piepst, oder es ist in diesem Höllenlärm so herübergekommen.
– Warum denn, Lada, deine Schwester lässt dich doch eine rauchen...

Lada...Lada...Leck mich doch, es ist ja Lada!
– Mann, was hat Alinas kleine Schwester Lada hier zu suchen? – drehte ich mich zu Petro.
– Was weiß ich, Gio! Erst ist sie oben rumgegeistert und wie man sieht, ist sie jetzt hier. Dass diese Schlampe sie so mit sich herumschleppen muss!

Wenn ich ihm nun eine runtergehauen hätte, hätte ich später von Alex einstecken müssen, also schwieg ich.
– Und wo ist Alina selbst? – fragte ich nach einiger Zeit.
– Hab ich dir nicht gesagt, dass dieser Gorilla sie heute Morgen in den Wagen geschmissen und mitgenommen hat? – regte sich Petro auf. Dann rief jemand nach ihm, er stand auf und ging.

Na schön, gehe nun zu Alex rauf und mach ihm klar, dass irgendein Gorilla es mit seiner Alina wo auch immer auf dem Rücksitz seines Wagens treibt und ihre sieben Jahre alte Schwester Lada mitten im Rudelgewudel sitzt und von Valera auch noch einen Joint angeboten kriegt. Auf einmal ging das blaue Neonlicht an und färbte die ganze Umgebung blau ein, und ein an der Decke aufgehängter Ball hat überall rote Tupfen verstreut. Diesen Einfall von Raschid haben die Leute mit wildem Gekreische und Geklatsche honoriert. Es sah so aus, als würde er auch bald mit der Hauptvorstellung losgehen.

– Tam, hör mal zu, – brüllte ich Tamara an, damit sie direkt neben dem Lautsprecher überhaupt was hören könnte, und zog sie am Ärmel.

Tamara war früher meistens im Proberaum anzutreffen gewesen, wir haben dort viel Zeit miteinander verbracht und kannten uns gut, außerdem war sie, wie ich bereits sagte, eine Weile mit meinem Kumpel Tschuj zusammen. Nun aber war sie eine von Raschids Frauen, arbeitete hier und hatte keine Muße.

– Hab keinen Bock auf dich, Gio. Dort sind ein paar echt geile Schnitten, schlepp dir eine ab! – brüllte sie zurück und knutschte irgendein Mädel weiter, aber ich gab mich nicht geschlagen, setzte mich dazu, vorsichtshalber die Kameras beäugend, Raschid könnte ja dabei sein, dass alles hier aufzunehmen und ich hatte keine Lust rein zufällig doch wie ein Pornostar in seinen verfickten Videos aufzutauchen, obwohl viele saßen immer noch mit offenen Mündern da und haben dadurch die Einzelbilder vermasselt.

– Tam! Tam! – zog ich Tamara erneut am Ärmel, – ich möchte etwas Anderes...

Da ließ Tamara das Mädel los, wandte sich mir zu und guckte mich erwartungsvoll an.

– Und das wäre?

– Wo ist Alina? Ich suche sie, Tam!

– Hast du dich in sie verknallt, Junge?

– Ich doch nicht... Ich habe bloß etwas Wichtiges mit ihr zu klären, sag schnell, wann kommt sie zurück?

– Alina wird nicht zurückkommen! – brüllte Tamara mich an, – Nie wieder. Sie ist abgehauen! – und drehte sich wieder zu ihrem Mädel, das mich böse anguckte.

Mann, eine Lesbe...Wenn man das schafft eine Lesbe flachzulegen, wird man lange keine andere mehr haben wollen. Eine Lesbe ist die beste Sexpartnerin, aber eine echte, nicht dieses Küken, das mir immer wieder die mörderischen Blicke zuwirft. Ich erwachte aus meinem Tagtraum:
– Abgehauen? Wohin? Sag mir, Tam, ich fleh dich an...
– Sie hat geheiratet, Mann! Klar? Heute Morgen hat ein Türke ihr einen Heiratsantrag gemacht und sogar einen Diamantenring geschenkt. Dann sind beide abgehauen und jetzt du auch. Hau ab!
Mann, wie soll ich das Alex klarmachen? Ich sag ihm am besten gar nichts. Lass ihn selber alles herausfinden. Ich bin doch nicht sein Privatdetektiv.
– Also, Gorilla hat ihr Antrag gemacht... Gorilla hat ihr geschenkt... Oh, leck mich doch, – murmelte ich geistesabwesend und na ja, das was ich oben geraucht habe, war auch keine schlechte Ware.
– Es ist aber besser als Kleber, Lada! – hörte ich plötzlich und wusste gleich was ich zu tun hatte.
– Was für Kleber, was für Gras, Mann, bist du jetzt völlig durchgedreht?
– Wow, ich grüß den Punkadepten! – umarmte mich Albino-Valera, der Hauptclown von Raschids Kuddelmuddel, bereits granatendicht, mit der leuchtenden Stirn wegen irgendeines Ultradingsbums. Er ist halt ein lustiger Typ und ich habe auch gelacht.
– Ich bin doch kein Punk!
– Ist doch egal, – lallte Valera, – Lada, Lada, Ladalein!
– Aww, Gio, sag ihm doch, er soll sich verpissen!
Ich schaute nach unten und sah Lada, Alinas sechs– oder siebenjährige Schwester, an die Wand gelehnt auf dem Fußboden sitzend.
Ich setzte mich zu ihr.
– Was machst du hier, Lada?
– Was soll ich denn machen, versuch die Mucke zu hören, aber der Abfuck belästigt mich voll, – sagte Lada und schaute zu Valera herauf.
– Komm doch mit nach oben, dort ist es viel geiler, – sagte ich

und versuchte gleichzeitig, mit meinem Körper die Sicht zu dem Pouf zu versperren, von dem ein lautes Klatschen auf dem Arsch zu hören war, das selbst in diesen Höllenlärm nicht unterging.

– War schon oben aber dort haben sie eine Scheißmucke. Warte ein wenig, bald kommt „kridloffilz"[5], Raschid legt sie um die Zeit auf.

Überleg mal, ein sieben Jahre altes Kind hängt schon am schlimmsten Othersidemetal und außerdem: Wie oft war sie wohl schon hier, wenn sie es auswendig weiß, wann Raschid was auflegt.

– Komm mit nach oben, sag ich dir, dort gibt's Schokolade, – versuchte ich noch einmal, sie zu überzeugen.

Lada sah mich an:

– Hast du einen Knall oder bist du schon bekifft? Steck dir deine Schokoladen in den Arsch und gib mir Kleper, wenn du einen hast.

– Kleber macht dich doof, da ist ja Gras noch besser, – sagte ich und schaute zu Valera rüber, der in der Menge herumschlich, – Sieh mal Valera an. Als er so alt war wie du, hat er auch Kleber geschnüffelt und sieh jetzt seine Birne an.

– Ist sein Kopf echt vom Kleper so komisch? – Lada zögerte kurz und sah Valera zweifelnd an, – schwör!

– Was gibt's hier zu schwören, Mensch, ich kenn ihn seit seiner Kindheit. Frag ihn bei Gelegenheit selbst, wenn du mir nicht glaubst.

– Dann hör ich halt mit dem Kleper auf und werde nur noch Gras rauchen! – sagte Lada entschieden.

Oh Gott, auch das noch! Ich kratzte mich am Hinterkopf.

– Ja, Gras macht auch so einen Riesenschädel, dass du es bloß weißt, – sagte ich kleinlaut.

Lada lachte:

– Wenn dem so wäre, würdest du doch als ein einziger Kopf herumrollen, Mann! Jetzt lügst du aber, Gio! Hör auf und mach dich nicht zum Narren.

Sieh mal einer an!

– Ich lüge nicht, muss aber jetzt nach oben zu Alex, steh auf

---

[5] Cradle of filth – eine Band.

und komm mit, wenn du magst. Und wenn nicht, dann bleib halt hier und glotz diese Penner an! – ich ärgerte mich, stand auf und Lada folgte mir auf der Stelle.
– Ist Alex oben, Gio? Warum hab ich ihn nicht gesehen?
Diesen Alex mag doch jeder, sei es ein Alter, ein Kind oder eine Ratte...
Ich habe Lada an die Hand genommen und wir gingen zu der Treppe. Mittlerweile war der Raum schon proppenvoll. Auf einem Sofa saß das Satanistenpack und glotzte uns an. Ich wandte meinen Blick ab und wir gingen rauf.
– Wo ist deine Schwester, Lada? – fragte ich unterwegs vorsichtig.
– Wo soll sie denn schon sein? Bumst wohl irgendwo, – erwiderte Lada sorgenlos.
Und so etwas soll ein Kind sein, scheiß doch mal auf diese Schlampe Alina und den dunklen Schuppen und die Romantik von Alex. Hätte er doch sofort und auf der Stelle diese ganze Alina gevögelt, müsste ich dieses Mädchen nicht wie ein Babysitter mit mir herumschleppen.
Oben war nicht mehr so viel los. Der Krawattenträger pennte weiter vor sich hin, die „Leber"-Jungs, Alex und der Schreiber waren zusammen und man sah ihnen an, dass sie schon ganz tief im Bergwerk waren. Die Hacker und Tschuj hatten seligere Mienen als sonst, dem Schreiber ging's allem Anschein nach auch nicht übel und die neben ihm sitzende Schnecke mit Ponyfrisur machte den Eindruck einer Durchgeknallten. Als ich dazu kam, hat mich keiner beachtet, sie quatschten irgendeinen Mist über Schriftsteller und Künstler und dieser Schnecke war auf die Stirn geschrieben, dass sie, hätte sie den Schreiber im Park rumzappeln gesehen, ihn auf der Stelle angehimmelt und ihm sogar auf den Hintern geküsst hätte – seiner Ungewöhnlichkeit und ach so nonchalant ausgedrückten Individualität wegen. Dabei, unser Schreiber hat richtig Glück, dass es sein natürliches Bedürfnis ist, mit heraushängendem Schwanz herumzurennen, denn es gibt hier viele andere Dichter und Maler, die absolut keine Lust darauf haben, sich den Arsch aufzureißen, um irgendwelche gutbetuchten Deppen auf sich aufmerksam zu machen.

– Alex, Alex! – Lada rannte los und fiel Alex um den Hals, wie in den doofen Filmen die Luftballons haltenden Kinder ihren Vätern um die Hälse fallen. Da hätte nur noch eine Zeitlupenaufnahme und die Musik von Morricone im Hintergrund gefehlt und ein paar alberne Zuschauer mit tränenerfüllten Augen hätten auch noch bestens dazu gepasst.

Warum hatte das Kind Alex bloß so ins Herz geschlossen? Dabei haben sie doch nicht viel miteinander erlebt. Eigentlich nur einmal, als Alex wieder einen seiner Mutter-Teresa-Anfälle hatte und Lada zum Zoo brachte. Mit „brachte" ist zu viel gesagt. Von hier, dem Park aus sind sie zusammen über den Zaun gesprungen und schon waren sie im Zoo. Dort hat Alex sich mit ihr auf das Riesenrad gesetzt und als sie ganz oben waren, hat er einen halben Joint geraucht. Unten angekommen, bei dem Gehege mit den Kamelen, hat es Alex so weggeflasht, dass er Lada vollkommen vergaß und sie alleine zu uns rüberkam. Das war's mit ihrer gemeinsamen Geschichte und nun fährt Lada auf Alex ab. Aber wer weiß schon, wie Kinder ticken.

– Alex, warum habe ich dich nicht bemerkt? – sagte Lada und zwickte Alex in den Oberarm.

Als er Lada sah, hat Alex nur so gestrahlt. Er stand auf und fing an sich die Haare mit den Fingern zurechtzulegen: Vielleicht hat der Depp gedacht, Lada würde gleich auch Alina folgen und ihm genauso um den Hals fallen, doch Alina geht Alex am Arsch vorbei, sie hat's lieber, mit irgendwelchen geldscheißenden Gorillas zu vögeln, als mit meinem zotteligen Kumpel Fassbier zu trinken und anschließend auf dem Karussell zu singen. Deshalb ist sie nirgends zu erblicken und Alex schaut mich an, als ob er mir dringend eine Frage stellen möchte, traut sich aber nicht und ich werde ihm von mir aus auch nichts sagen. Er soll die Wahrheit selbst herausfinden. Und plötzlich hat mir Alex, mein Bro und der beste Gitarrist wahnsinnig leidgetan, wie er so still dastand und Lada und mich ansah, ich hatte einen Kloß im Hals und... Aber dann dachte ich daran, was noch alles vor mir lag, und dass ich jetzt mitten in der Rührungsphase steckte.

– Sie war unten und ich habe sie mit nach oben genommen,– sagte ich, mied Alex` Blick und setzte mich auf ein Sofa.

Auf einem Couchtisch standen Sekt- und Cognacflaschen. Ich kann beide Getränke nicht leiden, aber der Schreiber, die Pony-Schnecke und die Jungs haben allesamt Cognac gesoffen und zwar aus großen Gläsern und dazu haben sie Raschids Zigarren geraucht.

Wie gesagt, ich bin weder auf den Rausch noch auf den Hangover vom Sekt scharf und aus einem Glas habe ich auch seit ewigen Zeiten nichts getrunken. Da ich zu faul war eine Vodkaflasche aufzutreiben, griff ich den Cognac und trank wie gewohnt aus der Pulle.

– Du hast sie also unten gesehen? – fragte Alex.

– Sie war alleine, also nahm ich sie mit nach oben, – erwiderte ich und nach einem Schluck Cognac, zog auch noch an der Zigarre. Also wenn ich noch die Stiefel angehabt hätte, wäre ich wie der gewesen, der, wie heißt er bloß...

– Ich hab Musik gehört, – erklärte Lada ihrerseits und bettelte: – Alex, komm doch mit nach unten, bitte! Raschid hat geniale Mucke aufgelegt. Komm, ich besorg dir etwas Weed von Valera, kommst du?

– Ich werd' mit diesem Fehlfick Raschid gleich Klartext reden, – sagte Alex und ich verstand, dass er nicht bekifft sondern besoffen war. Dann wandte er sich an mich und flüsterte mir ins Ohr:

– Sag mal, dem Kind ist unten doch nichts passiert, oder? Sonst werde ich ihm die Kehle durchschneiden müssen, dem Arschloch!

– Bist du jetzt völlig durchgedreht, Junge? Ich war doch auch da, – dann dachte ich, wie oft Lada wohl schon dort gewesen war und niemand wusste, was die verfickten Spinner mit ihr... Aber, nein, Petro und Valera würden so etwas nicht tun. Auch wenn sie Raschids Leute waren, sie haben Lada doch gemocht, Tamara hat auf sie doch aufgepasst, wenn Alina sie bei ihr gelassen hatte und überhaupt, Lada war dort nicht erwünscht, es sei denn, sie schlich heimlich nach unten und außerdem, was könnte sie denn dort Neues und Unheimliches sehen, was sie nicht bei Alina gesehen hatte.

– Gehen wir oder bleiben wir? – fragt Tschuj, – wir sind am Aufbrechen.

Ich hatte nicht vor, diesen Ort so nüchtern zu verlassen und

auch Alex meinte dazu, dass wir blieben, weil noch ein paar Dinge zu klären wären.
– Ihr geht auch nach unten, Mann? – Tschuj klang enttäuscht, – unten war Tschujs Ex, Tamara am Anschaffen und zwar richtig und schon allein deshalb würde Tschuj sich niemals nach unten begeben.
– Wir haben oben, im Himmelreich was zu klären, – so Alex. Er war echt schottendicht.
– Bist du Tschuj oder Chuj[6], – fragte Lada neugierig.
– Alex, nimm mir dieses rotzfreche Kind aus dem Weg, hab so schon genug Probleme, Mann, – Tschuj fing an seine Drumsticks nervös zwischen die Finger zu drehen, – und überhaupt was habt ihr hier verloren, in diesem Abfucknest. Lasst uns mal ein paar Pullen einsacken, zu uns gehen und ein wenig spielen.
– Und ihr? Was habt ihr denn hier gesucht?
– Was wir gesucht haben, ist jetzt in unserer Tasche und zwar genug für einen Monat, – sagte ein Hacker-Zwilling. In der Zeit hatte der Schreiber es geschafft, der Ponyschnecke seine Hand zwischen die Beine zu schieben, sie ihrerseits war mit ihrer rechten Hand dem Schreiber zugewandt, wobei sie mit weisen Mienen über eine Skulptur aus der Zeit von Palästra oder sonst was quatschten.
Alex nahm Lada an der Hand und beide gingen nach oben, zu Raschid. Ich folgte ihm.
Raschid saß in einem Sessel, die Augenlieder schwer von Mascara, und hatte vor sich ungefähr siebenhundert Bildschirme flimmern. So schminkt er sich immer für seine Partys und einmal haben Alex und ich ihn sogar mit einer Frauenperücke gesehen und uns darüber prächtig amüsiert.
An einer Seite waren Petro und Valera zu sehen, beide mit gesenkten Köpfen, hinter Raschids Sessel stand ein frischrasierter, grauhaariger Typ, der einem Mutanten arg ähnelte und wie sich später herausstellte, auch einer war. Die Schnürsenkel seiner spitzen Schuhe hatte er, wie es sich gehört, in die Socken oder gar Unterhosen reingemacht. Also, Brüdergrimms, genau in diesem

---

[6] Penis auf Russisch.

Zimmer wurden die berühmten Blackmetalparty-Filme aufgenommen und geschnitten, die ihre Popularität auf verschiedenen Pornoseiten mehr ihrer Natürlichkeit, als der Aufnahme– und Schnittqualität zu verdanken hatten. Die Filme hat Raschid in die Türkei geschickt und dafür Dope erhalten.

Als Mutanten haben wir Bros aus Alex' vorigem Leben bezeichnet. Ab und zu versammelten sie sich mit ihren Löffeln und Lösungsmitteln unter der U-Bahnbrücke, hockten da und glotzten uns wie Marsmenschen an.

Unter der U-Bahnbrücke war die größte Anlaufstelle der Stadt für alle von unserem Ufer: Punks, Goths, Metaller und das restliche bunte Volk konnte man hier antreffen. Es waren nie weniger als sechzig, siebzig Leute. In Gruppen oder wild gemischt saßen sie da und machten das, worauf sie Bock hatten: Manche kreischten, manche schwiegen, bei manchen brannte zum Aufwärmen ein Lagerfeuer, andere liefen nackt herum, viele knutschten, vögelten. Es gab darunter auch welche, die Bücher lasen, etwas in ihre Notizbücher kritzelten oder Musik hörten. Etwas weiter entfernt sammelten sich die Schwulen, die des Öfteren einzeln mit teuren Schlitten abgeholt wurden. Unsere einzige Gemeinsamkeit war, dass wir alle Penner waren und keiner von uns wusste, wo er am nächsten Tag aufwachen würde. Trotz der vielen unterschiedlichen Charaktere verlief unser Zusammenleben meistens friedlich, egal, ob wir nüchtern, im Suff oder in einem anderen Rausch waren. Obwohl: Wenn ein Fremder einen Blick auf uns geworfen hätte, hätte er gleich einen Riesenkrawall erwartet, wegen des herrschenden Tumults und Getöses. So lebten wir nebeneinander her und, falls es nötig war, reichten wir uns gegenseitig auch mal eine helfende Hand, sei es mit Geld, Schnaps oder einem Platz zum Schlafen, nur die Mädels lagen sich in den Haaren und die Zuschauer schlossen Wetten ab auf die Raufereien, die daraus entstanden.

Was ich noch über die Schwarzen[7] alias Mutanten erzählen wollte: Sie kamen herunter zu uns und schauten uns zu. Früher

---

[7] Kriminelle Autoritäten und mit ihnen verbundene Leute, Gauner, Gewaltverbrecher.

haben sie manchmal jemandem seine Gitarre weggenommen oder die Ohrringe vom Ohr heruntergerissen, bis eines Tages ein Metaller aus seinem Rucksack eine abgesägte Doppelflinte zog, so einem unverschämten Mutanten direkt in die Augen zielte und mit dessen Hirn und Blut die halbe Sammelstelle bespritzte. Sich selbst hat der Metaller dabei das Handgelenk verstaucht, also verzog er das Gesicht und blies eifrig auf die schmerzende Stelle. Bald darauf ließen Mutantenkumpels zwar eben diesen Metaller spurlos verschwinden, doch von da an haben sie keinem von uns mehr ein Leid zugefügt. Sie kamen her, um sich unter der Brücke einen Druck zu setzen, saßen dann wie immer in der Hocke und schauten uns zu. Und überhaupt, sie verbringen ihr Leben in der Hocke. Ich habe fast noch nie einen aufrechtstehenden Mutanten gesehen und als ich nun einen hinter Raschids Sessel stehen sah, habe ich gedacht, ich sollte kurz die Augen zu machen und mir etwas wünschen.[8]

– Was habt ihr mir denn da für Penner angeschleppt, Mann! Was soll ich jetzt damit anfangen? – brüllt Raschid.

– Hast doch selbst gesagt, wir sollten Teenager bringen, Raschid, – murmelt Valera. Stirn und Backen hat er immer noch mit dem fluoreszierenden Zeug beschmiert und im Licht sieht das voll wie eine Fickfratze aus.

– Konntet ihr nicht Leute aus unserer Gegend auftreiben? Ich brauche diese Deppen mit Schulranzen nicht, ihr verfickten Idioten!

– Hat sie echt direkt von der „Letzten Klingel" hierhergebracht, – kichert Petro, der Penner.

– Raffst du das, Mann? – dreht sich Raschid zu dem Mutanten um, der Mutant kratzt sich an der Nase und kichert ebenfalls:

– Die werden alles ausquatschen, Bro.

Allem Anschein nach war der Mutant mächtig drauf, was seine Weltanschauung völlig auf dem Kopf gestellt hatte. Damit konnte man auch sein aufrechtes Stehen begründen, so wie in einem

---

[8] Es gibt in Georgien einen Brauch, wenn man zum ersten Mal etwas sieht, macht, kostet, wünscht man sich etwas, wie beim Kerzenausblasen auf dem Geburtstagskuchen.

Witz: Drei Fledermäuse hängen an einem Ast und rauchen Gras. Plötzlich dreht sich eine um und setzt sich auf den Ast und die zweite Fledermaus fragt, was wohl los sei mit ihr und die dritte antwortet, sie könne wegen zu starken Rausches ohnmächtig geworden sein.
– Dafür werden die Aufnahmen viel natürlicher, – sagte ich.
– Wenn sie nicht bumsen, was nützt mir die Natürlichkeit, – sagte Raschid, der uns erst jetzt bemerkte.
– Alter, Gioland? Alex?
Man hat ihm schon angemerkt, dass er sich nicht besonders über uns freute. Alex und ich verspotten ihn allzu gern und um vor seinen Leuten seine Wichtigkeit nicht zu verlieren, sagte er zu Petro und Valera:
– Zischt jetzt mal ab und kümmert euch um diese Kamera.
– Welche Kamera? – fragt Valera und Raschid, mit mascaraschweren Augenlidern, brüllt sie wieder an:
– Die irgendein Depp mit Bier besprizt hat, diese Kamera und dalli, meine Filter schaffen es kaum noch...
Valera ging zur Tür, aber das letzte Wort musste er noch haben:
– Doch nicht diese Kamera, Manno... Bin doch kein Vogel, Raschid, wie soll ich denn so hoch oben die Kamera putzen.
– Ja, wir sind doch keine Vögel, Raschid, – bestärkte Valera Petro und beim Hinausgehen hat er mir eine Pille in die Hand gedrückt und zugeflüstert:
– Wirf das sofort ein, Gio, dagegen können alle anderen Dopes abstinken und gib acht...
Mittlerweile näherte sich Alex Raschid, Lada nahm er mit und sagte leise aber kühn:
– Was hatte sie dort unten zu suchen, du Bastard!
Er hat das so mutig gemacht, als ob in seinem Gürtel immer noch das Geschenk seines Vaters, eine mit Schalldämpfer versehene CZ steckte und da draußen ein BMW mit abgedunkelten Scheiben und voll von seinen Mafiosi-Kumpels wartete, und Raschid hat den Flattermann gekriegt, wie alle Penner, die selber wissen, dass sie Penner sind, wenn man sie zur Rede stellt... und Raschid quakte:
– Wen meinst du, Alex?

– Scheiß doch drauf, Raschid, siehst doch, ist granatendicht, – sagte Lada und schmiegte sich an Alex.

Der Mutant glotzt unterdessen die grünen Chucks von meinem Kumpel an und kichert:

– Alexander, wie geht's dir, Bro?

Mit aller Wahrscheinlichkeit hatte Alex den Typen überhaupt nicht bemerkt, oder bemerkt, aber nicht erkannt, kurzgefasst, bisher war ihm der Mutant völlig Latte. Doch jetzt schaute er ihn an, erkannte ihn vermutlich und war irritiert. Lada schob er auch auf der Stelle weg.

– Hab dich nicht gleich erkannt, – sagte er und grinste wie ein Depp.

– Man sieht dich gar nicht mehr in unseren Kreisen, – lallte der Mutant, um dann plötzlich wieder erstaunlich nüchtern und lebendig die nächste Frage zu stellen:

– Und wer ist dieses Kind, Alex?

Wahrscheinlich ist er auf Subutex. Subutex wirkt so beschissen, mal ist man weg, mal wieder da und so – abwechselnd.

– Das ist Lada, Alinas Schwester, – sagte Raschid, – du kennst doch Alina?

Das hat Raschid nur so gesagt, um das Gespräch auf ein anderes Thema zu lenken, doch dann blitzten seine Augen auf; irgendetwas in seinem durchtriebenen Hirn muss die Lage blitzschnell gecheckt und die Details folgerichtig zusammengefügt haben – jedenfalls lehnte er sich entspannt in seinem Sessel zurück.

– Hab sie dir doch zum Bumsen gegeben, Mann, Alina, mit grünen Augen, hast du das vergessen? – sagte er zum Mutanten und schaute anschließend Alex an.

– Alina...Alina... – der Mutant lehnte sich auch auf den Sessel und dachte nach, vielleicht war er auch kurz wieder weg. Jedenfalls verharrte er so und starrte Raschids Glatzkopf an.

Plötzlich stand Pria in der Tür:

– Raschid!

– Hau ab! – Raschid ließ sie nicht zu Wort kommen und fügte hinzu: – Hier, nimm diese Rotzlöffel mit und richte dieser Bumsnudel aus, sie soll sie nicht mehr anschleppen.

– Selber Bumsnudel! – erwiderte Lada, rannte durch die Tür

und schrie noch von außen: – Alex, wenn du hier fertig bist, komm nach unten, ok?

Lada...Dabei sieht sie aus wie ein Unschuldslamm, ein kleines liebes Mädchen, mit Zöpfchen und blauen Augen.

– Eines Tages bring ich sie um, diese Göre, – Raschid glotzt weiterhin Alex an, in seinem Sessel ausgestreckt und Alex, mein Kumpel steht still und ich schau und warte – wenn er sich auch nur ein bisschen rührt, dann schnapp ich mir einen Stuhl und zerschlage jemandem die Fresse... Da schaut Raschid zu dem Mutanten auf, der die ganze Zeit auf seinen Hinterkopf starrte. Schaute auf und klatschte in die Hände:

– Alter, da fällt mir ein, sie hat doch geheiratet! Alina hat geheiratet, Alter, Gudron! In echt, schwör ich dir!

Gudron also Teer?! Wenn ich so einen Spitznamen hätte, würde ich aus lauter Scham mit Eremitenkutte bekleidet in die Wüste ziehen und von trockenem Brot leben.

Raschids Klatsch hat den Mutanten sofort abtörnen lassen:
– Echt?
– Der Dealer aus der Botschaft, der hat sie geheiratet, raffst du das?
– Der den Schnee liefert? Und wie ein Gorilla aussieht,– der Mutant lachte wie ein Kind,– Alles klar! Bringt die Ware, nimmt die Frau.

Ich sah zu Alex. Er stand da mit zitternder Unterlippe. Jedem Doppeldeppen wäre sofort klargeworden, dass es ein Problem gab und auch der Adept der dunklen Kriminalwelt hat es kapiert, also standen wir alle da und glotzten Alex an wie einen Christbaum und der glotzte auf Raschids Bildschirme und tat so, als ob dieses Gespräch überhaupt nichts mit ihm zu tun hätte.

Alex war immer noch krank. Mein Kumpel war von der verfickten Krankheit immer noch nicht ganz geheilt und sogar betrunken trug er ihn wie Handschellen, diesen Brauch aus seiner alten Welt, sich ständig gegenseitig zu überwachen und einander nicht mal falsch gebundene Schnürsenkel zu verzeihen, geschweige denn, sich in Raschids Nutte zu verlieben. Doch die allerschlimmste Krankheit, die dich befallen hat, Alex, ist nun mal die Liebe. Du liebst doch Alina? Du liebst sie doch ganz doll, oder? Und was ist die Heilung und die Impfung gegen dieses Leiden? Nein, nicht Alina selbst, sondern das, was du jetzt durchmachst. Hauptsache, nicht aufgeben, Bro, hör auf niemanden, genieße dieses Gefühl des Verliebtseins in vollen Zügen und der Rest ist nicht wichtig. Du und der Planet seid da, Alex, und hier, irgendwo in der Gegend ist etwas wahnsinnig Echtes... Auf dem Ufer eines verliebten Mannes ist alles gerechtfertigt, also lass uns erst hier aufräumen, erst hier klar Schiff machen und dann gehen, zu unserem Karussell zurückkehren, Alebardos, mein Bruder und Freund!

Blitzschnell schmiede und durchlebe ich in meinen Gedanken einen Plan, halte den Stuhl schon beinahe in der Hand, checke, dass Alex für sich auch eine schwere Stehlampe ausgesucht hat, dass Alex und Raschid sich ohne zu blinzeln in die Augen schauen, während der Mutant wieder abgetörnt ist – da hat Alex sich einfach umgedreht und ist zur Tür gegangen und ich bin ihm gefolgt. Was sollte ich denn sonst machen?

Aus Raschids Zimmer im Flur angekommen, bog Alex sofort nach rechts, dort gab's nichts anderes als Toiletten, also dachte ich, dass er sich vielleicht übergeben musste, aber nein, Alex lief an den Toiletten vorbei, schaute sich um, checkte die Lage, klappte die Leiter, die aufs Dach führt, herunter, stieg hinauf, klappte die Leiter wieder hoch und flüsterte:

– Bring etwas Sprit mit hoch, Gio, ich bitte dich!

Wie konnte ich bloß diese Leiter vergessen? Alles, was ich in Raschids Haus mochte, war eben diese Leiter und das Dach und oben angekommen, klappten wir diese Leiter auch immer hoch, damit keiner nachkommen konnte. Ich rannte nach unten, hab an der Bar zwei Flaschen geschnappt und dabei den Raum abgecheckt. „Leber"-Jungs waren nirgendwo zu sehen und der Schreiber schien damit beschäftigt zu sein, in einer stillen Ecke seine Pony-Tussi zu reiten. Der Fußboden bebte und sogar aus den hermetisch verschlossenen Türen hörte man die Bässe brummen. Scheinbar hatte die Aktion im Untergeschoss ihren Zenit erreicht. Plötzlich begegnete ich dem Blick dieses dösenden Krawattenträgers, der nun nicht mehr döste und extrem nach einem Homofürsten aussah; im Untergeschoss hätte er sich wie ein Dinosaurier gefühlt, deshalb saß er da so einsam und alleine, doch er würde gewiss bald von jemandem getröstet werden. Diese Sorte Leute sah man nicht nur hier, in ihrer Not schlichen sie sogar unter der U-Bahnbrücke hinunter, nur dass sie dabei keine Anzüge, sondern große, dunkle Sonnenbrillen trugen und so viel Geld fürs Trösten zahlten, dass sie eine ganze Armee von eventuellen Tröstenden vor sich stehen hatten und danach haben sie nicht mal ein Make-up gebraucht, so strahlend erschienen ihre Gesichter auf dem Bildschirm...

Ich schnappte die Flaschen und rannte zu Raschids Stockwerk hinauf. Im Flur war keine Menschenseele anzutreffen, also klappte ich die Leiter herunter und stieg auf den Dachboden. Auf diesem verstaubten Dachboden kannte ich jede Wand in- und auswendig und konnte mich dort mit verschlossenen Augen bewegen, doch an einer Stelle habe ich immer den Kopf angehauen und es ist so oft passiert, dass ich nicht mehr geflucht habe. Dieses Mal war es nicht anders. Ich stieß den Kopf an der gewohnten Stelle an und stieg friedlich aufs Dach.

Das Dach von Raschids Haus hatte mit Raschids dunklen Geschäften nichts gemein. Man kriegte das Gefühl, dass es völlig losgelöst und weit entfernt durch die Lüfte schwebte; es war nur ein Dach mit einer leichten Neige, mit Schornstein und Antennen und ganz unten, am Rand, bildeten irgendwelche Röhren ein Geländer, das zur Fußablage taugte: Man konnte sich gemütlich wie auf einem Liegestuhl ausstrecken, die Füße hoch, auf diese geländerartige Erhöhung legen und herumgucken. Die Aussicht war auch nicht übel: Auf der einen Seite unsere Hauptstadt, geradeaus hinter einer Wiese war ein Wald zu sehen, hinterm Wald kahle Hügel, darauf hie und da eingesteckte Strommasten, die wie Joints aussahen und wenn du keine Städte und Säulen magst, dann hast du immer noch den Himmel über dir – im Himmel gibt's weder Städte noch Säulen, im Himmel bewegen sich nur Sterne, Satelliten und Ufos. Der Mond machte auch sein Job, außerdem kann mir jemand, der nüchtern aufs Dach steigt, sowieso gestohlen bleiben und na ja, unsereins wird schon checken, worauf ich hinaus will...

Ich stieg aufs Dach, Alex, mein Kumpel saß mit dem gesenkten Kopf an unserem Lieblingsplatz, vor dem Geländer, neben dem

Schornstein. Ich setzte mich dazu und reichte ihm die Flasche.

Alex nahm die Flasche entgegen, schaute nicht einmal drauf und sagte:

– Hättest auch Kristallgläser mitbringen können, Gio!

Ich sah mir die Flasche an, sie war grün und enthielt den schlimmsten Trunk – Sekt! Doch erstens nützte es nichts, sich groß zu beklagen, denn noch einmal würde ich garantiert nicht nach unten gehen und zweitens, abgesehen von dem Sauscheiß, ich freute mich, dass Alex doch noch zu Scherzen aufgelegt war, vielleicht ging's ihm doch nicht ganz so dreckig. Da fiel mir noch Petros Pille ein. Sie könnte eine Art von Ecstasy sein und das Gemisch von Alk und Ecstasy würde sogar Tote zum Lachen bringen, das wusste ich. Der Gedanke, dass Alex und ich am heutigen Abend doch noch unseren Spaß haben würden, heiterte mich sofort auf. Ich zog die Pille aus der Tasche und schaute sie im Mondlicht an. Ich wollte wissen, mit was für einer Art Ecstasy wir es zu tun hatten, doch es war wesentlich mehr als Ecstasy und wesentlich mehr als der Mond selbst. Ich hielt eine ganze Galaxie in meiner Hand, eine Antiquität, die man auf den Kaminsims legen und bewundern sollte, eine mit einer mächtigen halluzinogenen Wirkung, etwas Besseres als die hat man seit beinahe einem Jahrhundert nicht mehr hergestellt: Mit der überzeugten Miene eines verfickten bebrillten Doktors hielt ich in meiner eigenen Hand Seine Hoheit LSD. Bei keinem Dealer kannst du so was auftreiben und woher Petro es wohl hatte und warum er es ausgerechnet mir gab – das raffte ich nicht.

Einmal hat ein alter Gitarrist Mamao LSD zum Geburtstag beschert und Mamao wollte es damals nur mit Alex und mir teilen. Als ich diese kunterbunte Pille sah, dachte ich, es sei irgendeine für Discopartys bestimmte Sorte von Ecstasy und fand es komisch, dass Mamao in seinem Alter so was noch brauchte, doch er hat die Pille in den Tee reingeworfen und was willst du machen, Mensch feiert seinen Geburtstag. Also tranken wir diesen Tee, stockbesoffen waren wir auch noch, also es ist nichts passiert außer, dass es mir geholfen hat, schnell wieder auszunüchtern. So nüchtern blieb ich auch die nächsten Tage und legte die Pfeilspitzen in das extra dafür gekochte Gift, das immer noch in einem über dem

Feuer hängenden Topf blubberte und meine Bogen habe ich am Vortag mit einer neuen Sehne bespannt, also der Bogen war für die Jagd bereit, so wie ich auch und auch mein ganzes Volk – die Buschmänner. Kurz und gut, ich hatte keine Ahnung wohin es mich verschlagen hatte und dort, wohin ich geschleudert worden war, war alles viel echter, viel realer, mit seinen Farben, Gerüchen und dem komischen Gefühl der Bereitschaft oder der Erwartung. Von dieser Welt aus, am Feuer sitzend schaute ich auf Mamaos Bar und dachte, wer wohl dieser komische, bärtige Typ sein könnte.

Ich teilte die Pille in zwei gleiche Hälften und gab eine davon Alex, dabei sollte man die Finger vom LSD lassen, wenn man keinen nüchternen Begleiter dabeihat, das gilt sogar in einem verschlossenen Raum und auf einem Dach noch viel mehr. LSD auf einem Dach einzuwerfen kommt einem Suizid gleich, aber ich dachte nicht lange nach und Alex stellte auch keine Fragen, schluckte die Pille und spülte sie mit dem Sekt herunter. Ich machte es Alex nach. Nach einer Minute konnte ich mich weder an die Pille erinnern, noch habe ich auf einen Flash gewartet. Ich saß, trank den Scheißsekt und dachte, was für ein cooles Dach dieses Scheißhaus doch hatte, außer auf unserem Karussell ging's mir auf Raschids Dach am besten. Andere Dächer waren auch nicht übel und überhaupt ich bringe jedem Dach, das uns als Nachtlager gedient hat, einen gewissen Respekt entgegen, aber auf jenen Dächern waren die Nächte sogar im Hochsommer kalt. Das tagsüber in der Sonne aufgeheizte Blech und auch Dachziegel wurden in der Nacht so kalt, dass nicht mal eine Isomatte weiterhalf und am Morgen wachten wir durchgefroren auf. Auf Raschids Dach war uns komischerweise immer warm, vielleicht auch deshalb, weil wir gar nicht an die Kälte dachten, so wohl fühlten wir uns. Wir legten uns hin, Alex und ich, schauten in den Himmel und wenn sich dort irgendetwas bewegte, sagte ich zu Alex, dass es ein UFO war, er bestand darauf, dass es sich um einen Satelliten handelte und bis der Schlaf uns in die Träume mitnahm, schauten wir in den Himmel und wiederholten stur wie Kinder: UFO, Satellit, UFO, Satellit, UFO, Satellit... Und die Träume auf Raschids Dach waren auch ganz anders. Doch seit Nea in unserem Leben aufgetaucht war, machte es mir keinen so großen Spaß mehr, auf dem Dach zu sitzen. Markus und Nea würden niemals mit aufs Dach kommen und wenn Nea nicht in der Nähe war, machte nichts mehr Spaß. Nun dachte ich auch an Markus und Nea. Es war das Wetter, das wir mochten und mit aller Wahrscheinlichkeit hatten sie vor, auf dem Karussell zu übernachten, was sie jetzt wohl machten, – dachte ich und kam zu weniger erfreulichen Aussichten, lehnte mich an den Schornstein, schaute mich um und versuchte, die unangenehmen Gedanken zu vertreiben.

Alex saß immer noch vergnügt da, das Gesicht in seine Hände vergraben und murmelte: „Schwimmt der Mond, der Zauberer, die Dächer spiegeln im Mondlicht"... Wenn er drauf ist, fängt er an, Gedichte zu rezitieren und bringt mein Hirn zum Explodieren. Gott sei Dank, dass er immer noch reden kann. Etwas weiter entfernt, am anderen Ende des Daches war ein anderer Schornstein zu sehen; stand so ganz am Rande, anscheinend kam von unten die Mauer hoch und es sah so aus, als ob es ein sitzender Mensch wäre, der seine Beine baumeln ließ. Es erstaunte mich nicht, dass ich in einem Schornstein einen Menschen sah. Das hatte mir schon immer Spaß gemacht, auch im früheren Leben. Ob es ein Baum, eine zerdrückte Plastikflasche oder ein Stein ist, überall sehe ich Gesichter, Profile, Formen und Bewegungen und oft passiert mir sogar, dass ich, wenn ich nachts die angezündete Spitze einer Zigarette oder eines Joints wie ein Mongo anstarre, darin solche Typen samt ihrer Schatten und Geschichten sehe, dass ich vergesse, daran zu ziehen. Es wunderte mich nur, dass ich diesen Schornstein erst jetzt wahrnahm, obwohl die Tatsache, dass Raschids Pool die Form eines Herzens hatte, hatte ich doch auch erst heute Morgen bemerkt. Na ja, anscheinend bin ich ein unachtsamer Typ, denn dieser menschenförmige Schornstein konnte doch nicht erst vor ein paar Minuten hier gewachsen sein.

Ich lehnte mich wieder an meinen Schornstein, legte die Füße auf das Pseudogeländer und, nein, es war nicht mal eine Erinnerung, sondern als ob jemand mich wirklich genommen und auf ein ganz anderes Dach versetzt hätte: Ich renne laut polternd über das blechgedeckte Dach. Vor mir, wie eine riesige Spinne, läuft Tschuj und hinter mir ein armenischer Dealer. Ich hab n'Haufen

Geld in der Tasche. Dieses Geld haben die Jungs unter der Brücke gesammelt, um für die Neujahrsparty etwas Marihuana zu kaufen. Wir haben keine Ahnung, dass die Bullen hinter dem beschissenen Dealer her sind; wir haben die Ware kaum probiert, als die ganze Verfolgungsjagd losging und der Depp, der Dealer hat gesagt, wir sollten ihm nachlaufen, da er geheime Gänge kenne und ich dachte, wir würden irgendwo in einem Hinterhof verschwinden, aber nein, jetzt rennen wir über das Dach. Sollten die Bullen den Dealer schnappen, muss er entweder sein Hab und Gut verkaufen, oder aber für die nächsten zwanzig Jahre in den Knast wandern, kein Wunder also, dass er buchstäblich um sein Leben rennt. Wir rennen auch und wenn die Bullen uns schnappen, werden wir allein dafür verdroschen, dass wir auch mitgerannt sind. Dass sie uns das ganze Geld abknöpfen und den Neujahrsanfang versauen, das macht mir mehr Sorgen, deswegen rennen wir genauso schnell wie der Dealer und machen solche Sprünge unterwegs, sogar die draufgängerischste Katze der Welt würde so ihre Zweifel haben. Du weißt wie ich es meine: Manchmal, aus Angst oder aus welchem Grund auch immer, kriegst du sowas wie einen Extraschub und stellst Sachen an, die du normalerweise nie angestellt hättest. Also mal springen wir nach unten, mal klettern wir wieder eine steile Wand hoch und so geht es weiter. Einer von den Bullen ist über ein Kabel gestolpert und polternd und fluchend nach unten gefallen. Vorher lief er uns stillschweigend nach und die anderen unten auf der Straße rennen auch so leise wie die Schweine, um die friedlichen Bürger nicht aufzuwecken. Umso lauter poltern wir herum und mal spüre ich den Schornstein in meinen Rücken, mal sehe ich mich wie Spiderman an den Dächern kleben. Ich renne weiter, höre nichts mehr und es riecht auch komisch. Etwas, das ich sehr gut kenne, sucht mich heim, es ist weder von diesem noch von jenem Ufer, sondern von einer fernen Insel und plötzlich habe ich die Hände voller Äpfel. Ich versuche sie festzuhalten und siehe da, statt Tschuj läuft mit uns ein kleines Mädchen. Ich bin auch jung, in kurzen Hosen und es ist mir zum Heulen zumute, vor lauter Rennen zittert mir die Stimme, doch ich wiederhole: Wir schaffen es, wir schaffen es, wir schaffen es zu springen, hab keine Angst. Hinter uns taucht die versabberte Schnauze eines

Rottweilers auf, vor uns ein grünes Gartentor. Ich drück mich mit dem ganzen Körper an den Schornstein, mache die Augen fest zu, so kann ich die Äpfel in der Hand behalten, und renne wieder laut polternd über das Dach mit fest verschlossenen Augen. Ja, wir rennen zusammen, ich, Tschuj, der Dealer, das kleine Mädchen und mir geht's gut, nein, nicht nur gut, sondern ich bin aus irgendeinem Grund verfickt glücklich. Dann verschwindet das Mädchen und verschwinden auch die Äpfel, ich balle meine Hände völlig umsonst zu Fäusten und ich drück meine Augen völlig umsonst feste zu. Am Ende sprang der Dealer in einen Innenhof und wir sprangen ihm hinterher. Nun ist mir alles egal. Mir geht es gut und das ist die Gegend, in der ich mich wie in meiner eigenen Hosentasche auskenne. Hundert Bullen können uns hier auf hundert Quadratmetern suchen und nicht finden, solche Verstecke habe ich parat. Und das neue Jahr können wir auch wie geplant feiern, das Geld habe ich ja immer noch dabei. Nun haben wir sogar den Innenhof verlassen und die Bullen weit hinter uns gelassen, wie die verfickte Stiefmutter aus Tsikaras Märchen, also nun müssen wir nicht mehr so arg rennen, ich und Tschuj, wir sind so gut wie gerettet. Auf einmal sehe ich Tschuj wie einen Spürhund im Zickzack laufen – hopp-hopp – mal ist er auf der einen Seite der Straße, mal auf der anderen, bis ich es versucht habe zu raffen, was hier überhaupt abgeht, rutscht Tschuj aus und wälzt sich stöhnend auf dem Kies. Die Bullen sind auch schon fast da. Ich habe keine Wahl, ich muss meinen Bro hilflos daliegen lassen und meine eigene Haut retten, dabei ärgere ich mich darüber, dass Alex nicht mitgekommen ist und dass Tschuj ausgerechnet jetzt auf die Fresse fliegen musste. Zweifellos haben die Bullen ihn schon erwischt und prügeln die Scheiße aus ihm heraus. Wenn sie es satthaben, werden sie ihn freilassen. Er hat doch einen Verwandten unter ihnen und zwar ein ziemlich hohes Tier. Also kein Problem, wir werden schon zusammen das Neue Jahr feiern, Bro. Darauf erzähle ich diese Geschichte unseren Leuten unter der Brücke und ein bekiffter Typ kriegt so einen Lachflash, dass es ihm beinahe schlecht wird. Später stellt sich heraus, dass es genau dieser Typ war, der Tschuj diese Nummer beigebracht hatte: Wenn ein Bulle dich verfolgt, feuert er einen Warnschuss in die Luft und bleibst du nicht stehen, dann schießt er dir ans Bein. So sei die Regel, aber in diesem gottverdammten Land wisse man nun mal nicht, ob sie dir die Kugel nicht direkt in den Hinterkopf geben. Deswegen sollte man im Zickzack laufen, – scherzte der Typ, Tschuj aber hat ihm alles geglaubt und schon hatten wir den Salat! Nun denke ich zurück an den im Zickzacklaufenden Tschuj und lach mir mitten auf dem Dach den Arsch ab. Ich erinnere mich auch, dass ich vor kurzem die halbe Pille geschluckt habe und da es nun eher wie Weed flasht, denke ich, dass ich aus der echten Reise schon wieder zurück bin. Auf jeden Fall höre ich kein Gepolter mehr. Was war wohl mit diesen Äpfeln? Schade, dass ich nicht die ganze Pille genommen, sondern sie mit Alex geteilt hatte. Hätte ich die ganze geschluckt, hätte ich vielleicht mehr erfahren.

Da ich schon an Alex dachte, schau ich zu ihm rüber, aber dort, wo vorhin Alexander saß, war nur noch etwas Flüssiges zu sehen, das im Mondlicht glänzte. Ich verfolgte die Strömung mit den Augen und sah meinen Kumpel hoch oben bei den Antennen liegen, er hat sich so dazwischen gequetscht, würde beim besten Willen nicht herunterrollen. Keine Frage, er hatte einen Autopiloten eingeschaltet und sich dort hingesetzt, wo es am sichersten für ihn war und dass er gekotzt hatte, war natürlich auch gut, das bedeutete, dass er in Sicherheit war und jetzt ruhig weiterschlafen sollte. Dafür war ich wach und fragte meinen Schornstein, was ich wohl mit mir selbst anfangen sollte. Du hast doch eine halbe Flasche Sekt, hat der Schornstein geantwortet, ich sollte ihn trinken und wer weiß, ob ich nicht noch mal wegflashen würde. Das hatte ich doch völlig vergessen, umso mehr habe ich mich auch gefreut, machte es mir richtig gemütlich und nippte an der Sektflasche und muss sagen, ich fand es nicht mehr eklig, ganz im Gegenteil.

Kurz darauf rannte jemand wieder los im Himmel; ich konnte ihn nicht sehen, dafür hörte ich das Poltern und ärgerte mich, dass ich keine Äpfel mehr in den Händen hielt, in der Zwischenzeit meldete sich aber der Schornstein und sagte, dass ich ein halbgescheiter Penner war, weil ich diese Pille wohl ganz alleine hätte nehmen müssen und ich dazu, dass er, verdammt noch mal, keine Ahnung hatte, weil es mir nicht um die Pille, sondern um die Äpfel ging und er dazu, dass ich diese Äpfel doch in den Händen hielte und zwar nicht nur jetzt, sondern die ganze Zeit mit mir herumtrüge und dass ich ohne diese Äpfel nichts über Aids herausfinden würde, ich hätte ohne diese Äpfel nie so über die Dächer laufen können, wäre überhaupt nie auf die Idee gekommen, so abgefuckt auf Dächern zu rennen und mit meinem inneren Kompass nach irgendeinem Mist zu suchen; irgendwo jenseits, auf dem alten Ufer würde ich erbärmlich verdorren. Und mein Kumpel sei genau wie ich; jeder von uns hätte seine eigenen Äpfel und auf Dächern herumzurennen sei unsere Bestimmung. Daraufhin schwieg der Schornstein und ich hörte weiterhin irgendwelche Typen im Himmel poltern. Ob sie dort wohl auch Dächer haben, die ich nicht sehen kann...? Und wieder fragt der Schornstein ob er mir etwas ganz Abgefahrenes anbieten dürfe und ich dazu, klar doch, aber der Schornstein dazu, dass der Effekt viel größer gewesen wäre, wenn ich mir diese Pille ganz allein eingeworfen hätte, oh, hör doch mal auf, ärgere ich mich, hast wahrscheinlich selber eine intus... Auf einmal spüre ich mit meinem Rücken, wie dieser abgefuckte Schornstein sich rührt oder sich gar an mich presst und ich sehe: Raschids Dach geht auf, wird viel breiter, man sieht keine Hügel mehr, gar nichts; über dir ist bloß der Himmel und um dich herum Raschids Dach, weit und breit, bis zum Horizont, – meinte der Schornstein, – es wäre doch in meinem Sinne, also dürfe ich aufstehen und losrennen wohin mein Herz begehrte und mit meinem Getöse und Gepolter den ganzen Planeten betäuben... Ich hab mich tierisch gefreut, normalerweise versuche ich, Sentimentalitäten jeglicher Art zu meiden, doch dieses Mal konnte ich mich nicht mehr zurückhalten und hab den Schornstein glatt geküsst und gesagt, dass er ein cooler Typ und einer von uns wäre. Dann kroch ich nach unten zum Geländer, schau das Dach an und soweit mein Auge reicht sehe ich Antennen, andere Schornsteine, bloß von Äpfeln in meinen Händen merke ich noch nichts und hoffe, dass ich sie schon noch spüren würde, ich müsste nur erst einmal loslaufen... Hinter meinem Rücken höre ich: – Na, worauf wartest du – und ich dazu, dass er sich noch kurz gedulden solle.

Plötzlich flackern zwei Lichter im Dach auf, wie Augen kommen sie aus der Ferne auf mich zu, kommen irgendwie von unten hoch, durch Raschids Dach hindurch, durch mein Hirn hindurch und leuchten; erst wie kleine Punkte, dann vergrößern sie sich, kommen immer näher, ein brüllendes Geräusch im Schlepptau, inzwischen wurde Raschids Dach immer verschwommener, durchsichtiger, nach und nach bemerke ich wieder die Hügel mit den darauf gesteckten Strommasten, die Wälder hinter den Hügeln und sieh mal einer an, genau aus diesem Wald kommen die zwei Lichter und das Gebrüll und die Scheinwerfer, Mann, die Autoscheinwerfer, wie die von einem Müllauto in einem coolen Film mit De Niro –hier kam erst das Leuchten der Scheinwerfer und danach ein riesiger Kamaz-Laster aus dem Wald rausgefahren, bretterte mit Karacho über die Wiese direkt auf Raschids Haus zu und krachte mit voller Wucht ins Gartentor, riss es mitsamt der Mauer aus, so dass ich auf der Stelle ausnüchterte, da stand ich schweißgebadet und dachte, wie gut es war, dass ich nicht die ganze Pille eingenommen hatte und dass ich im Prinzip, wäre nicht dieser Kamaz aufgetaucht, im Sternenhimmel spazieren gegangen wäre – um anschließend in Stücke zerbrochen auf dem Boden zu liegen. Was habe ich für ein Schwein gehabt, leck mich, Mann!

Auf einmal sprangen aus dem Kamaz laut brüllend haufenweise Leute heraus, zwei, drei davon liefen im Scheinwerferlicht sofort zu dem gelben Jeep hin. Offenbar hatten sie das alles im Voraus geplant, denke ich mir und auf einmal haben diese beiden den gelben Jeep mit Feuerbällen beworfen. Raffst du es? Die Typen hatten Molotowcocktails, Mann und der Jeep ging selbstverständlich auf der Stelle in Flammen auf. Ich lehnte mich zurück und wartete auf die Explosion, aber der abgefuckte Jeep wollte nicht explodieren, es war anscheinend kein Sprit mehr drin, also da ich nichts verpassen wollte, schaute ich wieder nach unten; dort war alles saugut beleuchtet: Mondschein von oben, von der einen Seite der brennende Jeep und von der anderen die Kamazscheinwerfer. Genau im Kamazscheinwerferlicht hatten sich nun alle versammelt und einem gewaltigen Typen zugehört und der gewaltige Typ, ich erkannte sofort seine Stimme, war Antichrist, der keine Ahnung hatte, dass er vor ein paar Minuten den verfickten Gioland gerettet hatte und nun hat Gioland so für seine Sache mitgefiebert, dass er beinahe auch eine Keule geschnappt und sich unter die Menschenmenge gemischt hätte. Du schnallst es, dass ich über

mich selbst rede, also ich bin immer noch oben, auf dem Dach, im Schneidersitz am Geländer und sehe von oben wie Valera aus dem Haus rausgeht, um den herzförmigen Pool läuft, sich dem Gedränge nähert und Antichrist mutig anspricht:
– Na, was geht hier ab, Alter!
Antichrist und sein Heer haben ganz kurz die Fassung verloren und glotzen Valera neugierig an, dann höre ich wie Antichrist zu ihm sagt:
– Wer ist dein Alter, du Hundesohn!
Daraufhin hat er dem armen Valera so eine Kopfstoß verpasst, dass er in den herzförmigen Pool fiel, ein paar von Antichrists Heer sprangen hinterher und fingen wild fluchend an, ihn zu verhauen. Mittlerweile war das Grölen von Behemoth zu hören, scheinbar wurden alle bisher fest verschlossenen Türen des Hauses auf einmal aufgemacht, die unten in Raschids Haus versammelten Leute rannten alle heraus und mischten sich unter Antichrists Heer. Von oben war es schwer zu unterscheiden, wer wer war, außerdem machte es viel mehr Spaß, bloß die Umrisse der miteinander Kämpfenden zu beobachten, wer gerade dran war habe ich durch das Fluchen unterscheiden können. Die aus Antichrists Heer fluchten was das Zeug hält und zwar mit satten Improvisationen, Raschids Leute dafür... der Adressat ihrer Beschimpfungen war etwas undeutlich. Erst bildeten sie im Scheinwerferlicht ein riesiges Menschenknäuel, dann rannten sie auf getrennten Wegen ums Haus, dann trafen sie sich wieder und die Geräusche von Faustschlägen und Fluchen waren bis zu mir, auf dem Dach zu hören.

Und überhaupt, seit ich auf dem anderen Ufer hause, habe ich manchmal den Eindruck, dass ein unsichtbarer Typ den anderen unsichtbaren Typen sagt, hier wäre Gioland aufgetaucht und sie sollten sich nicht lumpen lassen und alles zu meiner Zufriedenheit gestalten, also brachten die unsichtbaren Typen den Stoff herbei; einer trieb die Farben auf, andere Geruch, Beleuchtung oder Sound, kurz gesagt, alles ist so intensiv um mich herum, es lässt wirklich keinen Wunsch offen. Genau wie jetzt, erst „Behemoth" mit seinem dunklen Trash, dazu ideal passend der Lärm von der Rauferei, so ideal, dass man denken könnte, es sei extra so gemixt. Das alles kam hoch zu mir wie eine einzige Musik. Auf einmal gingen die Laternen an und beleuchteten die Gegend, außerdem wurde das Volk müde und verlor die Kampflust. Nur Einzelne liefen ums Haus herum, und wenn sie den Gegner erwischten, hallte der eine oder andere Knall zu mir hoch. Die im herzförmigem Pool waren immer noch aktiv. Ein alter Mann schwang seinen Hirtenstab auf dem Kipper des Kamazlasters und kreischte seine Kameraden an, sie sollten den Hundesöhnen eine Tracht Prügel verpassen.

Ich habe diese Dorfleute irgendwie gern. Auf jeden Fall habe ich sie lieber, als die von drüben und sogar als manche von diesem Ufer.

Unter einer Laterne ist ein Kind zu sehen, klein wie ein Spielzeug. Ich strenge mich an um es zu erkennen und, scheiß auf die Äpfel drauf, es ist das coolste Kind, das da unter der Laterne steht, ein Kind, das in seinem kurzen Leben schon alles gesehen hat, das seinen Opa gemeinsam mit den Bären fischen sah und die Penner wissen davon nichts und wollen auch nicht erfahren, dass in einem fernen Land im Frühling Ladas Großvater zusammen mit Bären Fische fängt. Das wissen sie nicht und mir sind sie auch Latte, die Raschids und die Antichrists, die in dem herzförmigen Pool wuseln wie die Würmer, sie sind mir Latte. Ich schau auf Lada, alles um sie herum ist undeutlich. Ich sehe nur Lada und auf einmal habe ich wieder die Äpfel in den Händen und flüstere: Ja, wir werden es schaffen, wir werden springen, wir werden springen, du wirst schon sehen! Dann kriege ich es mit der Angst zu tun, wende meinen Blick von Lada und schau in den Himmel und na bravo, LSD, – murmle ich sinnlos. Keine Chance, ich werde es keinem erzählen was für einen Hammerschlag ich auf Raschids Dach erlebt habe und danke, es hat total gereicht, hab's für heute satt, – fleh ich die unsichtbaren Typen an.

Auf einmal höre ich grad vor meiner Nase ein Gebrüll, es ist aber keiner zu sehen. Dabei bin ich doch schon nüchtern. Erst später schnallte ich, dass es von unten kommen könnte. Ich schaute über das Geländer und sah Raschid, der auf dem Balkon stand und, seine Kamera auf der Schulter, alles filmte, was dort unten geschah und dabei laut sang oder schrie. Ich dachte, dass es eine super Gelegenheit wäre, ihm auf seine verfickte Birne zu spucken.

Er war genau unter mir, also das Zielen dürfte nicht schwer sein und dabei wird er niemals peilen wer ihn so erledigt hat. Mir gefiel die Idee sehr, ich legte mich am Rande des Daches auf den Bauch und wollte gerade zielen, als eine grüne Sektflasche an meiner Stirn vorbeisauste und mit einem geilen Knall direkt auf Raschids Hinterkopf landete, dann flog sie nach unten und zerschellte auf dem Boden. Raschid fiel die Kamera aus der Hand, er schwankte, sank zu Boden und sein Kopf fing an zu bluten. Na bravo, Alex, Bro! Nicht, dass er mir auch nach unten fällt, – dachte ich und schnappte mir sein Bein und sah zu ihm auf. Alex? Das war kein Alex, sondern der verfickte Schreiber, der im Mondlicht am Geländer stand, die Hände vor der Brust verschränkt und eine Grimasse zog, als ob er grad unter Sodbrennen leiden würde. Völlig perplex glotze ich den Schreiber an und auf einmal hat's geblitzt – ich schaute nach links zu dem Schornstein, der vorhin wie ein Mensch aussah, und na ja, es war eben, wie ich vermutete, von dem Schornstein keine Spur.

Später lag ich mit dem Schreiber auf dem Dach und wir rauchten, die Füße auf dem Pseudogeländer. Im Himmel schwirrten fliegende Untertassen und Satelliten herum, doch hinter uns schnarchte Alexander, mein Kumpel und große Gitarrist.

Und wenn sie nicht gestorben sind, kiffen sie bis heute...

Mag sein, sie hat uns in Mamaos Bar gehört und fand mich cool – wie ich spielte, meine ich, weil äußerlich ...Na ja, Brad Pitt bin ich ja nicht gerade. Kurzum, diese Frau habe ich aus Mamaos Bar abgeschleppt; rank und schlank, Schnute und Titten voll wie von Charlize Theron; Ja, sie sah voll aus wie Charlize, wenn nicht besser und dementsprechend habe ich auch den Verstand verloren.

Sie war von dem anderen Ufer, Charlize, und zwar von Kopf bis Fuß, Kopf mit Parfum eingesprüht, die Füße in Tussiletten gesteckt. Ich steh weder auf Parfum noch auf hohe Absätze: Lässt du so eine barfuß laufen, dann siehst du sie lächerlich wie eine Ente watscheln, und die langen Beine sind natürlich auch weg. Charlize jedoch war auch ohne High Heels eine geile Frau. Hatte bloß so einen Stil, mochte sich halt chic kleiden.

Sobald wir in Mamaos Bar mit dem Spielen fertig waren, holte mich Charlize mit ihrem schwarzen Jeep ab: Ich solle mich reinsetzen und die Sau rauslassen. Nun wenn ich zurückdenke, wir mussten echt lustig miteinander aussehen, so unterschiedlich wie wir waren und ich meine hier nicht nur die Kleidung und andere visuelle Parameter, sondern überhaupt – alles, was ich in Ehren hielt, konnte sie nicht leiden. Mir meinerseits waren ihre Credos und Ideale auch völlig wurscht. Außerdem war sie alt, gute sechsundzwanzig und als ich sie kennenlernte war ich selbst immer noch Teenager. Ich glaube ich habe noch nicht erwähnt, dass ich in unserem Pack der jüngste bin, Nea ist etwas älter als ich und Alex mehr oder weniger in ihrem Alter, sieht jedoch irgendwie weiser und lebenserfahrener aus. Markus, habe ich schon gesagt, war der älteste von uns, glich aber einem Kind mit seinen weit aufgerissenen, kugelrunden Augen. Wo bin ich bloß stehen geblieben? Ach ja: Das einzige, was Charlize und ich gemeinsam hatten war, dass wir beide zügellosen Sex liebten, den die Laien Extremsex nennen. Manchmal quengelte Charlize, an jenem Tag habe sie einen geilen Platz gefunden und wo ich überhaupt gesteckt habe und warum ich nicht so etwas wie ein Handy benutzen würde, wir könnten uns doch treffen usw. Na ja, kratze ich mir den Schädel, wo sollte ich gesteckt haben, da bin ich ja, und was das Handy betrifft: Denk bloß nicht ich wäre auch einer von den Fanatikern, die über Teufelsmaschinen und Hirntumor predigen. Im Allgemeinen schätze ich die Technik und träume immer noch von meinem T-10, das ich in der ersten Woche meines Aufenthaltes auf dem anderen Ufer verschachert habe. Ich hab's halt nicht mehr gebraucht. In der Epoche von Charlize hatte ich echt Glück, dass ich kein Handy, dafür aber eine durchtrainierte Willenskraft besaß. Ich könne ein Handy von ihr haben, bot sie mir an, doch ich weigerte mich, es anzunehmen. Dabei hätte ich, wenn ich es angenommen und verkauft hätte, ein Jahr sorglos leben können. Was Sex betrifft, hatte Charlize zweifellos ein eigenes Sternzeichen, das von einem noch unbekannten, weit entfernten Planeten betreut wurde. Hattest du Sex mit ihr, so konntest du leicht glauben, dass es auf der Welt wesentlich mehr Elemente gab als nur Wasser, Luft, Feuer und Erde. Sie war eine Nymphomanin, nicht mehr und nicht weniger. Sie stand nicht nur auf das Bumsen an skurrilen

Orten, sondern auf die extremen Wetterlagen. Sprich, wir trieben es miteinander wie die Kaninchen, wenn es gewitterte und hagelte, im Schlamm und in den Pfützen. Dann hat sie sich Mondlicht und Friedhöfe gewünscht und einmal hat sie mich sogar zu einem Autopark geführt, auf einen Oberleitungsbus gezeigt, der älter als Adam war und verlangte, dass wir es auf seinem Dach zwischen den Stromabnehmern liegend tun sollten. Mal habe ich sie zur Geburtstagsparty der Hacker mitgenommen, dachte, die Bande sollte doch sehen was für eine Lady ich an meiner Seite hatte, mich um sie beneiden und sich totwichsen. Charlize hat sich total besoffen, ging auf den Balkon, hat gekotzt und als ich ihr hinterhereilte, sehe ich, wie sie über dem Geländer hängt, hickst und flüstert, ich solle sie nehmen, genau in dieser Stellung und zwar sofort. Ich, dummes Arschloch, konnte nicht widerstehen und am nächsten Tag war's mir zum Kotzen und als Charlize mich suchte, habe ich mich versteckt und die Bande hat sie abgewiesen, gesagt, dass ich grad nicht da wäre und als sie fragte wo sie mich finden könne, meinte der Schreiber, dass es nicht nur Gioland auf der Welt gäbe und wenn sie auch seine Dienste annehmen würde, sollte sie es bloß sagen. Charlize hat ihn zum Teufel geschickt und ihm die Tür von dem Jeep vor der Nase zugeknallt. Ich bin beinahe aus meinem Versteck raus– und ihr hinterhergerannt, sie sollte mich bloß nicht verlassen. Na ja, so hin– und hergerissen war ich, bis mir klar wurde, dass es Charlize war, die mich fickte und nicht umgekehrt und es fühlte sich auch richtig Scheiße an, dass ich es kaum mehr als dreimal am Tag schaffte. Ich habe dafür sogar mit Saufen und Kiffen aufgehört, aber mehr als viermal – und das mit Mühe – wollte es mir nicht gelingen, dafür latschte ich voll wie ein Zombie durch die Gegend. Die Meinigen haben mich ausgelacht – Alex und Markus, die Hacker, Tschuj, der Schreiber und Nea, sogar Nea machte sich lustig über mich und das ging mir auf den Wecker. Ich wusste doch, dass Nea Markus' Freundin war, aber sie könnte doch ein bisschen eifersüchtig sein, aber nein, sie trieb weiterhin ihren Spaß mit mir und ich drehte völlig durch und beschuldigte meine Leute, sie würden bloß neidisch sein. So hat mich Charlize verblödet, dabei war ich doch nie so affengeil auf eine Frau gewesen, ganz bestimmt nicht auf diesem Ufer. Außerdem ein Mann aus unserer Gegend kann doch überhaupt nicht affengeil auf eine Frau sein. Im Großen und Ganzen haben wir einen Monat lang herumgevögelt und am Ende hatte ich irgendwie auch keine Lust mehr. Ich war ihrer Libido sowieso nicht gewachsen und wenn ich halb tot auf ihr lag und sie mir vorwarf, ob das wohl alles war, was ich leisten konnte, brachte mich das auf die Palme und dann schimpfte ich auf sie, wenn es ihr nicht gefiele, so sollte sie sich doch verpissen. Wie sich herausstellte, hat sie das extra gemacht: Dieses Geschimpfe und Gebrülle geilte sie nämlich noch mehr auf.

Einmal, es war wohl schon drei Uhr morgens, penne ich wie ein Stein in Tomasos Proberaum. Mitten im Traum höre ich Charlizes Auto hupen und zwar so aufdringlich, dass ich keine andere Wahl hatte als aufzustehen. Also stehe ich auf und gehe mich am Arsch kratzend und denke, ich werde diese blöde Kuh endgültig aus meinem Leben verschwinden lassen. Das Beste daran ist, du weißt es ja, wie ich am Anfang auf sie stand und nun beobachtete ich sie ganz nüchtern und versuchte herauszufinden, was mit ihr los war und hab einen komischen Funken in ihren Augen entdeckt, wie sie die Psychos haben und wenn ihr das pausenlose Bumsen nichts genutzt hat, dann kann ihr wohl nichts mehr helfen. Bumsen hilft doch grundsätzlich gegen alles, sprich, in ihrem Fall konnte man sich nur noch an einen Psychiater wenden. Ich auf jeden Fall würde lieber draußen bleiben.

Also sie hatte mich aus dem Bett herausgehupt und als ich rausging, fing sie wie gewohnt an, dass ich mich in den Wagen reinsetzen solle. Sie denkt wohl, ich werde ihr um den Hals fallen, doch ich rühre mich nicht und antworte, dass ich schläfrig und müde sei und ein andermal vielleicht. Sie schaute mich an und schnallte sofort, dass ich ihre Umlaufbahn schon verlassen hatte und diesmal fing sie an mich regelrecht anzuflehen, ich solle noch das einzige, allerletzte Mal und das ging mir mächtig auf den Wecker. Soll ich glauben, dass sie außer mir keinen einspannen kann? Ich bin doch kein Sexgigant und außerdem besitze ich auch nichts, was so eine Frau wie Charlize beeindrucken könnte. So bescheuert ist sie auch wieder nicht, um wie die von drüben auf Exotik und Romantik abzufahren, also was will die Tusse von mir? Mittlerweile bin ich aber neugierig geworden, was sie sich diesmal wohl ausgedacht hatte. Am Ende setzte ich mich ins Auto und weg waren wir, doch diesmal habe ich sie nicht angeschaut und auch an nichts Unanständiges gedacht. Wir fuhren quer durch die ganze Stadt, letztendlich hielt sie an und sagte, wir wären schon angekommen. Es konnte so ungefähr vier Uhr morgens gewesen sein. Ich sehe ein Tor und hinter dem Tor die Tannen und ein zwei– oder dreistöckiges Haus. Charlize sagt, dass es hier sei, schnauft irgendwie komisch und versucht jemanden mit dem Handy zu erreichen, dabei ist das Tor mit dicken Ketten und einem entsprechend massiven Vorhängeschloss versperrt, jedoch von der Innenseite. Pech gehabt, liebe Charlize, sag ich ihr, wir sollten es ein andermal versuchen, dabei gefällt mir weder dieses Tor noch das Haus. Und überhaupt ist es seit meinem Kindesalter so, wenn ich jemanden oder etwas nicht mag, sei es Mensch oder Tier, dann bedeutet das, dass etwas in dieser Gegend nicht stimmt und dann will ich schleunigst abhauen. Doch Charlize meinte, der Nachtwächter sei da. Im Haus war ein schwaches Lichtlein zu sehen, und den Nachtwächter hätte sie am vergangenen Morgen so geschmiert, dass er uns für die ganze Nacht reinlassen würde. Bald darauf ging der Wächter ans Telefon und Charlize brüllte ihn an, wo zum Henker er doch sei, er solle auf der Stelle das Tor aufmachen und ich sehe, ihr zittern voll die Hände und sie schnauft immer noch so komisch, als ob sie müde wäre. Ja, der Wächter würde uns wohl einlassen, aber wo wären wir denn, fragte ich Charlize und sie, als ob nichts wäre, sagte es sei ein Leichenhaus. Ah, so, murmle ich als sei ich komplett unbeeindruckt und dabei weiche ich zurück und versuche mit meinem Willen, Lebenseinstellung, ja, Witzgefühl in Kontakt zu treten, doch vergebens, es hilft gar nichts. Nicht mehr lange und ich fange an wie ein Weib zu kreischen und verpisse mich. So drehte ich durch damals und die Meinigen haben mich wieder ausgelacht. Na ja, vielleicht hatten sie recht und ich sollte mir nicht in die Hose machen, es ist schon möglich, dass es meine eigene Fantasie war, die mit mir durchging, doch ich hatte wirklich Schiss und Panik gekriegt, erst wegen dem Ort und dazu noch ihr Blick. Ich schaffte es kaum noch den Schrei zu unterdrücken, dafür bin ich abgehauen. Erst zog ich mich langsam, schrittweise zurück, dann drehte ich mich um und rannte um mein

Leben. Da ich vor den dunklen Stellen Schiss hatte, lief ich direkt am Mittelstreifen der Straße entlang. Unterwegs hab ich schon gepeilt, dass es meinerseits ein voll kindisches Verhalten war, aber ich befolge im Leben nun mal diese Regel: Bin ich abgehauen, dann lauf ich konsequent so lange ich laufen kann, aber nur wenn ich nüchtern oder besoffen bin, denn ich habe nur einmal bekifft laufen müssen und bin beinahe an Herzversagen verreckt. Wo war ich stehen geblieben? Ah, ja... Ich haute ab und lief mit meinen Chucks mitten in der Nacht so lange, bis ich Alexanders Andachtskapelle erreicht hatte, über die ich bei Gelegenheit noch erzählen werde. Charlize hat mich hinterher nur einmal angerufen und gefragt, warum ich denn weggerannt sei, doch danach hat sie sich weder in Mamaos Bar noch irgendwo anders blicken lassen. Ich habe mich eine Woche lang völlig umsonst versteckt.

    Die Trennung von Charlize habe ich schon nach drei Tagen gefeiert. Wegen ihr hatte ich einen ganzen Monat nichts getrunken und geraucht, also habe ich diesen Rückstand sofort und auf der Stelle aufgeholt und am nächsten Tag ging's los. Vorher hatte ich wegen einer Frau nie solche Erfahrungen machen müssen und ehrlich gesagt, es war für mich schwer vorzustellen, dass eine Frau wie Charlize an so einer Krankheit leiden könnte. Am Anfang schob ich meine Schmerzen auf den Hangover, wunderte mich dann jedoch, dass mir anstelle des Kopfes ein ganz anderer und eher unbeteiligter Körperteil wehtat. Als mir die Schmerzen immer mehr zusetzten, habe ich schon geschnallt was mit mir los sein könnte, doch es fiel mir immer noch schwer, es zu glauben. Ich fragte bei den Typen herum, was ich wohl haben könnte, ich sei wohl einen Monat lang mit der Frau zusammen gewesen und erst als ich mich getrennt hätte, sei die Krankheit ausgebrochen. Dazu fragte ein erfahrener Typ, ob ich in diesem Monat gesoffen und gekifft hätte und dass es völlig normal sei, dass die Beschwerden erst jetzt zum Vorschein kamen und ich solle ja froh sein, weil bei den Typen die eben keinen Alkohol tranken, würde sich monatelang nichts zeigen und dann auf einmal kriegten sie das Ding voller Pickel. Es brennt so, dass ich beinahe an die Decke gehe und wie ich bereits erwähnte, hier, auf unserem Ufer behandelt man solche Leiden nur auf eine einzige Weise. Ich habe auch nichts anderes getan, als zisternenweise Vodka darauf zu gießen und einerseits schrie ich vor Schmerz zum Himmel hoch und anderseits ärgerten sich die Alkis von drüben zu Tode, dass ich so viel guten Sprit vergeudete und ob sie denn nicht wichtiger seien als mein Schniedel. Bald darauf kam auch noch der erfahrene Typ und sagte, dass es nun zu spät sei, dass man im Zweifelsfall seine Wurzel sofort nach dem Vergnügen in Alk tauchen sollte und wenn sie schon brenne, sei es sowieso zu spät und bis es die ganze Sache noch verschlimmert hatte, möge ich ihm die Vodkaflasche reichen.

So arg hat mir nie im Leben etwas wehgetan, dabei hatte ich keinen blassen Schimmer was ich tun konnte. Schließlich ging mein Bro und große Gitarrist Alexander unter die U-Bahnbrücke, hat den Leuten von meinem Leid berichtet und hatte bald darauf schon eine ziemliche Summe zusammen. Na ja, sie tun zwar so, als ob ihnen alles Latte wäre, doch wenn es drauf ankommt, verwandeln sie sich in die verfickten Ritter der Tafelrunde. Die Leute unter der Brücke, meine ich und es ist völlig egal wer du bist, ob Punker, Metaller oder ganz einfach Penner, wenn du im Schlamassel steckst, werden sie dir da raushelfen. Ja, ich hab's schon erlebt. Dabei machen sie das auf ihre eigene, komische Weise und zwar, sagen wir mal, wenn jemand sich mit etwas Üblem angesteckt hat, dann wird jeder so tun, als ob es ihm scheißegal wäre, aber bald darauf hast du eine Stange Geld in der Tasche und sie schimpfen und reden weiter, dass es dir recht geschieht und dass du und deine Probleme denen am Arsch vorbeigehen, aber das Geld ist nun mal da. Unter uns, in solchen Fällen leisten die Päderasten den größten Beitrag, übrigens sollte ich sie lieber Gays nennen, sie mögen es nicht, wenn man sie als Päderasten bezeichnet und ich habe auch kein Interesse daran, sie zu ärgern, weil die meisten von ihnen coole und lustige Leute sind. Einen arglistigen, verschlagenen Gay habe ich, ehrlich gesagt, selten getroffen, doch eine richtige Freundschaft kann ich mit ihnen auch nicht aufbauen. Was ich sagen wollte, ich nahm die Kohle, ging aufs andere Ufer, der Doktor hat mich mit Spritzen durchlöchert, die Salben kamen auch dazu, drei Monate lang sollte ich nüchtern bleiben, ohne Schnaps und ohne Gras, ich habe aber nur anderthalb geschafft und es dann nicht mehr ausgehalten. Mittlerweile bin ich wieder geheilt. War doch klar, schließlich habe ich die Abwehrkräfte eines streunenden Hundes.

2.

Wie es überhaupt dazu kam, zu Charlize und Tripper und zu meiner symbolischen Aidserkrankung verstehe ich, ehrlich gesagt, selber nicht und was soll's – ich werde alles ganz von Anfang an erzählen, wer weiß, vielleicht werde ich dabei mein Leben etwas besser begreifen. Da ich wie die meisten nicht mit Wiege und Windeln anfangen möchte, quatsch ich eben drauflos, so wie es mir in den Sinn kommt, also los geht's:

Ich sitze in der Schulbank, auf die mit Kuli lauter Penisse und Skelette gekritzelt sind und die keine Einfassung mehr hat. Die Schreibfläche war nämlich mit einem Material eingefasst, das sich mit einer Rasierklinge schnitzen und zu geilen Schlagringen verarbeiten ließ. Sprich, man konnte mithilfe dieser Bank zeichnen und kämpfen lernen, das wäre doch die Chance gewesen, aber nein, mitten im Lernprozess muss dich ein Lehrer erwischen, der keine Ahnung von der Philosophie der Schulbänke hat – und schon zerrt er dich ins Lehrerzimmer... Sitz ich also eines Tages in der Schulbank im Unterricht, in dem eine Lehrerin namens Eka uns Fünftklässlern mit kurzem Rock und verträumten Augen die Mythologie nahezubringen versucht. Ich weiß, dass sowohl die Geschichte als auch der Name altmodisch sind, aber was kann ich dafür, dass uns dummerweise genau diese mit einem kurzen Rock bekleidete Eka die Mythologie lehrte – und wir Jungs in der Klasse uns alle beinahe totwichsten, in den Träumen auch; In meiner Fantasie trieb ich es mit ihr in jeder Felsenhöhle und in jeder erdenklichen Kamasutra-Stellung – mal als listenreicher Odysseus und mal als beinahe unverwundbarer Achilles. Und wäre sie in der achten Klasse nicht abgehauen, hätte sie uns zu einer Generation professioneller Wichser erzogen – das steht nun mal fest.

Andere Fächer lerne ich halt wie jeder: Ich pauke die Stellen, die wir auswendig können müssen, schreibe Aufsätze, aber Spaß machen tut das alles noch lange nicht... Da erfuhr ich eine persönliche Evolution und entwickelte ein temporäres und unsichtbares Organ, das später entsorgt werden könnte, so etwas wie ein zusätzliches Hirn oder ein Beutel. So schleppte ich diesen Beutel mit mir herum und füllte ihn, um ihn während der Prüfungen aufzumachen und den ganzen Inhalt herauszuschütten – den Deppen vor die Nase, damit sie mich endlich in Ruhe ließen und in die nächste Klasse versetzten. Denn als Beweis für den Erfolg ihrer beflissenen pädagogischen Tätigkeit brauchen die Lehrer ohne Frage auch nur diesen Beutel und nichts anderes. Doch seit der fünften Klasse, seit der Mythologie-Frau namens Eka und meiner ersten, kindlichen und selbstvergessenen Liebe zu ihr sperre ich meinen Mund auf und eigne mir an was sie uns beibringen will. Zum ersten Mal in meinem Schülerleben nehme ich freiwillig ein Buch in die Hand und obwohl ich am Anfang keinen Bock darauf habe, gewöhne ich mich später daran und lese und recherchiere alles, was mit Mythologie zu tun hat: Zuallererst fang ich mit dem Schulbuch an, dann denk ich an unsere Lehrerin und muss mir einen runterholen, dann lese ich mich durch die Enzyklopädien, durch die Poeme und muss nicht mehr an sie denken, wie verrückt lese ich alles, was ich zwischen die Finger kriegen kann und vergesse meine Eka am Ende völlig und lerne die Mythologie und im Allgemeinen das Lesen mehr kennen und lieben als sie. Ich suche in den Bibliotheken Mythen und Sagen aller Weltvölker zusammen, verschlinge nachts unzählige Bücher und das ist meine ganze Bildung... Und auch die Angewohnheit, dass ich Leute und Ereignisse, die mir auf meinem Lebensweg begegnen, mit mythischen Helden und ihren Abenteuern vergleiche, kommt aus damaligen Zeiten.

Ich sitze also in der Schulbank und der Fremdsprachenlehrer ist Android – sein Nachname klingt ähnlich, also nennen ihn alle Android. Den will ich auch in mein Beutelchen reintun, aber Android ist schlau und rafft sofort was ich vorhabe: Er nimmt sich uns einzeln vor und stopft uns das Wissen direkt ins Gehirn, deshalb würde ich sogar jetzt, auf dem anderen Ufer, problemlos eine beliebige Stelle aus dem Schulbuch auswendig aufsagen, sollte mich jemand mit Androids Stimme auffordern, dies zu tun. Was ich eigentlich erzählen wollte: Eines Tages sollte meine ganze Klasse ein Weihnachtslied singen, ein Heft voll Text war auswendig zu lernen und dazu sollten wir noch mit Glöckchen läuten – das war unsere Aufgabe. Als ob er Erstklässler vor sich hätte... Also klingle ich die mühsam aufgetriebenen Glöckchen und werfe dabei immer wieder etwas aus meinem Beutel, Android geht in der Klasse auf und ab, macht plötzlich kehrt, bleibt vor mir stehen und starrt mich an wie ein SS-Mann. Stopp, – befiehlt er, – warum immer ich, verfickt noch mal, – und sagt, dass ich mit meinem Glöckchen nicht rhythmisch genug läuten würde. Also fangen wir wieder neu an und Android hat immer noch etwas an unserem Gemeinschaftsgeist zu bemängeln und wir müssen nochmals von vorne beginnen. Die ganze Sache ist so ausgegangen, dass Android mir im Herbst eine Wiederholungsprüfung aufgehalst hat und ich stellte mich diesmal mit gut gefülltem Beutel hin, doch selbst im Spätsommer zog er sein doofes Glöckchen aus der Schublade und ich versuchte zwei Stunden lang, den Beutelinhalt vor dem Androiden auszuschütten, mit sämtlichen Vokabeln und den passenden Artikeln – dabei musste mit dem verfickten Glöckchen läuten und versuchen, nicht aus dem Rhythmus zu geraten. Ich bemerke, dass Android sehr zufrieden ausschaut, geradezu vergnügt, als ob ich ihm geholfen hätte, den Hangover loszuwerden, sogar seine gelblichen Wangen haben ein bisschen Farbe angenommen, er klatscht wie blöd und ganz am Ende sagt er, ich sei doch gut und hätte es doch gleich so machen können, wobei er mit den Augen rollt wie ein totaler Freak. Der Typ fährt wohl auf Glöckchengeläute ab, scheiß doch auf die Artikel drauf, wenn ich das gewusst hätte, hätte ich ihm Kirchenglocken angeschleppt.

Seit dieser Wiederholungsprüfung fang ich wie besessen zu zucken an, wenn ich nur das Läuten der Schulglocke höre. In Androids Unterricht zu gehen, darauf hab ich auch keinen Bock und so schlendere ich halt durch das Schulgebäude. Zu allem Übel ist Android auch noch unser Schulleiter, hat täglich zwei-drei Stunden bei uns und nach unten zu gehen ist ebenfalls aussichtslos, denn unten, am Haupteingang steht ein Türsteher – wie ein Türsteher eben dasteht: Wie ein Cherub vor dem Paradiestor, der keinen rauslässt. Das ganze obere Stockwerk ist wegen endloser Renovierungsarbeiten gesperrt, also bleibe ich auf meinem zweiten Stockwerk und latsche hin und zurück. Wer in der neunten Klasse die Stunde des Schulleiters schwänzt, muss echt bescheuert sein – oder aber wie ich unter der Glöckchenphobie leiden. Nein, ich habe um nichts im Leben vor in seinen Unterricht reinzugehen. Genau in diesem Moment kommt Nora, die Pädagogische Leiterin, meine Muttersprachenlehrerin, aus dem Lehrerzimmer und geht auf die Jagd: Sie fängt an, die Flure des zweiten Stockwerkes zu durchstreifen, in der Hoffnung, den einen oder anderen mindermotivierten Schüler zu erwischen. Ich versuche, Nora hinterher zu schreiten, ganz in ihrem Tempo, am hinteren Ende eines Ganges warte ich, bis sie vorne in einen anderen Gang einbiegt und erst dann gehe ich mit leisen Schritten wieder hinter ihr her und so drehen wir unsere Kreise durch die Flure, Nora und ich. In der Pause, wenn alle aus den Klassenzimmern herausstürmen, gehe ich in die Schulkantine um mich zu stärken, denn danach habe ich die nächsten 45 Minuten in den Gängen der Bude zu verbringen... Mir geht es wie den Brüdern aus dem Märchen; die stehen wie die Deppen an der Wegkreuzung und können sich nicht entscheiden, wohin. Weil nämlich auf dem Wegweiser geschrieben steht, dass sie, falls sie nach links gehen, Probleme haben würden – und dass diese Probleme noch größer würden, sollten sie nach rechts gehen; sollten sie aber geradeaus gehen, würden sie erst recht die Arschkarte ziehen. Oben wird renoviert, unten wacht der Türsteher, in den Unterricht des Androiden gehe ich nicht. Was bleibt mir also übrig, ich versuche Noras Schritte zu belauschen, damit ich mich rechtzeitig hinter der Wand verstecken kann. Nora ist ein Monstrum, ein Drache, eigentlich fehlt in diesen stillen Gängen nur noch das Geräusch plätschernden Wassers, das Knarren einer Tür und dann noch die flüsternde Stimme eines Kindes: Freddy pridjiot za taboj![9] – wie es in der russischen Version eines klassischen amerikanischen Horrorfilmes zu hören ist – und was will ich tun? Ich habe Schiss vor dem Androiden, aber Nora hasse ich wie die Pest...

Da bin ich kurz vor dem Abschluss der neunten Klasse, vor der Muttersprachen-Prüfung, vor Noras Prüfung. Ich muss einen Aufsatz schreiben, hab aber keinen blassen Schimmer was und wie ich schreiben soll. Die verfickte Nora ist auch da. Ich sitze in der letzten Reihe und spiele mit dem Prüfungsblatt herum und fang an

---

[9] Rus. Freddy will kommen und dich holen!

zu schwitzen, wenn ich Noras Schritte höre. Hier ist es auch still und das Quietschen der Kulis erinnert mich an meinen Flurmarathon, aber hinter welcher Wand sollte ich mich zum Teufel in diesem Fall verstecken? Ihre Schritte nähern sich – und entfernen sich wieder, gehen durch die anderen Reihen und fangen wieder von vorne an... Ich, hier in der hintersten Bank sitzend, weiß nur das eine, dass ich kein Wort schreiben kann und Nora befindet sich auch auf Androids Gleis – ich hasse die beiden. Nora nähert sich meiner Bank schon wieder, blass im Gesicht starre ich auf mein Prüfungsblatt und auf einmal höre ich ein Flüstern: – Aspindza ist das, Idiot, nicht Didgori... Raffst du das, Alter? Nora, die Erzfeindin, das Gruselgespenst der Flure, steht neben mir und diktiert flüsternd, geht leisen Schrittes zwischen die Reihen, begleitet vom Quietschen der Kulis, kehrt zurück zu mir, flüstert mir das, was ich zu schreiben habe, ins Ohr und dabei schafft sie es mich genau in dem gleichen Flüsterton zu beschimpfen und mein Herz geht langsam auf...Danach, in den nächsten Jahren, bis in die Elfte, laufe ich Nora in den Schulfluren die ganzen fünfundvierzig Minuten hinterher, ich höre dem Klackern ihrer Absätze zu, lausche in den stillen Fluren mit Vergnügen den Schritten der älteren Frau – und lerne dabei die wichtigste Lektion meines Lebens: Es ist nicht alles so, wie es dir auf den ersten Blick erscheint und wenn du das nicht kapiert hast, wirst du, egal wie viele Abschlusszeugnisse und Zertifikate aus Harvard und Oxford du dir in den Arsch steckst, dein ganzes Leben im Aquarium verbringen und von einer Glasscheibe zur anderen schwimmen.

Ich werde mich kürzer fassen – eigentlich wollte ich nur sagen, dass ich in der Schulzeit weder von Aids noch von Tripper eine Ahnung hatte; Ich hatte sowieso keinen Grund zur Klage oder auch nur zu Beschwerden außer, dass manche Lehrer beim Lernen eher stören als helfen und das war's. Anderweitig geht es auch, manchmal haue ich drauf, manchmal aber werde ich verhauen, ich bin weder ein Loser, noch besonders beliebt und meine Kumpels, sei es in der Schule oder im Stadtviertel, sind aus meinem Holz. Mal hänge ich mit den einen ab, mal mit den anderen und auf der Straße hocke ich auch lang genug.

Als ich die Aufnahmeprüfungen für die Hochschule geschafft

hatte und mit dem Studium begann, fingen auch die komischen Ereignisse in meinem Leben an. Damals war es ziemlich unmöglich, ohne viel Geld zum Studieren auf die Uni zu gehen, dafür hatte sich in jedem Universitätsgebäude eine preisgünstige private Hochschule eingemietet – man würde also nicht ungebildet bleiben. Doch meine Hochschule hatte einen ganz besonderen Reiz.

Erst gehst du in ein schmutziges Bogengewölbe ohne jeden äußeren Hinweis, ohne auch nur eine kleine Tafel, und den Menschen, die reingehen, traust du eher zu, dass sie vielmehr zum Pinkeln als zum Studieren reingegangen sind, so sieht dieses Bogengewölbe aus. Neun von zehn Leuten werden erst gar nicht reingehen, das kann doch keine Hochschule sein, – werden sie denken, – es muss eine falsche Adresse sein. Aber der Zehnte, ein sturer Typ, wird doch versuchen, durch das Bogengewölbe zu gehen, dahinter wird er anstelle einer Hochschule einen Innenhof mit Zäunen und Hühnern sehen und wird das Gleiche tun wie all die vorherigen Neuen, nämlich schnell wieder rausgehen. Sprich, in meiner Scheißhochschule verkehrten nur diejenigen, die als Elfte hereingekommen waren, darunter auch ich – und der Witz an der Sache war, dass man, wenn man lange genug zwischen den Zäunen und Hühnern des Innenhofes umhergeirrt war, irgendwann vor einem Graben stand. Dann fand man auch die Brücke die über den Graben führte, hinter der Brücke war ein Gebäude zu sehen und darüber die Wolken und der Horizont und diese Aussicht fühlte sich – nach dem verpissten und verstunkenen Bogengewölbe und den Hühnern – wie ein angenehmer Flash an. Als ich zum ersten Mal vor dem Graben stand, dachte ich, dass auf der anderen Seite ein Typ mit einer Trompete steht und auf mein Zeichen wartet, damit die Brücke mit Ketten hochgezogen werden kann– und dass da drinnen auf den Treppen womöglich auch Leute mit Fackeln herumliefen... Na ja, von hier aus hat man ein ganz anderes Bild von meiner Hochschule; sonst ist sie nichts Besonderes und, abgesehen vom Rektor, läuft alles wie es laufen soll.

Als ich diesen Rektor zum ersten Mal aufsuchte, ist mir dort auch nichts Ungewöhnliches aufgefallen: Es gab zunächst eine Tür mit einem Hinweis, dass in diesem Zimmer auch wirklich ein Rektor zu finden sei, und dann, innen, Regale voller Bücher und auf dem Tisch – der Dinosaurier unter den Computern: Pentium 3 und Eriksson T-10, also diese Epoche haben wir auf der Tagesordnung. Ich klopfe an, gehe rein, das Mobiliar sieht sehr rektorenwürdig aus – und jetzt muss nur noch ein grauhaariger, waschechter und blickscharfer Intellektueller auftauchen – denk ich unbedarft, doch derjenige, der dann aufgetaucht ist, hat mich echt zum Staunen gebracht; zu allererst sah ich einen Sessel, der mit dem Rücken zu mir stand und als ich grad dachte, dass es sich garantiert um einen Filmliebhaber handelte, sagte auf einmal eine heisere, raue Stimme: Komm rein, Jack, ich habe dich erwartet! Da kein Kopf zu sehen ist, denkt man, dass der Sessel quatscht und dass die in den Filmen sich aus Angst die Hosen vollscheißen anstatt zu lachen, und was weiß ich, vielleicht kann dieser quatschende Sessel im echten Leben ja jemanden den Garaus machen, aber vorläufig mangelt's mir an Lebenserfahrung... An der Stimme erkannte ich, dass ich es mit einer Frau zu tun hatte, aber mehr, ich meine ihren Stil und Lebenseinstellung, würden nicht mal siebenhundert Psychologen erraten, von mir ganz zu schweigen: Der Sessel drehte sich zu mir und ein Minirock, Alter, glänzende Overkneestiefel, die ihr bis nach oben reichten, tiefer Ausschnitt, auf dem Haupt eine Kapitänsmütze, darunter ein Bob mit Pony, selbstverständlich geschminkte Lippen und lange Fingernägel noch dazu. Kurzgefasst, wäre sie keine Rektorin und nicht etwas zu alt gewesen, hätte ich ihr, ohne lange herumzumachen, meinen Zauberstab präsentiert, doch die Frau war eine Rektorin, meine Kommilitonen haben's bestätigt, dass sie wirklich eine war und nicht bloß meine Einbildung. Nach und nach stellte sich heraus, dass sie eine richtig coole Rektorin war, nur manchmal platzte sie mitten in der Vorlesung rein und brüllte uns an, wenn wir schon rauchten, sollten wir verfickt noch mal die Fenster aufmachen.

In den Vorlesungen sind von uns etwa fünfzehn Leute, die anderen bevorzugen eine astrale Anwesenheit, das heißt, sie sind zwar unsichtbar, aber sonst dabei, sie werden auf jeden Fall von den Professoren gesehen und die Professoren sind heutzutage genauso scharfsinnig wie sie einst waren und in Zukunft sein werden. Kurz gesagt, in der Hochschule klappt alles prima und keiner der Professoren stört mich; sie kommen ruhig und bescheiden in den

Hörsaal, erzählen etwas vor sich hin, wer weiß, vielleicht stimmt sogar das eine oder das andere davon, aber ihre Erzählkunst ist so öde, dass wir es schaffen, in Vierergruppen Karten zu spielen und da außerdem wissen ein paar von uns, dass es nichts Traurigeres anzusehen gibt, als eine saubere und nicht bekritzelte Bank; lassen wir es also erst gar nicht dazu kommen. Wo bin ich stehen geblieben? Ah ja, die Professoren kommen, erzählen was sie zu erzählen haben und gehen wieder, doch es gibt eine, die schweigt und lässt die Studentinnen erzählen. Dabei holt sie aus der Tasche einen Kaffeekocher und Tassen mitsamt Kuchen und Zigaretten, danach schwatzen und kichern sie und die Mädels eine ganze Vorlesung lang, eine davon kann angeblich im Kaffeesatz lesen, also sitzt sie und prophezeit und die anderen hören mit offenen Mündern zu. Doch auf einmal verschwand diese Dozentin und unser Dekan meinte, sie sei gestorben, Schlaganfall oder sonst so ein Mist habe sie umgebracht und ich war ziemlich bedrückt, ich mochte sie irgendwie. Vom nächsten Tag an würden wir einen neuen Dozenten bekommen, – versprach der Dekan. Wer's glaubt, – dachte ich von allen Dozenten grundsätzlich enttäuschter Mensch.

Am nächsten Tag, als ein Kommilitone und ich am Fenster stehen und rauchen, sehen wir einen Radfahrer auf der Brücke. Das Pflaster auf der Brücke ist stellenweise ausgebrochen, und so schnell wie der fuhr, hätte er ohne Weiteres mit dem Rad in so einem Loch hängenbleiben und in den Graben stürzen können – wie ein liebestolles Weib. Kurz darauf betreten wir das Auditorium und dort neben dem Dekan steht ein Zwerg mit faltigem Gesicht und lächelt. Hab sofort erkannt, dass es dieser verrückte Radfahrer war – unterdessen sagt der Dekan, er sei unser neuer Dozent. Na schön, – freue ich mich, – nach dem ersten Eindruck würde er mir nicht viel beibringen können und da er kaum über das Rednerpult hinausschauen kann, würde er auch nicht in der Lage sein, unsere Bande in unserem gemütlichen Beisammensein zu stören. Also, dachte ich, alles sei wie gewohnt und alles werde auch weiterhin laufen wie geschmiert, aber ich habe mich gewaltig geirrt...

Wie es aussieht, mag er es extrem: Wo ich die Brücke mühsam zu Fuß überquere, zischt er mit seinem Fahrrad einfach drüber – und stell dir mal vor, Alter, nach zwei Wochen stehe ich schon vor dem Fenster und warte auf ihn: Echt cooler Typ, der Zwerg.

In den Anfangsvorlesungen beobachten wir ihn aufmerksam. Was mich interessiert ist seine Persönlichkeit, die das Rednerpult gar nicht benötigte: Der Typ bewegt sich wie eine Mücke durch den ganzen Hörsaal; in einem Augenblick steht er da und im nächsten ist er schon an der Tafel und im übernächsten bereits am Fenster. Es ist mir völlig latte was er erzählt, deswegen höre ich ihm auch nicht zu. Er ist so einer, wie soll ich's sagen, er ist irgendwie komisch. Das Beste daran ist: Es ist doch alles so lustig, aber ich lache nicht und die anderen auch nicht, nur ein Anfänger grinst – und er tut das auch nur, um uns aufzustacheln. Ich guck den Anfänger an und hab plötzlich Verständnis für Mörder, der Anfänger guckt zurück, liest meine Mordfantasien von meiner Miene ab – und hört auf zu lachen.

Nach und nach gewöhne ich mich an den Zwerg und reden tut er auch so, als ob er vorhätte am nächsten Tag zu verrecken: Alles was er zu sagen hat, muss er schon heute, in dieser Vorlesung loswerden. Beinahe raucht und zischt es aus seinem Schädel, so engagiert erzählt er. Dabei doziert er nicht nur über sein Fach, sondern überschreitet Grenzen, mischt sich in die Kompetenzen aller anderen Dozenten ein und am Ende hast du keine Ahnung, was für ein Fach er unterrichtet; der Typ quasselt vor sich hin, von uns verlangt er nichts, überhaupt nichts und sollte er uns eine Frage stellen, ist es immer eine, die mit dem Stoff nichts am Hut hat. Einmal bittet er einen meiner Kommilitonen mitten in der Vorlesung um Rat, fragt ihn, ob es bei einem Sonnenbrand besser wäre, sich mit Kefir oder mit Sauerrahm einzuschmieren. Warum er ausgerechnet dem diese Frage gestellt hat, darauf komme ich verfickt noch mal bis heute nicht, aber der fing an wie aufgezogen rumzurattern und hat ihm wie ein Apotheker Öle und Salben aufgezählt und der Zwerg hört gespannt zu und stellt die nächste abgefahrene Frage, dazu labert mein Kommilitone weiter und erzählt mit brennenden Augen eine Scheißstory, wie er einmal auf dem Land beim Angeln sich beinahe zu Asche verbrannt hätte und wie seine Kumpel heimlich zu ihm schlichen und die Haut von den Brandwunden abgezogen haben... Auf einmal sprach er sogar Dialekt, dabei hatte ich ihn für ein waschechtes Stadtkind gehalten... So läuft das: Mitten in der Vorlesung stellt er jemandem eine saukomische Frage und die befragten Jungs oder Mädels stehen auf und fangen an, ihm von solchen Sachen aus ihrem Leben zu berichten, dass man es kaum glauben kann. Mal spricht er ein Mädchen in kurzem Rock an, ob es nicht echt Scheiße sei, wenn man vom Fahrrad stürzt, dabei kannst du dir diese Tusse zwar auf allem sitzend vorstellen, nur nicht auf einem Fahrrad. Oder er fragt einen grimmigen Typen, den anzugucken normalerweise sogar schon ein Problem bedeutet, von Ansprechen ganz zu schweigen – sie aber quasseln brav wie die Erstklässler, erzählen dem Zwerg die besten Storys aus ihrer Kindheit. Ich mache nicht mit. Wenn er mich etwas fragt, sag ich, dass ich es nicht weiß und damit schneid ich ihm den Weg zu weiteren Fragen ab; also hab ich schon eine wirksame Methode ausgedacht und außerdem, was zum Teufel sollte ich erzählen, wo ich mich an fast gar nichts aus meiner Kindheit erinnern kann und wenn ich versuche an sie zu denken, höre ich meistens nur Geschrei und Gezeter, also lohnt es sich gar nicht darin zu wühlen... Na gut, was soll's:

Sie quatschen doch so gerne über die Fahrräder und ich hab ja auch eins gehabt und war auch kein minderer Extremsportler als der Zwerg, na ja, mit Kindermaß gemessen. Einmal sehe ich Wäsche, genau gesagt Bettwäsche im Hof hängen, und ich dachte, dass mir ein Bettlaken als Wand dienen könnte, du weißt doch, wie man sich als Kind die Sachen so lebhaft vorstellen kann, und also beschloss ich, wie ein Geist durch diese „Wand" hindurch zu fahren. Gesagt, getan – und schon fuhr ich in irgendetwas rein, erst prallte ich gegen das Laken, dann flog ich hin und knallte mit der Stirn auf das Pflaster, mehr erstaunt von dem unerwarteten Hindernis als vom Sturz selbst. Kurz darauf höre ich ein Stöhnen. Was war? Eine Oma, die dabei war, die Wäsche aufzuhängen. Ich hatte sie hinter dem Laken nicht bemerkt und fuhr ihr mit dem Ansturm direkt in den Bauch. Also da liegt die Oma wie kurz vor dem Sterben, ein wildes Gekreische um uns herum, alle beschimpfen mich auf einmal, jemand hat den Krankenwagen gerufen, die verfickte Oma liegt da und brüllt wie ein Büffel, ich sei ein Sadist und ein Mörder – so laut, dass die Fensterscheiben klirren. Leichenblass stehe ich da und versuche zu erklären, dass ich eigentlich nur eine Wandnummer mit dem Fahrrad machen wollte, aber du kennst ja die Erwachsenen – gib denen einen Grund zum Brüllen und dann finden sie kein Ende mehr, sie hören dir gar nicht mehr zu, besonders so einem Rotzlöffel wie ich damals war…Mittlerweile ist auch noch meine Mutter aufgetaucht, hat mein Fahrrad geschnappt und an die Wand geschmettert und seither war ich nur noch zu Fuß unterwegs, aufs Fahrradfahren hätt ich sowieso keine Lust mehr gehabt.

Das sagte ich auch dem Zwerg, dass mir alle Fahrräder der Welt Latte waren und damit basta! Und noch etwas: Mit Nadeln und Federn bastelten wir Jungs kleine Wurfpfeile, dann zeichneten wir die Zielscheibe auf einem Pappkarton und spielten was man heutzutage Darts nennt. Wir hängten unsere Zielscheibe überall da auf, wo sich gerade eine Möglichkeit dazu ergab. Einmal waren wir in der Wohnung von einem der Jungs, die Zielscheibe hängt an der Tür, wir spielen und immer wieder kriegt einer einen Tritt in den Arsch, wir amüsieren uns prächtig. Nun bin ich dran, ich ziele, werfe… auf einmal latscht seine Mutter ins Zimmer rein und ich nagle ihr den Pfeil gerade unter ihr Ohr – voll wie'n verfickter Robin Hood, Alter. Sie aber fällt auf den Boden und rührt sich nicht. Wieder ging das Gekreische los, der Krankenwagen wurde gerufen. Es stellte sich heraus, dass ich sie glatt umgebracht hätte, wenn ich sie ein paar Millimeter weiter unten, in der Arterie, getroffen hätte… Seitdem meint mein ganzes Stadtviertel, dass ich ein Satansbraten, ein potenzieller Mörder und überhaupt ein Arschloch von einem Kind bin.

Mir fällt noch etwas ein: Als ich in der ersten oder zweiten Klasse war, sagte jemand, mit dem kleinen Briefkastenschlüssel ließe sich Willys starten, so hieß eine Art alter russischer Geländewagen – und das hat sofort mein Interesse entfacht, dabei weiß ich allzu gut, dass ich mit meinem Scheißpech in noch einen Schlamassel geraten kann, aber der Typ hat gesagt, dass man mit dem kleinen Schlüssel das Auto starten kann und ich werde so neugierig, dass meine Willenskraft baden geht und die Angst vor eventuellen Problemen latscht ihr hinterher. Nur ein bisschen, denke ich, ich stecke den Schlüssel nur ein wenig rein und guck ob es wirklich funktioniert und dann ist Schluss, was sollte denn daran so verkehrt sein? Ich trieb den Briefkastenschlüssel auf, Willys fand ich auch – mein Schulleiter, nein nicht Android, sondern ein ehemaliger Schulleiter hatte ihn auf einem großen Hof oder Parkplatz stehen. Auf jenem Parkplatz standen viele andere Autos und es gab auch einen Wächter, der in seiner Bude schnarchte. Etwa dreißig Jungs waren wir, die wir da angeschlichen kamen, die anderen waren nicht minder gespannt als ich, ob der Trick wirklich funktionieren würde. Ich kroch vorsichtig über den Zaun, kam an den Willys, die Tür war zum Glück nicht verschlossen und, na ja, der Typ hatte Recht, der Schlüssel passte erstmal, aber ob der Motor in echt anspringen würde? – denke ich und gleichzeitig ahnt mein Herz etwas Schreckliches. Ich hielt es nicht mehr aus, drehte den Schlüssel, der Motor brüllte auf und der verfickte Wächter sprang auf der Stelle aus seiner Bude und fing an etwas herüber zu schreien und plötzlich, aus lauter Angst oder Überraschung, drückte ich mit allen Händen und Füßen auf alle möglichen Pedale und Hebel, Willys schoss nach vorne, krachte in ein paar Wagen, ich da drinnen verstauchte mir den Arm oder brach ihn gar, weiß ich nicht mehr...

Wie üblich ging ein Geschrei und Gezeter los, nur diesmal auch noch mit Polizei und Lehrkörper und wie soll ich mich noch an etwas anderes erinnern, verfickt noch mal, hatte ja nur Todesgebrüll und Gekreische um mich herum und zwar tagein, tagaus und eines Tages kam auch ein echter Tod – mein Vater hatte einen Unfall gehabt und auch von diesem Ereignis kann ich mich nur an das Geschrei erinnern und an den Popen, der in der Hand etwas Rauchendes hielt und damit nach Herzenslust herumfuchtelte... Am Ende war ich so erledigt, dass ich, wenn ich mich kratzte, mich dabei umschaute, um sicher zu sein, dass ich dabei keinem was zu Leide getan habe.

Es lohnt sich doch gar nicht, sich zu erinnern, wenn es außer Gekreische nichts zu erinnern gibt und wenn ich nicht von den Vorlesungen des Zwerges erzählt hätte, würd ich das auch nicht tun, ich hab überhaupt nicht vor, irgendetwas aus meiner Kindheit zu erzählen und der Zwerg scheint es verstanden zu haben, fragt mir auch kein Loch in den Bauch. Manchmal starrt er mich an wie Android, als ob ich „fick dich" auf meiner Stirn tätowiert hätte.

Wie mich diese Pädagogen auf dem Kieker haben – wenn ich nicht genau wüsste, dass ich kein Schizo bin, würd ich glatt denken, ich wäre einer. Am Anfang kamen der Rektor und die anderen und waren bei den Vorlesungen des Zwergs anwesend; sie wollten wahrscheinlich auch wissen, was für einer der Zwerg war und ob er dem Prestige und den tiefreichenden Traditionen der Hochschule auch gewachsen war und solange sie dasaßen, mit ihren kompetenten Mienen, veränderte sich der Zwerg bis zum geht nicht mehr, er stand am Rednerpult, rührte sich nicht und redete irgendeinen Mist. Der Zwerg sollte uns Marketing oder sonst einen Scheiß unterrichten und das machte er auch, vor sich hin labernd. Mittlerweile hat unser kompetentes Pack auch geglaubt, dass sie es mit einem wahren Pädagogen zu tun hatten und ließen sich nicht mehr blicken und der Zwerg lief, wie gewöhnlich, rauchend und zischend im Auditorium herum und dozierte was das Zeug hielt. Dabei verstand er von Erzählkunst nicht wenig: Sprach zum Beispiel über Kriege und Schwertergefuchtel irgendwo am Arsch der Welt und vor Christus und auf einmal ist er wieder hier und berichtet von etwas Zeitgenössischem, Friedlichem und Sautrivialem und plötzlich weiß man nicht mehr, was das erste mit dem zweiten zu tun hatte, danach folgt wieder etwas, was die beiden miteinander verbindet, er drückt alles zu einem festen Kloß zusammen – und auch wenn er das nicht tun würde, raffst du selbst diese Verbindungen und wenn du mal dieses ganze verbale Mischmasch zurückverfolgst, wirst du keinen unbedeutenden Abschnitt finden und du fühlst dich proppenvoll mit all den Informationen... All meine wegen der Mythologielehrerin Eka in– und auswendig gelernten Zeuse und Krischnas, die bisher wie schwere Ziegelsteine in meinem Hirn lagerten und von denen ich keine Ahnung hatte, wofür sie gut sein sollten, das für Nora in der zehnten/elften Klasse gepaukte Schicksal meiner Heimat – all das fängt in meinem Kopf an zu schmelzen und das entstandene Bächlein stärkt den Fluss des Zwerges und ich merke, dass ich ein etwas gescheiterer Typ bin als vor Zwergs Zeiten... Kurz und gut, die Hälfte des ersten Jahres habe ich folgendermaßen verbracht: rauchend, in die Gegend schauend und wartend... Raffst du es? Auf den Dozenten wartend, einen Dozenten, der auch noch ein geiler Radfahrer und ein trefflicher Freak war.

In dieser Zeit hat mich eine Art Liebe erwischt – ich bin auf eine meiner Kommilitoninnen abgefahren. Wenn sie sich irgendwo in der Nähe aufhielt, setzte ich mich sofort und schlug ein Bein über das andere. Auf jeden Fall versuchte ich auf diese Weise, meinen Zauberstab zu verstecken, der mir wie nach einer Viagrapille beinahe bis zum Hals reichte und wer weiß, was aus uns geworden wäre, hätte sie nicht einen Nachnamen gehabt, in dem das Wort Bastard vorkam... Na ja, nicht, dass ich jemals spießig gewesen wäre oder irgendein Vollidiot, der sich an Stammbäumen und Abstammungen aufgeilt, es war und ist mir Latte, wer wie heißt, aber hier ging es um etwas anderes: Vor den Vorlesungen gingen doch die Dozenten die Anwesenheitsliste durch, wie üblich halt und einer davon presste ihren Nachnamen so durch die Zähne, dass man dachte, er würde auf der Stelle aus dem Rednerpult rausspringen und sie, diese meine Angebetete, verhauen. Du kannst dir das schon vorstellen, oder? Wenn man einander in so einem Straßenkampf die Schimpfworte zuzischt. Na ja, und ich wusste zwar, dass ich etwas Saudoofes tat, aber mich zurückhalten konnte ich auch wieder nicht und lachte mich jedes Mal tot, dabei versuchte ich, mir das Lachen zu verkneifen und saß da mit knallrotem Kopf wie ein Depp. Das Mädchen war nicht blind, sie merkte das alles und hasste mich wie Socken, die man ein Jahr lang nicht gewaschen hatte oder wie ein benutztes Kondom und dementsprechend latschte ich auch mit gebrochenem Herzen durch die Gegend.

Dafür hat es mit einer anderen Kommilitonin, Mary, gut geklappt... Mary war eine typische Vertreterin des jungfräulichen Geschlechts, also wesentlich verdorbener als eine philistinische Hure, mit grenzenloser Fantasie und noch grenzenloseren Hemmungen. Ich habe diese Art von Frauen nach und nach immer besser kennengelernt und wenn ich ehrlich bin, vertraue ich ihnen am wenigsten: Es ist ein verlogenes Volk, diese Jungfrauen, auf jeden Fall neun von zehn. Du weißt schon, du fängst an, bald bist du beim Hauptthema, aus lauter Vorfreude reibst du dir die Hände und auf einmal – Nein, Gioland, ich kann's nicht, ich habe die Tage, dabei hat sie da tatsächlich eine Binde. Die Binde? Sie würde doch auch nicht davor zurückschrecken, sich in einen Rollstuhl zu setzen und so zu tun, als ob sie behindert wäre, bloß um ihre Jungfräulichkeit vor dir zu verbergen. Dabei ist es drüben auch eine Schande, keine Jungfrau zu sein – und so hängen sie in dem Zwischenraum – in dem Sex zu haben verboten, aber keinen Sex zu haben auch irgendwie peinlich ist, deshalb, für das, was sie zwischen Skylla und Charybdis anstellen, dafür ist noch kein Verb erfunden worden, Alter! Stecken ganz schön in einer Scheißsituation, glaub mir. Also Mary war auch nicht anders, sie fing an und brachte mich mit ihrem Können echt zum Staunen, aber als es darauf ankam, sagte sie – wir sollten das so und so machen. Na ja, antwortete ich, so könne ich doch ohne sie und dann schlug sie solches vor, und im Allgemeinen haben sie für solche Alternativen eine derartige Vorstellungskraft, dass ich dazu nur „Hut ab" sagen kann und zwar ich, der in Raschids Gruppensexpartys und Charlizes Offroads abgehärtete Typ... Hättest du sie aber auf einen Stuhl gesetzt und hundert Psychologen und PhysioZwergisten um sie herum, dann hätten, so unschuldig, wie sie mit ihren Rehaugen schaute, neunundneunzig von Hundert die Hand dafür ins Feuer gelegt, dass dieses Mädchen immer noch an die Geschichte glaubte, dass man Babys in Kohlköpfen fand und der Hundertste hätte einfach keinen Bock gehabt, die Hand ins Feuer zu legen, aber ansonsten hätte er dieselbe Meinung wie seine Kollegen vertreten. Und die Von drüben gehen einem auf den Keks mit ihrem Institut der Jungfräulichkeit und ihrer Scheißtugend, deshalb sind sie auch so wie sie sind: zurückgeblieben. Es macht mich verrückt, Alter, wenn die Leute, die nun wirklich keine Ahnung haben, sich in alles einmischen – und mit diesem Hintergrund kann man sogar diese armen Jungfrauen verstehen: Es ist verdammt schwer, wenn sich alle um dich rum Gedanken darübermachen, ob du eine Jungfrau bist oder doch keine – als ob du kein Mensch, sondern ein Stück Fleisch wärst, dessen Qualität man abschätzen möchte... Dabei: Wenn du wirklich kein Stück Fleisch bist, wirst du alles aus lauter Trotz tun und du wirst auch das deine Sittlichkeit bestätigende Jungfernhäutchen mit flatternden Augenwimpern irgendeinem beliebigen Mann auf die Stirn kleben, und diese Männer kann ich natürlich auch saugut verstehen: – Ich bin ein Mann und dementsprechend ein Sexgigant, Casanova ist ein Dreck dagegen – Na, Weib, du glaubst mir doch und spürst es auch, schau mir in die Augen und sag's mir, und so eine Jungfer, was versteht sie schon von Polarlichtern, auf jeden Fall macht sie eine halbwegs überzeugende Miene beim Sex... Das ist das ganze Kino und in diesem gottverdammten Lande ist einem Mann eben nur das noch übriggeblieben damit er sich für einen Mann hält, Alter.

Kurz und bündig, wenn ich meine Libido, meine Maskulinität oder wie es auch heißt, wenn ein Mann eine Frau flachlegen möchte, nur auf Mary beziehen würde, müsste ich elastischer als ein Typ aus Gummi sein, müsste mindestens eine allgemeine medizinische Ausbildung und dazu noch eiserne Willenskraft besitzen, damit ich den in gesundem, gelungenem Sex bestehenden Inbegriff meiner Weltanschauung nicht zerstören und andererseits meine Partnerin nicht zur unerwünschten Defloration zwingen muss und ich bin, verdammt noch mal, weder ein Akrobat noch ein Stratege und hiermit gebe ich freiwillig zu, dass Mary bei mir sozusagen die Rolle einer helfenden Hand innehatte – in den Intervallen zwischen der und jener... Manchmal gingen wir in die Sauna und die Freunde fragten mich, warum ich, Gioland, an dieser Chinesin so einen Narren gefressen hätte, es gebe doch genügend andere und ich grinste nur blöd dazu und erwiderte, die Chinesinnen hätten eine völlig andere Möse und ich könnte halt nie genug davon bekommen. In Wahrheit mochte ich die Chinesin aus folgendem Grund so sehr: Auch wenn sie ihren Mund wie ein Scheunentor aufsperrte, würde sie außer ihren Landsleuten niemandem etwas erzählen können. Ich war mir darüber im Klaren, deshalb tauchte und alberte ich mit ihr im Pool herum, die Chinesin dachte von mir, dass ich ein gut gelaunter Impotent war und kicherte auf Chinesisch und mein Zauberstab hat sich als ein Philosoph entpuppt, so ein Scheiß: Er glaubte nicht an erkauften Orgasmus und hing so lustlos und traurig...

So mühsam war mein Sexualleben drüben und nur dann, wenn ich zufällig einer erfahrenen, verheirateten Frau begegnete, hatte ich meine Sternstunde: Sie nur rumzukriegen fühlte sich schon wie Sex an und als es dazu kam, brauchte ich keinen Eiertanz aufzuführen und auch keine Angst zu haben, dass mir irgendein bewaffneter Muskelprotz auflauern und mich zur Rede stellen würde, warum ich wohl die Cousine des Schwiegervaters der Schwägerin seines Cousins entehrt und besudelt hätte und so weiter. Also latschte ich fröhlich und friedlich durch die Gegend.

Ansonsten... Ich habe mein Elternhaus und Familienleben noch nicht erwähnt und davon gibt es auch nicht besonders viel zu berichten: Mein Vater kam bei einem Unfall um als ich noch grün hinter den Ohren war und jedes Mal, wenn ich mich an ihn erinnern wollte, sah ich nur den in Rauch gehüllten Popen und irgendwelche fremden Typen mit düsteren Mienen – also ließ ich es bleiben. Meine Mutter ist, glaube ich, in Griechenland und ich bin auch nicht sicher was zum Teufel sie dort macht, doch manchmal ruft sie mich an und ich freue mich tierisch: Sie solle mir neue Nikes schicken, da mein altes Paar schon hinüber sei, und solle auch gut aufpassen, es sollten nicht weniger als fünf Markenzeichen darauf sein, auf beiden Seiten, eins auf der Lasche, eins auf der Ferse und das Letzte auf der Sohle und wenn dem nicht so sei, solle sie sie auf keinen Fall kaufen, denn dann seien sie nicht echt und na ja, wenn sie auch noch eine coole Hose mitschicken würde, wär's überhaupt gigantisch, bloß solle sie darauf achten, dass die Hose anstelle eines Reisverschlusses eine Knopfleiste hat und hinten einen Lévis 501-Aufnäher, andere sind ja peinlich... Damals waren wir, ich und mein Pack, wirklich so doll auf Klamotten fixiert, meine Tante kaufte mir höchstens ein paar Socken auf dem Klamottenmarkt und obwohl ich jetzt lieber an die Beerdigung meines Vaters denke als an das, doch damals freute ich mich auf die Anrufe meiner Mutter und noch mehr freute ich mich auf die Anrufe aus dem Flughafen, dass ein Paket auf unseren Namen eingetroffen sei und dass wir es schnell abholen sollten, bevor es verloren ginge. Was das Haus betrifft, hatte ich eine gescheite Vierzimmerwohnung in der Stadtmitte, in der ich im Grunde genommen alleine wohnen sollte, aber schon in der ersten Woche nachdem meine Mutter weggefahren war, kreuzte eine ganze Kolonne von Leuten auf: Meine Tante, ihr Mann der Vollpfosten, ihr halbwüchsiger Sohn und dazu auch noch ein potthässlicher Pudel. Eine ganze Woche lang meckerte ich meine Mutter an, was ich ihr denn angetan hätte, dass sie mich mit diesem Pack bestrafte, sie hätte doch vor, mir Geld zu schicken und das würde doch auch reichen, dabei war ich doch kein Grünschnabel, in zwei, drei Jahren würde ich doch zwanzig. Ich rede mir den Mund fusselig und sie faselt was über sich abrackern, über Schweiß und Herzblut, und dass ich das erstmal lernen sollte, dass es doch überhaupt kein Problem sei, dass sie doch meine Tante und keine Fremde sei. Ich habe sie, Alter, im Leben zwei-, dreimal gesehen, also war sie doch fremd, oder? Mir doch Latte ob sie meine Verwandte ist, denke ich und schnalle, dass meine Mutter nicht so bald zurückkehren wird und bin völlig ratlos... Übrigens diese meine Tante hat sich als ziemlich passabel rausgestellt; mollig und rund rollt sie durch die Wohnung, ist ständig am Naschen und Kauen und stellt mir und ihrem Sohn immer wieder voll beladene Teller vor die Nase – und kochen kann sie ja wie eine Weltmeisterin. Ihr Kind mischt sich nicht groß ein, geht dir nicht auf die Nerven, kommt aus der Schule und den restlichen Tag siehst du nur seine Füße aus dem Computer hängen – er zockt bis zum Morgengrauen Counter oder sonstige abgekackte Onlinespiele und danach, wenn er dich anguckt, hat er eine Miene, als ob er sich ständig sorgte, dass du ihn als ersten beballerst und bewegen tut er sich auch so, als ob er gleich Fatalities oder irgendwelche Combos ausführen würde, wie ein kleiner Roboter, und seine Kumpels sehen ohne Scheiß genauso bescheuert aus. Manchmal platze ich in sein Zimmer, schmeiße ihm ein paar Tussis auf den Desktop, damit er seine Vorlieben wechselt. Schau mal, sag ich, was für eine saftige Schnitte, man würde sie doch auf der Stelle flachlegen wollen. Mit seinen zwölf Jahren ist er zum Saunagang immer noch zu jung, also schmeiß ich ihm die Tussis hin – und zwei Minuten später sehe ich, wie er dasitzt, mit aufgesetzten Kopfhörern Counter zockt und eine Miene macht, als ob er auf der Stelle tot umfallen würde, solltest du ihm den Computer ausschalten. All die Online-Spiele und das Internet haben doch keine lange Geschichte; damals konntest du dich in einem Internetcafé vor ein Dinosaurierpentium setzen und das war auch alles. Zu Hause hatte kaum jemand einen Computer und als ich so alt war wie mein Cousin, habe ich auch voll nach Dandy gegiert: Einer meiner Nachbarn hatte dieses Videogame und wenn

Strom da war, saß der ganze Bezirk bei ihm. Später hat dieser Typ Dandy gegen Moto eingetauscht und mir ist die Lust aufs Spielen sowieso vergangen. Außerdem hatte ich wegen der Mythologielehrerin Eka in der Klasse sowieso keine Zeit mehr zum Spielen, ich hatte ja alle Hände voll zu tun... Dem wird es auch vergehen, wenn er vorher nicht durchdreht. Um es auf den Punkt zu bringen, mein Cousin ist kein schlechter Typ, nur Borja, der Mann von meiner Tante ist ein echter Arsch und dieser hässliche Pudel ist auch unten durch bei mir, sonst klappt alles prima.

Borja sieht aus wie eine Kopie des LSD-Erfinders; glatzköpfig, bebrillt, Anzugträger und noch dazu Redakteur einer abgefuckten bunten Zeitschrift, auf deren Vorderseite eine nackte Frau, auf der Rückseite ein nackter Mann und dazwischen stapelweise Interviews mit lokalen Boysbands undefinierbarer Sexualorientierung. Genau deshalb ist diese Zeitschrift von der Auflage und den Verkaufszahlen her der Marktführer in meiner Heimat und Borja das gediegenste und am intellektuellsten aussehende Arschloch, dem ich in meinem ganzen Leben, hier und drüben, begegnet bin. Seines Erscheinungsbilds und seiner Stelle wegen genießt er unter den Leuten ein Ansehen wie ein Mafiaboss. Du weißt, wie die Typen von dem oder jenem Beruf in den Augen der anderen einen dicken Heiligenschein tragen: Ein Redakteur ist ein Redakteur, selbst das Wort hat irgendwie schon einen respektablen Klang und damit basta. Die Deppen achten ja nicht darauf, was zum Teufel einer redigiert oder malt oder, ich könnte da unendlich viele Beispiele aufzählen – und falls einer sich die nötige Zeit nehmen und alle überprüfen würde, würde er in neuneinhalb Wochen, ach, was sage ich da – in neuneinhalb von zehn Fällen würde er hinter diesen Heiligenscheinen und Flügeln ganz gewöhnliche Arschgeigen antreffen. Das alles sehe und begreife ich hier und jetzt, doch damals nahm diese Geschichte einen völlig anderen Verlauf: Kommt Borja in den Hof, wie ein Trottel einen riesigen Blumenstrauß in der Hand; die backgammonspielenden Typen hören auf der Stelle auf zu fluchen und sprechen ihn an, wie es ihm denn ginge, warum er sich wohl nicht mehr blicken ließe und der, voll wichtigtuerisch, dass er halt keine Zeit hat. Und dann wird sich jemand zum tausendsten Mal erkundigen, woher die Blumen seien und er wird bescheiden lächelnd zum tausendsten Mal antworten, dass er sie geschenkt bekommen habe. Dabei ging ich einmal auf dem Nachhauseweg hinter ihm her und sah, wie er die Blumen an der Straßenecke selbst kaufte. Damals, ich kann mich erinnern, hat er mir leidgetan, doch zu Hause fing er wieder mit seinen Schandtaten an und mir persönlich ging er mächtig auf den Wecker.

   Sobald er die Türschwelle überschritt, veränderte Borja sich nämlich so rasch, als ob ihn jemand mit einem Zauberstab verhext hätte – und hier rede ich natürlich von einem echten Zauberstab. Der Typ kriegte eine ganz andere Miene, einen anderen Gesichtsausdruck, von seiner Stimme und Redeweise ganz zu schweigen, er fluchte wie die backgammonspielenden Onkels, und es geht ja nicht nur ums Fluchen, denn ich fluche ja auch wie ein Weltmeister und die Welt geht dadurch nicht unter, staunst du halt und das war's, aber was er außer dem Fluchen anstellt, macht dich voll fertig: Da sind wir also allesamt am Tisch versammelt, die ganze Familie mit dem Pudel, essen zu Mittag und Rums! – lässt er einen fahren, als ob nichts wäre, oder sammelt den Schleim im Rachen und spuckt ihn irgendwo hin und was ich am meisten hasse – immer wieder presst er den Finger an ein Nasenloch und aus dem anderen rotzt er auf den Boden, wischt den Rotz mit dem Fuß weg, darauf kommt der Pudel angerannt und leckt den Rotz auf, und die abgefuckte Tante und ihr Kind kauen seelenruhig weiter. Als er sich in meiner Gegenwart zum ersten Mal so benahm und seine Familie keinerlei Reaktion zeigte, dacht ich, ok, und hab auch nicht weiter darauf geachtet. Dann stellte sich heraus, dass die sich einfach daran gewöhnt hatten, es ist denen scheißegal; aber als er das zum hundertsten Mal wiederholte, hat bei mir einer der Marksteine meiner Weltanschauung, nämlich das Witzgefühl auch versagt und ich sagte, dass ich zwar nicht wüsste, ob er so bescheuert sei oder einfach so ein Hobby habe, doch in beiden Fällen würde ich ihm empfehlen, es auf dem Balkon oder sonst wo zu machen und dass er sich ansonsten nicht wundern solle, wenn ich ihn rein zufällig plattmachen würde. Ich sage ihm das direkt ins Gesicht, stehe auf und gehe in mein Zimmer und die flüstern hinter meinem Rücken, ich sei in einem schwierigen Alter und das würde mir schon bald vergehen... Dabei bin ich in meiner eigenen

Wohnung, bald achtzehn und nicht, dass ich ein bekloppter Ästhet wäre oder sonst was, aber wenn ich seinen hässlichen Pudel sehe, der auf seinen Rotz geilt, sorry, aber da wird mir übel. Ich kann ihn doch nicht wirklich schlagen, also hör ich immer wieder seine Blasgeräusche und kurz gesagt, ich kann den Typen nicht leiden.

Sind wir beide zu Hause, bleibe ich lieber in meinem Zimmer und wenn mein Pack mich besuchen kommt, lasse ich ihnen keine Zeit fürs Grüßen, sondern zerre sie sofort in mein Zimmer. Das Lustige ist, dass mein abgefucktes Pack, Jungs sowie Mädels total auf Boris abfahren und ab und zu kommt er auch ins Zimmer, fragt: Na, wie geht's der Jugend und ob er bei einer Partie Joker mitspielen darf – aber nur mit Ausziehen, als er in unserem Alter war, habe er nur so gespielt und die Mädels nackt ausgezogen, – will uns wohl veräppeln, denn damals, als er so alt war wie wir, gab's nicht nur noch keinen Joker, sondern die Spieler haben immer noch mit Kohle Mammuts auf Schulterblätter gezeichnet... Außerdem macht Boris Topkomplimente: Na, Mädels, wann wollt ihr euch mal für meine Zeitschrift ablichten lassen, damit die Auflage so in die Höhe schießt, dass sie für ganz Europa reicht und die abgefuckten Mädels blinzeln mit den Augen und kichern, als seien sie auf der Stelle bereit, sich von ihm flachlegen zu lassen. Zwischendurch schenkt er mir ein sonniges Lächeln – warum so düster, Gioland? Wieso bietest du den Damen keinen Kaffee an, wo sind denn deine Manieren? Kapierst du, Alter? Ich würde mich nicht einmal dafür schämen, in seiner Gegenwart auf den Teppich zu scheißen, nun aber quasselt er ganz anders. So liebt mein abgefucktes Pack Boris und quengelt mich an, warum ich ihn denn nicht respektiere. Was bleibt mir da anderes übrig als zu sagen – und dazu doof zu grinsen – , dass ich ihn sehr wohl respektiere, dass es halt bei ihnen anders rüberkomme.

Es ist aber nicht nur Boris, der mir auf die Nerven geht – sondern auch seine Gäste, die Leute, die für seine Kackzeitschrift schaffen, die sich einbilden, Teil des „Beau Monde" der Hauptstadt und der Crème de la Crème der Gesellschaft zu sein, Leute, die einem nicht mal eine Chance geben, die Blase anständig zu entleeren: Stehst du vor dem Klo und es ist ununterbrochen besetzt... Was soll ich machen – ich pinkle in das Spülbecken in der Küche und nachts würde ich sogar aus dem Fenster pinkeln; schließlich bin ich mit Boris verwandt. Also sollte jemand eine Handgranate in eine solche Versammlung werfen, würde er als einer der größten Patrioten anerkannt und sein Name mit goldenen Buchstaben in die Geschichte des Landes eingetragen werden, als ein Mensch, der die Nation aus dem Sumpf der Verlogenheit, Ignoranz und Geschmacklosigkeit befreite... Wenn ich an diese Leute denke, kriege ich halt ziemlich grausame Gedanken. Unterdessen im Stadtviertel: Oh, Gioland, der und der ist doch oft bei euch zu Gast, kannste mir sein Autogramm beschaffen, oder ließe es sich einrichten, mit ihm ein Foto zu machen, oder könnte er auf der Hochzeitsparty meines Kindes singen, oder könnte er vielleicht... Für dich würde er es doch machen, für dich... So flehen mich die Leute an und ich denke mir verschiedene Ausreden aus, etwa, dass ich ihn doch nicht so gut kenne, dass ich ihm die Bitte ausgerichtet, er aber keine Zeit gehabt hätte. Wenn sie auch nur geahnt hätten, was ich über den verfickten Idioten im stillen Kämmerlein meines Herzens dachte, dann hätten sie mich wohl auf dem Hauptplatz der Stadt gesteinigt.

Die Nachbarn mögen Boris, doch Boris sind die Nachbarn Latte. Ich kann mich nicht erinnern, dass er jemals einen gewöhnlichen Sterblichen eingeladen hätte. Es ist meine Tante, die Nachbarsfrauen einlädt und ich habe meine Tante gern. Sie ist eine einfache und ehrliche Frau. Später ist ein Typ in unsere Nachbarschaft gezogen und an dem hat Boris Gefallen gefunden; lädt ihn manchmal zu uns ein, spielt sogar Backgammon mit ihm. Es stellte sich heraus, dass der Typ Schriftsteller war und ich bin in meinem Leben insgesamt zwei Schriftstellern begegnet: Der erste war der von Boris und der zweite – mein Schreiber aus dem anderen Ufer. Doch der Schriftsteller von Boris hatte mit unserem Schreiber nichts gemein; ob du ihn auf das Übelste beschimpfst oder lediglich auf die Schriftstellerei ansprichst – für ihn macht es keinen Unterschied. Er kann seinen Job halt nicht ausstehen und überhaupt, sollte Sherlock Holmes ihn anschauen, würde er ihm alle Berufe zutrauen – außer Schreiben. Boris' Schriftsteller hingegen war wahnsinnig stolz darauf, dass er schrieb und kaute uns ein Ohr ab mit seinen selbstgefälligen Erzählungen über Literatur im Allgemeinen und die seine im Besonderen. Vom Aussehen her war er ebenfalls ein waschechter Schriftsteller – mit seiner Baskenmütze, Schal und der ganzen Tracht. Einmal habe ich unserem Schreiber von ihm erzählt. Er sei genauso einer gewesen – so mein Schreiber – und solange man nicht kapiere, dass das Schreiben nichts zum Angeben sei, sondern für den Betroffenen vielmehr einen Fluch, einen Unglücksfall darstelle, sei man nicht in der Lage, etwas halbwegs Gescheites zu verfassen.

Also lebe ich vor mich hin, habe keine Hobbys wie Boris sie hat, sprich: Ich hab keinen Knall. Trinken tu ich hauptsächlich Bier, ab und zu mal Schnaps mit meiner Bande in der Diskothek oder auf Geburtstagspartys und Drogen nehme ich ganz selten; Einmal in hundert Jahren gehen wir vor Schiss zitternd zu einem Dealer und kaufen zum hyperteuren Preis Marihuana oder Haschisch in Scheißqualität. Wenn ich auf dem anderen Ufer daran denke, amüsiere ich mich prächtig: Wie der Dealer die Ware rausholte und jene Ware hatte er so schön portioniert, dass man sie gekauft hätte, selbst wenn Petersilie drin gewesen wäre – und wenn ich das alles jetzt mit Abstand betrachte, war der Stoff kaum besser als Petersilie, aber der Dealer nannte es Hasch und die Portionspackungen waren auch so hübsch und irgendwie waren wir hinterher alle dicht, die ganze Bande; Es war mehr ein psychologisch bedingtes High-sein als ein echtes, du weißt doch, wie man einem Anfänger einen Joint andreht und ihn vor dessen starker Wirkung warnt – und der glaubt dir glatt und hat einen echten Flash. So haben wir, Alex und ich, für Tschuj ein paarmal Walnussblätter als Joint gedreht und Tschuj ist so weggeflasht, dass sogar wir unsere Zweifel hatten, ob es wirklich nur Walnussblätter waren oder ob nicht doch ein Stück Haschisch dazwischengeraten war.

Alex…Alex…damals kannte ich Alex leider noch nicht, meinen Bro und größten jenseitigen Gitarristen. Bloß die ruhmreichen Geschichten über ihn und seine Familie erreichten mich von den weiter entfernten Stadtvierteln. Ein richtiger Tunichtgut, ein… pfui, Deibel, ich mag solche Typen nicht. Ob er sich, so wie ich, auch einmal Gedanken über das gemacht hat, was er alles auf dem anderen Ufer zurückließ, das würde mich schon interessieren. Doch in dieser Hinsicht sind wir gleich, Alex und ich: Wir kennen das dämliche „einander das Herz ausschütten" nicht.

Ich habe den Dealer vorhin erwähnt und da ich schon dabei bin, werde ich auch über ihn ein paar Worte sagen: Mit diesem Dealer habe ich mich schon auf dem anderen Ufer ziemlich angefreundet und er war der einzige Dealer auf der Welt, den ich mehr oder weniger respektierte... Erstens war der Typ selbst zum Totlachen, war fast in unserem Alter, war unter der Drücke anzutreffen und drehte seine Haschischtüten wie Bonbons zwischen den Fingern: In den Tüten war Gras verpackt, das für etwa ein, zwei Personen ausreichte, außerdem eine knetartige Masse, deren Bestandteile nur der Teufel kennt; selbst ein erfahrener Raucher hätte ein Problem, sie von echtem Hasch zu unterscheiden, so elastisch und dunkel wie sie war. Diese Haschischtüten verkaufte er für teures Geld an die Teenager vom Drüben und sie fuhren darauf ab. Mich und Alexander lehrte der abgefuckte Dealer, dass, wenn man den Stoff dabeihatte, man zuallererst auf die Bullen scheißen sollte, denn vor Angst zu schlottern und sich ins Hemd zu machen würde die ganze Sache noch schlimmer machen. Es sei wichtig, die Bullen zu sehen bevor sie dich sahen – und dann nicht wegzulaufen und sich zu verstecken, sondern direkt auf sie zuzugehen und irgendeinen Scheiß fragen, ob sie bitte sagen könnten, wo sich diese oder jene Straße befand oder so ähnlich. Hauptsache, man vergaß nie, Bitte, Danke, Verzeihung und ähnliches zu sagen. Auch wenn der Bulle Hinweise auf dich haben sollte, wird er das toll finden, denn erstens ist jeder Idiot dankbar für die Chance, jemandem etwas erklären zu dürfen, und zweitens bringt ihn die höfliche Ansprache ganz durcheinander, denn Höflichkeit ist er nicht gewöhnt. Einmal ging der abgefuckte Dealer mit einem ganzen Rucksack voller Stoff los und hat am Stadteingang Bullen angetroffen, die einen Tipp bekommen hatten und auf ihn warteten. Er ist mitsamt seinem Rucksack sofort auf sie zu gegangen, hat sie erst auf Englisch angesprochen, da sie aber nichts verstanden, hat er dann in gebrochenem Russisch erklärt, dass er Tourist sei und fragte, ob von hier nach irgendwohin noch ein Bus führe. Und meine Landesleute, diese Versager, denken doch immer noch, dass jeder Ausländer

der beste und unantastbarste Typ ist, also begleiteten die Bullen den Dealer bis zur Bushaltestelle und haben ihm sogar eine gute Reise gewünscht. Er hat es mir und Alexander später erzählt und sich ewig darüber amüsiert: Er hätte sogar ein Erinnerungsfoto von den Bullen geschossen. Selbst die Kamera war knallvoll mit dem Stoff und als er das Bild machte, hat er sich beinahe selbst auffliegen lassen, so wie er sich schlapp gelacht hat. Kurzum, er war ein listiger Typ, der Dealer, er glich keinem anderen Dealer, er konnte mit Geld überhaupt nicht umgehen und ich habe auch keine Ahnung, wofür er es ausgab und überhaupt was für einer er außerhalb der Szene war, doch bei uns war er schmuddelig und abgerissen wie ein Punker unterwegs. Der Abfuck fasste kein anderes Dope an außer Managua[10] und Managua ist für mich wie Espadrilles, unbrauchbar in jeder Hinsicht, ich kann diesen Stoff nicht leiden. Ich selbst habe ihn nur einmal probiert und im anschließenden Film habe ich beinahe einen Kumpel umgebracht. Davon werde ich vielleicht später noch erzählen... Wie gesagt, der Dealer war eine Zeitlang mit uns unterwegs. Im Frühling nahm er eine Handvoll Hanfsamen und streute sie auf einem abgelegenen Feld aus wie ein fleißiger Bauer, später ging er wieder hin, erntete einen Sack voll linker Ware, aus welcher er nach seinen durchgedrehten Rezepten den Haschisch-ähnlichen Stoff für die Anfänger herstellte. Einen Teil der Ernte bewahrte er für sein eigenes Managua auf. Wo er auch immer war, köchelte Managua vor sich hin, die Hände hatte er voller Blasen, vor lauter Cannabis ausdrücken und am Ende ist er, wie es zu erwarten war, von Managua auch verrückt geworden.

In einem ungemütlichen Park steht das Denkmal eines unbekannten Soldaten oder so ähnlich und dort brennt ein Feuer – das mit Gas entfachte ewige Feuer. Die Leute, die tagsüber im Park spazieren gehen, haben keinen blassen Schimmer wie geil dieses Feuer nachts sein kann, wenn man sich in der Kälte daneben setzt: Du brauchst kein Holz, gar nichts, wärmst dich völlig kostenlos, wenn du keinen besseren Platz zum Übernachten gefunden hast. Man muss sich bloß mit diesem Feuer auskennen, sich so hinset-

---

[10] Gekochter Cannabis

zen, dass dich die Wärme von allen Seiten erreicht und du keinen kalten Rücken kriegst. Früher, als wir noch auf dem anderen Ufer lebten, sind wir auch manchmal hierhergekommen, doch damals gab's kein Feuer und auch keine Typen, die die ganze Nacht Wache halten, ohne sich auch nur im Geringsten zu rühren. Sie sind zwar nicht immer da, aber oft genug – und wahrscheinlich mögen sie das Feuer, dessen Wärme auch für sie reichen soll. Ehrlich gesagt bin ich nicht so scharf auf diesen Platz; stell dir mal vor, da quatschst du irgendeinen Mist und zwei Typen hören dir die ganze Zeit zu. Was, wenn einer davon es nicht aushält und mir mit dem Gewehrschaft auf die Birne haut... Also ich kann mich mit diesem Platz nicht anfreunden und wir gehen recht selten hin. Doch Alexander hat sich an die beiden gewöhnt, ja er hat sie geradezu ins Herz geschlossen – die Gardisten und die ganze Umgebung. Manchmal setzt er sich total dicht ans Feuer und redet vor sich hin. Ich bin mir nicht sicher, ob er zu dem Feuer oder zu den Gardisten redet, – in solchen Fällen mag er uns nicht in seiner Nähe haben. Wir verstehen, dass er das nicht mag, also hängen wir herum und warten bis er mit seinem Gelaber fertig ist und uns zu sich ruft. Wir stellen ihm keine Fragen: Hier ist es nicht üblich, jemandem Löcher in den Bauch zu fragen – unser Kumpel mag es und damit basta. Außerdem hat Alex einmal etwas ganz komisches zu mir gesagt: Dass er, wenn er am Feuer sitzt, das Gefühl hätte, in der Kirche zu sein, dass es dort auch Feuer und Stille gäbe und in der Nähe jemanden, der dir zuhören, dich verstehen und dennoch nichts erwidern würde... Alex ist schon ein tiefgläubiger Typ, trägt sogar ein großes Kreuz am Hals, hat auf dem anderen Ufer immer die Fastenzeiten eingehalten und überhaupt, nach meiner Beobachtung sind die kriminellen Typen, und Alex war ja mal einer, immer sehr gläubig. Alex kann nicht mehr in die Kirche gehen wie früher; bis er zu uns herüberwechselte, war er oft in der Kirche gewesen, hatte eine Kerze angezündet und dann, ich schwöre, ich habe keine Ahnung, Gioland, hat er zu mir gesagt, wer weiß, vielleicht war ich zu sehr in Gedanken versunken – er hatte also eine Zigarette herausgeholt und angesteckt, dann hatte ihn der Pope angeschrien, die Gemeinde hat ihn mitten in der Kirche angegriffen und hinterher mit Fußtritten hinausgejagt. Nach diesem Vorfall könne er keine Kirche mehr betreten und dieser Platz gebe ihm das Gefühl er sei dort, es gehe ihm hier viel besser, ich würde doch verstehen. Ich bin nicht so gläubig wie Alex und trage auch nichts Religiöses mit mir herum, nur einen natürlich durchlöcherten kleinen Kieselstein am Handgelenk und das war's mit meiner ganzen Philosophie und übrigens, manchmal starre ich den Kieselstein an und etwas wirkt auf mich, trägt meine Gedanken weit weg – ein gewöhnlicher Kieselstein, aber wo kommt er her, wo hatte er seinen Anfang, was hat er alles erlebt, woher stammt sein Loch, – denke ich und am Ende bin ich aus irgendeinem Grund gut gelaunt. Ich respektiere meinen Kieselstein und glaube an alles was ihn betrifft... Um es abzukürzen, ich habe Alexander, meinen Bro und besten Gitarristen schon verstanden, doch die Sache mit den Gardisten blieb mir ein Rätsel: Viele halten dort Wache und wie soll ich es glauben, dass jeder von ihnen die Geduld aufbringen kann, Alex so still und unbeweglich zuzuhören. Was hat er denn schon zu erzählen? So war das mit dem Feuer und den Gardisten. Nun – warum erzähle ich das in Bezug auf den Dealer?

    Wie ich bereits sagte, durch lauter Managua ist der Dealer um seinen Verstand gekommen. Einmal schloss er eine Wette mit einem Typen ab, dass er auf dem ewigen Feuer Managua kochen würde, ohne von den Gardisten gestört zu werden. Die Gardisten, – so der Dealer, – würden kein Wort sagen, denn nach ihrem Gesetz dürften sie es gar nicht. In jener Nacht war Alex dicht und schlief im Proberaum, sonst hätte er den Schwachkopf sicher umgebracht, doch ich Idiot habe ihm das nicht ausgeredet, denn, wenn ich ehrlich bin, war ich tierisch darauf gespannt, was die Gardisten in dem Fall unternehmen würden. Also kochte der Dealer sein Managua im Proberaum – der ist ja grad neben dem Park – und als noch eine Viertelstunde zum Fertigkochen fehlte, nahm er den Topf, stellte ihn in eine Tasche und so zog ein ganzes Pack von uns um drei Uhr morgens in den Park. Alle waren neugierig, was sich dort ereignen würde. Manche rieten ihm, einen Ständer aufzutreiben, um den Topf auf das ewige Feuer zu stellen, sonst würde es doch nicht klappen, doch der Dealer versicherte ihnen, dass es auch ohne Ständer möglich wäre, denn er hätte die Feuerstelle genau angeschaut und extra einen geeigneten Topf ausgesucht... Schau, wie komisch doch das Leben sein kann: Am gleichen Feuer betet der Eine – und der Andere bereitet Drogen und wenn ich daran denke, will ich wie ein Alter mit einem Hirtenstab ausrufen: Hey Bartlby, hey, Leute! – wie in einem Buch , das ich früher gelesen hab aber nicht mehr weiß, wer zum Teufel der Rufer ist. Also, eine Viertelstunde brauchte man noch zum Fertigkochen, er würde doch nicht ernsthaft diesen Mist zwei Stunden auf dem ewigen Feuer brodeln lassen, und wir hätten auch garantiert keinen Bock gehabt so lange zu warten. Der Dealer nahm den Topf, den Löffel und schritt zu dem Feuer, wir haben uns wie Partisanen unter die Bäume gelegt, um die ganze Aktion zu überwachen. Ging der Dealer mutig direkt auf das Feuer zu, hat den abgefuckten Topf daraufgestellt und ich sehe sogar aus meinem Versteck, dass da etwas mächtig schiefgeht: Als er den Topf mit großer Mühe auf das Feuer gestellt hatte, hat dieses den Topf sofort ringsum mit hohen Flamme umzüngelt, so dass er kaum noch sichtbar war. Der Dealer stand ratlos da. Wie denn sonst? Er war dabei, die Wette zu verlieren. Der Topf stand zwar auf dem Feuer, aber darin rühren konnte er nicht mehr, also lief er um das Feuer herum wie ein Papua. Er hatte auch gar keine Zeit mehr, an die Gardisten überhaupt nur zu denken, denn das angebrannte Managua stank wie die Hölle. Wir schauten alles mit an. Plötzlich sprang einer der Gardisten wie eine Gazelle nach vorne, der Andere blieb unbewegt, dachte wohl der Typ wolle sich nur die Suppe aufwärmen, doch derjenige, der eine Ahnung hatte, sprang wie gesagt auf den Dealer zu und fing an, ihn auf das übelste zu beschimpfen. Was kann ich dafür, dass ich die Leute vom Lande so mag... Der Dealer kriecht auf dem Boden, der Gardist hat sich mittlerweile beruhigt, sich wieder auf seinen Posten gestellt und angefangen von dort dem armen Teufel zuzurufen, er solle den versauten Boden g'scheit aufwischen sonst würde er ihm die Birne zermatschen.

Seit dieser Wette ging uns der Dealer aus dem Weg und im Grunde genommen sollte er mir doch egal sein, meine Absicht war, von dem neuen Ufer zu erzählen, und nun quatsche ich die ganze Zeit von Drüben. Dabei kann ich kaum erwarten, mit dem Drüben fertig zu werden, damit ich nie mehr daran denken muss – und zeitlich springe ich auch ganz idiotisch herum – mal erzähle ich von einem, mal von dem anderen Ufer. Ah, das Letzte habe ich auch schon gesagt und nun komme ich richtig durcheinander... Die Zeit ist mir sowieso Latte. Also so lebte ich im Drüben: Ab und zu mal rauchen ich und meine Bande linken Hasch, manchmal trinken wir Schnaps und zwar auf Geburtstagspartys oder in einem Club. Damals gab es ein paar gescheite Clubs und dort tanzten die Leute in zwei, drei Schichten, weil alles so knallvoll war. Bier trinken wir jeden Tag, denn was soll an Bier verkehrt sein. Es ist wie Saft und basta. Ja, außerdem, wie das ganze Land, lieben wir auch Fußball, besuchen Buchmachergeschäfte, gehen ins Kino und zum Billardspielen, manchmal versammeln wir uns bei jemandem in der Wohnung und so weiter. Ich lebe wie die Mehrheit der gleichaltrigen Jungs. In meinem Zimmer hängt das handsignierte Trikot eines geilen Fußballers aus unserer einheimischen Mannschaft, ich besitze eine Musikanlage, also hören wir zusammen ein Mischmasch von hier und dort, die Namen der Gruppen kann ich mir schlecht merken, also damals war ich noch kein großer Melomane. Ich steh auf BMW 318is, mit dem Spitznamen „Hooligan" und Ericsson T-10. Ericsson besitze ich bereits und nutze es für Kurznachrichten und das mache ich liebend gern. BMW habe ich nicht und in der Zukunft werde ich mir höchstwahrscheinlich einen holen. Das hat noch Zeit. Von den Tussis und dem Ausbildungsplatz habe ich schon erzählt – dort bin ich im ersten Studienjahr, wie die Fakultät heißt, wusste ich schon damals nicht genau, und hier, also auf dem anderen Ufer habe ich es endgültig verdrängt. Nach dem Abschluss wäre ich so etwas wie ein Business– bzw. Marketingmensch geworden. Der Zwerg hat mir jedoch alles außer Business beigebracht, dem Rest der Dozenten hörte ich einfach nicht zu. Mittlerweile war ich am Ende des ersten Semesters und da sind die schwarzen Wolken über mir aufgezogen...

Einmal sitzt unsere Bande im Fußballstadion, schaut der einheimischen Mannschaft beim Spiel zu und fiebert mit, schreit lauthals, beschimpft vor allem die eigenen Spieler und knabbert Sonnenblumenkerne dazu. Plötzlich pruste ich los und die Bande denkt wohl, was Gioland denn zum Lachen hätte, wo doch die

Aussichten für unsere Wette sowie für unseren Stolz als Nation so hoffnungslos waren. Ich lache weiter, während ich den Spieler, dessen Trikot ich in meinem Zimmer aufgehängt habe, beobachte und vor mich hindenke: Schau dir mal den Typen an, rennt um sein Leben auf dem Bolzplatz, schießt Tore und das ist auch alles, was ich über ihn weiß. Ich habe keine Ahnung was außer Fußball den Typen bewegt, was er sonst so macht, ob er cool ist oder eher ein Scheißkerl, kurzgefasst, ich kenne ihn nicht, dafür hab ich sein verschwitztes Trikot im Zimmer hängen und bin sogar stolz darauf. Kapierst du, Alter? Als ob jemand einen Wasserhahn aufgedreht hätte, so schossen die Gedanken durch meinen Kopf: Als allererstes hab ich geschnallt, dass der verfickte Nummer X ein durchschnittlicher Ahnungsloser war und nichts anders und überhaupt, dass ich dasaß und Schimpfwörter herumbrüllte, das hatte mir Spaß gemacht und nicht der Fußball selbst. An jenem Tag amüsierte ich mich prächtig über mein plötzliches Erwachen, doch seither ging's nur bergab mit mir – als ob ich mich mit einem schrecklichen Virus infiziert hätte, der mich langsam, Tag für Tag zerfraß… Da lebe, bewege ich mich wie gewöhnlich – und wie aus heiterem Himmel geht etwas los, wie damals im Stadion: Wie ein Yogi verlasse ich meinen eigenen Körper und glotze mit offenem Mund Gioland an – ja, ich meine mich selbst und wenn es bloß Gioland wäre… Ich sehe alles: Den Ort, an dem ich bin, meine ganze Umgebung, die Leute und – wie soll ich es besser sagen… Wäre ich ein Schriftsteller wie unser Schreiber, wäre ich in der Lage, es besser zu verstehen und es den Anderen verständlich zu machen… Kurz und gut: ich beobachte alles, was mich umgibt, von der Seite und es ist mir zum Lachen; ja, es betrübt mich nicht, ganz im Gegenteil, ich finde alles einfach amüsant, so wie es aus dieser Perspektive aussieht – diesen ganzen Fußball und die Buchmacher, die Bars und Discos mit ihrer miserablen Technomusik, die meinigen – die Bande und die Familie. Aus dieser Starre weckt mich die Bande auf – was ist mit dir los, Gioland, – und ich schaue sie mir genau an, ob es ihnen auch ähnlich geht wir mir selbst, ob sie ebenfalls wissen, dass alles idiotisch und öde wirkt und dass sie sich bloß dumm anstellen und herumalbern, sonst würden sie einfach loslachen, so wie ich…Doch die Tage vergehen und ich zweifle immer mehr daran – und einmal hätte ich beinahe einen von uns gepackt und geschüttelt – er solle aufhören so zu tun, als ob es ihm nicht egal wäre ob jemand Schuhe aus Bisonleder trägt oder aus Kunststoff, warum wir drei Tage lang nichts anderes zu besprechen hätten und der dazu, dass ich, Gioland Recht hätte, dabei merke ich, dass die Bande sich immer noch mit den Schuhen von diesen Typen beschäftigt und ich tue so, als ob ich auch nichts Anderes zu überlegen hätte und wenn ich mich von diesem Thema entferne, stehe ich vor einer Leere und es ist mir bange, denn ich weiß nicht an was ich in dieser Leere denken muss, was tun. Gleichzeitig ahne ich, dass es meine Aufgabe sein könnte, diese Leere zu füllen... Dann kehre ich zurück zu den verfickten Schuhen, zu meinem Leben, kehre zurück mit eingezogenem Schwanz und klebe wie eine Fliege an Autos und Klamotten, Discos und Tussis, ich kann nicht weg und fange an, alles zu hassen, bei mir selbst angefangen.

Es fühlt sich an wie eine Krankheit, wie Aids eben und mir ist gar nicht zum Lachen, denn ich halte mich allmählich für verrückt. Dabei sollte ich mich großartig fühlen: Ich lebe ja, verdammt noch mal, nicht anders als alle anderen hier, mir mangelt es an nichts und kerngesund bin ich auch noch, habe nicht mal einen Dachschaden – doch was hat mich nur in jenem Fußballstadion angefallen, wer hat mir bloß Gift unter meine Sonnenblumenkerne gemischt – kapierst du, Alter, worüber ich mir überhaupt die Gedanken mache – latsche so durch die Gegend wie ein Zombie oder ein Marsmännchen, gegenüber meiner Bande und Familie lasse ich mir nichts anmerken, aber nachts, vor dem Einschlafen habe so ein komisches Frust-Gefühl – dass halt wieder ein Tag vergangen ist und dass er wieder so gut wie nichts gebracht hat. Aber von dem, was er auch anderes hätte bringen sollen, davon habe ich auch keine Ahnung; über die Leere, die an meinen Schuhspitzen anfängt will ich erst gar nicht nachdenken, denn ich habe Angst und halte mich deswegen für durchgeknallt. Ich rede darüber mit niemandem und die Anderen merken mir Gott sei Dank nichts an – Boris wütet herum wie gewöhnlich, wir gehen zu Diskos und Totalisator, wir haben unseren Spaß und was soll ein Typ in meinem

Alter eigentlich noch verlangen. Warum soll ich immer an diese idiotischen Dinge denken? Diese Probleme habe ich mir höchstwahrscheinlich selbst ausgedacht und hoffe, dass sich dieser Zustand bald ändert.

Nur der Zwerg behält mich im Auge und einmal hat er mich sogar gefragt, ob mir etwas fehlen würde. Ich solle es ihm bloß sagen und falls dem so wäre, würde er alles Mögliche tun um mir zu helfen. Doch was soll ich ihm sagen, wenn ich selbst nicht weiß was mit mir los ist, an die um mich herum herrschende Leere will ich selbst nicht mehr denken und ihm werde ich schon gar nichts davon erzählen... Dass ich ein Hellseher wie Wanga war, davon habe ich auch nichts gewusst: Zum Beispiel hocken wir – ich und die Leute aus meinem Stadtviertel in einem Club – und bedenke: mein Stadtviertel ist das beste in der ganzen Stadt, es ist kein Stadtviertel, sondern so etwas wie ein Markenartikel, alle träumen davon, hier zu wohnen und wir sind auch so stolz darauf, dass wir seinen Namen beinahe auf der Stirne geschrieben tragen. Kurz und gut: wir sind die coolsten und wo wir auch sind, versammeln wir uns wie Zeugen Jehovas fern von den Anderen – und haben unseren Spaß... Zumindest hatte ich damals diesen Spaß und, ich schwör bei Neas Leben, ich konnte hellsehen wie Nostradamus. Dabei brauche ich doch gar nicht hellsehen – bis heute kann ich den Tagesablauf der dort Anwesenden Punkt für Punkt niederschreiben, ohne dabei auch nur einen einzigen Fehler zu machen – ich schaue den Typen zu, mustere sie vom Kopf bis Fuß und schließe mit mir selbst Wetten ab, dass der Eine dem Anderen das und das sagen, dass das Mädel dort so und nicht anders lachen und gestikulieren wird. Aus der Mimik kann ich erraten, was folgt –und das ist keine Kunst, denn sie sind einander so ähnlich wie zwei Wassertropfen, sie haben sogar den gleichen Gesichtsausdruck und Geruch, wie abgefuckt das auch klingen mag. Dabei streben sie in ihrem Leben einzig und allein danach, bloß nicht so zu sein wie die Anderen. Vergeblich, würde ich sagen: Wenn du einen kennst, kennst du sie alle – und sie sind so engstirnig und im Wesentlichen auch ziemlich langweilig – und obendrein auch noch von einer unglaublich sterilen Weltanschauung... Es ist mir schon klar, dass der Hass das schlimmste Gefühl ist, das ein Mensch auf dem anderen Ufer haben kann – doch so leid es mir auch tut, ich kann es nicht ändern. Zwei Dinge hasse ich nun einmal und werde sie bis in die Ewigkeit hassen: Rote Beete und snobistische Leute. So ist das eben. O, schaut mal hier – es ist Elene die tanzt, das begehrteste Mädchen in unserem Stadtviertel und die Bande ächzt vor Geilheit, ich aber stehe und gähne gelangweilt, als ob ich selbst nur mit Supermodels Sex hätte und das dreimal am Tag – und allmählich beschleicht mich die neue Wahnvorstellung ein, dass ich womöglich zu einem Gay entarte.

So fließt das Leben, Brudergrimms: Spät in der Nacht nehme ich den verfickten Pudel, der aussieht wie hin-und herlaufende Schamhaare, an die Leine und gehe mit ihm spazieren. Mittlerweile habe ich gemerkt, dass ich mich freue, wenn wir beim Gassigehen eine neue Straße in der Gegend entdecken und ich nicht mehr an den ganzen deprimierenden Schwachsinn denken muss. So schlendere ich nachts mit dem Pudel umher und grinse wie bescheuert bei jeder neuen Sackgasse vor Freude. Früher konnte vom Gassigehen nicht mal die Rede sein. Wie er aussieht habe ich schon erwähnt – und wenn es kalt ist zieht meine Tante ihm außerdem einen Rollkragenpullovers an. Also früher konnte ich ihn nicht leiden, doch jetzt, wo in meinem Verstand alles drunter und drüber geht, tut er mir leid und ich habe ihn sogar ein bisschen lieb, würde ich sagen. So ziehen wir zusammen des Weges und sollte uns einer gesehen haben, so kümmert mich das überhaupt nicht.

Eine Stelle mag ich besonders gern: Aus meinem Haus kommst du direkt auf eine Allee, wenn du sie überquerst und einer kleinen Straße folgst, so kommst du zu einem Berg. Bergauf führt dich ein Pfad. Rechts und links sind lauter Zäune. Hinter einem solchen Zaun lebt ein bärengroßer Köter, der wegen dem Pudel jedes Mal einen Riesenaufstand macht. Das kann ich ehrlich gesagt gut verstehen; auch ich würde, selbst wenn ich der liebste Hund der Welt wäre, diesem Pudel schon allein für seinen hässlichen Habitus die Hölle heiß machen. Gehst du weiter an den Zäunen und dem Hund vorbei, kommst du zu einer Wiese. Am Rande der Wiese steht eine Bank. Diese Bank ist das einzige, was ich vom Drüben ganz doll vermisse: Sie vermittelte dir genau das Gefühl, das ich so gern hatte – sich irgendwo zwischen Himmel und Erde zu befinden, doch es gab keine Chance sich darauf richtig gemütlich auszustrecken und Spaß zu haben. Sitze ich auf der Bank, schaue ich von oben auf die ganze Stadt herab und denke, es soll doch irgendwo in dieser gottverdammten Stadt auch einen Platz für mich geben, wo ich mich nicht wie ein Spinner fühlen und an lauter Schwachsinn denken würde. Dabei habe ich nicht mal einen blassen Schimmer von dem, was ich wirklich will, was ich brauche um mich wohl zu fühlen. Genau in diesem Moment, als ob jemand meine Gedanken verfolgt und beschlossen hätte mich nicht tiefer darin versinken zu lassen, klingelt mein T-10; es ist meine Tante, die mich darum bittet, den Hund bald wieder nach Hause zu bringen, damit er sich keine Erkältung holt. Das Handy auszuschalten geht auch nicht. Nur einmal habe ich es versucht und als ich nach Hause zurückkehrte, lag meine Tante auf dem Sofa ausgestreckt und alles herum stank nach Baldrian. Sie behauptete, mit so einem Pechvogel wie mir könnte der Hund verunglückt sein und ich sollte mich schämen zurückzukommen. Seitdem bin ich bereit, sie von allein alle zehn Minuten anzurufen und zu versichern, dass sie keine Angst haben muss, dass ich keinen Hund an ihren Pudel ranlasse und dass es in der Gegend auch keine Steinwege gibt, wo er seinen Fuß verletzen könnte und so geht es irgendwie weiter.

    In einer sternenklaren Nacht stiegen wir den Berg hinauf, der Pudel und ich. Vorher kaufte ich mir ein Bier und nahm immer wieder einen Schluck aus der Flasche. Bald gelangten wir in die Nähe des großen Hundes und der Hund fing wie gewöhnlich zu bellen an. Ich blieb stehen und beobachtete den Hund und redete dem Pudel ins Gewissen, dass ein echter Hund genauso sein müsste und nicht so wie er selbst und plötzlich merke ich, dass der Hund viel deutlicher zu sehen ist als sonst, sprich, er steht nicht mehr hinter dem Gitter, sondern vor dem Zaun. Zuerst dachte ich daran, ihm den Pudel zuzuwerfen um mich, solange er ihn in Stücke riss, aus dem Staub zu machen, indem ich auf einen Baum oder gar eine Stromstange kletterte. Unterdessen kam ein großgewachsener Typ heraus und versicherte mir, der Hund sei anständig und würde uns nichts zuleide tun. Wie sich herausstellte, war der Pudel auch nicht von Pappe, quietschte da die ganze Zeit, bellte halt seiner Meinung nach. Der große Hund hat ihn nur einmal beschnuppert und dann gleich das Interesse verloren. Dabei war er doch immer aus der Haut gefahren, als er hinter dem Zaun war. Der großgewachsene Typ ging in die Hocke und streichelte den Pudel, der kleine sei zwar wohl ganz süß, er aber würde den kaukasischen Schäferhund bevorzugen. Ach nee, denke ich und biete ihm ein Bier an. Danke, sagt er, er möge Bier. So treffe ich ihn jede Nacht und so lange mein Pudel unter seinem Hund läuft und ihm auf den Keks geht, schauen wir zwei den Hunden zu und tanken Bier. Ich kaufe nun große Flaschen, er mag Bier und für mich ist es kein Problem. So viel Geld habe ich immer. Am Anfang dachte ich, er würde mich mit seinem Gequassel über Hunde belästigen, er aber schweigt, murmelt ab und zu „Danke" und das war's. Muss um die vierzig sein. Man kann im Dunkeln eben nicht viel sehen.

Zwei Wochen später tranken wir Bier und – keine Ahnung, kann sein, dass es am Bier lag, jedenfalls sperrte ich den Mund auf und schüttete ihm mein ganzes Herz aus, dabei kann ich die Typen selbst doch überhaupt nicht leiden, die sofort alles von sich blosslegen. Also es kann nur am Bier liegen, dass ich ihm alles erzählt habe; alles was mit mir los war und dass ich Angst hatte, verrückt zu werden. Ich habe es ihm erzählt und sofort wieder bereut: Ich weiß doch nicht mal, mit wem ich es zu tun habe. Er aber sitzt da und schweigt; denkt vielleicht, dass ich dicht bin und hört mir überhaupt nicht zu. Plötzlich bekomme ich einen Anruf von meiner Tante. Na dann, – sage ich, – ich muss heim, er aber sagt, dass ich kurz warten soll und verschwindet mitsamt dem Hund in einem Gartentor, kommt bald wieder heraus und gibt mir einen Zettel. Darauf hatte er eine Adresse geschrieben. Der Adressat sei sein Bruder und der wäre vielleicht in der Lage mir zu helfen. Schnallst du, Alter? Der Typ hält mich für durchgeknallt und gibt mir die Adresse von einem Irrenarzt oder einem Psychologen. Ich war so beleidigt, dass ich ihm, wäre er etwas kleiner gewesen, eine runtergehauen hätte. Den Zettel steckte ich in die Tasche, verabschiedete mich nicht, lief sofort nach Hause und ging nie mehr zu dieser Bank und überhaupt in diese Gegend.

Inzwischen hatte ich die ganze Gegend abgelatscht. In andere Stadtviertel konnte ich den Pudel nicht mitnehmen. Meine Tante hätte doch sofort einen Schlaganfall gekriegt. Alleine herum zu schlendern machte mir aber keinen Spaß und ich fing wieder mit den Idiotismen an. Diesmal ging es in eine andere Richtung: Früher dachte ich zumindest nach, versuchte zu analysieren, was mit mir los sein könnte, ob ich auf dem Weg war, verrückt zu werden. Doch jetzt denke ich überhaupt nicht mehr, es kümmert mich gar nichts mehr, nur vor dem Einschlafen habe ich dieses komische Gefühl der Leere und ja, meine Träume haben sich geändert. Früher interessierten mich meine Träume nicht, ich ging schlafen, wachte auf und damit war's getan. Nun will ich gar nicht mehr aufwachen, so großartig wie ich mich in meinen Träumen fühle, doch ich muss in die Bude und na ja, meine Bande muss ich auch unbedingt treffen.

Eines schönen Tages ging ich ins Zimmer meines Cousins und sah, dass sein Computer an war. Da er selbst nicht da war, beschloss ich zu schauen, worauf der Dödel so abfuhr. Ich nahm den Kopfhörer, startete das Spiel und schnallte sofort, dass ich es dieses Mal nicht mit Dandy-Spielen zu tun hatte. Auf der Stelle vergaß ich alles, sogar meinen Kummer, die Laune hellte sich auf und ich legte los, volle Kanne. Am Ende, als ich bereits dabei war, den arglistigsten On-line Feind zu vernichten, zog mir jemand den Kopfhörer ab und ich sah meinen Cousin grinsen, ich würde richtig geil zocken. Ich verpasste ihm einen Arschtritt, der sich gewaschen hatte, er lief weg und ich, ein erwachsener Mann, fluchte ihm hinterher und drohte, ich würde ihn abknallen, weil er mein Spiel im geilsten Moment unterbrochen hatte. Draußen war es schon dunkel. Als ich anfing, war es noch Tag gewesen. Seitdem rufe ich meine Mutter fast täglich an und quengle, sie soll mir doch keine Sneakers und Klamotten, sondern einen gescheiten Computer schicken, den Computer bräuchte ich für mein Studium und würde mich außerdem auch besser mit ihr unterhalten können, per Skype oder im Messenger, soll sie doch, liebe Mutti, mich nicht lange warten lassen. Nach einer Woche werde ich vom Flughafen angerufen und ich bekomme einen originalverpackten, für damals nicht schlechten nagelneuen und noch dazu mit einer

Webcam versehene Computer. Doch wie sich herausstellte, war mir damit auch nicht geholfen.

Nun hänge ich voll am Computer und bin bald darauf ein seriöser On-line-Zocker: Zu Hause zocke ich bis zum Morgengrauen, nach der Schule schleiche ich unter jedem nur erdenklichen Scheißdrecks-Vorwand ins Internetcafé um zu spielen, denke an gar nichts mehr und fühle ich mich sauwohl. Ich freundete mich mit den Zockertypen an, die ich früher nie ernst genommen hatte. Die alte Bande an unserem üblichen Treffpunkt grüße ich nur schnell und eile nach Hause, wo ich hastig esse, damit ich mich so bald wie möglich an den Computer setzen kann. Die Nummern von Boris verursachen bei mir keine Übelkeit mehr und so lebe ich die ganzen Tage und sogar Nächte. Außer zu spielen beteilige ich mich noch an Foren von solchen Nichtsnutzen wie ich. Verliere eine Menge Zeit in Mirk, Yahoo und anderen damals üblichen abgefuckten Portals mit ihren Skype, Messengers, schneide doofe Grimassen in die Webcam – und nur deshalb, weil Zuckerberg Gott sei Dank noch damit beschäftigt war, sich voll zu wichsen, fand meine Absegnung – und damit die des größten Users Gioland – nicht im Facebook statt, dafür lege ich meine Hand ins Feuer. So wurde ich zum Internetvollprofi und lach mich tot wegen meiner Ängste und meines Gefühls der allgegenwärtige Leere und denke, was wohl mir los war. Welche Leere? Hier sind wir doch alle und es geht uns nicht übel. Wenn einer ein Problem hat, stürzt sich sofort das ganze Forum auf ihn und auf jedem Schritt siehst du wie einer dem anderen das Herz ausschüttet – genau so, wie ich es nicht leiden kann. Nun schweige ich auch nicht mehr und dichte solche Stories über mich, die komplizierteste Seifenoper wäre Dreck dagegen. Haufenweise wildfremde Typen schließen Freundschaften mit mir, doch über meine „Krankheit" nach dem Hundebesitzer habe ich bei keinem von ihnen auch nur ein einziges Wort verloren. Diese „Krankheit" habe ich gar nicht mehr. Allmählig vergesse ich sie und sogar mich selbst.

Kurzum, es ist eine andere Welt, ein anderer Planet mit eigenen Regeln, Gesetzen und Sprache. Aus meiner heutigen Sicht weiß ich gar nicht, ob diese Welt zu unserer Seite oder zum Drüben gehört. Ich kann ihr keinen Platz zuweisen. Es fühlt sich eher so an, als ob es sie gar nicht gäbe. Tatsache ist aber, dass ich mich dort sehr wohl fühlte. Eine verrückte Angewohnheit habe ich mir auch zugelegt: Wenn ich nicht online bin, verhalte ich mich wie immer, doch ich vergleiche das Erlebte ständig mit den Erlebnissen im Internet und siehe da, die virtuelle Welt erscheint mir viel interessanter, mit ihren Farben und Sitten. Hier ist alles so farblos – der Himmel, die Straßen, die Mauern, sogar die Typen, die in diesen Straßen verkehren. Ja, sogar diejenigen, die ich aus den Chatrooms und Foren kenne. Selbst sie sind in echt, auf der Straße, ganz anders. Ich doch auch: Hauptsache, dass dein Erscheinungsbild im Web stimmt; dort musst du cool sein – hier ist es völlig unwichtig, wie dein Habitus und alles um dich herum ist und aussieht. Alles um dich herum ist ein überdimensionaler Boris, in dessen Anwesenheit du ganz einfach mitten aufs Sofa scheißen kannst und dafür keine Scham empfinden musst. Es ist dir halt scheißegal und mir ist auch alles scheißegal. Wo war ich bloß? Warum hatte ich bisher kein Internet? Woran habe ich gedacht? Es war nur eine einzige Zeitverschwendung. Nach der Bude eile ich nach Hause oder zu einem Internetcafé und wenn mich dabei jemand stört, werde ich schnell aggressiv.

Von den anderen kann ich nichts sagen, doch auf mich hatte Internet eben diese schlimme Wirkung. Sogar jetzt, wenn ich zurückdenke, steigt eine komische Hitze in meinen Hinterkopf und die Finger fangen an zu zittern, wie bei einem Alkoholiker oder Junkie, der vor kurzem trocken geworden ist und nun von irgendeinem Penner den Stoff angeboten bekommt – er solle doch zugreifen und seinen Spaß am Leben haben. In meinem Fall ging es auch um Sucht. Stell dir mal vor, Alter, ich schaltete den Computer aus und fing sofort an daran zu denken, wann ich ihn wieder einschalten konnte. Es kamen auch andere Symptome dazu: Vor lauter Schlaflosigkeit und stundenlangem Anstarren des Bildschirms hatte ich geschwollene Augen. Damals gab's diese Plasmabildschirme und Filter nicht. Immer wieder wurde mir schwindelig. Der Appetit ließ nach, ständig wies ich meine Tante, die mir Essen anbot, zurück. Irgendwann um vier Uhr morgens packte mich dann der Hunger und dann aß ich vor dem Bildschirm, ohne auf den Geschmack zu achten – auf einmal war der Teller wieder leer und es war auch gut so. Ich weiß schon, dass ich irgendeinen Mist erzähle, doch allmählich wurde mein Problem ernsthafter und ich kapierte, dass Internet in dieser Dosierung eine verheerende Wirkung auf mich hatte. Hörte ich auf, kam das Gefühl der Leere zurück – und zwar so intensiv, dass es beinahe schmerzte. Wo soll ich hin, wo soll ich mich verstecken, verdammt noch mal, – denke ich ratlos und tue vorerst nichts.

Mittlerweile starrt mich der Zwerg immer wieder an. Ob er etwas merkt oder einfach so einen doofen Blick hat, das kann ich natürlich nicht sagen. Seine Vorlesungen mag ich nach wie vor, doch ich habe keine Lust, mich vor jemanden zu öffnen. Den Zwerg finde ich zu schade zum Belügen, sonst würde ich ihm irgendetwas vom Pferd erzählen und ihn damit eine Zeit lang loswerden. Also schweige ich. Ich sage nichts. Na ja, ich gebe mein Problem nicht preis, sonst tue ich ganz normal, wie immer – oder ich versuche zumindest, so zu tun – und wie man sieht, nicht ohne Erfolg, denn kein Mensch kapiert, dass ich am Arsch bin.

Einmal sitzen wir im Auditorium und lauschen dem Zwerg. Da hat er wie gewöhnlich die Vorlesung unterbrochen und gesagt, er plane, in den kommenden Tagen etwas Tolles mit uns zu unternehmen, das Wetter sollte bloß besser werden. Ich kann mir einiges vorstellen, aber an dem „tollen" Zwerg bleibe ich hängen wie ein alter Aufzug. Vielleicht will er uns zu einem Fahrradrennen mitnehmen – nichts was mich gerade vom Hocker reißt. Dabei denke ich, dass ich, außer dass der Typ bei uns Vorlesungen hält, keine Ahnung von ihm habe, dass ich nicht weiß, wer er außerhalb der Hochschule ist, was er dort macht und wie und womit er lebt. Scheinbar sind meine Kommilitonen mit ähnlichen Gedanken beschäftig und eine kleine Gruppe von ihnen sagt vorsichtshalber, dass sie keine Zeit haben. Wir anderen hingegen fragten ihm eine Woche lang ein Loch im Bauch, er solle uns doch endlich seine Absicht verraten – und als er es tat, da hat es uns definitiv die Sprache verschlagen: Also er hatte vor, mit uns eine Wanderung zu unternehmen. Ich hasse es, Mann, in Schlamm und auf Dornenwegen zu latschen. Ich kenne Typen, die das machen, habe sogar ein paar Videos von solchen Ausflügen angeschaut – da setzt man sich voll verschwitzt ins Gebüsch und klettert dann irgendwelche

Ruinen und Berge hoch, na und? Warum soll es Spaß machen, mitten im Wald erschöpft herumzuröcheln? Also ich bin noch nie Wandern gewesen. Einmal hat mir jemand angeboten, an der Alpiniade teilzunehmen und den hab ich auf der Stelle zum Teufel geschickt. Diesmal war ich natürlich auch nicht erfreut. Der Zwerg, als ob er meine Gedanken lesen konnte, hat seine Pläne etwas genauer dargestellt: Wir würden mit dem Bus fahren, dann zu einer besonderen Stelle wandern und dann schnell wieder zurück. Es sei nichts Anstrengendes dabei und wir sollten ihn nicht enttäuschen. Der Zwerg war schon ein cooler Typ und ich würde für ihn auch einiges tun, und sei es mit dem Bus juckeln. So hat er uns alle rumgekriegt und nun warten wir auf das passende Wetter. Still und heimlich hoffe ich, dass er es sich anders überlegt und uns doch zum Fahrradrennen mitnimmt – oder sein Versprechen vergisst. Das Letztere wäre vielleicht auch geschehen, wenn nicht einer von meinen Kommilitonen ihn immer wieder darauf angesprochen hätte, dass das Wetter doch schön genug sei und dass man die Wanderung so bald wie möglich unternehmen solle. Na klar, wenn man selbst ein begeisterter Alpinist ist und Wanderungen mag. Und den dazu zwingen, die Schnauze zu halten, kann man auch nicht so leicht – macht einen sehr kräftigen Eindruck. So gehen sie zu zweit immer wieder ans Fenster, der Zwerg schaut die Flugzeuge oder Wolken im Himmel an und sagt, es sei noch zu früh. Der begeisterte Bergsteiger dazu, dass er die Wettervorhersage angeschaut hätte und dass in den nächsten fünfzehn Monaten nur strahlende Sonne zu erwarten sei. Der Frühling ist da, die Sonne strahlt wirklich, doch der Zwerg schaut in den Himmel und schüttelt den Kopf, es sei noch zu früh und er selbst würde bald Bescheid sagen.

An einem gewittrigen Tag platze er ins Auditorium und sagte, wir sollten warme Klamotten einpacken, denn es ginge übermorgen los. Ich meinte dazu, dass man einen Tag auch so durchhalten könne, aber der Zwerg erwiderte, dass es an der Stelle, die er uns zeigen wolle, windig, schattig und frostig sei und wir uns deshalb warm anziehen sollten, um uns vor einer Erkältung zu schützen. Da ahnte ich bereits etwas und überhaupt, für Lügen habe ich ein sagenhaftes Gespür. Also ich habe sofort geahnt, dass er etwas im

Schilde führte, aber ich wusste auch, dass es nichts Gefährliches sein würde. OK. Wir nehmen warme Klamotten mit, aber warum sollten wir ausgerechnet bei solchem Wetter los? Sogar der verfickte Alpinist ist plötzlich auf meiner Seite und schlägt vor, wir sollten doch lieber auf etwas besseres Wetter warten. Hier ist der Zwerg richtig ausgerastet und fing wild zu kreischen an: Er wüsste doch besser Bescheid und entweder vertraute man ihm oder blieb zu Hause sitzen.

    An jenem Tag warf ich einen warmen Pulli in eine Plastiktüte und ging in die Hochschule. Dort wartete schon ein Minibus und meine Kommilitonen tummelten sich um ihn herum, jeder mit einer kleinen Tasche oder wie ich mit einer Plastiktüte in der Hand. Nur der Alpinist kam mit einem Riesenrucksack, stellte ihn ab, setzte sich darauf wie auf einen Berggipfel und schaute uns zu. Wir setzten uns in den Minibus und so fing unsere Reise an. Der Minibus fährt leicht und gemütlich, juckelt gar nicht. Ich habe es mir im Sitz bequem gemacht, höre Musik aus Kopfhörern, schau zum Fenster hinaus und lache über den Zwergen, der sich als ein Scheißmeteorologe entpuppt hat: Jeder Depp konnte doch sehen, dass es bald anfangen würde zu regnen, so dunkel wie der Himmel war. Wir fuhren drei, vielleicht vier Stunden, aber wohin, kann ich nicht sagen, denn ich habe den ganzen Weg gepennt. Als ich aufwachte, war mein Arsch voll eingeschlafen und der Zwerg führte mit dem Fahrer eine Diskussion darüber, wo es günstiger wäre anzuhalten. Der Fahrer meinte, dass er Mitleid mit uns habe und uns ein bis zwei Kilometer näher ans Ziel bringen, in diesem Fall nicht einmal sein Auto schonen und weiterfahren würde. Der Zwerg rollt die Augen und gibt ihm ein Zeichen, dass er zu quasseln aufhören und auf der Stelle anhalten solle. Wir stiegen mitsamt unseren Plastiktüten aus, doch der Fahrer sagte, die Adler sollten ihm helfen, ging zum Gepäckfach, öffnete es und schmiss einen Haufen Zeug raus. Nun schnallte nicht bloß ich, sondern die ganze restliche Bande, dass der Zwerg etwas im Schilde führt. Sonst würden wir doch nicht so viel Gepäck brauchen. Als aber ein zierliches Mädchen dem Zwerg diese Frage stellte, da ignorierte er sie. Er ging zum Fahrer, flüsterte ihm etwas zu – und der Fahrer versicherte, dass er pünktlich wieder da sein werde, verschwand mit seinem Minibus und ließ das ganze Pack sprachlos zurück. Der Zwerg forderte uns auf, das Gepäck gleichmäßig aufzuteilen und zu tragen; er selbst hat seinen Rucksack geschnappt, der noch größer war als der vom Alpinisten – und schon stapfte er los wie ein Wahnsinniger. Der Alpinist folgte ihm. Nur wir standen immer noch da mit aufgesperrten Mündern. Der Zwerg brüllte zu uns zurück, dass die Mädchen die kleinen Gepäckstücke tragen sollten. Als ich sah, dass er nicht anhalten würde, stopfte ich meine Plastiktüte in einen großen Rucksack, nahm ihn auf die Schulter – und es gefiel mir: Der Rucksack war nicht schwer und saß außerdem bequem auf dem Rücken. Jeder nahm ein Gepäckstück mit und so liefen wir dem Zwerg nach und lachten uns tot, weil er hinter seinem Riesenrucksack kaum zu sehen war und es so aussah, als ob der Rucksack sich alleine auf den Weg gemacht hätte. Der Rucksack schrie ab und zu sogar, die Person mit der grünen Tasche solle aufpassen um nicht im Graben zu landen. Warum ausgerechnet die Person mit der grünen Tasche, Prof? – schreien wir zurück, aber er hört nicht hin. Geht bergauf mit einer solchen Geschwindigkeit, dass sogar unser Alpinist ins Schwitzen kommt und zurückbleibt. So springt der Rucksack von einem Stein auf den nächsten, ich bin schon müde und rufe ihm noch einmal zu, warum sich eigentlich nur jemand mit grüner Tasche in Acht nehmen sollte. Weil in der grünen Tasche die mit Schnaps gefüllten Glasflaschen sind, – antwortet er. Er habe es gestern nicht mehr geschafft sie in Plastikflaschen umzufüllen. Der Rucksack lacht wie verrückt und wir geben allesamt Acht auf die Person mit der grünen Tasche, denn guten Schnaps mag jeder. Wir folgen dem durch Dornbüsche führenden Pfad in das Tal, stampfen durch Bäche und Bergflüsse, der Rucksack fühlt sich immer schwerer an, ich bin erschöpft und verfluche tief im Herzen den Zwerg, doch ich kann nicht lange sauer auf ihn sein. Den Anderen geht es genauso. Wir gehen und schimpfen auf den Zwerg, sind dabei aber gut gelaunt und fröhlich kichernd. Einzig und allein der Alpinist macht ein Gesicht wie drei Tage Regenwetter. Er hatte gedacht, dass die Bande einen richtig großen Berg in Angriff nehmen würde, meckerte er, – für ihn fühle sich dieser Weg wie ein Bürgersteig an – wir wüssten ja nicht wo er überall schon gewesen sei. Ich habe ihm gesagt, er solle die Schnauze halten, sonst würden wir ihn für immer in diesem Tal zurücklassen. Ich weiß aus Erfahrung, dass die meisten derart kräftigen Typen in Wirklichkeit Hasenfüße sind. Gott sei Dank gehörte unser Alpinist eben zu dieser Mehrheit. Er hörte auf zu jammern und hat sich später als ganz passabler Typ entpuppt.

Das blöde Tal scheint kein Ende zu haben. Wir steigen mühsam hinauf, Schritt für Schritt, dafür sitzt der Zwerg wie eine Nymphe auf einem Felsen, wartet, schaut uns zu und schmunzelt. Wenn wir uns ihm nähern, verschwindet er wieder zwischen den Felsen und hinterlässt nur sein schallendes Gelächter. Der Typ liebt es, so herum zu klettern. Endlich hatten wir das Tal geschafft. Als wir ganz oben ankamen, sah ich mitten im Wald eine Wiese, auf der Wiese eine Ruine und neben der Ruine den Zwerg, der seinen hausgroßen Rucksack abgesetzt hat und die Ruine anguckt. Auf dem Weg nach oben hat man keinen einzigen Gedanken an die Wetterlage verschwendet. Im Gegenteil, es war uns so heiß, dass wir fast den ganzen Weg mit freiem Oberkörper gegangen sind. Nun, als wir anhielten, wurde mir schnell kalt und ich zog mich blitzschnell an. Es war nicht besonders windig, doch der Himmel war so dunkel, dass man Angst hatte hinzuschauen. Der Zwerg hatte uns ja Sonne versprochen. Was sollen wir machen, Prof, – fragte der Alpinist, – sollen wir hier die Zelte aufschlagen? Ist doch ein toller Platz. Genau, – erwiderte der Zwerg. Das habe er auch vor. Ich wollte gerade fragen, ob wir bald wieder zurückgehen würden – diese Stelle hätten wir ja gesehen. Doch ich merkte, dass man dem Zwerg diese Frage besser nicht stellen sollte und schwieg.

In der Zeit, in der wir so rumstanden und die Ruine und den Zwerg anglotzen, hat der Alpinist es geschafft, drei Zelte aufzubauen und uns noch Ratschläge zu erteilen: Bei der Wanderung solle man erst die Zelte aufbauen, dann Holz sammeln und erst danach pinkeln und nicht umgekehrt. Und dass es Zelte von einer Scheißqualität seien, doch wenn man sie zusätzlich mit Planen zudeckte könnten sie richtig brauchbar werden. Uns gehen die Zelte am Arsch vorbei, er aber murmelt weiter vor sich hin, hält eine Vorlesung zum Thema Wandern: Dies seien zwar Zweipersonenzelte, doch wir sollten wissen, dass es auch zu viert sehr gut möglich sei, darin zu schlafen. Später fing er noch an, um die Zelte herum in der Erde zu stochern und erklärte, dass es die Gräben seien. Welcher Graben, wollte ich gerade fragen, aber er hat nur noch gebrüllt, wir sollen nicht so herumlungern, sondern Holz sammeln gehen. Keine Frage, der Typ weiß was er tut. Er hat die Erfahrung, also gingen wir Holz sammeln. Ich fand einen riesigen Baumstumpf, schleppte ihn mit Mühe zum Zeltplatz und als ich dort ankam, sah ich etwas Rechteckiges, ja, Sargförmiges neben unseren Zelten stehen. Der Alpinist war auch da und fragte den Zwerg, wie er wohl in diesem Etwas schlafen könne und wenn er mit ihm tauschen wolle, würde er dem Prof gerne sein Zelt überlassen. Der Zwerg war beleidigt: Er habe sein halbes Leben in diesem Zelt geschlafen. Dieses sargförmige Rechteck war also sein Zelt. Jeder von uns wollte es ausprobieren, also krochen wir nacheinander rein: Es bot nur für einen Menschen Platz, die Decke war nah am Körper und nur mit einem kurzen Stock in der Mitte hochgehalten. Sollte jemand so ein Zelt im Walde sehen, würde er auf der Stelle die Hosen vollmachen. Es sah aus wie ein waschechtes Dracula-Domizil. Es fehlten nur noch Blitz und Donner – und auch das war nur noch eine Frage der Zeit, so dunkel wie das Wolkenreich über uns war.

Während der Alpinist noch herumwirbelte und alles für neun Personen herrichtete, begann der Zwerg mit der Frage: „Was glaubt ihr, was ist das für eine Ruine" – und hörte nicht mehr auf, genauso wie bei seiner Vorlesung, bloß gab es hier keine vier Wände und kein Pult, um irgendwo kurz anzuhalten. Manchmal geht er sogar in den Wald hinein – so, dass er selbst nicht zu sehen ist und erzählt von dort aus. Wir haben bereits über dreihundert Streichholzpackungen verbraucht, doch kein Feuer entzünden können und bibbern nur so vor Kälte. Der verfickte Alpinist hat seinen Spaß an unserer Not und neckt uns mit seinen Sprüchen, wir seien allesamt Taugenichtse und Penner und wenn wir ihn sehr bitten würden, würde er uns vielleicht ein schönes Feuerchen anmachen. Die Mädchen haben tatsächlich angefangen, ihn darum zu bitten – und sie waren nur rein zufällig die Ersten, denn ich hätte mich auch nicht länger zurückgehalten, so wie ich fror. Der Alpinist hat

Wort gehalten und im Handumdrehen ein gescheites Lagerfeuer angezündet. Leck mich, Mann, – dachte ich, – ich sollte ihn eher Prometheus nennen.

Damals konnte ich natürlich nicht wissen, dass ich selbst bald darauf zum schnellsten Feueranzünder werden würde – ganz zu schweigen von Markus, dem Meisterflötisten und geilsten Konzertmeister, dem ich in meinem Leben begegnet bin: Der konnte bei jedem Wetter und mit jedem Brennstoff ein wärmendes Lagerfeuer herbeizaubern. Man wacht unter freiem Himmel schlotternd und von einem totalen Hangover geplagt auf – und sieht als erstes ihn, Marcus, vor einem in allen Farben des Regenbogens wie verrückt brennenden Feuer. Woher das Holz, Marcus? – fragst du und er, mein alchimistischer Bro, meint dazu, als ob nichts weiter wäre: Er habe die Tür eines alten Kühlschrankes gefunden.

So schauen wir dem Alpinisten zu, lauschen der Vorlesung des Zwerges. Mittlerweile blitzt es am Himmel und Donner sind auch schon zu hören. Der Zwerg quasselt und holt nacheinander Konservendosen, Geschirr und sogar Tische aus den Rucksäcken. Wie soll man hier auf die Rückkehr nach Hause hoffen, wo doch der Zwerg so ein Anwesen mit Nachtlager und Tafel hergezaubert hat, ein Anwesen, das man, ohne sich zu schämen, seinen Kindern vererben würde. Doch ich sitze am Feuer und es geht mir richtig beschissen: Ich finde es ätzend, es wärmt nicht, mein Rücken ist eiskalt und der Rauch geht mir auch auf den Geist – wohin ich mich auch drehe, er kommt mir direkt ins Gesicht und brennt in den Augen. Auf den Zwerg bin ich auch furchtbar sauer und zwar nicht nur, weil er uns hierhergeschleppt hat und mit seiner Wettervorhersage ziemlich danebenlag, sondern auch, weil es ihm selbst so gut ging. Ich kann es nicht ertragen, wie er es genießt, hier zu sein. Wenn er wenigstens einmal gesagt hätte, Leute, das Wetter ging in die Hose, doch keine Bange, wir werden die Nacht hier verbringen, aber schon morgen früh geht's nach Hause oder etwas in dem Sinne. Nichts da! Er schaut in den Himmel und macht ein Gesicht, als würde ihm die grelle Sonne direkt ins Gesicht scheinen. Kurz und bündig, der Zwerg ist überglücklich, ich aber sollte um diese Uhrzeit mit einem Bier in der einen und der Maus in der anderen Hand vor dem Computer sitzen, Mirk auf dem Bildschirm, hinter mir die Wand. Stattdessen sitze ich hier herum, gefroren und übel gelaunt, verschmiert vom Mittagessen, das der Zwerg höchstpersönlich nach seinem Rezept zubereitet hat. Es dämmert schon und Gott sei Dank wurde wenigstens der Schnaps eingeschenkt (na ja, zwei Flaschen Schnaps für acht Personen war nicht wirklich der Rede wert) und meine Laune hat sich etwas gebessert. Das Feuer hat sich auch beruhigt, es wärmt und nervt nicht mehr. Meinen Kommilitonen geht es gar nicht schlecht; der Zwerg lässt als wie gewohnt ihre Geschichten erzählen. Ich schweige und muss immer wieder schmunzeln. Der Zwerg kennt mich ja inzwischen. Er stellt mir keine Fragen, starrt mich bloß an hie und da. Das macht mir gar nichts aus. Soll er mich doch ruhig anstarren.

Um es abzukürzen: Es wurde schon dunkel, hat angefangen zu regnen und die Bande hat sich in die Zelte verzogen: Die Mädchen in ein Zelt, wir Jungs in die restlichen zwei. Ich musste das Zelt mit dem Alpinisten teilen und sieh mal einer an, er hatte schon Recht: Als wir zwei uns hinlegten, war immer noch genug Platz für zwei andere Personen übrig. Der Zwerg kam auch vorbei, wünschte uns gute Nacht und zwinkerte dem Alpinisten zu, er solle mir beibringen, was mit Isomatte und Schlafsack anzufangen sei. Ich hatte wirklich keinen blassen Schimmer, wie man auf diesem dünnen Gummizeug schlafen konnte. Spürten sie denn keine Kälte, keine Rückenschmerzen? Ich probierte es aus und war nicht begeistert. Im Schlafsack kam ich mir vor wie eine Mumie und sich da drin auf die andere Seite zu drehen, war auch keine gute Idee: War ich nur ein wenig neben der Isomatte, so fror ich. Also lag ich auf dem Rücken ausgestreckt und verfluchte den Erfinder von so einer Isomatte. Der Alpinist fiel auf der Stelle in Tiefschlaf. Ich liege mit abgestorbenem Rücken da und kann vor Wut nicht einschlafen. Draußen regnet es in Strömen und im Zelt hört sich das an wie Drums, es blitzt und donnert und ich höre den Alpinisten murmeln: Ich, Gioland, solle bedenken, dass ich, wenn er nicht diese Gräben um die Zelte gezogen hätte, nun nicht so gemütlich und trocken hier liegen, sondern wie Scheiße im Wasser schwimmen würde. Gemütlich? – zische ich, ich spüre meine Wirbelsäule nicht mehr, er aber schnarcht schon wie ein Schwein. S'kann ja sein, dass er sein Lager bequem und gemütlich findet, doch bei diesem Lärm kann man wirklich nicht schlafen. Warum musste ausgerechnet er mit mir ins Zelt? Den anderen geht es bestimmt genauso wie mir, aber sie können wenigstens miteinander reden und so die Zeit totschlagen. Was soll ich denn die ganze Nacht machen? Ich werde garantiert nicht einschlafen, das ist schon mal klar. Endlich kam ich auf eine Idee, zog mein T-10 aus der Tasche um mit der daheimgebliebenen Mary zu simsen – und es hat geholfen: Bald störte mich der krasse Regen gar nicht mehr und an die Isomatte habe ich mich auch gewöhnt.

Kapierst du, Alter was ich vor kurzem gesagt habe? Dass ich den Erfinder der Isomatte voll verflucht habe und wenn ich an dieser Stelle keinen Lobgesang oder sonst ein lyrisches Intermezzo aufführe, soll ich doch der letzte Penner sein. Ja, ich verfluchte die Isomatte, die nun für mich zu einem der Gegenstände geworden ist, die ich mehr als manche Mitmenschen respektiere und zwar nicht nur ich. Auf unserem Ufer gibt es keinen, der keine schön eingerollte Isomatte dabeihätte oder irgendwo in der Nähe eine versteckt hat. Ohne Isomatte wäre ich bisher sicher tausendmal an Rheuma oder Hexenschuss erkrankt und ich bin mir ziemlich sicher, dass ihr eines Tages jemand von uns ein Denkmal errichten wird. Vom Aussehen gibt sie zwar nicht viel her, doch mit ein bisschen Fantasie ließe sich schon etwas Interessantes ausdenken. Außerdem würde sie mit ihrer eingerollten Silhouette viel schöner aussehen als die Mehrheit der mir bekannten Denkmäler. Kurz und gut für den echten Bewohner dieses Ufers ist sie nach der Zitrone das wichtigste und brauchbarste Utensil. Wenn wir schon bei der Zitrone sind, so muss ich unbedingt erwähnen, dass meine Beziehung zu dieser Zitrusfrucht fast sakral ist. Der Schreiber hat immer wieder gesagt, hätte unsere Bande eine Fahne gehabt, würde eine Zitrone darauf zu sehen sein. Zu der Fahne kann ich nichts sagen, aber so eine Zitrone hat viele Funktionen und hat sich, besonders in meine Anfängerzeiten auf unserem Ufer, mehrmals als so nützlich erwiesen, dass ich sie mir bald als Tattoo stechen lasse. Weiß gar nicht womit ich anfangen soll: Zum Beispiel haben wir nichts anderes als eine vergammelte Wurst zum Essen auftreiben können. Wenn du in den Supermärkten sagst, du würdest welche für den Hund brauchen, geben sie dir Lebensmittel mit überschrittenem Verbrauchsdatum, die beim Rest der Menschheit zu Durchfall führen würden, umsonst mit. Nimmst du diesen Fraß und quetscht eine Zitrone darauf, ist der üble Geschmack nicht mehr zu spüren und der Geruch selbstverständlich auch nicht. Ja, wir hatten ziemlich oft solche Zeiten, ich und Alex, besonders in den Wintern, wenn das ganze Volk von Drüben einfach nicht mehr zu sehen war; damals hatten wir ja noch keine Ahnung wohin sie verschwanden. Um unsere Musik kümmerte sich auch keiner mehr. Wir waren doch weit davon entfernt, Orpheus zu sein und sie hatten bei der klirrenden Kälte sowieso keinen Bock auf irgendwelche Klänge. Besonders im ersten Winter hatten wir oft das Problem mit einem Nachtlager und Essen. Wir konnten ja nicht jede Nacht bei Mamao sein und da half die Zitrone: Es wurde uns beim Essen niemals übel und was wir damals gegessen haben, werde ich lieber nicht erwähnen. Zu Schnaps und Kiff passte die Zitrone auch ganz gut. Sogar gegen Hangover haben wir Spiritus mit Zitronensaft vermischt und in einem Treppenhaus gesoffen um nicht zu erfrieren. Gott sei Dank waren Nea und Markus damals noch nicht dabei. Sie hätten es bestimmt nicht geschafft. Ich dagegen hätte mich lieber hier vergiftet, als nach Hause zurückzukehren. Mit dieser Einstellung haben wir hier überlebt, ich und Alex, denn eine Zeitlang stand es richtig Scheiße um uns. Als Nea und Markus sich zu uns gesellten, fühlten wir uns hier bereits wahnsinnig wohl: Wir kannten etliche Nachtlager. Über die Nachtlager werde ich bestimmt noch erzählen. Wo bin ich stehen geblieben? Ach ja... die Nachtlager. Wir kannten etliche Nachtlager für die Winterzeit und im Sommer kann doch sowieso der ganze Planet zu deinem Schlafplatz werden. Man muss nur eine gemütliche Stelle finden, die Isomatte ausbreiten, sich darauflegen, in den Sternenhimmel starren und die Mundharmonika oder Gitarre stöhnen lassen. Mittlerweile wussten wir auswendig, welche Musikstücke die Leute wo hören wollten und haben ziemlich gut verdient. Außerdem haben wir auch die Kontakte zu den anderen aus unserem Ufer abgebrochen. Am Anfang fiel es mir ziemlich schwer, die Philosophie dieses Ufers zu begreifen – wir waren ja ohne jeglichen Status und rein zufällig dort, ich und Alexander; wir waren weder Punks noch andere Teufel, trugen keine Ketten, Piercings und Tattoos, hatten keinen Knall in puncto Klamotten. Ach, wo ich gerade schon von Klamotten spreche: Ihr wisst das nicht, ihr Brudergrimms, was für ein Gefühl der verdammten Freiheit es ist, wenn's dir scheissegal ist was du anhast; wenn du keinen Fashionlook brauchst. An einem schönen Tag an dem richtigen Platz und um die richtige Zeit wirst du Mundharmonika spielen. Dann nimmst du das, was nach dem Einkauf von Schnaps und Zitronen übrigbleibt und gehst und holst dir ein paar Klamotten aus dem Secondhand. Markus war da wie wir, nur Nea hat sich ewig geziert. Von Nea werde ich noch erzählen. Ich und Alexander, wir waren einfach keine Goths, Punks und Metaller. Einmal gingen wir unter die Brücke und jemand brüllte, dass die Leute, die auf dem Karussell übernachten, gekommen seien. So sind wir als „Die Leut' vom Karussell" getauft worden. Das war für Alexander und mich auch ok. Es war schließlich kein Schimpfwort. Es lebe jedes von Mensch und Wind verlassene, sichtbare und unsichtbare Karussell! Ach, was red' ich doch für einen Scheiß! Ein vom Wind verlassenes Karussell? Ohne den Wind hat nichts einen Sinn. Dort wo unsere Karusselle stehen, weht auch irgendein Wind, den Namen kann ich nicht sagen und überhaupt, so tief kann ich eben nicht philosophieren. Ich gehe lieber zurück zu den Zitronen. Sollte ich jemals alt werden, so einer von denen, die man ganz einsam und alleine am Kamin sitzen sieht, während ihre Enkelkinder im Nebenzimmer sind und am Computer vergammeln, ich werde kein verficktes Bild oder gar ein Fotoalbum haben. Dafür werde ich ab und zu eine Zitrone in die Hand nehmen, meine persönliche Zeitmaschine, werde sie anschauen und werde das Ächzen und Krächzen eines Karussells vernehmen, auch ohne Bild Alex, Nea, Markus sehen und alles andere auch. Und falls ich zufällig nicht an Rheuma erkrankt bin, werde ich meinen Enkel aus dem Nebenzimmer zerren, ihn mit einem Tritt in den Arsch rausjagen und sagen: Gehe und lebe, lebe, verdammt noch mal!

Ich bin etwas vom richtigen Weg abgekommen, doch wenn ich nichts über Isomatten und Zitronen erzählt hätte, hätte ich mir das nicht verziehen. In der Zwischenzeit in Drüben:

Ich liege also im Zelt und simse mit Mary bis sie müde wurde. Mir taten die Augen weh und was sollte ich denn sonst tun, liege und höre dem Regen zu. Ich spüre keine Kälte, mein Rücken schmerzt auch nicht mehr, kurzum, ich fühl mich gut und plötzlich nehme ich einen komischen Geruch wahr. Bisher stank es im Zelt nach Gummi oder Rucksäcken und ich versuchte diesen Gestank zu ignorieren, aber nun roch ich etwas völlig Anderes und reagiere darauf wie eine Katze auf Baldrian. Ich habe keinen blassen Schimmer was das sein kann. Ich atme nur tief ein, fülle meine Lungen bis zum Geht nicht mehr, dann atme ich wieder aus und allmählich wird's mir schwindelig, wie den Rotznasen beim Kleberschnüffeln und den etwas cooleren Typen beim zwölfprozentigen Stickstoff. So schnaufe ich, blase das Zelt auf, der Regen trommelt auf das Dach, immer wieder donnert es kräftig und ich schaue zu dem Alpinisten rüber. Ich hätte ihn schon gern gefragt was das für eine Nummer sei, was mich die Nüstern wie ein Pferd aufblähen lässt. Und ob er das gleiche spürt. Ich bin halt ein Anfänger und möchte wissen, was hier abgeht. Ich will so sehr, dass er nicht mehr schläft, dass ich ihn beinahe wachrüttle. Ich wünsche mir nichts sehnlicher, als dass jemand mit offenen Augen neben mir liegt. Ich schwöre, ich würde ihn nicht mit Fragen belästigen. Ich möchte nur, dass jemand neben mir wacht solange ich wie verrückt schnaufe und dafür keinen Grund kenne. Dabei ich kenne den Alpinisten zu gut: Er wird wieder irgendeinen Mist sagen und dann einfach weiterschlafen. Und das weiß ich auch noch, dass ein minimales Geräusch, eine kleine Bewegung mir den ganzen Film versauen kann. Ich liege, rühre mich nicht und denke über abgefahrenes Zeug nach. Diese Gedanken sind mit Sicherheit auch dem Geruch geschuldet, denn sie sind mir fremd. Ich denke, dass ich hier im Zelt liege, da draußen blitzt und donnert es und ein strömender Regen macht das Zelt nass und ich liege trocken und gemütlich darunter – nur ein paar Millimeter von diesem Weltuntergang entfernt. Wie gut es mir geht. Wie wohl ich mich fühle, Brüder! Plötzlich wird mir klar, dass man vorher keine Ahnung davon hatte, wie gut es einem gehen kann. Es geht mir zum ersten Mal so großartig und ich bedaure, dass ich kein Schriftsteller bin, denn ich möchte so vieles sagen, aber ich schaffe es nicht, verfickt noch mal. Es ist eben nicht so einfach wie es aussieht: Da liegt ein vergnügter Gioland im Zelt, es geht ihm komisch und das war's. Kurz und gut, das ganze Gewitter, das draußen tobt, tobt auch in mir: Es regnet in Strömen, es donnert und es geht nicht mehr um die Zelte und um die Millimeter, ich bin überall, spüre keine Kälte mehr, habe überhaupt keine Beschwerden. So wohl habe ich mich nicht mal in meinem Zimmer, in meiner eigenen Wohnung gefühlt wie hier in dieser Gewitternacht und was ist nun die Schlussfolgerung: Damit es mir gut geht, soll ich mir ein Gewitter herbeiwünschen oder wie ein Geist oder ein Liebestoller in den Wald Reißaus nehmen? Blödsinn! Mir gefällt diese Idee nicht. Vielleicht war es nur so ein Film, doch was mache ich, wenn es immer wieder kommt und zwar nicht nur hier, sondern auch zu Hause, wenn es mich an mein Problem erinnert? Mein Problem! Nun fing ich wieder an daran zu denken und plötzlich verschwanden meine Gedanken samt Regen, Blitz und Donner spurlos und ich fühlte mich wieder leer und ausgequetscht wie eine Zitronenschale.

Ich lag ohne mich zu rühren und es war mir auf einmal alles klar: Nun bin ich überzeugt, dass ich nicht sauber ticke und hab keinen blassen Schimmer was ich im Leben brauche. Die Blitze und Donner der heutigen Nacht kann ich doch wirklich nicht immer in der Hosentasche mit mir herumtragen. Ich habe auch keine Ahnung, woher dieser Geruch stammte, warum er mir so wohlbekannt erschien und warum ich überhaupt dieses idiotische Gefühl habe, dass ich alles, was ich heute erlebe, früher schon einmal erlebt habe. Es ist meins, kein bisschen fremd, aber wo und wann ich diese Erfahrung gemacht haben könnte, daran kann ich mich nicht erinnern. Liege also bis zum Morgengrauen und huste: Habe kettegeraucht. Der Alpinist hat mich zwar gewarnt, dass ich bloß nicht im Zelt rauchen solle, doch bei diesem Wetter würde ich auf keinen Fall hinausgehen und so habe ich das ganze Zelt verqualmt. Mittlerweile ist an dem Zelt blaue Farbe zu erkennen, also es beginnt zu dämmern. Der Regen hört langsam auf und geht mir nicht mehr so auf den Geist. Der Donner ist auch viel seltener zu vernehmen. Es fängt irgendwo im Stirnbereich an, läuft mir über die Haare und endet am Hinterkopf, als ob mir jemand hier im Zelt über den Kopf streicheln würde.

Plötzlich geht der Reisverschluss mit einem schrecklichen Ratschen auf und der Zwerg steckt seinen tropfnassen Kopf ins Zelt herein und strahlt dermaßen – als ob er diese Nacht in einer Luxussuite im Hotel Astoria mit „Miss World" bumsend verbracht hätte. Dann grinst er mich so komisch an und flüstert: „Alles Gute zu dem ersten Frühlingsgewitter, Gioland!"

Ich grinse zurück und denke, wenn ich ein Freak bin, dann ist der doch tausendmal schlimmer als ich und dass wir beide Behandlung brauchen, das steht schon mal fest.

Am nächsten Tag habe ich alles durchgewühlt nach dem kleinen Zettel, den mir damals der Hundebesitzer gegeben hatte – und ich fand ihn auch, in einer Hosentasche und bald darauf stand ich auf einer dunklen Straße am Arsch der Welt und glotzte die Neonlichter von Mamaos Bar an, die mit schwachem Licht schimmerten und dem Betrachter keinerlei Information darüber gaben, wohin sie ihn führten.

3.

Das ist aber wirklich was richtig Schlimmes, dieser Großraumwagen. Na ja, schlimm vielleicht nicht, es ist halt furchtbar heiß, sonst wäre es überhaupt kein Problem. Wir haben es nicht mehr geschafft, ein Abteil zu belegen, denn die ganze Stadt wartete mit uns in der Hitze auf diesen Zug und Plätze zu reservieren war nicht so das Unsere. Planung macht überhaupt alles kaputt. Du machst Platzreservierung und sofort wird's langweilig, denn es wird dir wesentlich schwerer fallen, es dir anders zu überlegen mit der Reise. Außerdem haben wir auch nicht das Geld dafür. Wenn ich viel Geld hätte, alles was nach dem Schnaps– und Zitronenkauf übrigbliebe, würde ich es für Platzreservierungen ausgeben, denn es ist irgendwie schon geil, wenn du überall erwartet wirst, du es dir aber schon längst alles anders überlegt hast (das passiert ja uns ziemlich oft) und bist woanders, dort aber bleibt dein Platz unbesetzt und die Typen checken nervös die Uhren. Na ja, du kannst das gern als Egoismus oder Infantilismus bezeichnen, doch es fühlt sich geil an. Pünktlichkeit dagegen war fast lebenswichtig für mich und deshalb haben wir auch das Abfahrtsdatum und die Zeit nicht vergessen und nun bewegen wir uns in einem Grossraumwagen, ich, Alexander, Markus und Nea; wir gehen zwischen im Gang herumstehenden Gepäckstücken und aus den oberen Liegen herunterhängenden Füßen anderer Reisender hindurch und suchten unsere Plätze. Wir mussten eine Zeitlang aus dieser Stadt verschwinden und Gott sei Dank haben Hacker und Tschuj von unserer Not erfahren und eine Brieftaube zu Mamao geschickt, dass die Karussellleut' sich zu ihnen gesellen, spielen und sie mit ausreichend Essen und entzückenden Morgen-und Abenddämmerungen versorgen würden. Instrumente hätten sie auch, bloß Gioland solle seine Hohner mitbringen,-so haben sie in Mamaos Bar angerufen und die Taube habe ich auch nicht einfach so erwähnt, denn die Hacker sind totale Retromans und fahren auf die Epoche ab, in der Boten mit verschluckten Episteln unterwegs waren – und wenn die Angelegenheit mit uns nicht so eilig gewesen wäre, hätten sie sicher wirklich eine Taube aufgetrieben und zu Mamao geschickt. Sie selbst verbrachten die Sommer am Schwarzen Meer, spielten in einem Bungalow und verdienten gutes Geld. Ihre Musik war nicht nach Pennergeschmack: es waren Leute aus der gehobenen Gesellschaft, die in ihren Bungalow gingen, um ihnen zuzuhören, vorwiegend Touristen und selbstverständlich die lokalen Geldsäcke. Du kapierst schon was ich meine –Jazz und das ganze Zeug, eine Elitemucke – das darf man auf keinen Fall verpassen. Also sitzen sie da, lauschen mit geschlossenen Augen und können es kaum erwarten, dass sie vorbei ist – die ganze Veranstaltung. Wenn sie elitär auftreten wollen, haben sie eben keine Wahl – dann müssen sie dabei sein. Die Stadt sieht sie. Und die Stadt selbst wird das ganze Jahr mit zerrissenen Socken unterwegs sein, um im Sommer auf diesem Boulevard spazieren zu dürfen, herumzuschnüffeln, auf der Lauer zu liegen, was weiß ich, die ganze Stadt kann mich doch mal... Na ja, das regt mich immer auf und bevor ich noch etwas Schlimmeres sage, gehe ich lieber zurück, zum Großraumwagen, erzähle euch von der Reise, stellenweise werde ich lyrisch-sentimental und das, was ich vorhin zu berichten hatte, werde ich auch nicht mehr so angefressen erläutern müssen. Doch wenn ich das, was ich nun erzählen will, genauso erzähle wie ich es damals erlebt habe, dann... Verdammt noch mal! Bin wieder durcheinander gekommen mit den Zeiten und der ganzen verfickten Grammatik. Und neu anzufangen, habe ich auch kein Bock. Also, wie dem auch sei:

Abenddämmerung. Ich habe dieses Wort irgendwo gehört und es freut mich, dass ich es endlich verwenden kann. Genau damit haben wir es nun zu tun – mit der Abenddämmerung. Ich und Alexander sind auf den oberen Liegen ausgestreckt, Nea und Marcus teilen sich die unteren. Ein gemeinsames Fenster haben wir auch, das sich nach unten schieben lässt und gerade so breit ist, dass derjenige auf der oberen Liege seinen Kopf herausstecken kann, sei es um sich abzukühlen, oder weil er Bock darauf hat – man kann halt nicht einschlafen, also steckt man den Kopf zum Fenster raus und glotzt in die Abenddämmerung. Mir gefällt das Wort dermaßen – deshalb sage ich es auch so oft, ansonsten gäbe es abertausende andere Gründe, um aus dem Zugfenster hinaus zu schauen. Und im Grunde genommen gibt es auch gar keine Abenddämmerung mehr, denn alles ist von Laternen beleuchtet; der Gepäckträger ist mit einem ratternden Karren unterwegs, es herrscht Lärm und Aufregung, dafür ist es hinter all den Ereignissen, die sich direkt vor uns abspielen, so leise, dass man das Sirren einer Mücke vernimmt – und wie ein Knallkopf höre ich sogar eine Mücke dort über den Gleisen sirren und es ist Abenddämmerung, überall, bei der Mücke und bei mir. Die Sonne wird bald ganz untergegangen sein und der Großraumwagen schlummert und stinkt und spielt Karten. Ich strecke meine eigenen stinkenden Füße auch vor mir aus, als Zeichen der Liebe und Solidarität mit diesem Wagen. So wie ein Zeichen, ein Gruß, so wie eine gemeinsame Zugehörigkeitserklärung. Als ich meine Füße so poetisch flüstern lasse, kommt der Schaffner und verdirbt mir die Laune: Ich soll entweder ein gültiges Ticket vorzeigen, oder aber den Zug verlassen. Wie ein Spulwurm im Darm kriecht der Schaffner den ganzen Zug auf und ab und was bleibt dir anderes übrig – also gibt Nea ihm die Tickets. Plötzlich krachte irgendetwas von hinten in den Zug rein und der Zug fing an, am Bahnsteig entlang zu rollen. Man könnte meinen, der Zug werde von vorn gezogen, doch wurde ihm von hinten ein Stoß verpasst und er rollte mitten in die Abenddämmerung hinein – ohne die Mücken und ohne meine zahnlose Philosophie hat er ächzend den von Laternen erleuchteten Bahnhof hinter sich gelassen. Kennst du das Lied, in dem der alte Typ den eilenden Zug besingt und die ganze Schar von Popmusikfans dazu tanzt. Genau dieser Song würde als Soundtrack für unsere Zugfahrt taugen. Dieser Wagen hatte seine eigene Musik. Von der Musik werde ich noch erzählen, da habe ich viel Ahnung. Nun aber werde ich mit meiner Geschichte weitermachen:

Ich bin auf der Liege, mein Kopf ragt aus dem Fenster, Alexander ist in der gleichen Stellung, nur auf der anderen Liege. Ich schaue zu Alexander hinüber und muss schmunzeln, denn sein Kopf scheint so riesig zu sein, dass man daran zweifelt, dass er ihn wieder reinbekommt – und dazu macht er noch eine Miene als ob er wirklich dort stecken geblieben wäre, so wie er mit den Augen kullert. Auf einmal höre ich: – Jungs, ich will auch maaaal! Glaub bloß nicht, dass Nea so sprechen würde, die Vokale in die Länge ziehend und so. Nein, es ist nur ein Echo, das in meinem Gehirn entstand und durch die Glücksfluiden in jede einzelne Ader und jedes einzelne Organ gelangte. Kapierst du, Alter, Nea will auch auf die obere Liege! Mit meinen Füßen, mit meinen Zellen und Zytoplasmen, ohne mich zu rühren, in einer unsichtbaren anderen Dimension dennoch sehr wohl mit den Händen wild herumfuchtelnd und gestikulierend, gebe ich Alexander, meinem Dio und großen Gitarristen ein Zeichen, dass er abhauen soll, verschwinden, sich in Luft auflösen und Nea seinen Platz überlassen damit sie hochkommt; zu mir kommt. Alexander gähnt, murmelt noch etwas, geht dann nach unten und streckt sich auf Neas Liege. Nea klettert nach oben und steckt den Kopf aus dem Fenster raus. Während ich auf dem Rücken liege und die Sterne angucke, liegt Nea auf dem Bauch – und wir beide haben nun unterschiedliche Blickwinkel: Ich sehe nur Sterne und Wolken, Nea womöglich Silhouetten am Horizont – oder aber Gras und Gebüsch am Gleis entlang, weil zwischen dem Horizont und dem Gleis herrscht schon Nacht und es ist dunkel. Ich lag doch vor kurzem noch genauso, aber es hat mir nicht gefallen: Unten war nichts zu sehen und beim Schauen auf den Horizont habe ich mir den Nacken verrenkt. Ich könnte mich ja umdrehen und auch wie Nea auf dem Bauch liegen, ich würde mich keinen Dreck um meinen Nacken kümmern, doch etwas sagt mir, wenn ich das tue, wird sie sofort erraten, wie ich zu ihr stehe. Ich liege und wage nicht, mich zu rühren, biete nur dem Wind die Stirn. Bald darauf wurde mir furchtbar kalt im Kopf. Nea hatte noch kürzere Haare und ihr war womöglich auch richtig kalt. Was, wenn sie sagt, wir sollten damit aufhören und lieber schlafen gehen? Was, wenn... Ich wollte doch lieber als erster etwas sagen und tat es auch mit der üblichen Nonchalance: Nea, willst du vielleicht eine Mütze haben? Ich habe mir den Kopf total abgefroren. Während ich das sagte, zog ich gleichzeitig die Wintermützen aus dem Rucksack; warme Mützen und Strümpfe habe ich immer dabei – unabhängig von der Jahreszeit. Wenn du auf unserem Ufer leben würdest, wüsstest du schon, warum. Um es abzukürzen: Ich zog also die Mützen heraus, setzte selber eine auf, reichte die andere Nea wartete, dass sie mir sagt: Nein, danke, Gio, ich bin schon müde oder halt etwas in dem Sinne, sie aber setzte die Mütze auf und legte sich auf den Rücken, genau wie ich, das Gesicht dem Sternenhimmel zugewandt.

Ich wünsche mir nichts sehnlicher, als dass mich endlich jemand fragt, ob ich in meinem wilden Leben in einem stinkenden Grossraumwagen gelegen habe, das verrostete Fenster unter Aufbietung aller Kräfte nach unten gedrückt, gerade breit genug, um den Kopf herausstrecken zu können; ob ich mir den Nacken verrenkt und im Hochsommer und sogar mit Mütze auf dem Haupt die Ohren abgefroren habe – und wer diese Frage nicht stellt und nicht mal etwas von Brücken wissen möchte, der ist in meinen Augen ein hoffnungsloser Penner. Dg-Dg-Dg, töf, töf – klingt doch sowieso fast im Ohr, doch auf der Brücke hörst du diese Rad-Gleis-Geräusche von überall her, als ob der Zug mitten in der Luft fahren würde. Man muss auch über die Blätter reden, die dir bei einer Zugfahrt ins Gesicht fliegen, über winzige Bahnstationen, die mitten in der Nacht leise summen und du kannst nicht auseinanderhalten, wo die Gerüche und Geräusche der einen aufhören und die der anderen anfangen und so weiter – alles kommt auf einmal auf dich zu und erfüllt dich mit etwas Großem und Heimeligem. Doch zu der Zeit, in der ich und du uns darüber unterhalten werden, werden diese Wagen vergammelt und verrostet sein und ganz andere, viel schnellere und coolere Züge über die Gleise eilen, deren Fahrgäste nicht einmal nach einem ganzen Joint in der Lage sein werden, zu kapieren, warum jemand wie ich die alten und stinkenden Züge den superschnellen und superkomfortablen mit Fernsehergeräten und dem anderen Kram vorzieht. Ich bin mit einem so modernen Zug gefahren und hatte gar keinen Spaß – weder an seinem Geräusch, noch an seiner Möglichkeit der Teleportation, die ganze Zeit war ich unterwegs, meistens in den Zwischenräumen und kam anderen Fahrgästen entgegen wie ein Gespenst. Am Ende habe ich den Schaffner geschmiert und er machte mir die Tür auf. Ich setzte mich auf die Treppe, ließ die Beine baumeln und rauchte einen Mitternachts-Joint.

Hat geholfen. Der Zug verlangsamte sich und ich schloss die

Augen und zauberte mir wertvolle Gerüche und Geräusche herbei. Ja, es klingt wie bei den Alten, dass früher alles besser war und manch ein Kretin wird mich gar für einen Kommunisten halten, da diese Züge von solchen gebaut wurden. Egal. Tatsache ist, dass ich, um über Wege, Entfernungen und Menschen so zu erzählen wie ich es hier auf diesem Ufer spüre, noch etwas mehr gefaltetes Hirn und Alter brauche – ich meine, ich muss dafür mindestens zehn Jahre älter sein. Deshalb muss ich passen: Ich bin noch nicht bereit so wichtige Sachen würdig zu schildern.

So liegen Nea und ich auf den Liegeplätzen, die Köpfe aus den Fenstern gestreckt und alles läuft prima. Manchmal fährt eine Telegrafenstange auf mich zu, streift um ein Haar meine Stirn und verschwindet wieder. Vorher, bevor Nea hochkam und ich mich noch nicht an die Stangen gewöhnt hatte, hielt ich das mit den Telegrafenstangen nicht aus und zog den Kopf zurück, nun bleibe ich tapfer liegen und sage kein Wort. Dafür kreischt Nea lautstark: Giiiiooooooooooo! Ab und zu werfe ich ihr einen flüchtigen Blick zu, dann zwinkere ich den Sternen zu wie ein Freak und schon weiß ich, warum ich dieses Geräusch so sehr liebe, das Geräusch der Räder. Stell dir mal vor, Alter, von wo kam das her, aus meiner fernen Kindheit, als ich stocksteif in der U-Bahnstation stand und dem Geräusch der Räder lauschte. Das Gehörte von damals kann man kaum mit dem heutigen vergleichen, doch es ist, als ob mir schon zu jener Zeit jemand zuflüsterte: „In ein paar Jahren, wird es alles saugeil um dich stehen, Gioland! Und sieh mal einer an. Ist doch so!

Liegen wir also da und Nea streckt ihre Hand zu mir, krallt sich in meine Klamotten und kreischt: Hilfe, die Säule fährt voll auf mich zu! Als sie mich anfasst, kriege ich Bauchweh. Unten brummt mein Bro und großer Gitarrist Alexander, dass wir ihn schlafen lassen sollen, sonst würden wir eins auf das Hörnchen bekommen. Markosaurus hört man gar nicht. Markus pennt wohl schon. Mittlerweile hat sich unten jemand bewegt und ich zog meinen Kopf wieder ein. Dabei schmerzte mir der Nacken so sehr, dass ich aufbrüllen musste wie ein Löwe. Dazu meinte Alexander, er würde so nicht einschlafen können, also ginge er aufs Klo und ich solle mitkommen. Soll ich dir das Klopapier hinterhertragen, Bro oder wie meinst du das? – fragte ich. Kiffen, – klärte mich Alexander auf, – danach werde ich wie ein Baby pennen. Ich solle mitgehen und mit ihm rauchen. Er ging, ich aber blieb und dachte: Was, wenn ich nach dem abgefuckten Haschisch in einem ganz üblen Film landen würde? Es war doch auch ohne Hasch so schön. Alles was ich in der ganzen Galaxie liebte hatte ich gerade um mich herum: Das Rad-Gleis-Geräusch, oben Himmel und unten Weg, neben mir auf der Liege lag Nea, Alex und Markus waren ja auch dabei und nun war ich wirklich wunschlos glücklich; Ich wollte und begehrte gar nichts mehr. Dann habe ich mir vorgestellt wie Alex so mutterseelenallein auf der stinkenden Zugtoilette kiffen muss und er hat mir leidgetan. Nea musste warten. Schnellen Schrittes bin ich Alexander gefolgt.

Eine faustgroße, sorgfältig in eine Socke gewickelte Haschkugel hatte Alexander in seiner Tasche. Uns würde sie ein paar Wochen reichen und sollten wir jemandem aus unserem Ufer begegnen, hätten wir freilich auch mit ihm geteilt. Was die Utensilien zum Kiffen angeht, jeder von uns hatte seine Vorlieben: Alexander benutzte Zeug, das aus einer Kugelschreiberhülle und einer Pipette gebastelt war und das etwas später üblich wurde. Damals haben Millionen von Bullen das Ding in der Hand gehabt und nichts geschnallt. Der Kugelschreiber hat einwandfrei geschrieben und in das Glasteil der Pipette passte, wenn sie gut zusammengepresst war, eine halbe Zigarette und ein Fetzen Hasch, von Marihuana ganz zu schweigen. Mit diesem Kugelschreiber konnte man sogar im Treppenhaus des Polizeireviers kiffen. Dass sowas auch vorgekommen ist, könnte ich natürlich sagen, doch du würdest mir sowieso nicht glauben und ich selbst kann mich daran nur sehr undeutlich erinnern, fast wie an einen Traum. Ich finde es auch nicht so interessant. Kurz und gut, keiner hat jemals kapiert was für eine Funktion dieses Gerät hatte. Gut war es auf jeden Fall. Man verlor keinen Fetzen Rauch, alles ging direkt in die Lunge. Sollte dich jemand überraschen, würdest du ein Ende der Pipette mit den Fingern zuhalten und so die Glut löschen. Der

Kugelschreiber ließ sich im Nu wieder zusammenschrauben und die Sache war erledigt. Das mit dem Kugelschreiber hat uns ein Dealer beigebracht, den ich bereits erwähnt habe. Ich allerdings bevorzugte eine andere Methode Hasch zu rauchen. Man nahm eine Zigarette und klebte einen Fetzen Hasch einfach drauf, steckte das Ganze in eine leere Flasche und rauchte. Der in der Flasche angesammelte Rauch erinnerte mich an Ifrit. In irgendeinem Buch kommt sie doch eben aus der Flasche raus. Das einzige Problem war, dass man dabei ewig wurschteln musste und deshalb hatte ich selten die Gelegenheit auf diese Weise zu kiffen.

Nun hocken wir – Alex und ich in der schmutzigen Toilettenkabine des Zuges, Klopapierfetzen und anderer Müll liegt reichlich um uns herum, das Fenster lässt sich nicht öffnen, doch was soll's, das Klo selbst ist wie ein Gedicht: Man schaut da rein und sieht den Boden wegflitzen, die Holzschwellen verschwinden nach und nach; so ein Schauspiel in der Kloschüssel, dass man glatt das Pinkeln vergisst. Alexander knetet das Hasch zwischen den Fingern zu einer Kugel und runzelt die Stirn auf eine komische Weise. Sieht halt aus wie ein Weiser und ich weiß, was gleich auf mich zukommt. Bald wird er mich voll bequatschen – in letzter Zeit immer öfter über Religion und ich merke, dieses Thema beschäftigt ihn richtig – im Unterschied zu mir. Meistens bekommt er zu den ungewöhnlichsten Anlässen Lust zu reden. Als er mir von der Kapelle und den Soldaten erzählte, lagen wir mit eindeutigen Symptomen eines Durchfalls auf Bananenkisten in einem verschlossenen, stickigen Container. Vor sechs Uhr konnten wir uns nicht von der Stelle rühren, denn erst um diese Zeit öffnete man die Container auf dem Markt. Es war zwar stockdunkel, aber ich bin mir ziemlich sicher, dass Alex damals genau den gleichen Gesichtsausdruck hatte. Was er dabei erzählt hat, hast du ja von mir erfahren – hat mich meinen Durchfall glatt vergessen lassen. Nun steht er vor mir, mit genauso zusammengezogenen Augenbrauen und... wieder mit einem Klo im Hintergrund. Sag bloß, dass es kein Schicksal gibt. Auf unserem Ufer würdest du Alexander übrigens für einen Zyniker halten. Nur wenn wir Drüben sind, wenn wir durch die Alleen der Stadt laufen müssen, dann sieht er verletzlich aus, zupft nervös an Kleidern und Haaren, versucht, sie zurechtzulegen, nervt, ich meine damit, dass die Ärmel seines Matrosenhemdes schmutzig wären und klappt sie eifrig nach innen. Kurz und bündig, er wird Drüben ganz anders, mein Bro – und noch eins: Wenn ihn etwas überrascht, grinst er immer wie bescheuert. Na ja, nicht immer, denn ich habe ihn in so einer Situation nur einmal erlebt. Damals, bei Raschid, wo er einem alten Bekannten begegnete. Also man kann es nicht für eine Gewohnheit halten, oder? Die Wahrheit ist, von uns vieren ist er der Gescheiteste. Manchmal setzen er und der Schreiber sich zusammen und unterhalten sich. Ich komme dazu und will auch erfahren, worum es geht und so. Ich bin doch auch nicht ganz blöd, aber die Worte, die sie manchmal gebrauchen, verstehe ich einfach nicht. Soll ich etwa mit dem Wörterbuch herumlaufen?

Nun steht Alexander da, knetet Hasch zwischen den Fingern und sagt plötzlich zu mir: „Den Präsidentschaftskandidaten habe ich doch schon verhauen, Gioland und einmal, stell dir mal vor, musste ich auch einen Professor verdreschen." Stimmt so! Gott sei Dank, jener Typ ist nicht Präsident geworden. Es ist irgendwie schon doof, wenn man das Staatsoberhaupt geschlagen hat. Jetzt ist Alexander an der Reihe. Ich werde danach die Geschichte vom Präsidentschaftskandidaten erzählen und auch, warum wir nun in diesem Zug fahren und alles. Nun kommt aber die Story von Alexander:

Es ist der Ostertag gewesen, eher die Osternacht, die die Gläubigen in der Kirche verbringen. Alexander litt an einem totalen Hangover und hatte Schwierigkeiten, sich aufrecht zu halten, von einem Kirchgang ganz zu schweigen – und er schämte sich furchtbar dafür, dass er sich ausgerechnet an diesem Tag so gehen ließ. So lag er im Bett und konnte nicht einschlafen, wegen des Hangovers – vielleicht waren es aber auch die Gewissensbisse, die ihn nicht ruhen ließen; dazu kam noch ein komisches Geräusch – Klip-Klap, Klip-Klap. Aufzustehen und nachzuschauen, woher das Geräusch kam, dafür war er zu faul. Aber als ihn das Klappern endgültig verrückt gemacht hatte, sprang er auf, rannte zum Fenster und schaute hinaus. Da sah er einen Rotzlöffel im Alter von zehn, zwölf Jahren, der die Hand wie ein waschechter Wichser bewegte – und dieses Klappern kam auch von ihm. Er hat genauer hingeschaut und merkte, dass der Junge eine Graffiti Sprühdose in der Hand hatte und dabei war, auf die Wand zu schreiben oder zu malen. Du kennst doch die Graffiti-Sprühdosen. Man muss die verflucht oft auf und ab schütteln, um etwas hinzukriegen – und dem Jungen ging die Farbe aus und er klapperte so mit der Sprühdose, dass sie beinahe Feuer fing. Was er sprühte, das interessierte Alex nicht die Bohne. Er hat den Kleinen bloß angebrüllt, er solle abzischen und ihn schlafen lassen und der Kleine hat so einen Schiss gekriegt, dass ihm die Sprühdose aus der Hand flog und er wegrannte. Erst nach einer Weile, als ob ihm etwas eingefallen wäre, kam er zurück, schaute zu Alexander herauf, rief ihm mit einem Lächeln „Christus ist auferstanden" zu, hob dann die Sprühdose wieder auf, begann wieder, wild damit zu klappern und beachtete Alexander gar nicht mehr. Alexander vergaß alles. Er starrte den Jungen an, wie ungerührt und fest er dastand. Sollte die ganze Welt in den Abgrund stürzen, er würde sich nicht fürchten – wie jemand, der sich vor allem geschützt weiß. Also machte er seelenruhig weiter. Er hatte ein Schutzschild – Christus war ja auferstanden! Das, was er an die Wand schmierte, galt seiner gleichaltrigen Freundin, Alexanders Nachbarin, die vor einer Woche weggezogen war. Genau das hat Alexander ihm mitgeteilt. Na und? – war die Antwort. Stell dir mal vor, den Typen interessierte nicht wohin und warum seine Freundin wegzog. Er hat sein Werk getan und das war die Hauptsache. Alexander hat sich auf die Fensterbank gesetzt und sich gefreut. Ja, sich gefreut – darüber, dass er sich am Vorabend so betrunken hatte, dass er, anstatt in die Kirche zu gehen, diesem Dreikäsehoch begegnet war. Der Junge klapperte weiter mit der Sprühdose und als er mit Mühe ICH LIEBE DI gesprüht hatte, gab die Dose den Geist auf, doch seinem Gesicht war keine Spur der Enttäuschung abzulesen; er schmiss einfach die Dose weg und schaute die Wand so zufrieden an, als ob er seine Mitteilung nicht auf eine simple Wand, sondern auf die ganze Welt gesprüht hätte; auf die ganze Weltgeschichte von den Affen angefangen bis zu den Satelliten – auf die Zukunft. Er hat dem ganzen Universum von seiner Liebe berichtet und schien dabei so unbeeindruckt zu sein. Nachdem der Junge die Wand kurz angeschaut hatte, ging er weg. Alexander blieb bis in die Morgenstunden auf der Fensterbank sitzen und hat eine Zigarette nach der anderen geraucht. Er habe doch früher mehrmals gesagt, Christus sei auferstanden und er habe dabei gelogen, er habe diese Worte als Schutzschild missbraucht, habe sie, wie Zikaras[11] junger Freund die von Zuhause mitgenommenen Zaubergegenstände Schleifstein und Kamm zu seiner Rettung benutzt und solange die Anderen wie Roboter „Wahrhaftig auferstanden" ihm als Antwort zurückbrummten, habe er sich hinter seinen eigenen Worten versteckt wie ein hautloser, schutzloser, Zikaraloser Mann, denn genau an diesem Tag, habe er am wenigsten an die Wahrhaftigkeit des Geschehens geglaubt. Und auch an Weihnachten habe er die Kerze auf das Fensterbrett gestellt und es brachte bestimmt etwas dort, in der Ferne und der Dunkelheit, aber bei uns passierte nichts und ich und meine Kerze wollten schon wie Schiffbrüchige winken und rufen: Hey, schau auch mal hierher, beachtet auch uns, Bruder, Schwester, Vater, Mutter, Freund oder was weiß ich, wie ich ihn ansprechen soll. Aber er half uns nicht und es war auch gut so, Gio, sag ich dir. Wenn du niemals einen Schiffsbruch erlitten hast, wirst du es niemals begreifen können. Du wirst es nicht so klipp und klar begreifen, ohne komisches Gemurmel und schwachsinnige Gebärden. Gott und sein Wesen kann dir keiner besser als du selbst erklären. Und du selbst, wenn du nicht total abgefuckt bist, wenn du nicht wie ein Stück Scheiße mitten in einem schäumenden Meer treibst und dich nicht Liebe und Zuversicht, sondern Angst und Verzweiflung dazu zwingen, die Arme zu bewegen – du wirst Gott nicht finden, nicht mal in tausend Jahren. Nun wisse er das alles, aber damals habe ihn dieser kleine Junge wachgerüttelt. Am nächsten Morgen sei ihm so zumute gewesen, als ob man den Felsen vor seinen Augen weggeschoben hätte und er habe geglaubt, dass es trotz des Unglücks, das zuvor über die Welt gekommen war, die Erlösung geben würde – hier und jetzt und auch für ihn und Jahrtausende nach ihm. Er habe geglaubt, vertraut, sich endlos

---

[11] Zikara (der rote Stier) – georg. Märchen.

gefreut und einen einzigen Wunsch gehabt, nämlich auf der Stelle herauszugehen, den Erstbesten anzuhalten, zu umarmen und zu sagen: Christus ist auferstanden, mein Freund, er ist wahrhaftig auferstanden! Mit einer solchen Absicht verließ Alexander die Wohnung und ging auf die Straße. Dort traf er seinen Nachbarn, einen Professor. „Christus ist auferstanden!" frohlockte Alex und lächelte ihn an. „So ein Quatsch!"-erwiderte der Typ und erzählte eine lange Geschichte darüber, dass Christus einfach ein Mensch gewesen und das mit der Auferstehung ein Mythos, etwas in der Art einer Volkssage sei. Alexander habe beinahe wie ein Kleinkind geheult. Nein, Gioland, – sagte er, – nicht, weil er Ketzerisches gesagt hatte; nicht, dass ich ein verfickter Fanatiker wäre, sondern deshalb, weil es auf der Welt solche beschissenen Typen gibt, die dir nichts gönnen, von der Liebe ganz zu schweigen, die dich nicht mal in Ruhe leiden lassen. Die Typen die dir auf dem Lebensweg begegnen und, anstatt dir Glauben zu schenken, nur Zweifel und Hoffnungslosigkeit säen. Doch an dem Tag habe Alexander etwas sehr Wichtiges gelernt und zwar: nicht auf die Meinung der Anderen zu achten. Eines habe er aber immer noch nicht gefunden – seine eigene Wand, auf die er, dem Beispiel des kleinen Jungen folgend, sein Glaubensbekenntnis schreiben würde. Er sei sicher, dass er diese Wand eines Tages finden und mit der Flasche in einer und dem Joint in der anderen keine Angst mehr haben würde, sich zu äußern. Den sterilen Scheißanstand könnten sich diejenigen, die ihn brauchten, in den Hintern stecken.

Danach starrte Alex lange in die Kloschüssel und knetete Hasch zu einem Kügelchen. Ich schaute ihm zu und freute mich – und weil ich in den Momenten der emotionalen Rührung immer etwas Beschissenes sagen muss, habe ich auch jetzt den Schnabel nicht halten können: „Hast du nicht gesagt, du hättest diesem Professor die Fresse poliert, du Fabulant?" Um es kurz zu machen, Brüdergrimms, wir kommen also total dicht aus dem Klo heraus – und da steht ein Typ vor der Tür, dick, grauhaarig und lächelnd. Wir haben das Klo ja auch ziemlich lang belegt. Vielleicht drängt den Menschen ja sein Bedürfnis. Kein Thema! Doch plötzlich sagte der Typ etwas zu uns und fasste mich am Arm. Womöglich eine Anfänger-Schwuchtel. Auch das ist kein Weltuntergang. Sie sind halt so.

Gehst irgendwohin und plötzlich kreuzen sie wie die Engel vor dir auf, stehen und lächeln und wissen selbst nicht was sie sagen oder machen wollen. Wechseln vom einen Bein auf das andere wie Kinder und glotzen dich mit erwartungsvollen Augen an. Drüben schlägt man solche oder schimpft sie zumindest aus, ich jedoch will mich jedes Mal entschuldigen, dass ich keine Schwuchtel bin.

Er packte mich am Arm, Alex dachte das Gleiche wie ich und sagte: Wir sind stright, mein Freund, geh, such deinesgleichen. Wir wichen ihm aus, doch er, ganz perplex, rief uns nach „Wie meinsch', wie?" oder etwas Ähnliches und ich hab geschnallt, dass wir einen totalen Bauern vor uns hatten. Nein, nicht einen, der das Land gegen die Stadt getauscht hatte und dessen Blick auf die weit verbreiteten Metastasen des Arschlochdaseins hinwies; einen echten Landbewohner; einen guten, ehrlichen Menschen. Alles klar mit dir? – fragte ich. Alles klar wird es, wenn ich von euch ein bisschen Gras zu rauchen bekomme, – erwidert er und grinst ansteckend. Der Kuli hat nicht dichtgehalten, Alter! – sagte Alex. Der Onkel hat auch das nicht geschnallt und fing wieder mit seinem „wie meinsch' jetzt" an. Alex dazu, ob er alleine oder mit einem Pack da sei. Nur für mich, – beteuerte der Typ. Er würde hier was rauchen und sich dann wieder hinlegen. Er liebe es auf der Zugreise zu kiffen, sonst wäre er kein Kiffer oder so. Er hätte sagen können, dass sie zu viert waren um mehr Stoff zu bekommen, kapierst du? Ich habe es selbst oft so gemacht. Aber nein. Er hat's nicht getan. Ich steh total auf solche ehrlichen Typen. Tschuj, zu dem wir jetzt fahren, ist doch genauso, mein Brolander und ein richtig großer Drummer. Alex fand den Typen vielleicht auch sympathisch, denn er riss von dem Haschklumpen ein Stück ab, das für fünf Personen ausreichen würde, und gab es ihm. Der Onkel aber, sehe ich, schaut erst aufs Hasch, dann glotzt er uns komisch an. Sicher hat er Pastelhasch zum ersten Mal gesehen, das so wie ein Rotzklumpen aussieht – und kein Wunder, er ekelt sich und weiß nicht recht, was wir ihm hier anbieten. Sprich, der Typ hat keine Ahnung, ob er uns dankbar sein oder wegjagen soll. Dabei hat er diese ganzen Zweifel aufs Gesicht geschrieben. Mittlerweile hat's bei mir geblitzt. Ich habe Alex wortlos seinen Kuli abgenommen, mit der nötigen Menge Hasch gefüllt und dem Typen den Rest in die Hemdtasche getan. Dann zündete ich den Stoff an, dort im Zwischenbereich, wo ich stand, und gab ihn dem Typen. Er nahm den Kuli dankbar an, machte einen tiefen Zug, sagte noch einmal „Was isch' jetzt des" und fing zu Husten an.

Um ehrlich zu sein, was ich bei Hasch am meisten liebe, ist der Nachgeschmack nach einem Zug, denn der Flash ist eher schwer, macht mich träge und gibt mir so ein Gefühl des Vakuums um mich herum, als ob ich in einer Blase sitzen würde. Die Reaktionszeit, Reflexzeit oder wie man es auch nennt, wird auch verzögert – du lässt etwas fallen und erst nach einer Viertelstunde streckst die Hand aus, um es aufzufangen. Dafür macht mich anständiges Marihuana zu Mindia[12]: Ich fange an, die Sprache der Gräser und der Ameisen zu verstehen und dementsprechend bin ich auch immer super gelaunt. Doch jetzt hatte ich mit Hasch zu tun und gehe zu meinem Platz in den Großraumwagen. Dort schlafen schon alle, es ist still und ich flüstere: Alex, pennst du, Bro? Da fällt mir ein, dass ich mit ihm vor kurzem Hasch geraucht habe, schaue mich um und wo ist Alexander? Ich kann ihn nicht finden. Ich ging zurück und fand ihn im Abteil des Schaffners, er stand da und fummelte an den vielen bunten Knöpfen herum. Der Schaffner selbst ist nirgendwo zu sehen. Ich zerre ihn heraus, er aber schimpft, er hätte gerade den Zug gesteuert und nun hätten wir und alle anderen ein Problem, denn der Zug ohne den Führer würde sicher entgleisen. Sprich, mir geht es gut und Alex noch viel besser. Wir kamen zu unseren Plätzen und ich sah, dass Nea auf ihrer Liege schlief und Markus zum Fenster hinausschaute. Ich half Alex, nach oben auf seinen Platz zu klettern, zog mich selbst auch hoch und überlegte mir, ob ich schlafen oder den Kopf wieder aus dem Fenster stecken sollte. Das letztere machte mir keinen Spaß mehr, einschlafen konnte ich auch nicht, so lag ich da und hatte das Gefühl, irgendetwas sehr wichtiges vergessen oder aber nicht kapiert zu haben. Plötzlich war ich wieder nüchtern. Vorsichtig, sehr vorsich-

---

[12] Mindia – ein Held der altgeorgischen Sage, der die Sprache der Pflanzen, Tiere und Vögel verstand.

tig lehnte ich mich aus der Liege und schaute nach unten zu Markus. Vor einer Weile hatte er doch geschlafen, oder? Ich wusste es nicht mehr. Als ich und Nea oben nebeneinander lagen, habe ich keinen Gedanken an Markus verschwendet. An Alexander dachte ich. An ihn dachte ich immer wieder, aber nicht an Markus. Jedes Mal, wenn Markus in meinen Gedanken auftauchte, schüttelte ich den Kopf und vertrieb die Gedanken an ihn wie eine lästige Fliege. Den ganzen Weg lang habe ich an uns alle gedacht außer Markus.

Auf einmal packte mich ein solches Schamgefühl, dass mein Gesicht zu glühen anfing. Ich schaute heimlich zu Markus und fühlte einen verdammten Kloß im Hals stecken. In der Fensterscheibe ist nur sein Umriss zu sehen. Ich hatte keine Ahnung ob er schlief oder wach war. Es konnte doch sein, dass er nur so dasaß und vor sich hindöste. Sein Gesicht, seine Augen sah ich ja nicht. So lag ich da und schaute ihm fast eine Stunde lang zu und kam zum Entschluss, dass er doch pennte – eine Stunde lang hat sich der Typ kein einziges Mal gerührt. Plötzlich hat das Licht, das aus dem Fenster kam, sein Gesicht kurz angeleuchtet und ich kriegte es mit der Angst zu tun. Der Typ da war niemals Markus. Dann kam das Licht noch mal und noch mal und dann kam der Zug auf einer Station an und sein Gesicht stand schon voll im Licht. Markus saß da, Markus – mein Bro, seinen Blick auf einen fernen Punkt gerichtet und hatte das Gesicht eines Greises – streng und erbarmungslos. Damals habe ich ihn so zum ersten Mal gesehen. Als ich dieses Gesicht bei ihm zum zweiten Mal sah, lag er im Sterben, der Mensch, der das beste Feuer zu entfachen wusste.

Die Ansage, die durch das Megafon kommt, ist die Landessprache meiner Heimat, ja ihr Hauptklang. Ich hörte sie, als ich eine Rotznase war, höre sie jetzt auch und bin ziemlich überzeugt, dass ich sie auch als alter Mann hören werde. In der Kindheit ging es mir am Arsch vorbei, nun bin ich etwas vorsichtiger; nach der ersten Anspannung fing ich an, fieberhaft zu überlegen, mit was für einem Megafon ich es diesmal zu tun habe, wohin ich laufen soll und mit welcher Absicht. Sofort nach dem Hören des Megafons wegzurennen, bleibt die beste Idee. Die Bullen verfolgen Typen wie uns zwar nicht mit dem Megafon, aber ein paar Mal war das doch der Fall und nun sollte einer erraten ob es diesmal die Bullen, der Patriot, der Eisverkäufer oder der Schrottsammler ist, alle laufen doch mit dem Megafon herum und man kann doch nicht jedem zuhören und das Gesagte analysieren, besonders wenn man vorher etwas geraucht hat. Ein paar Mal hat man das Megafon gehört und ignoriert. Es waren aber die Bullen – und so lange wir nichtsahnend dastanden, kamen sie und sammelten uns wie die totalen Anfänger ein. Deshalb ist es auch ratsam, sofort wegzulaufen. Erstens, ich mag es irgendwie schon gern, zu laufen, aber ohne einen Grund herumzurennen, ist doch saublöd. Dafür ist man für jede Gelegenheit zum Laufen dankbar. Zweitens – sollte es doch keinen Grund zum Weglaufen geben, wird man trotzdem etwas Interessantes erleben. Was mir dabei auf den Wecker geht ist, dass heutzutage jedermann mit dem Megafon unterwegs sein kann. Ich kann die Megafonstimme nicht leiden. Ich habe kein Vertrauen zu ihr, zu der einzigen Stimme meiner Heimat. Alles andere bekommst du als kleiner Mann auf der Straße doch nicht zu hören. Die Nationalhymne und auch die Flagge meines Landes kann ich auch nicht leiden. Welche von den Flaggen sollte ich gern haben – davon gibt's ja eine ganze Sammlung. Passend zu jeder Saison und jedem Präsidenten, nach Farbe und Charakter zugeordnet. Im Grunde genommen ist doch die Flagge das brauchbarste von den Nationalsymbolen. Mithilfe der Flagge kann man Managua ausdrucken. Egal wie heiß Managua ist, der Stoff wird niemals reißen. Und der Flash von so einer mit der Flagge angefertigten Ware ist auch ganz anders – national-patriotisch. Man muss bloß aufpassen, dass man nicht für immer weggeflasht bleibt. Das war ein Witz. Ich tue mein Bestes um etwas unterhaltsamer aufzutreten.

Kurz und bündig, ich möchte euch endlich davon erzählen, warum wir in diesem ratternden Zug sitzen und alles was ich vorhin gelabbert habe, war eine Art Einleitung. Wenn man einen Anlauf nimmt, wird die Geschichte auch etwas dynamischer, – also sprach Zarathustra.

Ich habe vorhin Saison erwähnt. So eine Saison habe ich auch Drüben noch als Kind mehrmals miterlebt, habe vom Fenster aus zugeschaut oder war in meinem Hof selbst daran beteiligt. Allerdings kann ich mich bloß an pfeifende Kugeln und ein mitten im Hof brennendes Feuer erinnern, besonders dann, wenn ich in den Spiegel schaue. Diese große Brandwunde unterm Kinn habe ich auch wegen einem von diesen Feuern. Ich wollte es bloß überspringen, aber, man sollte mich als Pechvogel nie unterschätzen, dann stolperte ich über irgendein vorher unsichtbares Hindernis, flog hin und schürte die Glut mit dem Kinn. Gott sei Dank, dass diese Geschichte so ausging und ich mir nicht die ganze Fresse verkohlte. So viel über die Zeiten des Rotznasendaseins. Auf diesem Ufer haben jene Saisons grad vor meiner Nase stattgefunden und um ehrlich zu sein, es war immer ein großes Fest für uns. In dieser Zeit sammelte sich Volk, Klerus und Polente um ein Haus herum und das restliche Land fühlte sich an wie das Paradies. Banditen, Räuber und ihre Anführer hatten auch nie etwas gegen uns gehabt und jetzt erst recht nicht. Manchmal hat jemand versucht, Tschuj oder Mamao anzumachen – die zwei sehen ja etwas auffällig aus – wie Batman und Robin. Tschuj mag glänzende Klamotten und Ketten, Mamao sieht aus wie direkt von einem Drehort entsprungen – mit seiner Augenklappe und den langen rötlichen Haaren mit grauen Strähnen. Aufeinander gestellt würden die Beiden ungefähr zehn Meter hoch sein. Ein echtes Problem gab es selten – eine kleine Anmache hie und da war Mamao scheißegal und Tschuj blieb auch cool. Tschujs Basketballspiel hatte das Volk immer noch in Erinnerung, auf jeden Fall meinte Tschuj das, mein naiver Brolander – und sollte jemand aus der Birja ihm etwas Dämliches zurufen, war es wirklich sehenswert, wie Tschuj demjenigen einen gnädigen Blick zuwarf und seelenruhig seinen Weg fortsetzte. Nur in der Zeit der Demos ging es so, normalerweise konnte man Mamao draußen nur in aller Herrgottsfrühe antreffen und zwar vor seiner Bar und mit dem Besen in der Hand. Er mochte es, frühmorgens die Straße zu reinigen. Diese Bar war ohne Zweifel Mamaos Planet und überhaupt, wenn nicht die letzte, verfickte Saison gewesen wäre, würde ich all diese Demos unter den guten Erinnerungen abspeichern. Doch am Anfang kündete sie sich gar nicht so schlecht an: Völlig entspannt schlenderten wir in die leeren Straßen und hörten von Ferne das Megafon und lärmende Menschen. Von Weitem hörte sich das alles gar nicht so unangenehm an. Manchmal waren Mamao und der Schreiber miteinander in ein Gespräch vertieft, vergaßen sich und gingen, bis sie nicht mehr bei den Fahnen standen. In solchen Momenten dachte ich an Zwerg, den größten Wetterfrosch und Wanderer. Ich habe lange nichts mehr von ihm gehört. Bloß, dass er in Mamaos Bar angerufen hätte um sich nach mir zu erkundigen und dabei gebeten hätte, mir von seinem Telefonat nichts zu verraten. Ja, einmal hat sogar meine Mutter angerufen und eine Stunde lang gequatscht – warum ich mich wohl so benehmen würde, mein Vater würde sich im Grabe umdrehen und ähnliches. Ich habe die Leute gebeten, mich nicht mehr zu rufen, falls sie noch mal anriefe, so fertig hat sie mich gemacht. Einmal hat sie mit Mamao gesprochen und keine Ahnung was er ihr berichtete, diesmal hat meine Mutter eine völlig andere Rede gehalten: Ich solle bleiben wo ich war und falls ich Kohle brauchte, würde sie sie mir schicken. Danke, ich habe genug Geld und überhaupt ist alles in Ordnung, – sagte ich und wollte ihr erzählen wie gut es mir ging, doch ich schaffte es nicht. Es war mir irgendwie peinlich. Sie aber fing an, in den Hörer zu schluchzen, was wäre denn in Ordnung, wo meine Freunde mich im Park auf der Bank schlafend gesehen hätten, mich Unglücksraben. Seither habe ich von meiner Mutter nichts mehr gehört. Wobei ich sicher bin, dass sie anrief und mit Mamao sprach, genauso wie der Zwerg und überhaupt glaube ich sogar, dass er sich mit Mamao getroffen hatte. Einmal hat mich Mamao so angeglotzt, wie es der Zwerg immer machte. Er konnte diesen prüfenden Blick nur von ihm gelernt haben. Wo bin ich stehen geblieben? Ah, so! Im Gespräch vertieft kamen Mamao und der Schreiber bei dem Denkmal für die zwei Typen an, wo einer in den Himmel schaut und der andere scheinbar die Erde geiler findet; sie blieben stehen und redeten ununterbrochen. Wobei es eher der Schreiber war, der laberte. Mamao sagte nur hie und da etwas, aber etwas derartig Starkes, dass es dem Schreiber kurz die Sprache verschlug. Ich schaute zu und freute mich. Es sah cool aus, wie sie dastanden, alle vier – da oben die zwei Riesen, die Denkmaltypen, da unten Mamao, ebenfalls riesig und unbeweglich und neben ihm, wie üblich in einem dreckigen Mantel eingehüllt und spindeldürr, der Schreiber. Die beiden könnten auch ein ganz passables Denkmal abgeben, dachte ich. Wie ich schon sagte, in jener Saison ging uns gar nicht so übel. Es war etwas zu kalt und einmal hat uns ein in eine Decke eingewickelter Opa vom Balkon aus mit einem Maschinengewehr beschossen. Markus hatte auf Alchemie keinen Bock mehr und hat etwas Benzin gebraucht, um das Feuer zu entfachen. Was wir nicht wussten war, dass der Besitzer von dem „Moskwitsch" auf seinem Balkon Wache hielt. So hat er auf uns losgefeuert und hat uns beinahe umgebracht, der verfickte Alte. Sonst sind wir doch keine Diebe und Kriminellen und den Balkontypen konnte man auch verstehen. Wie ist es: Sitzt du auf dem Balkon, ein einsamer, trauriger alter Mann und dein ganzes Hab und Gut ist ein „Moskwitsch", der unten im Hof steht. Da draußen steht die Welt Kopf und kein Schwein kümmert sich um dich, ganz genauso wie drinnen, wo du deiner Familie völlig Latte bist. Ist doch klar, dass du eines Tages zu schießen anfängst. Ich habe den Alten später auch bei Tageslicht gesehen und habe immer noch keine Ahnung, wo er dieses Maschinengewehr herhatte. Den Alten stehen die Jagdflinten, mit Steinsalzpatronen und ähnlichem Zeug. Doch dieser Alter war eine Anomalie, ein Hybrid des 21. Jahrhunderts, ein durchgeknallter Killer auf der Wache für seinen „Moskwitsch" und seine Heimat.

Einmal hängen wir in der Straßenunterführung und arbeiten was das Zeug hält. Um uns herum tobt eine wahre Apokalypse mit dem Gebrüll der Megafone und dem Gewusel der Menschenmenge. Im Vergleich zu vorherigen Saisons haben sich mehr Leute angesammelt und noch mehr kommen dazu. Je mehr Menschen kommen, desto mehr zuckt meine linke Augenbraue. Irgendein Scheiß wird gleich passieren, flüstert mir mein Bauchgefühl zu. Der Sturz des Präsidenten liegt in der Luft und so etwas möchte das Volk auf keinen Fall verpassen. Es ist nun mal die Unterhaltung Nummer 1 im Lande. So oder so – wir sind alle da: Ich, Alexander, Markus und Nea, Strom ist da, der Akkumulator läuft und die Akustik ist auch nicht schlecht in dieser Unterführung. Die Leute sind zahlreich, glotzen uns an, hören zu und hie und da werfen sie uns Geld in die Gitarrenhülle. Manchmal bleibt irgendein Patriot stehen und beschimpft uns, dass wegen uns unsere Heimat in Not wäre und wir da unten säßen wie die Ratten und so weiter. Ich und Alex blicken so einen an und sagen kein Wort. Übrigens, wie ich schon sagte, ich habe die Landsleute nicht ungern, was ich aber nicht leiden kann ist, dass jedermann so einen Knall hat in Punkto Politik. Es ist sicher wie das Amen in der Kirche, dass einer vom Lande früher oder später über Politik zu quasseln anfängt. Naja, neuneinhalb von zehn sind so – und wenn du nicht rechtzeitig abhaust, bist du erledigt: Du musst schon sitzen bleiben und brav zuhören, denn wenn du dich meldest, fängt der Konflikt sofort an. Egal wie du den Politiker seiner Wahl lobst, er wird dir doch eine Falle stellen. Wie gesagt, am besten schweigsam zuhören, dass er der Schwager von dem und jenem, ein agiler Mann sei, fähig zu essen und zu trinken oder dass er in jenem Dorf geboren sei und als Sohn seines Vaters wohl unmöglich ein schlechter Mensch sein könne und so weiter – hier werden heimelige und coole Geschichten von dem einen oder anderen Geldsack erzählt, denen die Erzählenden und ihre heruntergekommenen Landstraßen scheißegal sind. Die Landstraßen hin oder her, mit dem Volk von Drüben sollte man besser nicht diskutieren. Uns von dem anderen Ufer mag man sowieso nicht und würden wir mit jedem diskutieren und streiten, der schlecht von uns redet, hätten wir täglich etwa hundert Mal Ärger. Ärger mag ich nicht und überhaupt, was habe ich von einem streitsüchtigen Helden und Riesen, verdammt noch mal!

Diese Unterführung, von der ich jetzt erzähle, ist eine ganz typische, mit einer Kirche an einem Ende, in der ich getauft wurde und immer wieder etwas der Teleportierung ähnliches erlebe: Ich betrete sie und bald stehe ich im Kreis von Silhouetten, höre das Plätschern von Wasser in der Nähe und bin beleuchtet, aber nicht geblendet – es ist eben dieses Plätschern, das meine Augen komischerweise mit Tränen füllt. So ist es mit dieser Erfahrung, kommt nur für einen Sekundenbruchteil und zwar nur dann, wenn die Kirche menschenleer ist und auch kein Gesang oder Geflüster zu vernehmen ist. Sonst fühle ich ein großes Unbehagen in den Kirchen, denn ich kann mir weder die Mütze richtig abnehmen, noch mich bekreuzigen. Dafür habe ich ein verrücktes inneres Bedürfnis

– mich an die Kirchenwand zu lehnen, sie mit der Handfläche zu streicheln und liebkosen. Einmal, nicht mehr und nicht weniger, habe ich selbst die Kirche bekreuzigt und als ich schnallte, was ich gemacht habe, bekam ich Angst. Was, wenn ich wieder etwas verbrochen habe, genauso ungewollt und unabsichtlich wie in meiner Kindheit. Doch mein Bauchgefühl sagt mir, dass ich nichts Falsches getan habe. Falsch? Im Gegenteil. Erst nachdem ich die Kirche bekreuzigt habe, habe ich mich unglaublich wohl und frei gefühlt. Das ist also Sinn und Kraft dieser Geste. Du musst alles bekreuzigen, was dir lieb und teuer ist, was du unter Schutz wissen möchtest. OK. Ich labere vielleicht sinnlos drauf los wie ein Kind, aber so ist es nun mal – und dass ich auf dem andern Ufer auch ohne größere Sorgen lebe, liegt sicher auch nicht bloß an meinem philosophischen Stein, den ich am Handgelenk trage, sondern auch daran, dass mich jemand irgendwann mächtig bekreuzigt hat, da gibt es keinen Zweifel und basta.

Also, an einem Ende der Unterführung steht die Kirche und am anderen das Regierungsgebäude, das ich nicht leiden kann; auf jeden Fall äußerlich, denn drin bin ich noch nie gewesen, habe keine Ahnung, was dort abgeht und bin auch nicht scharf darauf es zu erfahren. Wobei seit eh und je jedermann dort hinstrebt, als ob eine Siebenmannportion Marihuana umsonst verteilt würde. Im Prinzip wird um das Gebäude herum wirklich Kiffzeug, Tee und Kohle verteilt. Fünf bis sechs Leute von unserem Ufer, die am meisten durchgeknallten Punker und Metaller bekamen was ab und ließen uns auch daran teilhaben. Die Ware aus Staatseigentum und konfiszierten Gütern hatte, würde ich sagen, so ziemlich die beste Qualität. Mamao und der Schreiber haben den Metaller Löcher in den Bauch gefragt, wie und unter welchem Vorwand man ihnen das Kiffzeug gegeben hatte. Sie meinten dazu, dass sie jemand zu einem nicht weit entfernten Treppenhaus geführt, ihnen die dort stehenden ungefähr hundert Molotov-Flaschen gezeigt und gesagt haben, sie sollten die Flaschen nehmen und in die Menschenmenge werfen. Die Metaller hätten nein gesagt, da sie erstens keinen Ärger am Hals haben und zweitens wissen wollten, auf wen und warum sie die Flaschen werfen sollten. Und sie hatten Recht, ihr Brüdergrimms, denn da oben war der Teufel los; an einem Tag haben sie den Einen unterstützt, am nächsten Tag den Anderen und am dritten – die Beiden gleichzeitig. Und zwar die gleichen Leute. Dann gab's drei verschiedene Demos gleichzeitig. Links trafen sich die Anhänger des einen Kandidaten, rechts die des zweiten und in der Mitte kamen noch die Bullen zu ihrem Spaß: Sie ließen Teilnehmer von einer Demo in die andere und umgekehrt. Am lustigsten waren die zivilgekleideten Bullen, die ihrer Meinung nach total gut getarnt auf beiden Demos standen. Für die Dämlichen von Drüben war die Verkleidung vielleicht auch gut genug, aber wir vom anderen Ufer werden die Bullen sogar an den Fingernägeln oder Augenwimpern erkennen und amüsierten uns prächtig. Also, die verfickten Metaller, Punks oder wer auch immer, haben nein gesagt und das damit begründet, dass sie auf den Knast nicht so scharf waren. Wer solle sie denn einbunkern, habe einer gelacht und die Taschenlampe angemacht. Erst dann haben sie geschnallt, mit wem sie es zu tun hatten: mit den Oberbullen selbst, die man sogar aus dem Fernsehen kannte. Sie verteilten an die am meisten Durchgeknallten Wodka und Drogen, egal, ob von diesem oder jenem Ufer; der Rest, der als Aufgabe bloß dastehen, fluchen und zu grölen hatte, musste sich mit Brot und Tee begnügen. Ein Bataillon vulgärer Frauen durfte auch nicht fehlen; die kreischten und kratzten, aber was sie wohl dafür bekamen, weiß ich nicht. Und wir schlichen ab und zu mal zu einer Baustelle, kletterten aufs Dach. Ein Dach, muss man bedenken, ist für mich und meinesgleichen so heimelig wie für Karlson, jedes Dach in dieser Galaxie ist praktisch unser Eigentum. Also wir kletterten aufs Dach und sahen von oben den Tricks der in die Mitte der Demos versammelten Bullen zu. Unten waren sie zwischen den links und rechts geparkten Bussen kaum sichtbar, aber von oben... Ja, von oben sieht man alles um einiges deutlicher. Sie ließen ihre Leute von einer Demo in die andere schleichen. Manche kamen heraus, stiegen in den Bus ein – und völlig verändert wieder aus. In diesem Raum zwischen den Bussen ging es ab wie hinter den Kulissen oder im Studio eines Maskenbildners. Und überhaupt – es war doch alles ein einziges Theater. Uns wurde eine tolle Show geboten und wir sahen sie an und lachten, besonders nach dem

Kiffen, lachten uns tot – ich, Alex, Markus, Nea, Tschuj und Hacker. Auf diesem Wege hatten die Bullen immer etwa fünfhundert Provokateure aufgetrieben, dabei hätten auch zwei gereicht, um die dort versammelten verfickten Pseudopatrioten anzustacheln. Nun kannst du dir lebhaft vorstellen was dort los war. Ich kenne alles aus eigener Erfahrung. Ich habe auch ganz vorne gestanden, habe dem Gebrüll irgendeines Idioten zugehört und vor mich hin leise abgezählt: Gioland, eins, zwei, drei und looos! Ich habe nur applaudiert und es ist immer scheißegal gewesen wann ich das gemacht habe, alle haben mir wortlos nachgeeifert. Viele von Drüben haben die Demos im Fernsehen verfolgt und einiges von dem heftigen Applaus, den es dort zu sehen gab, habe ich provoziert, Bro – und du kannst sicher sein, dass er auch viele andere Male aus einem ähnlichen Grund entstanden ist. Ich weiß das, weil ich einige kannte, die es beinahe profimäßig machten und dafür sogar bezahlt wurden. Sollte jemand Zeit haben, sich hinzusetzen und die Videoaufnahmen aufmerksam anzugucken, wird er sich schlapp lachen, an welchen komplett idiotischen und unpassenden Stellen die Demonstranten in Beifall ausbrachen. Es ist wie mit Gähnen, sage ich dir, und je enger man beisammensteht, desto ansteckender wird es mit diesem Applaus. Um ehrlich zu sein, ein paar Mal ging ich auch zu so einer Demo, um nachzuschauen, was und wer meiner Heimat so fehlte. Nach einigen Minuten brüllte ich selbst wie bescheuert und wedelte mit der wehenden Fahne. Sprich, die Enge und Menschenmenge ist eine gefährliche Kombination, bei der eine oder andere dich manchmal zu absolut abgefuckten Taten zwingen kann. Gemeinschaft, Einheit, – brüllen sie und freuen sich. Scheiße drauf! Ich kann keiner Gemeinschaft mehr vertrauen. Der verfickte Schreiber hat doch auch gesagt, ein Mensch brauche Distanz um ihn herum; manchmal würde man sogar einen Menschen als Leere wahrnehmen, so sollte man sich vorstellen wie es einem ginge, wenn die anderen auf ihm herum trampeln. Wie solle denn so einer noch denken und vernünftig handeln? So einer wäre zu bedauern, denn mit der Zeit gewöhne er sich an seinen Zustand und bald bliebe nur noch ein blasser Umriss von ihm übrig. Solche eingeengten Leute würden eine fast magnetische Anziehungskraft aufeinander ausüben, um gemeinsam einen „Sammelmenschen" darzustellen. Dieser Sammelmensch sei wie ein Kind, vergnügt und arglos. Ein cleverer, gewitzter Genosse würde in der Lage sein, ihn in die beliebige Richtung zu schubsen und nach seiner Pfeife tanzen lassen. Die Ansicht eines solchen arglosen Kindes würde dem Schreiber die Tränen in die Augen treiben. Hast du gehört, was der Typ dazu meinte? Dabei kann ich mir eher einen weinenden Nagel als den weinenden Schreiber vorstellen.

Übrigens ändert sich in letzter Zeit in meiner Umgebung fast jeder. Von der Sentimentalität des Schreibers ganz zu schweigen, scheinen sogar Markus und Nea ihre Persönlichkeiten untereinander getauscht zu haben. Kennst du den Trickfilm, in dem ein gestreifter Fisch auf der Suche nach seinem Sohn in ozeanischen Gewässern herumgeistert und einen Tussi-Fisch kennenlernt, ein immer gut gelauntes und zappelndes Weibchen, das sich so aufführt, als ob es unter Ecstasy stünde. Früher war Nea genauso wie dieses Fischweibchen. Ich meine, dass sie ihren Charakter hatte, nicht ihr Aussehen und Markus, ihr Gegenteil. Ich habe doch bereits von Markus erzählt, wie er am Anfang war und so. Doch jetzt schaue ich Markus und Nea zu und staune nicht schlecht. Ok. Sollte es darauf ankommen, werde ich mein Steinchen am Handgelenk berühren und mir für ihre Verwandlungen eine philosophische Erklärung austüfteln, aber hör mal, was aus Alexander wurde... An Aids bei Markus glaube ich auch nicht mehr. Er muss sich immer wieder auskotzen, mal Blut und mal Wut. Was das Blut betrifft, ist es nicht so schlimm und auch nicht arg ungewöhnlich. Millionen im Drüben müssen manchmal Blut kotzen, meistens die Alkoholiker. Es reicht, eine Woche lang Haferflocken zu essen und seinem eigenen absterbenden Phallus zuzusehen, den keine Art des Blowjobs wiederbeleben kann, um zu kapieren, dass ein nicht endender Suff Scheiße ist und dass es, um mit Platon oder Sokrates zu sprechen, der Sinn des Daseins sei, für alles ein richtiges Maß zu finden. Dabei hat einer von der Sorte wirklich gesagt, dass das Glück in der Mäßigung liege oder so ähnlich. Naja, zu dem Glück mag ich mich nicht äußern, aber was die Mäßigung betrifft, da hat der Typ, der das gemeint hat, voll ins Schwarze getroffen. Ich habe das doch von irgendwo her.

Irgendwo muss ich diesen Satz gelesen haben. So viel zu dem Blut und der Wut, die habe ich auch nicht aus der Luft gegriffen. Als es bei Markus mit den Stimmproblemen anfing, ist er plötzlich unglaublich flink und beweglich, ja, hyperaktiv geworden. Dieses ununterbrochene Gezappel, als ob er in einem Netz gefangen wäre und all diese gewollten und ungewollten Bewegungen, Mimik und Gestikulation nur dazu dienen würden, sich aus diesem Netz zu befreien. Ich kann diesen Wunsch nicht loswerden und um ehrlich zu sein, will ich ihn gar nicht loswerden, Markus für euch noch einmal lebendig zu machen. So werde ich, solange meine Hirnzellen dafür ausreichen, immer wieder versuchen, euch sein wahres Bild zu zeigen und sollte ich es nicht schaffen, dann wird er halt in meinen Gedanken wieder einmal aufleben, Markus, mein Bro und waschechter Pyromane. Das mit der Pyromanie hat mir der Schreiber erklärt, sonst hätte ich keine Ahnung. Ich dachte, dass es sich bei Markus um Delirium handelte. Er säuft ja so viel die letzte Zeit. Also ich dachte, dass es eine Art von Delirium sei, dass Markus immer ein Feuerzeug in der Hand hält und zündelt. Ich spreche hier nicht von Lagerfeuer anzünden, sondern davon, dass er das entflammte Feuerzeug an verschiedene Sachen anlegt und wenn etwas Feuer fängt, sich tierisch darüber freut. Ich bin völlig sprachlos. Es wurde bei ihm zu einer Angewohnheit, diese verfickte Pyromanie. Er spricht zum Beispiel, mit einer ungewöhnlich heiseren und wutgeladenen Stimme. Sollte er hocken und vor sich eine Sabberpfütze haben, würde man ihn glatt mit einem Mutanten verwechseln. Also spricht er mit dir und spielt mit dem Feuerzeug, zündelt die ganze Zeit. Einmal hat er beinahe Nea verkohlt, als er aus Versehen ihren Schal angezündet hat. Nur seine Augen sind wie immer, seine kindlichen Glubschaugen und das sieht total komisch aus, als ob diese Augen nicht zu ihm gehören würden, zu Markus, dem Meisterflötisten. Wenn es wegen Aids ist, so muss es die beschissenste Krankheit der Welt sein. Aber Nea ist doch gesund. Sie kotzt kein Blut und es fehlt ihr überhaupt gar nichts. Wo ist die alte Nea geblieben, Nea-Regenbogen, die tapferste Frau überhaupt, die stets mit farbigen Chucks herumlaufende und Bommelmützen tragende, auf Bürgersteigen, Bänken, und in menschenleeren Alleen tanzende Nea, der alle beiden

Seiten völlig gleichgültig sind. Nea ist unser Kompass und unsere Wanderführerin. Trägt immer einen roten, herzförmigen Luftballon an ihrem Rucksack angebunden und wir folgen diesem Herzen. Manchmal sieht man sie gar nicht, bloß dieses Herz, fröhlich über die Köpfe der von Drüben hüpfend. Ohne dieses Herz sind wir alle verloren. Sollte es kurz verschwinden, wird Alexander nervös und scheu, Markus knirscht mit den Zähnen. Ich habe mich seit langem damit abgefunden, dass wir und die Von Drüben uns in unterschiedlichen Dimensionen und Templ bewegen. Trotzdem glotze ich wie verrückt herum und suche mein Herz, meine Nea, damit ihr nichts zustößt; damit die gemeinen Leute ihr nichts anhängen, denn das Herz hat die Eigenschaft, einen jeden so anzusprechen, als ob sie jahrelang befreundet wären. Bei manchen lobt sie eine Krawatte, bei anderen die wunderschönen Augen oder die volle Haarpracht usw. Komplexe und Distanz sind ihr fremd. Und wie natürlich und wie nett sie das macht... Doch die weniger sensiblen Von Drüben kriegen ihr Verhalten meistens in den falschen Hals und halten Nea für eine Verrückte oder Nutte. Einmal hat einer sie sogar weggeschubst und es gab eine Schlägerei. Uns haben sie damals bestraft, die Hurensöhne. Und nun ist es egal ob ich Mundharmonika spiele oder auf Bänken herumtanze, um Nea wenigstens ein bisschen aufzuheitern. Vergebens. Sie läuft mit eingezogenem Kopf herum und will gar nichts wissen. Ab und zu mal dachte ich, was, wenn... Was, wenn Markus sie... Was, wenn sie auch... Aber ich war nicht mal in der Lage, den Satz fertig zu denken. Nein, nicht dass ich Angst davor hätte, bloß... Na ja, ich weiß nicht wie ich es dir erklären soll. Um es abzukürzen, die beiden sind wie diese Disneyfische, bloß haben sie die Rollen getauscht. Ach, im Grunde genommen ist mir alles scheißegal. Ich wollte doch über Alexander erzählen und zwar davon, was aus ihm geworden ist.

Kennst du noch Lada? Ich habe sie schon mal erwähnt... Lada hielt sich später auch ohne Alina unter der Brücke auf. Mal saß sie mit einem Pack, mal mit dem anderen, doch am meisten verfolgte sie meinen Bro Alexander auf Schritt und Tritt. Ich mied Lada wo ich konnte, denn in ihrer Nähe erlebte ich etwas Ähnliches wie in den Kirchen. Nach meinen Erlebnissen auf Rachids Hausdach fühle ich mich halt irgendwie unbehaglich, ich schäme mich aus einem mir unbekannten Grund, als ob ich die nach Azeton stinkende Rotznase wäre und nicht sie. Alexander, ganz im Gegenteil, ist total in die Vaterrolle geschlüpft und schleppt sie seither zu jeder Party und auch dort geht er uns auf den Wecker – wir sollten in ihrer Anwesenheit nicht fluchen, wir sollten in verrauchten Räumen die Fenster aufreißen und lüften, wobei Lada selbst flucht wie ein Kesselflicker und zwar auf zwei Sprachen und mit Stereoeffekten. Lada bekommt auch genug von Alexander zu hören. Und Alexander selbst flucht nicht mehr so oft und das Trinken und Kiffen, muss ich sagen, hat er auch etwas heruntergeschraubt. Einmal hat er bei Lada eine Tube Kleber entdeckt und ihr beinahe einen Klaps gegeben, dann wollte er sie sogar wegjagen, sie solle sich zum Teufel scheren und sich nie mehr in seiner Nähe blicken lassen. Ich wollte die Gelegenheit beim Schopfe packen und habe ewig gepredigt, er solle das Kind loswerden, wir hätten ja schließlich keinen Kindergarten usw. Mein Bauchgefühl, das ich manchmal als meinen inneren Hund bezeichne, flüstert mir zu, dass ich mich wie ein Arschloch aufführe. Doch so ist es, wenn man einmal damit anfängt, kann man gar nicht mehr bremsen. Aus lauter Verzweiflung oder aus welchem Grund auch immer beschimpfe ich Lada, was das Zeug hält, damit ich dadurch eine Barrikade aufbauen und etwas Wichtiges für mich und meine Intuition verdrängen kann. Am nächsten Tag kam sie wieder zu uns in den Proberaum und hat geschworen, sie würde keinen Kleber mehr schnüffeln, wenn sie bei Alex bleiben dürfe. Doch stinken tut sie weiterhin wie die Hölle nach Kleber und glotzt Alexander mit großen blauen Augen an. Was willst du da machen, verfickt noch mal!

In einer schönen Nacht schnappten ich und Alex sie und brachten sie zu ihrer Mutter. Irgendwo hinter der Brücke, im Budweiser Puff schaffte sie an, sprich, eine ganz billige Hure dürfte sie nicht gewesen sein. Nun gehen wir, ich und Alex mit Lada an der Hand, Hausadresse haben wir nicht, also wir wollen das Kind direkt im Puff bei der Mutter abliefern. Für was brauche ich eine Mutter, scheiß doch drauf, Mann! – quengelt Lada und plötzlich bleibt sie stehen, wie angewurzelt. Im Schaufenster einer Kneipe sieht sie die Mutter. Alex war aller Wahrscheinlichkeit nach für einen völlig anderen, sagen wir mal, für Budweiserlandschafts-Wortschatz programmiert und nun schien er etwas irritiert. Na, wo ist deine Mama, Ladachen? – fragt und grinst wie ein Honigkuchenpferd. Lada aber spricht geschäftig, sie würde ja doch weglaufen, also wo wäre der Sinn des Ganzen usw. Wir gingen doch in die Kneipe hinein. Lada geht zu einem Tisch und spricht mit „wie geht es dir, Mama?" eine richtig geile Dame an. Der Dame fiel der Cocktail Strohhalm aus dem Mund, sie lief nicht rot, sondern grün an und hat dem vor ihr sitzenden Mann etwas auf Englisch gesagt. Der Typ lächelte, zog seine Brieftasche heraus und gab Lada einen Geldschein. Plötzlich kommt eine dicke Frau von irgendwoher angerollt, lächelt gutmütig und zischt zwischen den Zähnen, wir sollten auf der Stelle verschwinden und nicht bei der Arbeit stören. Und Ladas Mutter, als ob sie die dicke Frau übersetzen würde, sagt zu ihrem Kind auf Russisch: Bistro, bistro, ubirajsja otsjudo, potom, potom[13] oder so ähnlich und lächelt genauso warmherzig und bezaubernd. Also eine Zeit lang haben sich alle wie gute Freunde oder wie Bekiffte angelächelt. Ich war wirklich bekifft und es war mir gar nicht zum Lachen. Alex war nüchtern und konnte kein Wort Russisch, dafür sprach er Englisch und anscheinend wurde auf Englisch auch etwas gesagt, was ihm komplett die Sprache verschlug. Lada hat kurz ihre Mutter angestarrt und dann drehte sie sich zu mir und fragte in meiner Sprache: Ist sie nicht total zum wegstanzen? Oh, ja, Ladachen, und ob sie es ist, – antworte ich ehrlich und bemerke die Tränen in ihren Augen. Sie weinte. Nein, nicht wie ein Kind, sondern wie eine erwachsene Frau und schaut ihre Mutter an. Es könnte der Rauch aus ihrer Zigarette sein, der der Kleinen die Tränen in die Augen treibt, versuche ich mir selbst Trost zu spenden und kapiere, wie groß Lada in der Zwischenzeit geworden ist und aus mir unbekanntem Grund fang ich auch an wie ein Honigkuchenpferd zu grinsen. Das habe ich vorher nicht gewusst, Bro, dass Lächeln auch ein Akt der Verzweiflung in ei-

---

[13] Russ.: Schnell, schnell, verschwinde, später, später.

ner abgefuckten Lage sein kann. Die Grimasse eines unerfahrenen Typen, dem zum ersten Mal etwas dermaßen Abscheuliches begegnet und der keinen blassen Schimmer hat, wie er sich in dieser Situation zu verhalten hat und so unbeholfen und verzweifelt grinst wie ein Blödmann. So standen und grinsten auch wir: Alexander, mein Bro und seinen Lebenssinn suchender Typ und ich bekifftes, saudummes Arschloch. Wer weiß, vielleicht habe ich mich auch geändert ohne etwas davon mitzubekommen. Ich erzähle ja nur von den anderen. Oder aber ganz einfach, wir sind alle erwachsen geworden. Es sind schließlich vier Jahre vergangen seit ich auf dem anderen Ufer lebe. Nur Tschuj ist ein echter Peter Pan. Er ist genauso geblieben wie er war, als ich ihn kennenlernte – innerlich und äußerlich. Also, von oben hört man leidenschaftliches Gebrüll und unten arbeiten wir und verdienen jede Menge Geld. Alex ist in der Laune, die Bestellungen entgegenzunehmen und singt jeglichen Quatsch. Wir können auch nichts dagegen tun, scheiß auf den Geschmack von Drüben, und begleiten ihn. Dafür improvisieren ich und Markus ab und zu mal so, dass die Liederautoren uns aus lauter Dankbarkeit Tag und Nacht auf den Arsch küssen sollten. Das macht die ganze Sache aushaltbarer. Alex zu beobachten macht uns auch Riesenspaß, so ernst wie er die bescheuerten Texte singt. Kapierst du, Alter, links Sonne, rechts Mond und dazwischen zum Gähnen langweilige Liebe, aber vier Millionen springen darauf an, kriegen Gänsehaut und wischen die Tränen von den Augen. Wenn sie das unter Liebe verstehen, bitte schön, an uns soll's nicht liegen, wir werden halt weiterspielen. Dabei kenne ich von den Popsängern doch fast jeden. Unzählige Male haben wir im Hackers Studio zusammen gesoffen. Was mich immer zum Lachen brachte war, wie so einer in die Schallschutzkabine ging, etwa drei Minuten sang, wieder herauskam, um sich zu verschnaufen und sein eigenes Werk zu verfluchen. Dass sie so einen Mist sangen, würde nicht bedeuten, dass sie auch dahinter stünden. Die Leute würden diese Mucke mögen, es gebe Bedarf. Wenn es nach ihnen ginge, würden sie sich eher für Jazz entscheiden, für Beethoven und im Allgemeinen für seriöse Musik. Wenn man sie fragt, hören sie selbst alle bloß Jazz. Ich mag keinen Jazz. Ich kann ihn einfach nicht verstehen. Ich weiß, dass es sich in seinem Fall um echte Musik handelt, doch es ist eben nicht meine Musik und es ist mir nicht peinlich, es laut zu sagen. Die Anderen aber, weil sie nicht als hinterwäldlerisch wahrgenommen werden wollen, teilen dir noch vor dem Gruß mit, sie würden nichts anderes als Jazz hören. Den Mist, den sie singen, werden sie dem armen Volk in die Schuhe schieben. Dem armen Volk kann man überhaupt einiges anhängen. Es ist auch nur dafür da, die schmutzigen Hände daran abzuwischen. O, der Typ zum Beispiel, der für Musik und Kultur im Lande zuständig ist, den kenne ich seit meiner Kindheit und der steht immer noch felsenfest da. Keiner kann ihm was anhaben. Es ist völlig egal, was für einen Mist er anstellt, er kann sich daraus mit einem magischen Wort herausmanövrieren.

Einmal, ich kann mich genau daran erinnern, haben ihn sich manche gerissene Typen vorgeknöpft, warum er sich wohl so einen Scheiß erlauben würde. Was, ich? – hätte er sich wieder mit dem magischen Spruch gewehrt – das war bloß auf Wunsch des Volkes und das Volk hat immer Recht! Basta! Der Wille des Volkes ist ein Tabu und weiter kannst du nichts tun. Weil das Volk es sich so wünscht, musst du dich damit abfinden und das Weite suchen. Dabei, wenn jemand so was sagt, ist er entweder dumm oder einfach ein arglistiges Arschloch und in beiden Fällen sollte er sich von Musik und überhaupt Kultur fernhalten. Weil das mit dem Willen des Volkes nicht stimmt und ich sage mehr, in neuneinhalb von zehn Fällen handelt es um das genaue Gegenteil. Diese Tatsache dient mir als Wegweiser im Drüben. Ist ein Streit, ein Konflikt entfacht, wo das Volk sich gegen einen Typen stellt, ihn verflucht und nicht leben lässt, das bedeutet, es ist ein gescheiter Typ am Horizont erschienen, dessen einzige Sünde darin besteht, dass er es gewagt hat aus dem Aquarium zu steigen, das im Munde angesammelte Wasser auszuspucken und „Nein" sagen. Meine Erfahrung hat das, was ich dir jetzt erzähle, mehrmals bestätigt. Der aber ist weiter am Quatschen, dass er bloß den Willen des Volkes respektiert. Genau hier solltet ihr aufmerksam sein, ihr Brüdergrimms und so einen bis zu dem bitteren Ende, bis in seine Höhle verfolgen und ihn zur Rechenschaft ziehen – egal, welche Tabu-Autoritäten er als Schutzschilder vor sich aufstellt. Und weißt du warum? Weil sich eben unzählige solch dummer Arschlöcher in unantastbaren Gebieten verstecken, hinter der sogenannten Meinung der Gesellschaft und der Religion, in angeblich sehr ethischen und beflügelten Institutionen und ficken seelenruhig das Land und das Volk und keiner kann ihnen etwas anhaben. Wagst du dich dem zu widersetzen, wird sich das Volk gegen dich stellen. Gib ihnen eine Chance sich zusammenzutun und sie werden nach dem Grund erst gar nicht fragen. Wo bin ich stehengeblieben?

Ach, ja. Dass die Popsänger auch so sagen, sie würden Poplieder singen, weil es dem Volk so gefällt, selbst stünden sie auf ganz andere Mucke. Kapierst du, Alter, sie sagen es direkt, das Volk sei dumm und geschmacklos, es aber fährt weiterhin total auf sie ab. Hätte ich bloß nicht gewusst, wie hierzulande Popmusik entsteht! Vor lauter Inspiration am ganzen Leib zitternd nimmt jemand ein paar Akkorde, dazu schmiert ein durchgeknallter Dichter den Text und die Sache ist erledigt. Was rege ich mich überhaupt auf! Hacker hat einen dieser verfickten Produzenten mal gefragt, ob sie es nicht satt hätten mit den Sehsüchten und Tränen, vielleicht könnten sie es anders oder eben mit einem anderen Thema versuchen. Der Sänger selbst, wessen Produzent der Typ auch gewesen war, besaß so eine Stimme, dass er sich künstlerisch so ziemlich einiges leisten könnte, aber was nutzt dir nur die Stimme, wenn die Birne nicht mitmachen möchte. Der Produzent hat sich ganz ehrlich gewundert, was es wohl anderes zu besingen gäbe. Kapierst du, Alter? Setzen sich diese verfickten Sänger-Dichter-Produzenten mit den übergeschlagenen Beinen und ernsten Mienen ins Fernsehstudio, quasseln und nennen sich „Schöpfer". Manchmal, bei den Hackern, schauen wir auch fern, verfolgen die Konzerte von eben solchen und ich werde wahnsinnig. Ich interessiere mich mehr für das Publikum, für die Leute, die dort im Studio sitzen. Ich sehe sie mir an und staune nicht schlecht, wenn ich ihre leuchtenden Augen sehe und dann noch, mit welcher Ehrerbietung sie dieses unbegabte Pack anstarren, als ob sie sich vorher geschworen hätten, die ganze Zeit mit diesen Mienen da zu sitzen – oder als ob sie jemand verhext hätte. Werde ich es jemals erleben, dass auf dem Bildschirm plötzlich jemand zu sehen ist, jemand der auch als einziger Typ dagegen protestieren, den auf der Bühne Versammelten ihre Lügen vorhalten und die ganze Sänger-, Komponisten- und Imagemaker-Bande anschließend mit Tomaten oder verdorbenen Eiern bewerfen würde – und zwar „live"?

Manchmal taucht jemand auf und stellt sich einsam wie ein Berg mitten in diesen Sumpf und wir, auf dem anderen Ufer, fangen an zu beten, dass er nicht aufgibt, dass er so einzigartig bleibt. Am nächsten Tag schaust du und der Berg ist schon wieder verschwunden, hat sich im Sumpf aufgelöst und trällert irgendeinen Blödsinn. Besonders amüsant finde ich da die Alten, die wie an einer Stromquelle angeschlossen auf der Bühne herumzappeln. Den Alten gönne ich einen ehrlichen Applaus. Nicht, weil mir ihre Musik gefällt, sondern weil ich solche Action-Oldies einfach gerne mag. Einmal hat Mamao uns einen solchen Alten angehängt, der sich als ein ziemlich cooler Typ entpuppt hat. Er ging mit uns auf fast jede Party und kiffte auch wie ein Weltmeister. Doch nach einer Woche wurde er von seiner Familie abgeholt. Er wollte nicht mitgehen, also vier Leute haben ihn aus dem Proberaum herauszerren müssen, weil er sich so verzweifelt an die Wände krallte – eine Stunde haben sie gebraucht bis sie ihn mit Gewalt ins Auto reingestopft hatten. Schon im Auto sitzend hörte er nicht auf zu brüllen, Gio und Alex sollten nicht ohne ihn anfangen, denn er wollte nur mit seiner Familie fertig werden und sich anschließend gleich wieder zu uns gesellen. Genauso hat er es auch getan – am nächsten Tag ist er wieder von Zuhause abgehauen und kam zu uns, doch diesmal wurde er von einem Krankenwagen abgeschleppt und zwar gefesselt. Und ein Typ, der dabei war, sagte zu uns, ob wir nicht kapiert hätten, dass sein Großvater einen echten Knall hätte. Seither ist er bei uns nie mehr aufgetaucht. Schade, denn wir haben uns mit dem Alten ziemlich gut verstanden. Mamao sagte später, er sei gestorben.

Was wollte ich dir erzählen? Ach, ja! Schlendere ich durch die Gegend, sehe mir die Sterne an, nein, nicht die im Himmel, sondern die auf dem Bürgersteig und rege ich mich auf. Zwei-drei Leute von den Sternbesitzern haben diesen Mist echt nicht verdient. Wenn du den Künstler gernhast, kannst du es ihm doch auch anders zeigen. Doch die Typen werden wie die Affen alles abgucken und nachmachen, damit sie sich bloß nicht selbständig etwas einfallen lassen und dadurch ihr Gehirn anstrengen müssen. Dazu versuchen sie noch, die Leute mit Lügen zu füttern, dass es ein Zeichen des Respekts und der ewigen Ehre für den Künstler sei usw. Ok, denke ich, angenommen der Typ tickt nicht sauber und hat eine Riesenfreude daran, jedem, dem er begegnet, einen Stern darauf zu klatschen – aber wie soll ich glauben, dass es in seiner ganzen Umgebung keinen anderen gibt, der, wenn vielleicht auch nicht mit dem Verstand, so doch mit dem Bauchgefühl kapiert, dass es so nicht ewig weitergehen darf. Dass ihre Zeiten auch mal vergehen und es keine Spur mehr geben wird, weder von den Ideengebern, noch von der Hälfte der Sternebesitzer. Und, dass eines Tages kluge und fähige Leute kommen und für alles neue Begriffe erfinden. Und ich, Gioland von dem anderen Ufer, werde auch nicht für immer hierbleiben, sondern eines Tages, wenn ich auch alt bin, alles auf eine ganz ruhige und philosophische Weise nacherzählen.

Wenn man mit dem Schreiber spricht, merkt man, dass es in seinem Bereich auch nicht anders aussieht. Ob ich die fliegende Insel aus Gullivers Reisen kenne, hat er mich mal gefragt, die von Menschen bewohnt wurde, denen alles scheißegal war und die ihre Umgebung überhaupt nicht wahrnahmen. Genauso wie auf dieser Insel würde es bei uns zugehen. Wie spielende Kinder, – meinte der Schreiber, – die sich Rollen zuordnen und, im Spiel vertieft, denken, dass alles echt sei. Es müsse einer kommen und für solche „im Spiel Vertieften" klarstellen, dass in der Wirklichkeit ganz andere Regeln herrschen. Dass man nicht so einfach aus dem Nichts herausspringen und „predigen" darf. Man müsse diesen Weg, den man den Anderen beschreibt, erst selbst gegangen sein. Man müsse am Ziel auf den Knien kriechend ankommen und erst dann anderen diesen Weg zeigen. Manchmal solle man selbst zum Weg werden und die Mitmenschen auf seiner Brust zu ihrem Ziel marschieren lassen. Und überhaupt, so der Schreiber, so einer hätte seine Mission auf die Stirn gemeißelt. Doch wer hätte heutzutage Zeit und Lust auf die Stirne der Anderen zu sehen. Je länger man die Spielenden beobachtete, desto mehr würde man glauben, das Spiel sei echt, weil man sich mit der Zeit daran gewöhnte – und schon war die Grenze zwischen Spiel und Wirklichkeit verschwommen. So würde man einen von den Spielenden anfeuern, den Typen, der unter den Aquariumbewohnern am kompetentesten schien, er solle bloß so weitermachen und er würde sich darauf freuen und sein unnützes Spiel fortsetzen.

Das alles hat der Schreiber einmal Mamao erzählt, denn ich kenne mich nur in der Musikszene aus und bei allem anderen komme ich mit meinem Bauchgefühl durch. Ich spüre, wenn ein Mensch die Wahrheit sagt. Das kann ich natürlich auch nicht begründen, warum ich dem Schreiber glaube. Ganz einfach, er ist kein schlechter Mensch. Hör zu, was er von Seinesgleichen meint: In der Literatur wäre es so wie im Leben. In diesem Bereich gäbe es auch den Einen – eine Lokomotive, auf die das Volk hören und der es folgen würde. Wenn so einer mit etwas Gutem, Wahrem, das er geschrieben hat, auftaucht, es würde den Schreiber sehr freuen, weil er eben gut sei. Schreibe derjenige aber in den nächsten zehn Jahren immer noch gut, würde er in seinen Augen seinen Wert verlieren. Denn in zehn Jahren sollte man schon hervorragend, brillant schreiben können und nicht bloß gut. Es gäbe überhaupt eine Grenze, etwas brutaler geäußert – ein Alter, in dem man entweder bereits ein gestandener, toller Schriftsteller ist, oder aber man sollte diesen Job an den Nagel hängen. Bei den Literaten, die stets in der Glotze anzutreffen waren, wäre theoretisch alles in Ordnung. Man würde ihre Schriften lesen und auf einen Blick sogar Gefallen daran finden. Die Texte wären lesbar, an Komposition und Satzbau nichts auszusetzen, doch hätte man die Zeit, diese Bücher aufmerksam durchzulesen, würde man schnell merken, dass sie dich als Leser doch unbefriedigt lassen. Die seelische Tiefe, die Musik würde man in diesen Schriften vermissen und genau darin bestünde doch die ganze Magie der Literatur – in der Seele und Musik. Für diese Magie wären ganz andere Fähigkeiten gefragt. Na ja, – hat der Schreiber zum Schluss gemeint, – das Wichtigste wäre, dass diese Art von Literaturheinis nichts falsch machen würden. Es gäbe aber auch die andere Art – die Möchtegernrebellen, die alles von früher anfechten und für schwachsinnig halten. Auch solche, die nur das Neue befürworten, wären in der Literaturszene sehr brauchbar. Man solle, so der Schreiber, auch durch diese Entwicklungsstufe durch, um einiges zu verstehen. Ein gescheiter, denkender Mensch würde nicht viel Zeit brauchen, um zu verstehen, dass, wenn man alles, was man gerade verflucht, für schwachsinnig erklärt und überhaupt durch den Schlamm zieht, nicht versteht und nicht schätzt, wird die ganze Rebellion eines Einzelnen, mit ihren ganzen postmodernistischen und post-postmodernistischen Darbietungen und Lenkungen, bloße Wichserei sein und mit der Kunst als solcher überhaupt nichts Gemeinsames haben. Vorläufig seien auch keine besonderen Regungen auf dem Gebiet der Literatur zu beobachten, sagte der Schreiber, außer vielleicht die drei bis vier Leute, die mehr als genug Schießpulver besäßen, um eine ordentliche Revolution hervorzurufen, doch hätten sie es auch nicht einfach in diesem gottverdammten Land – im magischen Kreis blind herumirrend würden sie das Ziel immer wieder verfehlen. Dabei sei doch eben von diesen Leuten die zeitgenössische Georgische Literatur abhängig und genau diese Tatsache bereitete dem Schreiber Kopfschmerzen. So sprach der Schreiber einmal zu Mamao und ich habe ihm zugehört.

Nun muss ich mein Erzähltempo etwas herunterschrauben und mich zurück zu lyrischen Sentimentalitäten begeben, sonst rege ich mich noch mehr auf. Erst wollte ich davon berichten, was der Grund unserer Zugreise war. Dann habe ich gedacht, man könnte doch ein paar Worte über die Demos sagen und erst danach von unseren Winternachtlagern erzählen – es wäre ja eine ganz natürliche Reihenfolge. So habe ich es geplant, denn wenn man ohne Sinn und Verstand drauflos labert, entsteht eben ein unmögliches Durcheinander. Außerdem hatte ich von der Zeitfolge in der Grammatik nie eine Ahnung, was ein weiser Mensch auf den ersten Blick erkennen kann. Das ist mit auch völlig egal.

Alles Gute zu deinem einundzwanzigsten Geburtstag, Gioland!
Danke! Diese Wünsche kannst du dir sonst wo reinstecken.

Alles klar! Ich verspreche, es mit den Demos kurz zu halten. Davon habe ich sowieso die Nase voll. Alex erwähnte doch, dass wir einmal selbst den Präsidenten verprügelt hätten. Dem war so: Er war ein gewöhnlicher Politiker und es schien zwar so, dass er reale Chancen auf die Präsidentschaft hatte, aber in solchen wilden Demozeiten hat ziemlich jeder die Chance Präsident zu werden. Also ist nichts Komisches daran, dass Alexander ihn als Präsidenten bezeichnete, denn der Typ war wirklich kurz davor Präsident zu werden. Er pflegte um Mitternacht mit einer Vodkaflasche hinter dem Denkmal der zwei, mit langen Mänteln bekleideten netten Herren zu sitzen. Na und? Ich habe etliche Politiker und Diplomaten auch mit für die Injektion abgeschnürten Armen gesehen, die anschließend ihre Münder mit Vodka spülten, als ob sie nicht unter Drogen, sondern unter Alkoholeinfluss stünden. Ich habe sie in Raschids Haus gesehen und auch unter der Brücke und es kam öfter vor, dass sie und Hacker den gleichen Dealer hatten. Unser Präsidentschaftskandidat aber war wirklich bloß ein Alkoholiker. Müde vom Brüllen ins Mikrofon, schlich er hinter das Denkmal und trank wie ein Loch. Dabei veränderte er sich so, dass man ihn kaum wiedererkennen konnte. Dort, vor den Mikrofonen war er ein Typ wie Robin Hood oder der siebenundsechzigste Dalai-Lama; ein aufrichtiger, überzeugender Kerl. Doch hinter dem Denkmal, noch bevor er was getrunken hatte, saß er schlapp und geduckt und glotzte seine Flasche an und kniff dabei sein linkes Auge zu. Ich persönlich kann auf so eine Weise überhaupt nicht trinken. Ich würde gleich kotzen. Ich muss langsam daran nippen, damit ich für mich und meine aktuelle Laune eine bekömmliche Dosis nicht verfehle und mich nicht wie der besagte Präsidentschaftskandidat bis zur Besinnungslosigkeit besaufe. Also nach Alkohol zu gieren ist nicht so meine Art, deswegen habe ich auch eher einen harmlosen Hangover. Manchmal nehme ich vor dem Schlafengehen einen Zug von beliebigem Stoff und der Hangover ist sofort futsch. Das Kiffen ist das beste Mittel gegen den Hangover. Dafür kann ich meine Hand ins Feuer legen. Die aber, die solche Sachen bestimmen, kotzen mich wirklich an mit ihren sinnlosen Strafen, Verboten und väterlichen Ratschlägen. Sollen sie doch alles ganz einfach legalisieren und basta! Ja, klar, am Anfang werden sich alle wild darauf stürzen, manche werden sich sogar Lungenkrebs einhandeln, manche werden an einer Überdosis verrecken, doch später wird es wie mit dem Kleber und Managua – es wird ganz einfach peinlich so ein Zeug anzurühren. Ist denn Managua nicht die peinlichste Droge? Eine Droge, die jeder Anfänger auf Anhieb bei sich zu Hause zusammenbrauen kann. Und es ist doch auch eine Tatsache, dass je einfacher eine Droge zu beschaffen ist, desto peinlicher ist es den schwachköpfigen Teenagern sie zu nehmen. Also ein gescheiter Mensch würde die Drogen sofort legalisieren. Ja, ich wiederhole, am Anfang werden sich alle wild darauf stürzen, aber nach einiger Zeit wird sich die Situation klären. Vor allem werden sich Teenager von dem Zeug fernhalten. Hand aufs Herz. Glaubst du wirklich, sie mögen die Drogen? Glaubst du wirklich sie stehen auf dem Flash? Nein. Ganz im Gegenteil. Am Anfang, ich schwöre auf Neas Leben, haben sie sogar Schiss davor, doch mit Verbot und Verteufelung der Drogen macht ihr sie zu etwas Begehrenswertem, coolem und zwingt sie beinahe dazu, die Drogen zu nehmen. Dabei, sag ich doch, dass die Teenager gar nicht so scharf drauf sind. Neun von zehn haben Schiss davor, vertragen sie nicht, müssen kotzen und so lange dem so ist, solange sie sich daran nicht gewöhnt haben, musst du ihnen die Drogen verekeln. Damit sie sich nicht schämen und in ihrer Clique laut sagen, dass es oberpeinlich ist, dass es scheiße ist, Drogen zu nehmen. Was soll ich noch sagen? Du wirst schon sehen, wie die Jugend in deinem Land anfängt Sport zu treiben. Was uns betrifft, den Leuten, die das Zeug nicht zum Angeben nehmen und genau wissen, was und wie viel sie vertragen können – wir sind zu unseren Gunsten auch ohne Legalisierung gekommen und wir werden es auch weiterhin still und heimlichtun und damit basta. Für den Oberlehrerton bitte ich Sie um Verzeihung. Ich muss zugeben, es hat sich gar nicht so übel angefühlt, diese Ansprache, diese Rede zu halten. Das war mein allererster Versuch und sieh mal einer an – sie passt wie angegossen. Und das, was ich eben gesagt habe, gefällt mir auch. Es war wie eine Salbe für die. Nach dem wir uns auf dem Dach sitzend bereits die Hinterteile abgefroren und es satt hatten die unten Versammelten zu beobachten, gingen wir hinter das Denkmal der zwei coolen Typen. Dort, im Gebüsch zündete Markus ein kleines Feuerchen an und es war gemütlich, wenn es nicht gerade regnete. Der Präsidentschaftskandidat gesellte sich nach der Mikrofonrunde samt seiner Flasche zu uns und erzählte, dass er in unserem Alter als Hippie unterwegs gewesen war und auch seine Erfahrungen mit Opium und Morphium gemacht hatte. „Alles klar, Ahne, – meinte Alexander zu ihm, aber was hätten wir mit den Hippies zu tun. Normalerweise ist er ein sehr höfflicher Typ, doch wenn er jemanden nicht mag, legt er sich sofort einen dreisten Ton zu. Unser Mikrofonkünstler ist mittlerweile bereits Schottendicht, Alexanders Ton ist ihm scheißegal, er sitzt und glotzt Nea an. Nea liegt im Schlafsack am Feuer und pennt. Der Reisverschluss des Schlafsacks ist kaputt und man sieht ihr Gesicht, ihr entblößtes Knie und den Schenkel. Um den Kopf etwas höher zu legen, hatte sie die Kapuze vom Schlafsack eingerollt, die Hand unter die Wange geschoben und schlief so tief und entzückend wie ein Kind.

Ich habe sie unzählige Male so erlebt – im Schlaf ähnelt sie einem Kind. Nicht nur sie. Ich habe Alexander und Markus auch im Schlaf beobachtet und sehe überhaupt sehr gerne schlafenden Menschen zu. Aus einem mir unbekannten Grund sehen im Schlaf alle von unserem Ufer aus wie Kinder; auch Erwachsene und stell dir mal vor, sogar die Alten. Jetzt liegt sie da, dem Anschein nach haben Vodka und Feuer sie ordentlich aufgeheizt, so wie sie ihr ganzes Bein herausstreckt. Uns ist auch heiß, deshalb haben wir uns die Hosenbeine hochgekrempelt. Wir machen das immer so, wenn wir am Feuer sitzen, auch im Winter und es ist unendlich cool, bei Frost unter freiem Himmel zu sitzen, mit vor Hitze glühenden Knien. Nur den Rücken müssen wir mit dicken Jacken bedecken. Es ist ja bekannt, dass wenn man die Füße und den Rücken trocken und warmhält, alles andere nicht mehr so wichtig ist. Vom Lagerfeuer muss man auch Ahnung haben und es so entfachen, dass es dich bloß wärmt und nicht verbrennt. Deshalb mag ich es auch, wenn Markus das Feuer zündet. Markus' Feuer ist gerade das richtige. Es hat nicht übermäßig viele Flammen, raucht kaum und ist aus der Ferne fast unsichtbar. Dafür wärmt es den Boden in weitem Umkreis, sodass man sich sogar ohne Isomatte in die Nähe des Feuers legen kann. Man sollte erstmal eine Vertiefung in die Erde graben – brachte uns Markus bei. Doch jedes Mal, wenn ich und Alexander versucht haben, das Lagerfeuer zu entfachen, ist daraus ein völlig dilettantisches Werk entstanden, das lichterloh brannte, keine Wärme abgab, eine Menge Holz verschlang und in Sekundenschnelle wieder erloschen war.

Was würden wir ohne Markus' Feuer machen, – frage ich mich. Niemals haben wir es gewagt rein zu spucken oder auch nur eine einzige Kippe hinein zu werfen, zu so einem heidnischen Volk hat Markus uns erzogen. Wo hat er bloß gelernt, so ein Feuer zu machen.

So glotzte der verfickte Mikrofonheini eine Zeit lang Neas Bein an und laberte über seine bescheuerte Jugend. Er wäre genauso ein Hippie wie wir. Theoretisch könnte man ihn weiterquasseln lassen, doch es ging uns allmählich auf den Geist. Ab und zu kamen irgendwelche Weiber aus der Demo herüber und küssten ihm beinahe die Hände und Füße ab: Er wäre doch die größte Hoffnung für das ganze Volk und ihre Heimat. Und er? Mit einer flinken Handbewegung versteckte er die Flasche, verwandelte sich wieder in den zweihundertzehnten Dalai-Lama und redete den Weibern zu: Die lieben Mütterchen (dabei waren sie meistens gleichaltrig), sollten keine Angst haben, er würde sich um das Land kümmern. Waren die Hennen weg, so zog er die Flasche wieder heraus und wurde zum angeberischen Arschloch. Ich habe bis heute keine Ahnung, warum wir damals überhaupt dort sitzen geblieben sind. Nun fing er mit seinen Frauengeschichten an und ich habe sofort kapiert, was als nächstes kommen würde und dachte, am besten wäre es jetzt aufzustehen und das Weite zu suchen. An diesem Tag hatten wir mehr als genug Geld verdient, an Unterhaltung hatte es auch nicht gemangelt. Sollten wir das Denkmal vermissen, könnten wir doch ruhig wiederkehren. In diesen Gedanken versunken, höre ich den Mikrofonheini sagen, dass es mit den Frauen in seiner Jugend genauso gewesen sei. Sollte jemand aus seinem Kreis auf seine Freundin Lust haben, würde er sie ihm wortlos überlassen und selbstverständlich auch umgekehrt. Ja, so sei es bei den Hippies gewesen. Kapierst du? Dann rutschte er zur schlafenden Nea und fragte Markus: Sag mal, Sohn, sie ist deine Freundin, nicht wahr! Ein sehr hübsches Ding ist sie. Und mir nichts, dir nichts, fasste er sie an. Nein, es war nicht diese Geste und auch nicht diese Rede, was mich total angepisst hat. Es war die Anrede „Sohn" aus dem Munde dieses dreckigen, perversen Mannes. Dieser Versuch etwas reines, heiliges als Schutzschild für seine schmutzigen Absichten zu missbrauchen. Markus war mir bloß ein paar Sekunden voraus, mein Kumpel und Lagerfeuerkaiser. Er schritt durch das Feuer und schlug dem Mikrofonheini mit dem Fuß in die Fresse. Der Mikrofonheini schmiss sich auf den Boden, bedeckte seinen Kopf mit den Händen und fing an wie ein Tier zu heulen. Je mehr er sich duckte und kringelte und aufzuhören bat, desto stärker und entschlossener schlugen wir drei auf ihn zu. Still, wortlos haben wir ihn verdroschen unter dem Denkmal der zwei coolen Typen. Anschließend schnappten wir unsere Rucksäcke und machten uns auf und davon.

Seitdem haben wir nicht mal in die Richtung des Denkmals geschaut und wenn ich klug wäre und auf meinen inneren Hund gehört hätte, so würde ich auch die Unterführung zwischen Denkmal und Kirche meiden. Doch, seitdem er sich um Lada sorgt, will Alexander mehr Geld verdienen. Alles was wir verdienen, gibt er sowieso für Lada aus: Mal führt er sie in den Klamottenladen, mal möchte er, dass sie etwas Anständiges isst. Sie sei so dünn, – meint er. Er würde sie wie ein Schwein mästen, witzele ich. Lada lacht sich tot. Sie findet das alles auch witzig. In der Herbst– und Winterzeit darf Lada nachts nicht mehr draußen bleiben. Die Nächte verbringt sie bei Hacker, tagsüber verkehrt sie unter der Brücke. Was sie sonst macht, weiß der Teufel. Eine Bande Gleichaltriger hat sie auch zusammengetrommelt. Von dieser Bande werde ich noch erzählen. Was Lada nicht darf ist, sich in der Unterführung aufhalten. Alex möchte nicht, dass jemand sie für eine Bettlerin hält. Manchmal guckt sie auf der Treppe stehend herunter und schneidet Fratzen. Wahrscheinlich hat sie wieder Kleber geschnüffelt. Ich bleibe ihr auch nichts schuldig. Einmal hat mich Alexander dabei ertappt und sich gewundert, was ich wohl geraucht hätte, da ich so doofe Grimassen schnitt. Also wir hielten uns nur wegen Alexander in dieser Unterführung auf. Es war kalt dort. Normalerweise sind die Nächte in den Unterführungen warm. In dieser aber nicht. War das nicht noch ein Zeichen dafür, dass wir uns besser weggeblieben wären.

Es ist nicht mal eine Woche nach dem Vorfall mit dem Mikrofonheini vergangen. Ich bin immer noch angefressen, aber was soll's – wir stehen in der Unterführung und spielen wie gewohnt. Es ist drei Uhr morgens. Ich bin todmüde und möchte schon gehen, doch Alexander meint, um diese Uhrzeit, würden nur noch Betrunkene vorbeikommen und die wären immer großzügig. Ich ärgere mich. Was kann ich dafür, dass ich geldgeile Leute nicht leiden kann. Ich dachte schon, ich hätte sie alle jenseits gelassen, aber nun fing Alexander damit an. Lada fehlt auch nichts mehr. Vielleicht möchte er sie noch einschulen lassen und endgültig verdummen, das arme Kind. Nun spielen nur Alex und ich, Nea sitzt für sich, schaut uns an und zeichnet etwas auf ihren Block. Keine Frage – sie zeichnet uns. Sie hat uns schon tausend Mal gezeichnet: Mich, Alex, Markus und ziemlich jeden von unserem Ufer. Markus hat einen Eimer Vodka gesoffen und kroch irgendwohin um zu pennen. Seine Flöte und das Gitarrenetui hat der Depp liegen lassen. Keine Ahnung was oben los ist. Es ist auf jeden Fall nicht mehr so laut. Vor kurzem war von oben noch das Schrubben einer Gitarre und irgendein peinliches Lied zu hören, nun aber sieht es so aus, dass es regnet und wirklich nur Besoffene unterwegs sind, doch uns beachtet keiner. Lass uns mal Schluss machen und zu Tomaso gehen, – sage ich Alex. Nein,-erwidert Alex, wir sollten zu Hacker, denn Lada sei dort. Das war mir echt zu viel und ich habe ihn lauthals angebrüllt, ob er wirklich bescheuert sei, denn die U-Bahn war längst zu und wie sollten wir bitte schön zu Hacker gelangen; Alex kratzte sich am Hinterkopf und sagte, in diesem Fall sollten wir zu Tomaso gehen und er würde Lada halt am nächsten Tag sehen. Auf einmal kamen drei etwas ältere Typen mit bemerkenswerten Wampen, stockbesoffen, singend. Sie hielten an und sagten, wir sollten für sie das Lied spielen, das sie gerade gesungen hätten. Ich war so genervt, dass ich keine Lust hatte bei diesem Mist mitzumachen. Anderseits sah ich Alexander, wie fleißig und konzentriert er sein Zeug machte. Er arbeitete eben. Er machte seinen Job auf eine Vergütung hoffend. Und plötzlich tat er mir so leid, mein superechter Kumpel, dass mir wieder ein Kloss im Hals stecken blieb und aufs Neue kapierte, dass ich, egal was Alexander jemals machen würde, niemals von seiner Seite weichen würde. Also zog ich meine Hohner raus und fing an zu spielen.

Okay. Ich weiß, dass ich gleich etwas saudoofes sage, doch ich kann fette Leute nicht leiden. Die Drei waren fett. Es geht weiter, wir spielen, sie singen und lassen ihre Wampen herumwabbeln. So ging es eine gute halbe Stunde. Am Ende, hörten sie vielleicht aus lauter Müdigkeit auf und schwer schnaufend meinte einer: Wir seien tolle Kerle und sollen uns mit diesem Geld was Schönes gönnen. Dabei zog er so eine anständige Banknote aus der Brieftasche, dass sich sogar meine Laune sofort aufhellte. Als nächstes nahm der Typ den Geldschein und klebte ihn mir auf die Stirn! Da verschlug es mir die Sprache! Ein bis zwei Minuten stand ich wie angewurzelt und tat nichts. Das Pech wollte, dass Alex und Nea, diese Arschlöcher, anfingen zu lachen. Der ganze Frust, der sich in mir in den letzten Tagen angesammelt hatte, fand nun einen Ausweg. Das Erste wonach ich griff, war die Flöte, die Markus hatte liegen lassen. Ich griff sie und knallte sie dem immer noch grinsenden Dicken direkt in die Fresse. Etwas brach ab und flog klirrend auf den Boden. Ich erschrak und hörte auf. Der Typ aber stand immer noch da und glotze mich verwundert an. Kapierst du, Alter? Der Typ hat uns seiner Meinung nach Respekt erwiesen, etwas Nettes für uns getan und ich stürze mich wild auf ihn und… Er hat mich sicher für einen Verrückten gehalten, sonst hätten uns die Drei, so kräftig wie sie waren, sicher im Nu zu Staub gemacht. Glaubst du, ich habe mich damit begnügt? Nein. Ich fuchtelte wild mit Markus' beschädigter Flöte durch die Luft und brüllte, sie sollten bloß näherkommen, ich würde sie allesamt umbringen. Immer noch lachend versuchen Nea und Alex mich zu schnappen und wegzuzerren. Den Typen hatten seine Kameraden nach oben geschleppt und nun hörte man sein Gebrüll von oben: Er hätte mir so viel Geld gegeben und nun dies dafür bekommen. Wir sollten bloß abwarten, er würde es uns Hurenkindern heimzahlen. Na ja… Wen wundert's? Jenseits ist das ein ganz übliches Verhalten, dem Musiker Geld auf die Stirn zu heften. Woher sollte der Typ wissen, dass es auf unserem Ufer überhaupt nicht geht. Seiner Meinung nach hat er uns mit dieser Summe seine Anerkennung gezeigt und meinetwegen, dafür bin ich ihm auch dankbar, aber den Geldschein auf die Stirn geklatscht zu bekommen ist eben peinlich. Mir war es peinlich und was kann ich dafür.

Mit dem Schein haben wir in Mamaos Bar eine wirklich abgefuckte Party gefeiert und zwar wir alle, das ganze Pack. Alexander hat Lada eine Mütze gekauft. Sie hatte sich eine Mütze wie Nea sie trug gewünscht und bekam sie auch – eine Bommel-Mütze und denk bloß nicht, dass er sie aus dem Secondhand Laden geholt hätte. Nein, er hat Lada mitten in der Stadt in den Levi's Shop mitgenommen, dort eingekauft und so viel Cash dafür ausgegeben, dass man dafür ein gescheites Klavier bekommen könnte. Ich wollte mich nicht mehr in der Demogegend zeigen. Alex ging immer noch dorthin und Markus lief mit. Markus ist es sowieso egal ob er schlägt oder geschlagen wird, er sucht bloß einen Grund zuzuschlagen. Alex ist hinter der Kohle her. Nur Nea bleibt auf meiner Seite; sie leistet Widerstand. Und ich? Ich träume mir irgendeinen Mist zusammen, was wenn... was, wenn... Solche idiotischen Hoffnungen flackern in meinem Herzen auf. Ja, ich weiß sehr wohl, dass Nea Markus' Freundin ist, aber was ist daran so verkehrt, wenn ich auch in meinem Herzen eine winzig kleine Hoffnung hege. Ich werde mich wie Alexander mit einseitiger Liebe begnügen. Ehrlich gesagt, es ist schon eine Scheißangelegenheit, diese platonische Liebe.

Um es kurz zu fassen, in der letzten Woche hatten wir schon zwei Schlägereien und Gott sei Dank, waren wir beide Male die Schlagenden und nicht umgekehrt. Doch ich spüre, es war nicht das letzte Mal und der nächste Fall wird für uns nicht mehr so günstig ausfallen. Mein wildes Gefuchtel mit Markus' Flöte wird nicht ungestraft bleiben. Es ist immer so. Das, was du in die Welt setzt, kommt wie ein Bumerang zurück. Besonders wenn du bereust, was du in die Welt gesetzt hast. Es ist ganz einerlei, ob es diese Tat wirklich zu bereuen gilt oder nicht. Hauptsache – du bereust es. Manch einem rücksichtslosen Kerl kann das scheißegal sein, was für eine Tat er gerade begangen hat. Sein Bumerang, den er mit seiner Tat gerade abgeschossen hat, knallt, als ob nichts wäre, direkt in die aufgestapelten Zweifel eines ehrlichen Mannes. Das schlimmste allerdings ist, dass der Ehrliche das alles bereits begriffen hat und ihm nichts anderes übrigbleibt, als darüber Witze zu reißen. Ich bin nicht abergläubisch und auch nicht paranoid. Ich weiß einfach, wie das Ganze funktioniert und basta. Währenddessen fliegen die von den Rücksichtslosen abgeschossenen Bumerangs dir direkt auf die Stirn, nur du hast es nicht geschafft abzuhauen und stehst einsam wie ein Depp mitten in der Pampa.

Keine Ahnung was ich jetzt gequasselt habe. Das lag mir schon lange auf dem Herzen. Vielleicht habe ich etwas Gescheites gesagt und wenn nicht, ist es mir auch scheißegal.

Wo bin ich stehengeblieben? Ah, ja, dass wir in vier bis fünf Tagen zwei Schlägereien hinter uns hatten und ich ahnte, dass auch die Dritte unterwegs war. Nun hör mir mal aufmerksam zu:

An einem von Pech gezeichneten Tag wachte ich in Tomasos Proberaum auf. Da draußen tobt ein Gewitter, es blitzt, es donnert und die bleischwarzen Wolken bedecken den Himmel. Der Wind zerfetzt die Bäume. Irgendwo heult ein einsamer Hund. Ja, der Tag hat sich später als so was von beschissen herausgestellt, dass dies das einzig passende Wetter gewesen wäre. In Wirklichkeit schien die Sonne und es war so herrlich, wie im Sommer. Dabei war es November. Ich mache die Augen auf und sehe, dass ich wie ein Schwein unter den Drums liege. Weit und breit ist keine Menschenseele zu sehen, Gestern waren wir insgesamt siebzehn Millionen, tranken, kifften und so weiter. Meine Leute scheinen auch weg zu sein. Zu lange geschlafen,-denke ich und fasse an mein Kinn. Ich will prüfen, ob mir schon ein Bart gewachsen ist. Auf einmal taucht Tomaso auf und sagt, meine Bande sei schon längst weg. Ich hätte so tief geschlafen, dass sie mich liegen liessen. Und wo sind die Meinigen hin? – fragte ich Tomaso. Keine Ahnung, – erwiderte er. Also stand ich auf und ging zur Brücke.

Unterwegs sehe ich, wie Lada mit einem gleichaltrigen kurdischen Jungen kommt. Wenn ich mit dieser Geschichte fertig bin, wirst du staunen, was ich von diesem Jungen und seiner Bande zu berichten habe. Sie haben mir meine Mundharmonika geklaut, die Arschlöcher. Aber nun treffe ich Lada und den Burschen zusammen und Lada sagt, von unseren Leuten wäre nur Tschuj unter der Brücke. Metalls hätten ihm sieben Cycladon Pillen zum Schlucken gegeben, nun säßen sie um ihn herum und warteten auf ihren

Spaß. Die Anderen wären auf der Demo anzutreffen. Es ärgerte mich, dass die wieder dahin gegangen sind. Hätte ich bloß nicht geschlafen, würden sie jetzt überall, aber nicht auf der Demo sein. Nie und nimmer! Übrigens, wie gern hätte ich mir den Typen angeschaut, der sich diesen Ausdruck ausgedacht hatte. Ich stehe, kratze mich am Hinterkopf und kann mich nicht entscheiden: Soll ich nun Tschuj mit nassen Handtücher wiederbeleben oder Alexander, Markus und Nea suchen gehen. Im Prinzip war mit Tschuj nichts Schlimmes los und hätte er sich schlecht gefühlt, würden sich die Jungs schon um ihn kümmern. Tschuj ist allgemein so beliebt, niemand wird ihm etwas Böses antun. Anderseits sind sieben Pillen nicht gerade wenig. Nicht das er an einer Überdosis verreckt. So oder so, habe ich Tschuj den anderen überlassen und gehe zur Demo. Was kann denn wichtiger sein, als das Schicksal deiner Heimat.

Als ich dort angelangt bin, dämmerte es schon und es war bereits von weitem zu sehen, dass es dort nicht mehr so friedlich zuging. Die Menschenmassen drehten sich wie im Strudel und ab und zu war eine Rede zu hören, nach der nichts Gutes zu erwarten war. In der Unterführung war niemand, so mischte ich mich in die Menschenmenge und hielt eifrig Ausschau nach meinen Leuten. Aus welchem Grund auch immer, war in einer Straßenecke ein Müllwagen geparkt. Dahinter war ein kleiner Park, in dem ich die Meinigen vermutete, aber wegen dem Wagen kam ich nicht weiter. Einen Umweg zu nehmen, hatte keinen Sinn. Der Platz war knallvoll mit Menschen, die sich komisch hin und her bewegten. Manche waren mit Holzbrettern und Fahnenstangen bewaffnet. Es war klar, das Mekka und Paradies der Punker war am kommen – eine richtig große Auseinandersetzung. Ich zog mich zurück, an den Straßenrand, nah bei meiner Kirche. Da waren etwa fünfundzwanzig Leute versammelt, also stellte ich mich hinter sie, beobachtete die Lage und beschimpfte meine Bande. Ich habe sogar an mein T-10 gedacht, das ich jenseits gelassen habe. Wieso haben wir keine Handys, mein Pack und ich? Man würde kurz anrufen und alle im Nu zusammentrommeln können.

So stehe ich in Gedanken vertieft, als jemand in meiner Nähe ruft: „Schaut euch den mal an!" Ich hebe auch den Kopf und schaue eifrig umher, wen das Volk wohl so interessant findet. Doch plötzlich sehe ich, wie ein Typ mich direkt anglotzt. Und alle anderen auch! „Ja, dich, dich meine ich, – sagt er mit einer total wutgeladenen Stimme, dann dreht er sich zu den anderen und ruft: Hier, Leute, ein Agent von Soros, die sind an allem schuld!" und so ähnlichen Quatsch. Mir bleibt die Spucke weg, ich stehe da und gucke an mir runter, was ich von einem Agenten haben. Und überhaupt, wie sieht man einem echten Soros-Agenten das an, dass er ein Soros-Agent ist? Tragen die Uniformen? Warum ausgerechnet ich? Wir sind doch auch nicht anders als die anderen angezogen. Unsere Klamotten mögen etwas abgenützt wirken und ein paar mehr Löcher haben, aber mich für einen Agenten zu halten?! Außerdem denke ich echt nicht, dass Agenten so herumlaufen würden. Ah, gestern habe ich mir aus lauter Langeweile einen Ziegenbart verpasst. Er steht mir nicht und meine Leute haben auch gesagt, ich würde mich wie ein Dödel präsentieren, aber ich habe ihn trotzdem nicht abrasiert, um ein paar Tage Spaß zu haben. Also das einzig Auffällige an mir ist eben dieser Ziegenbart und der Typ glotzt mir direkt ins Gesicht. Mittlerweile stimmen ihm auch die anderen zu: Ja, ja, es wäre doch ziemlich klar, dass Soros mich hierhergeschickt hätte und kommen mir gefährlich nahe. Verfickt noch mal, wenn ich bloß wüsste was für einer dieser Soros überhaupt ist. Ich hoffe, dass es sich um einen coolen Typen handelt. Dass ich nichts wegen irgendeine Arschgeige einstecken muss. Es ist so was von klar, dass sie mich verdreschen werden. Na ja, eine ganze Woche lang war ich es, der die anderen verhaute. Es wäre nur gerecht, wenn ich auch ein Bisschen abbekäme. Aber bloß ein Bisschen! Das möchte ich betont haben. Das Anführerarschloch stand schon unmittelbar vor mir. Ich schaute ihn genau an und bekam einen Riesenschiss, Brüdergrimms! Der Typ glotzte mich an, eine Hälfte seines Gesichts, genau gesagt eine Wange und die Augenbraue zuckten wie verrückt. Anscheinend hatte er einen Tick. Die anderen betrachteten mich auch mit ähnlichen Betongesichtern. Bauchgefühl, Intuition, Haut und sogar Haar sagten mir, dass es sich nicht um Leute handelte, mit denen ich jemals warm werden könnte. Wir gehörten nicht einmal zur gleichen Gattung. Ich schwöre, mit den Wölfen und Schakalen hätte ich mehr gemeinsam, als mit diesem Volk und ich hatte Schiss. Ich hatte Schiss, weil ich spürte, dass sie zähneknirschend von etwas Mächtigem, Bösem und Einfältigem angetrieben mir immer näherkamen und um mich einen Kreis bildeten. Hätte ich es bloß geschafft mein Testament niederzuschrieben, dachte ich und versuchte mir meine Panik durch solche Flachwitze zu nehmen. Die mich immer enger umgebenden Leute wiederholten wie Roboter: Er ist an allem schuld, der Agent, der Soros-Agent. Es waren auch viele Frauen dabei. Plötzlich hörte ich jemanden grölen: Nicht er, sondern ihr seid schuld, ihr verfickten Arschlöcher! Und schon stand Mamao vor mir wie ein Dschinn, ein Ifrit! Okay. Mamao war schon immer stämmig, aber jetzt stand er vor mir wie ein Berg und dazu redete er noch mit so einer Stimme, als ob sie aus einem hundert-watt Lautsprecher mit voll aufgedrehten Bässen käme. Dabei redet er sonst immer leise, fast flüsternd. Doch jetzt... Schau einer an! Steht er vor mir und beschimpft die Menge. Was wären sie für welche, verfickte Fanatiker, die seine Heimat verhunzt und beschissen hätten. Was hätten sie vor; was hätten sie hier zu suchen. Sogar wenn der weise König Salomon regieren würde, hätten sie etwas an ihm auszusetzen und wollten ihn stürzen. Weil sie, die verdammten Hyänen nur zur Zerstörung fähig wären, würden sich nur dabei für Männer halten. Ja, solche Sachen sagte er zu der Menschenmenge und ich dachte an ein tolles Buch, bei dem ein cooler Typ vor ungefähr tausend Leuten steht und sie beschimpft. Anschließend verziehen sich die Leute und es fällt mir schwer daran zu glauben, dass es eine Chance gibt, die Menge so nach Herzenslust fertigzumachen und dann unbestraft davonzukommen. Ich schaute zu Mamao auf und möchte ihn wie ein Rotzlöffel umarmen und sagen: Du bist doch voll verrückt! Du bist echt abgefahren! Was hast du getan, Alter? Jetzt sind wir voll erledigt. Sie werden aus uns die Scheiße herausklopfen. Doch mittlerweile legt Mamao seine Hand auf meine Schulter und sagt mit seiner üblichen, lautsprecherfreien Stimme zu mir: Hab keine Angst, Sohn! Nein! Normalerweise hat mich so noch niemand außer meiner Mutter genannt; vielleicht auch mein Vater. Mag sein. Ich war zu jung als er starb und kann mich nicht mehr erinnern. Ich habe es nie gemocht, doch dieses Mal war ich nicht beleidigt. Im Gegenteil. Ich mochte es, dass Mamao „Sohn" zu mir sagte. Ich habe einen mutigen Blick auf die Menge geworfen. Na, habt ihr keinen Schiss dem etwa drei Meter langen Mamao gegenüber zu stehen? Wollt ihr mich immer noch schlagen? Hätte er bloß noch Tschuj mitgebracht. Ich kann auch zuschlagen. So ist es nicht. Zu dritt könnten wir fünf bis sechs Leute verdreschen und dann abhauen. In solch hoffnungsvolle Gedanken versunken, stand ich hinter Mamao, als ich mit etwas Eiskaltem einen Schlag auf den Kopf bekam und weggeschleudert wurde. Die Besinnung habe ich Gott sei Dank nicht verloren. Ich versuchte aufzustehen und merkte, dass ich klatschnass war. Habe ich in die Hose gemacht? Oder war das Blut? Sie haben mich mit dem Messer angegriffen. Die Kälte könnte vom Metall sein. Ich machte langsam die Augen auf und sah den Müllwagen, der vorher an der Straßenecke stand. Nun fährt er mitten auf der Allee und spritzt Wasser. Und es war überhaupt kein Müllwagen, sondern die Straßenreinigung. Kapierst du? Ein Wagen, der herumfährt und die Straßen mit einem Wasserstrahl reinigt. Wasserstrahl, Mann! Er hat mich ein paar Meter weit weggeschleudert. Dem Wagen sind bald auch uniformierte Typen gefolgt und an uns dachte keiner mehr. Die Bande der Verrückten ist schreiend auseinandergelaufen. Mamao half mir beim Aufstehen und wir beiden hauten aus dieser verfluchten Gegend ab.

An Pech bin ich ja seit meiner Kindheit gewöhnt, aber die letzte Zeit hat mir arg zugesetzt. Vielleicht wollte ich auch deswegen von Demos nichts mehr hören. Nach der Begegnung mit diesen verfluchten Fanatikern, habe ich beinahe angefangen zu stottern. Sie haben mir so eine Störung angehängt, Android mit den Glöckchen war echt Dreck dagegen. Also mieden wir die Demogegend, sonst lebten wir wie immer. Der Schreiber und Mamao verfolgten die Demoereignisse im Fernsehen. Manchmal glotzten wir auch. Im Prinzip dauerte das Ganze nicht mehr lange. Wie es schien, würde bald der ältere Typ die Arschkarte ziehen. Ein junger dafür hatte sich als Favorit gemausert. Ich sah es in der Glotze, wie er mit dem Bus ankam und eine Menge Leute mit sich brachte, mit Autos, Traktoren und Skiern. In meinen Augen sah er nicht wie ein Arschloch aus, sondern machte den Eindruck eines ehrlichen, etwas dümmlichen Burschen. Er gefiel mir. Nun wollte ich schauen, ob er auch ein guter Schwindler war. Das ist doch die Hauptsache bei einem Präsidenten und zwar weltweit. Je besser einer schwindelt, desto besser wird er als Präsident. Schwindler und Präsident, diese zwei Begriffe sind Synonyme. Wenn ein Präsident gleichzeitig kein guter Schwindler ist, so ist er kein Präsident, sondern ein untauglicher Tölpel und hat nichts in dieser Branche verloren. Diesem Volk kann ja sowieso nur ein Oberschwindler helfen und siehe, sogar der Schreiber ist damit einverstanden. Das genau sei der Sinn der Politik, die Kunst des Lügens und so müsse es sein und es wäre nichts Verkehrtes daran. Vielleicht bräuchten wir wirklich einen Oberschwindler, der das Volk mit List über diese Scheißlage hinwegbringen würde. Ein Wanderer mit verbundenen Augen würde nie wissen, welche steilen Hänge er zu durchstreifen hätte. Sollte man dem Volk nun die ganze Wahrheit erzählen…

Welche Wahrheit denn? – fragte ich den Schreiber. Dass wir alle am Arsch sind, – meinte er – am Arsch! Wir seien weder ein Staat, noch eine Gesellschaft und überhaupt, wir hätten nichts großes und galaktisches um die Welt zu beeindrucken. Alles was wir hätten sei die Folklore und außerdem zwei bis drei Dichter und einen Maler. Alles andere würde bloß eine lokal-provinzielle Bedeutung haben. Was will man mehr von einem faustgroßen Lande, denke ich vor mich hin. Übrigens wäre ich selbst in der Lage eine Milliarde Sachen aufzuzählen, die ich in meinem verrückten Lande mag und wenn die restliche Welt sie nicht zu schätzen weiß, solle sie sich doch zum Teufel scheren. Mit Folklore hat der Schreiber bestimmt recht gehabt. Wenn ich bloß die Volkslieder höre, bekomme ich jedes Mal eine Gänsehaut. Ja. Ich liebe Musik und ohne sie hätte mein Leben gar keinen Sinn, doch manche Volkslieder haben die Kraft einer Lawine oder eines… Keine Ahnung wie ich es sagen soll… Überhaupt, wenn ich etwas sehr Wichtiges sagen möchte, bleibe ich immer so doof stecken. Was kann ich dafür. Scheinbar hat mein Gehirn noch nicht genügend Windungen. Dafür kann ich wie ein Weltmeister drauflosquasseln.

Kurz und gut, es ist die letzte Demonacht. Die wichtigsten Entscheidungen wurden jenseits bereits getroffen. Ich und mein Pack sitzen allesamt in Mamaos Bar. Plötzlich stürzt die ganze Punkerbrigade aus unserem Ufer herein und ein nicht besonders gescheiter Typ sagt, ungeduldig die Hände reibend, es wäre was ganz Cooles auf der Hauptallee los, wir sollten unbedingt mitkommen. Wer sollte es besser wissen was dort abgeht, wenn nicht ich. Danke, sage ich, kein Interesse mehr. Er aber preist die ganze Sache weiter: Alle, aber auch alle wären draußen und würden sich gegenseitig umarmen und gratulieren. Warum sollten wir denn nicht daran teilhaben. Ha, denke ich, so einen Patrioten auf unserem Ufer anzutreffen, ist ein seltenes Ereignis. Man sollte so einen ins Buch der aussterbenden Gattungen eintragen, so wie ein Schnabeltier oder eine blaue Ratte. Und was genau freut dich, Alter,– fragt Alexander den Typen, – dass sie dir die Miete senken oder eine höhere Rente zahlen werden? Ob es ihm nicht scheißegal sein sollte was dort drüben abging. Ach, – grinst der Typ, – es ginge bloß darum, dass man unter dem Vorwand dieser Freude, so ziemlich jedes Mädel umarmen könne und das würde sich saumäßig gut anfühlen. Wer sollte etwas dagegen haben, wenn schon der ganze Planet dabei war, sich gegenseitig zu umarmen. Vielleicht hätte man auch noch eine gefunden, die an mehr als nur einer Umarmung Interesse wäre. Die von Jenseits wären halt anders geil…Wir haben uns alle den Arsch abgelacht. Wie notgeil der Typ auch war, an Witz und Einbildungskraft mangelte es ihm nicht und das fanden wir auch toll. Und ich konnte am Anfang gar nicht kapieren, warum ihm plötzlich das gemeinsame Feiern so wichtig war.

Plötzlich sagte Mamao, es wäre eine gute Idee zur Hauptallee zu gehen. Ja, okay, – der Schreiber sprang sofort auf und wollte nach seinem speckigen Mantel greifen, doch Mamao fing an zu lachen. Ich habe euch ganz schön reingelegt, was, ihr Rotzlöffel? Solche Flachwitze macht Mamao ziemlich oft. Der Schreiber setzte sich wieder hin. Ich war überzeugt, dass er Mamaos Worte wirklich ernstgenommen hatte, so unwillig wie er seinen Mantel zurück auf den Haken hängte. Er ist doch sonst so toll, unser Schreiber, aber in Bezug auf Frauen ist er ein waschechter Rasputin. Gib ihm eine Bumsgelegenheit und schon benimmt er sich wie einer, der nach zwanzigjähriger Haft wieder entlassen wurde. Wenn man ihn nicht kennt, würde man ihn für einen notgeilen Typen halten, den man Jenseits blitzschnell verheiraten muss, damit er kein ewiger Wichser bleibt. Na ja, jenseits ist es eben nicht einfach. Man muss seine Bedürfnisse auf moralisch und gesellschaftlich unbedenkliche Weise befriedigen. Das ist das Hauptproblem, denn Prostituierte gibt es mehr als genug und wenn man mich fragt, ist es viel cooler sich in eine Hure zu verlieben. Leider stimmt es auch, dass neunundneunzig Prozent der einheimischen Huren voll peinlich sind, aber das übrige Prozent kann sehr liebenswürdig sein. Es grenzt an eine Heldentat sich in dieser Gesellschaft in ein Flittchen zu verlieben. Sprich, es kann auch ganz schön unterhaltsam werden. Im Grunde genommen gibt es doch nichts langweiligeres als eine Ehefrau. Tsoli – selbst der Klang dieses Wortes in meiner Sprache ist total unerotisch. Ich habe zwar keine Ahnung wie die Worte einer Sprache entstehen, doch bin ich ziemlich überzeugt, dass jemand, der sich dieses Wort ausgedacht hat, ein total hässliches Weib zu Hause hatte. Sollte ich jemals so herunterkommen und beschließen zu heiraten, werde ich für meine Frau ein anderes Wort erfinden. Hä! Was rede ich denn da! Pfui Teufel!

Was ich nun aus meiner Erfahrung ganz sicher weiß ist, dass Mamao genau dann Witze reißt, wenn ihm am wenigsten danach ist. Der Schreiber hatte sich schmollend wieder hingesetzt und Mamao sagte erneut, wir sollten rausgehen und schauen, was im Lande los sei. Es würde uns sicher guttun, uns die Beine zu vertreten und frische Luft zu schnappen. Sonst hätte ich mich nie mehr in diese Gegend gewagt, doch nun waren wir wie dreihundert Aragwier[14]: Wir – die Karusselleute, Tschuj und Lada waren auch mit und noch etwa zwanzig Punks. So zogen wir in Richtung Hauptallee.

Als wir ankamen, waren die Straßen bereits menschenleer. Wer sollte in der Morgendämmerung noch draußen sein. Die schönste Zeit des Tages, die Morgenfrische und den Sonnenaufgang wissen die Jenseitigen nicht zu schätzen; im Prinzip ist sie auch denen,

---

[14] Die dreihundert Aragwier (die Bewohner des Aragwi Tal) hatten geschworen, im Kampf mit dem persischem Aga Mohamed Khan (1795) den Feind zu besiegen oder gemeinsam zu fallen. In diesem ungleichen Kampf sind sie alle umgekommen.

von unserem Ufer, ziemlich scheißegal. Dafür mache ich, egal wie fertig und besoffen ich bin, immer um sechs Uhr morgens die Augen auf. Alle Meinigen schnarchen noch, aber ich möchte den Tagesanbruch nicht verpassen. Ich widme mich dem Morgen mit seinen Düften, Farben und Tönen. Manchmal treffe ich genauso durchgeknallte Typen wie mich, die auf Sonnenaufgang stehen und es macht mich glücklich. Denn ich liebe den Zauber der Morgendämmerung und wertschätze jeden, der diese Vorliebe mit mir teilt.

Wir sind schon auf der Hauptallee und es ist weit und breit keine Menschenseele zu sehen. Wem sollte man da überhaupt gratulieren? Dafür gibt's jede Menge Müll und zwar so viel, dass man bis zum Knie darin stecken bleibt. Plastikflaschen, Tüten, Schachteln usw. Hin und wieder hat man in den Müllhaufen auch Typen bemerkt, die seelenruhig in ihrem eigenen Erbrochenem pennen. Holzbretter, bunte Fetzen der Nationalflagge, immer noch rauchende Feuerstellen. So schreiten wir durch die vermüllte Allee und glotzen herum. Endlich kommen wir zum Denkmal der zwei coolen, in Mäntel gekleideten Männer. Sie sind auch nicht verschont geblieben. Zersplittertes Glas liegt um sie herum. Das Podest wurde mehrmals angekotzt und bepinkelt. Manche hatten sich damit vergnügt, dumme Sprüche darauf zu schmieren: „Schewardnadse, jetzt bist du gefickt!", „Viva, Terdschola" oder „Ich gratuliere, Jungs! Alex Wanski". Währenddessen ging die Sonne auf und hüllte alles um uns herum in zauberhaftes Licht. Wir haben uns wie immer unter das Denkmal gesetzt und vor uns hingestarrt. Es war auch irgendwie schön. Wie ein Latino stehe ich auf bunte Farben.

Mamao steht mitten im Müllhaufen, versucht mit der Schuhspitze eine Plastikflasche oder Zigarettenschachtel auszugraben und meint auf einmal zum Schreiber: Genau da liegt der Hund begraben, Kumpel. Dann kickt er wie ein Profi die Flasche weg und sagt: So ein Verhalten bezeichnen die Leute als Heimatliebe. Sie sind gar nicht in der Lage, diesen Müll, den sie hier hinterlassen haben, wahrzunehmen. Weil der Müll jenseits ihrer Türschwelle sie nichts angeht. Alles was ihnen nicht in den Kram passt, kehren sie unter den Teppich. Aus den Augen, aus dem Sinn. Hauptsache es ist gut versteckt und man selber bleibt rein. Ach, meinte der Schreiber, der Neue wird sich darum kümmern. Er wird Gesetze auf den Weg bringen, die... Bloß mit Gesetzen kann man dieses Problem nicht lösen, erwiderte Mamao. Das schlimmste ist, jede Kippe, jede weggeschmissene Plastiktüte ist eine zu viel. Man darf sich freuen für so eine Predigt nicht zusammengeschlagen zu werden. Aber es ist noch schlimmer, wenn es den Leuten zum einen Ohr rein und zum anderen wieder rausgeht, weil sie nicht in der Lage sind zu kapieren, dass Plastikflaschen und Tüten, ja, überhaupt Müll bedenkenlos auf den Boden zu pfeffern, etwas Schlechtes ist. Im besten Fall wirst du von einem angehört. Er denkt vielleicht ich hätte recht, aber er doch nicht als einziger für sein Land verantwortlich wäre und wird glatt weitermachen. Gesetz? Man kann die Leute nicht mal mit einem Maschinengewehr dazu zwingen, sich anders zu verhalten. Man muss es im Blut haben, seine Umgebung zu ehren und sich für seine Schandtaten zu schämen, – so Mamao.

Er hat auch recht. Wo wir sonst auch hingehen, erwartet uns in diesem Land eine riesige, total vermüllte und verpestete Fläche, dass man glatt denken würde, Attilas Heer wäre hier gewesen. Doch wir haben so einen Brauch auf unserem Ufer: Egal wie müde oder dicht wir auch sind, wir sammeln den Müll auf und wenn wir keinen Container in der Nähe finden, werfen wir den Müll in eine Grube. Was man verbrennen kann, wird in Markus' alchemischem Feuer verbrannt, das unter anderem, auch aus diesem Grund entfacht wird.

Wir sind wie Indianer. Wir hinterlassen keine Spuren. Klar, wir haben oft keinen Bock darauf gehabt, aufzuräumen. Es ist uns auch passiert, dass wir es rein körperlich nicht mehr geschafft haben und glaubt mir, Brüdergrimms, es gibt kein scheußlicheres Gefühl, als den Müll, den du selbst produziert hast, anzugucken. Ich persönlich fühle mich komisch, unrein, als ob ich meine Periode oder in die Hose gemacht hätte. Mir hat aufräumen keiner beigebracht und auch vor Mamaos Predigt hatte ich es schon kapiert.

Mittlerweile fragt der Schreiber Mamao, ob es seiner Meinung nach einen Ausweg aus dieser Situation gäbe. Mamao scharrt immer noch mit dem Fuß im Müllhaufen, als ob er etwas verloren hätte und nun suchen müsste und meint, woher solle er das denn wissen. Diese Generation würde sich nicht mehr ändern, da sie sich schon daran gewöhnt hätten, Scheiße zu fressen. Doch es könnte auch sein, dass ein paar gescheite Leute ihren Kindern schon von klein auf ein Bewusstsein für das, was sie umgibt, mitgeben. Ganz sachte, Schritt für Schritt würden sie der nächsten Generation einimpfen, dass man nicht nur seine eigene Höhle sauber halten soll, sondern immer und überall sein Zeug aufräumen. Aber, na ja, vorläufig wäre es eben nicht der Fall. Sobald ein Mensch diese Wahrheit nicht beherzigen würde, würde dieses Land immer im Dreck stecken und das ganze Gerenne mit den Megafonen und die langen Trinksprüche auf die liebe Heimat beim Tafeln wären einzig und allein Affentheater und nichts anderes.

Während Mamao so predigte, beschloss ich mich hinter dem Denkmal ins Gebüsch zu begeben, zu pinkeln, unsere Feuerstelle anzugucken und mich an die alten Abenteuer zu erinnern. Ich ging dahin und sah, dass von unserer Feuerstelle keine Spur mehr zu sehen war. Ganz enttäuscht pinkelte ich und bemerkte auf einmal, dass im Gebüsch etwas Goldenes glänzte. Na ja, es konnte ja nichts anderes als Müll sein, aber ich wollte nachschauen, vielleicht wäre doch alles Gold was glänzt. Nachzuschauen kostete nichts. Ich sah, dass es eine Flache war und zwar keine Plastik-sondern eine anständige, dreiviertel Liter Glasflasche. Bitte, mach, dass sie nicht leer ist! – flehte ich unsichtbare Typen an. Ich zog die Flasche aus dem Gebüsch und konnte meinen Augen nicht trauen. Die Flasche war fast voll! Irgendein Geldsack hatte nur ein paar Schlucke daraus genomen und wurde dann vielleicht vom Hund von Baskerville überrascht. Ohne schreckliche Not würde ein gescheiter Mensch so einen Trank, achtzigprozentigen Schottischen Rum nicht liegen lassen.

Wir, Karussellleute saßen zu Füßen unserer Kumpels, den beiden mit Mänteln bekleideten Männern, hörten dem zum Schreiber sprechenden Mamao zu und tranken Schnaps, den ein in die Sessel furzender Parlamentarier nicht austrinken konnte bis die Müllleute aufkreuzten und uns aus der Gegend vertrieben.

Ich mag Müllmänner. Es sind keine schlechten Leute...
Seele, dass alles endlich loszuwerden. Ich muss schmunzeln...

4.

Auf einer oberirdischen U-Bahnstation sitzt der alte Rex, der beste Vierbeiner und deutsche Schäferhund auf Erden. An seinem Hals hängt eine Tafel aus Pappkarton mit der Aufschrift: Ich habe Hunger. Er sitzt da mit seinem viel zu kleinen Maulkorb und sieht so süß aus, dass man wirklich die allerletzten Groschen in seine Dose werfen möchte. Dimitros, sein ebenso alter Besitzer, sitzt etwas verdeckt unweit von seinem Hund, liest Bücher, zahlt den Cops „Einkommenssteuer", trägt eine uralte Militäruniform und wohnt am schönsten Ort, in dem wir, die Karussellleute jemals übernachten durften.

Die Umgebung dieser gottverdammten Stadt, im Prinzip ist die Umgebung auch ein Teil der Stadt, ist von unzähligen Gleisen durchzogen. Die Leute, die Ahnung haben, werden ein verrostetes, stillgelegtes, also ungefährliches Gleis wählen. Im Gegensatz zu den anderen Gleisen wirst du auf diesem Gleis kein zersplittertes Glas und keine leeren Konservendosen finden, die schlimmsten Feinde für die Leute, die das ganze Jahr in Chucks herumlaufen, sprich: die Leute von unserem Ufer. Die Anfänger, manche kleinen Metaller und Punks tragen im Winter Boots mit dicken Sohlen. Solche Boots sehen geil aus und ich hätte auch nichts dagegen, sie zu tragen, doch die Bullen schnappen dich im Nu, wenn du so ein Schuhwerk trägst. Mit Chucks kann man keine anderen Schuhe vergleichen. Mit Chucks kann man am besten rennen und zwar egal wohin und auf welcher Oberfläche. Auf Steinen, Pflaster und Zinkdächern kann man damit sprinten wie eine Gazelle. Die Tatsache, dass Chucks eine hauchdünne und elastische Gummisohle haben ist auch einer ihrer vielen Vorteile. Man kann in Chucks wie ein Affe klettern. Ja, lach du nur. Du hast keine Ahnung, ich aber weiß, wozu ein Mensch fähig ist, der fliehen muss. Was wollte ich gerade sagen? Ach, ja! Man muss allerdings auch berücksichtigen, dass das Rennen mit Chucks auf nassen Steinen und Pflaster lebensgefährlich werden kann. Also ist es ratsam, auf erdige Oberfläche zu wechseln, wenn es geregnet hat, oder gerade noch regnet. Wenn du kein Pech hast und unterwegs nicht die größte Schlammpfütze erwischst, wird es auch kein Problem geben. Eine nasse Wiese sollte man möglichst auch meiden. Die verfickte Flora kann auch eisglatt sein. Bei Hitze und Dürre ist Pflaster und Kopfstein zu empfehlen. Sandigen Boden sollte man bei der Flucht auch vergessen. Dreimal auf Holz geklopft, musst du über Dächer rennen, wird dir das Dach selbst zu Hilfe kommen. Ich meine Dächer aus Zink und Teer, solche von Hochhäusern. Wenn du Glück hast und ein Dach aus Zink erwischst, kannst du sogar die Augen zumachen. Auf einer solchen Oberfläche wirst du mit Chucks niemals ausrutschen. Es sei denn, du bist von vornherein durchgeknallt und hast vor, hinunter zu springen. Je länger du mit Chucks läufst, desto sicherer wirst du dich fühlen. Beim Rennen werden die Sohlen erhitzt und irgendwie klebrig. Nach so vielen Vorteilen, ist es echt eine Unverschämtheit sich im Winter wegen kalter Füssen zu beschweren. Du meine Güte, kauf dir doch zwei Nummern zu große Chucks, zieh dir zwei paar dicke Socken an und fertig! Es ist bloß so eine Sache, dass man diese Theorie schlecht in die Praxis umsetzen kann, besonders wenn man zu Unrecht verfolgt wird und sich in die Flucht schlagen muss. Bei dem großen Gioland war es auch nicht anders. Er hat sich auch mehrmals verletzt, als er noch für einen Grünschnabel von drüben gehalten wurde, ihn die lustigen Bullen leicht verschlugen und ihm das mit Herzblut aufgetriebene Marihuana wegnahmen. Das letztere haben sie bei ihm so schnell gefunden, dass man es kaum glauben kann. Das wollte ich auch sagen, dass du auf der Flucht keine Zeit hast, über Theorien nachzudenken. Doch später gewöhnst du dich an deine Lebensbedingungen, sammelst Erfahrungen und es wird dir zum Reflex, die richtige Fluchtart und Route zu wählen. Man rennt so selbstsicher, als ob man ein GPS-Gerät hätte. Was die Flucht im Schnee betrifft, wenn du im Schnee laufen musst, dann hast du einen Knall, Alter. Wenn es schneit sitzen wir, die Karusellleute in Dimitros' Schloss und lassen es uns möglichst gutgehen.

    Naja, nun habe ich das ganze Kuddelmuddel und Mischmasch noch mit der Philosophie der Chucks bereichert. Für eine so eine großartige Werbung sollte sich eine hübsche Chinesin, die mit Chucks handelt, von mir flachlegen lassen.

So. Man läuft ungefähr fünf Kilometer an den verrosteten Gleis entlang, überquert eine Wiese und sieht schon die ungewöhnlichste Bleibe, der ich in den vier Jahren meiner Wanderschaft auf dem anderen Ufer begegnet bin. Um dort anzukommen, muss man noch etwa fünfhundert Meter marschieren. Von außen ist das Gebäude völlig unauffällig. Da steht es einfach, rechteckig, wie eine Streichholzschachtel, mit flachem Dach und grauer Fassade, oder halt ehemals weißer und nun vor Schmutz ergrauter. Das Gebäude hat überhaupt keine Fenster. Nur ganz oben, unterm Dach, ist etwas in der Art einer verglasten Galerie zu sehen; bloß ein sehr schmaler Streifen. Wenn man genau hinschaut, wird man hie und da ein paar Fensterscheiben bemerken. Also nichts, was dich vom Hocker reißt. Ein ehemaliges Fabrikgebäude oder etwas in dem Sinne. In meinem Land kannst du davon jede Menge sehen.

Doch da drinnen... Wenn du wüsstest, wie oft ich dort zu einer Salzsäule erstarrt bin und mir diese grün-graue Dämmerung angeguckt habe, die durch die schrägen, von oben aus der verglasten Galerie kommenden Strahlen der untergehenden Sonne beleuchtet wurde; es wirkte wie in der Tiefe des Meeres, in der die Bewohner dieses Märchenschlosses – alte und behinderte, kranke und gebrechliche Menschen – träge wie die Fische dieses Meeres dahinglitten. Es sah alles so märchenhaft aus. Ich konnte mich daran nicht satt sehen. Was nach Dimitros' Tod aus dem Schloss wurde, weiß ich nicht, aber ich denke gern und oft daran zurück.

Innen sah man etwa zwanzig winzige, mit Brettern, Kartons, Folie und Decken zusammengebastelte Unterschlüpfe, in denen meistens Alte hausten. Es gab auch zwei Zelte. In einem Zelt lebten unsere Freunde: Dimitros und Rex, sein Hund. Ein zweites, kleineres Zelt gehörte den jüngsten Schlossbewohnern, einem spindeldürren Roma-Ehepaar, das ständig schwieg, einen aber mit sanften, schwarzen Augen anschaute und anlächelte. Egal welche Tragödie man gerade erzählt hatte, glotzten und grinsten sie einen an. Sie war taub, er war stumm und ich dachte: Der Stumme – okay, aber was die Taube zum Grinsen fand, dass hätte ich gern gewusst. Fast jeder von den Schlossbewohnern lebt vom Betteln, obwohl es schon korrekter wäre, zu sagen, dass es hauptsächlich Rex war, der sie alle unterhielt. Dimitros und Rex kamen immer mit reichlich Geld von der U-Bahn zurück. Kein Wunder, dass alle auf den Hund abfuhren. Ich mochte ihn auch mehr als die gesamte Menschheit; Rex, das Ehrenmitglied der Karussellbande.

Als wir zum ersten Mal in dieser Gegend auftauchten, war keiner von denen, die schon dort lebten, von uns begeistert. Hier, an der Peripherie der Stadt war eine andere Art von Obdachlosen unterwegs. Sie konnten uns, die Typen mit Isomatten, Chucks und Gitarre nicht leiden. Selber besaßen sie keine Isomatten, schliefen direkt auf dem Boden und wurden nie krank. Ein sehr widerstandsfähiger Stamm also, den ich sehr achte. Wenn sie uns beschimpften und untersagten, in ihrer Umgebung zu spielen, dann fügten wir uns. Rex war der erste, der mit wedelndem Schwanz zu uns gelaufen kam und mich voll sabberte – danach wurden wir ins Schloss gelassen.

Als wir das Schloss betraten, brannte dort ein großes Feuer, alle saßen darum herum und hörten ein auf volle Kanne aufgedrehtes und erbarmungslos krächzendes Radio. Holz wurde mit einem Lastwagen geliefert und zwar von so einem Typen, den du erschießen und dich anschließend ruhigen Gewissens schlafen legen könntest. Arsena war bloß ein Stationswächter. Keine Ahnung, für wen die Schlossbewohner ihn hielten, denn sie ließen bei ihm so ziemlich alles durchgehen. Für das Holz ließ er sich viel zu viel bezahlen und Schweigegeld verlangte er auch immer wieder – sonst würde er zu den zuständigen Behörden gehen und berichten, dass dieses Gebäude gesetzwidrig besetzt war und dann müssten sie alle ausziehen. Stell dir mal vor, Alter, so jemanden wie Dimitros und Rex und überhaupt das dort versammelte Elend der Welt zu erpressen! Jedes Mal, wenn wir sein Auto hörten, hauten wir ab und warteten unten am Bach, bis er wieder abdampfte. Sollte ich ihm begegnen, würde ich, das schwöre ich bei Neas Leben, ihn glatt umbringen und meine Leute würden sich auch nicht anders verhalten.

Weil Rex uns mochte, durften wir die erste Nacht in Dimitros' großem Militärzelt verbringen. Am nächsten Tag brachten wir die

Hacker mit und sie und Tschuj zweigten vom Strommasten der Bahn Strom ab. Das Schloss durften sie natürlich nicht mit Glühbirnen beleuchten. Dafür haben die Hacker ihnen Leuchtspiralen auf Steine und Ziegel montiert und nun sah das Schloss auch von Ferne total cool aus, als ob es aus der von einem riesigen Lagerfeuer übriggebliebenen Glut gemacht wäre.

Die Umgebung des Schlosses war auch nicht übel anzusehen. Es war eine karge Halbwüstenlandschaft mit spärlichem Busch- und Strauchbewuchs. Am Horizont – Hügel, auf den Hügeln – Strommasten. Vor dem Horizont ein mit Öl und Teer verpesteter Bach, in dem aus einem unerklärlichen Grund viele kleine Fische hausten. Das Romapaar fing die Fische mit einem selbstgeknüpften kleinen Netz, briet sie in einer kleinen Pfanne und knabberte sie wie Sonnenblumenkerne. Ich habe sie auch mal probiert. Diese kleinen Fische schmecken gar nicht mal so schlecht und haben praktisch keine Gräten. Die Ufer dieses Baches sind mit Schilf bewachsen, das komischerweise kreideweiß ist. Dimitros sagte, garantiert um uns zu veräppeln, es sei wegen des Salzes. Das Geheul, das man nachts hörte, käme von den Schakalen, die dieses Salz leckten. Ungefähr zu Adam und Evas Zeiten gab es in dieser Gegend ein kleiner Flughafen oder sonst etwas Lärmendes. Bis heute findet man hier abertausende von komischen Gegenständen. Manche zerbrochenen Teile ragen direkt aus dem Boden heraus. Als ich zum ersten Mal zum Pinkeln ging und mir die Gegend anguckte, dachte ich, dass ein oder zwei UFOs wunderbar hierher gepasst hätten. Plötzlich sah ich, dass sich etwas weiter von uns entfernt komische Wesen bewegten. Eins davon hatte einen zu seinem Körper unverhältnismäßig großen Kopf und das Zweite sah auch nicht unbedingt wie ein Mensch aus. Es hatte mehrere, viel zu lange Arme. Na, Alex, denke ich, wirst du immer noch behaupten, dass es keine UFOs gibt! Ich muss ihnen auflauern, sie schnappen und sie Alex vor die Nase halten. Auf diese Weise habe ich, Brüdergrimms, das Zigeunerpaar kennengelernt, das vom Schrottsammeln zurückkam. Er hatte dicke Kopfhörer auf und in der Hand hielt er einen Metalldetektor, was man bei uns ganz einfach „metaloiskatel" nennt. Seine Frau schleppte eine Spitzhacke, die beinahe so groß war wie sie selbst. Er suchte und sie grub den

Schrott aus, um ihn zu einem nahegelegenen Altmetallhändler zu bringen. Von diesem Schrottsammelpunkt, der mit der Geschichte von Ladas Bande verknüpft ist, werde ich noch erzählen. Ich muss dafür bloß eine passende Stelle finden.

So sah Dimitros' Schloss aus und nun will ich euch berichten, warum es nach den Demozeiten für uns ein Zufluchtsort geworden ist. Ehrlich gesagt, gibt es nicht viel zu berichten. Eines Tages haben irgendwelche Idioten die Schaufenster von Mamaos Bar zerschlagen. Mamao hat sie ganz einfach neu setzen lassen und damit wäre die Sache erledigt gewesen, wenn sich das Ganze nicht mehrmals wiederholt hätte. Ein Monat ist seit dem Ende der Demos vergangen, draußen tobt der Winter. Ich hätte das gewalttätige Verhalten an Mamos Bar und unser Demoabenteuer niemals in Zusammenhang miteinander gebracht. Mamao dagegen hatte schon Verdacht geschöpft und benahm sich seit einiger Zeit etwas ungewöhnlich. Uns wollte er aber nichts verraten. Ich muss sagen, das Ganze kümmerte uns nicht besonders. Na ja, wahrscheinlich hatte Mamao jemanden aus seiner Bar geschmissen und nun kam er besoffen zurück und randalierte. Das war schon einmal der Fall gewesen. Doch inzwischen rottete sich eine Gruppe zusammen; überwiegend Frauen. Nun kamen sie unverdeckt und frech. Erst kreischten sie und fluchten, dann nahmen sie einen Stein oder einen Ziegel und das Schaufenster von Mamaos Bar wurde erneut zerschmettert. Kannst du dich noch an die Geschichte mit dem Antichristen erinnern? Hier ging es genauso zu. Wenn es bloß die zerschlagenen Scheiben gewesen wären, doch morgens lag jede Menge Müll und vergammeltes Zeug vor der Tür. Am Abend tauchten sie in mehreren Gruppen auf und griffen nicht nur die Bar, sondern auch uns an. Tschuj wurde mit verdorbenen Eiern beworfen. Die Hacker, von einer Gruppe verfolgt, mussten das Weite suchen. Später haben die Gewalttäter sogar Megafone aufgetrieben und beschimpften den armen Mamao auf das Übelste. Sie bezeichneten ihn als Antichrist, als Verräter und Verderber der Jugend. Rein in die Bar trauten sie sich nicht. Vielleicht hatten sie doch Schiss vor Mamao. Mamao selbst hatte sich schon immer sehr selten draußen gezeigt und saß nun in der Bar, rührte sich nicht vom Fleck und das Einzige was ihn störte, war die Zugluft. Wir, die Karussellleute konnten gar nichts unternehmen. Als ich aber in einer Gruppe einige der mir wohlbekannten Demofanatiker erkannte, bekam ich es dann doch mit der Angst zu tun. Scheinbar konnte ich meinen streitsüchtigen Kameraden nicht gut genug erklären, wie gefährlich diese Fanatiker waren, denn sie haben mich als Hasenfuß bezeichnet und sich bereit erklärt, sich die Knallköpfe einzeln vorzunehmen und ihnen die Säcke abzureißen. Ich hatte echt keine Lust, den Helden zu spielen, stand wie eine Ratte im Versteck und checkte die Lage. Mein Innerer Schweinehund war mit mir im Einklang. Er sagte, es wäre besser so. Er hätte mich schon tausendmal gerettet und würde in Zukunft auch nichts Anderes tun, doch jetzt würde er passen, denn er verstünde alles in unserer Galaxie außer den Menschen.

Die Arschlöcher haben uns sogar Silvester verdorben. Auf dem anderen Ufer feierte man Silvester in Mamaos Bar, die nun nicht mehr zu erkennen war und selbst Mamao musste gucken wo er ein Nachtlager für sich bekam. Keiner wusste, wo er sich herumtrieb. Manchmal tauchte er wieder auf. Der Typ wird auch nicht jünger, deshalb suchte er womöglich etwas wärmere Plätze für sich.

Und wenn man bedenkt, dass es alles wegen diesem Fanatiker-Arschloch auf der Demo passierte. Hätte Mamao mich damals doch bloß nicht in Schutz genommen… Ich habe ihn so gern.

Ich möchte nun nicht allzu sentimental werden. An Silvester haben wir uns bei Tomaso getroffen. Die ganze Bude war knallvoll und dementsprechend haben wir ihm den Proberaum verwüstet. Erst hat Markus unter der Brücke ein so komisches Feuer entfacht, dass bald darauf die Brücke in Flammen stand und die Feuerwehr kommen musste. Markus jauchzte himmelhoch, dass es wegen seinem Werk zu einem Feuerwehreinsatz kam. Wir konnten ihn nur mit Gewalt von der Stelle bewegen. Die Leute gingen auseinander. Ein Teil hat im Park wieder kleine Lagerfeuer angezündet, der andere Teil, sprich wir, sind zu Tomaso gegangen und haben seinen Proberaum vollgestopft. Alkohol und Stoff zum Kiffen gab's mehr als genug, trotzdem waren wir, die Karussellbande nicht bei Laune. Wir grübelten über Mamaos Bar.

Glaubst du, es wird einem gegönnt einmal richtig zu grübeln?

Man feiert vor sich hin und plötzlich hört man Sirenengeheul und das mittlerweile schon vertraut gewordene Grölen eines Megafons: Wir wären alle verhaftet, sollten die Waffen auf den Boden werfen und mit hochgehaltenen Händen herauskommen, sonst würden sie mit dem Einsatz beginnen. Da, ich schwöre bei Neas Leben, brach die Hölle aus! Manche, die etwas nüchterner waren, schnappten ihre Klamotten und schwangen sie über ihren Köpfen wie Propeller. Damit glaubten sie, den Geruch von Marihuana vertreiben zu können. Doch manche hatten richtige Drogen in Schüsseln und Kasserollen brodeln und wie willst du den Gestank eines Lösungsmittels auf die Schnelle loswerden? Manche Typen zogen wirklich Waffen heraus und versuchten, sie in den Matratzen zu verstecken. Manche hatten sich in Luft aufgelöst, denn alle Fenster und Türen gingen zum Hof hinaus und dort stand immer noch das Polizeiauto. Wir sahen keinen anderen Ausweg, also nahmen wir die Hände hoch und gingen heraus. Wir sahen, dass mitten im Hof ein Shiguli 06 oder 07 mit Blaulicht stand, und durch das Megafon hörte man, wie jemand sich den Arsch ablachte. Als wir etwas näherkamen, erkannten wir Tschuj. Kapierst du, Alter? Tschuj, mein naiver Bro, den jeder so gern veräppelte, genau dieser Tschuj stand da mit dem Megafon und gluckste vor lauter Lachen. Neben ihm stand ein kleiner Typ und grinste. Habe ich schon erwähnt, dass Tschuj einen Verwandten unter den Bullen hatte? Nun kamen die Arschlöcher zu zweit und spielten uns so einen Streich. Das soll ein Streich gewesen sein?! Ein Junkie hat sich dabei so einen Dachschaden geholt, dass er einer religiösen Sekte beitrat und seitdem mit flatternden Infoblättern herumlief, als ob ihn ein Humanoid beim Scheißen überrascht hätte.

So ein abwechslungsreiches Silvester haben wir gehabt: Erst Feuerwehr, dann die Bullen und von Mamao immer noch keine Spur.

Dieses Idiotenpack, das Mamao verfolgte, konnte es nicht lassen. Die Bar haben sie schon längst in eine Ruine verwandelt, aber anscheinend konnten sie sich damit nicht begnügen. Nun beschmierten sie die Wände mit Kreide. „Satans Bungalow" stand darauf und noch mehr solcher Mist. In den Karussells oder in den Parks zu übernachten, ging nicht mehr. Es war nicht wegen der Kälte. Markus hätte ein Feuer anzünden und wir genügend

Schnaps auftreiben können, aber seit der Silvesternacht schneite und regnete es unaufhörlich, der ganze Planet samt Unterführungen schien nass und verschlammt zu sein. Deswegen verbrachten wir die meiste Zeit bei den Hackern oder in Tomasos Proberaum. Mit Geldverdienen wurde es auch schwieriger. Es gab nur wenige Leute in den Unterführungen und wenn einige von ihnen uns beachteten, freuten wir uns schon. Das bedeutete, es würde für Schnaps und Zitronen reichen. Man konnte nicht mehr direkt auf der Straße spielen. Von der Akustik ganz zu schweigen, konnte man bei dieser Kälte und Nässe nichts Gescheites hinbekommen. Normalerweise haben wir, die Karussellleute die Winterzeit bei Mamao überbrückt. Er hat uns für unsere Auftritte bezahlt und uns viel zu Essen gegeben. Mit viel Geld kann ich sowieso nichts anfangen. Ich brauche es nicht und wenn ich es nicht brauche, wieso sollte ich es wollen. Damit ich die Kohle wie irgendein Arschloch von drüben aufstapeln und bewundern kann? Ich und Alex haben auch viel Geld gehabt, an einem Tag rausgeschmissen und genau das ist es, was einem an Geld Spaß macht. Am nächsten Tag ist man zwar pleite, dafür hat man einen Grund, aufzustehen und aufs Neue welches ranzuschaffen. Ich habe nicht einmal einen Nachkommen, damit ich im Alter meine Kohle vor seinen Augen dem Feuer übergeben kann. Damit er weiß, dass sie mir scheissegal ist und dass es sich auch ohne Geld saumäßig gut leben lässt. Mit einer Zitrone in der einen, einer Wodkaflasche in der anderen Tasche und mit Marihuanatüten in den Socken trieb sein Vorfahr sich herum und ließ seine Mundharmonika stöhnen. Meine Mundharmonika würde ich ihm im Prinzip gerne vererben, aber nur dann, wenn er ein cooler Typ wäre.

Was ist bloß mit mir los? Mal habe ich von einer Ehefrau gesprochen, mal von einem Nachkommen. Es geht doch nicht mit rechten Dingen zu…

Ich sagte, dass wir uns die meiste Zeit bei Tomaso aufhielten. Einmal meint Tomaso zu mir, dass sich Leute bei ihm nach mir erkundigt hätten. Er könne sie zwar irgendwie abwimmeln, aber ich solle trotzdem auf mich achtgeben. Leute?! Ich war ziemlich sicher, dass es sich auch diesmal um die Bande der Fanatiker handelte. Mamao haben sie doch bereits fertiggemacht und nun waren sie auf der Suche nach mir. Auf einmal fragt Alex Tomaso, um was für Leute es sich handelte. Dazu meinte Tomaso, sie hätten auch nach ihm gefragt und dass er sie kennen würde, wohl aus seinen ehemaligen Kreisen. Ich atmete etwas erleichtert auf, denn wie ich bereits erwähnte, hatten die Mutanten nichts gegen uns. Wahrscheinlich brauchten sie etwas Stoff, ohne mit einem Dealer zu tun zu bekommen und als Vermittler konnte man sogar auf einen kleinen Anteil hoffen. Ich wollte Tomaso schon fragen, wohin sie gegangen seien, um sie möglicherweise einzuholen, doch Alexander schaute etwas trübselig drein. Vielleicht dachte er wieder an seine große Familie und das hat ihm die Laune verdorben. Früher, als wir noch nicht so lange auf dem anderen Ufer lebten, haben öfter Autos mit verdunkelten Scheiben vor Alex angehalten. Die Mutanten haben ihn aufgesucht. Doch seit seine Liebe zu Alina bekannt wurde, hat sich keiner mehr gezeigt und wäre sein Vater ein anderer gewesen, hätte man ihm für diese Idee ordentlich die Fresse poliert. Doch ich spreche hier von uralten Zeiten und wahrscheinlich fragte Alex auch aus dem gleichen Grund, was sie hier gesucht hätten. Das weiß ich nicht, erwiderte Tomaso. Doch später fügte er hinzu, dass sie, bevor sie gegangen wären, X erwähnt hätten. Der Name von X, Brüdergrimms, war sogar mir geläufig. Er stammte aus einer anderen Stadt. Später zog er in ein anderes Land und setzte dort seine Schandtaten fort. Okay. Ich werde euch nicht länger hinhalten und sage es kurz und bündig: Der Typ, der mir in der Unterführung die Banknote auf die Stirn klatschte und dem ich mit Markus' Flöte beinahe das Ziffernblatt zerschlagen hätte, war der Onkel und Erzieher vom besagten X. Er hat doch damals angedroht, er würde das Ganze nicht auf sich beruhen lassen und bitte schön, nun hatten wir den Salat! Gott sei Dank, war der Mikrofonheini nicht nachtragend gewesen. Es mag schon sein, dass er seine blauen Flecken, die wir ihm durch unsere Fusstritte verpasst haben, am nächsten Tag angeguckt hat, aber er war so schottendicht, dass er sich garantiert nicht mehr an den Täter erinnern konnte. Also wurden wir nun von den Mutanten gesucht. Stell dir mal vor, diesmal habe ich keinen Schiss gehabt und weißt du warum? Weil ich es weiß: Sollte sich jemand auf dem Totenbett von seinem Sohn wünschen, er solle Gioland vom anderen

Ufer finden und ihn umbringen, würde er zwar kommen, doch mir nichts anhaben können. Er würde mich höchstens beschimpfen, aber nicht mehr. Den Grund dafür kenne ich natürlich nicht. So ist es nun mal. Auch diesmal kommen die Typen und verhauen mich ein bisschen. Vielleicht schaffe ich es, es ihnen mit einem uppercut und dem begleitenden Wortschatz heimzuzahlen. Wenn ich nicht schnell genug wegrennen kann, dann werden sie mir bestenfalls eine Streifwunde am Bein verpassen und wieder gehen. Sogar das alles würden sie nicht tun, wenn es nicht um die Ehre von X und ihre eigene ginge. Es gibt keinen Menschen auf unserem Ufer, der bei dieser Menge von streunenden Hunden, Katzen und Ratten, keine Schramme davonträgt. Die Tiere können Schnapsgeruch nicht leiden. Hat jemand jemals einen aus unserem Ufer getroffen, der nicht nach Schnaps stank? Hier, bei uns parfümiert sich keiner. Schnapsgeruch ist unser normaler Körpergeruch, gemischt mit dem Aroma von Marihuana. Was ich damit sagen wollte, es kommt schon vor, dass so mancher gelangweilter Hund oder eine Ratte einem von unserem Ufer die Fersen anknabbert. Mich aber hat mehrmals in einem mir noch unbekanntem Park das Gebell von Hunden geweckt, die mich nicht beißen, sondern mich vor den sich nähernden Bullen warnen wollten. Du weißt schon, wen ich meine. Diese armseligen Bullen, die die Fashionparks durchstreifen und die auf den Bänken schlafenden Leute herzlos wecken und vertreiben. Sprich, mir wird es bloß vor den Fanatikern bange und ich kann sie nicht leiden, sonst bin ich ein ziemlicher Held und alles andere wird schon.

Nun sitze ich und mache nur wegen Alexander eine besorgte Miene, doch Alexander ist nun mal nicht so einfach in die Irre zu führen und sagt, er wüsste schon sehr wohl, dass es mir so ziemlich scheißegal sei geschlagen zu werden, ihm aber nicht. Ja, damit hat er zu Recht so seine Probleme. Für einen Menschen, der wie Alexander ganz oben auf der Hierarchieleiter der kriminellen Autoritäten stand, ist es wirklich oberpeinlich, sich von dahergelaufenen Anfängern verdreschen zu lassen. Deswegen ist auf seiner Stirn eine vor Zorn pulsierende Ader zu sehen. Und ich persönlich, würde jedem, der Alexander blöd kommt, den Kopf abbeißen – und sei es Al Capone persönlich. Also sitzen wir wieder mal tief im Schlamassel, doch das ist nicht alles. Später haben sich noch solche Dramen abgespielt, dass ich mich lieber alleine den Fanatikern widersetzt hätte, statt das alles miterleben zu müssen. Na ja...wie gesagt alles ist noch vor uns und ich bin eben keine Wanga, die in der Zukunft lesen kann. Ich, Alex, Markus und Nea flüchteten in einen entfernten Teil der Stadt. Lada und Tschuj blieben bei den Hackern.

Den restlichen Winter und den Frühlingsanfang verbrachten wir sehr abwechslungsreich. In dieser Gegend Musik zu spielen hat keinen Sinn, denn solche Leute wie wir kommen hier weder bei denen von drüben, noch bei den Bewohnern vom anderen Ufer an. Auch wenn dir unsereins wegen des Reviers keine Probleme macht, kannst du kein Geld verdienen, denn die von drüben meiden uns mehr als die eigenen Herumtreiber. Manche haben auch noch Angst vor uns, als ob wir nicht die harmlosesten Menschen der Welt, sondern Räuber und Halsabschneider wären. So ist das im Winter und an der Peripherie. Hoffnungslos.

Diejenigen Schlossbewohner, die sich noch bewegen können, verlassen morgens ihre Hütten, um sich ihrem Tun hinzugeben. Dimitros und Rex folgen dem Gleis bis in die Stadt. Beide sind noch älter geworden: Dimitros ist noch gebückter und der Hund läuft nur noch mit Mühe. In diesem Winter haben wir das Schloss nun zum ersten Mal besucht und gewisse Veränderungen fielen uns sofort auf. Ein paar Leute sind nicht mehr zu sehen. Einer sei direkt auf seinem Arbeitsplatz, auf der Straße erfroren, sagte Dimitros, den anderen hätten sie hier, auf dem Feld beerdigt. Ich, Alex und Markus gehen morgens mit dem Roma-Ehepaar, schlendern den ganzen Tag mit ihnen herum und suchen Schrott. Nea hat eine Staffelei und Farben aufgetrieben und malt ununterbrochen. In Dimitros' Märchenschloss mit seinem Unterwasserlook gibt es bei Gott genug zu malen, ebenso in seiner Umgebung. Markus läuft ab und zu mal in die Stadt und bringt uns Neuigkeiten von Mamao und dem Schreiber. Nachrichten aus der restlichen Welt erfahre ich aus dem ständig krächzenden Radio – und zwar mehr, als mir lieb ist.

Am Abend laden wir den gesammelten Schrott auf eine Schubkarre und fahren zu Sumo. Sumo sieht wie ein Sumoringer aus, daher auch sein Name. Er lebt in einem stark heruntergekommenen Landhaus. Das wichtigste ist jedoch nicht das Haus selbst, sondern ein fußballstadiongroßer Hof um das Haus herum, voll mit den Karosserien aller möglichen Autos, mit Traktoren und Gott weiß noch was. In manchen sind immer noch Sitze. Man kann in diesem Hof auch mal einen Teil eines Hebekranes finden und über einen alten, von der Sonne ausgeblichenen Autoreifen stolpern, denn tausende Autoreifen sind im ganzen Hof verstreut. Es riecht überall nach Masut und alle hier riechen auch nach Masut. Manchmal kommen Lastwagen angebraust, hupen und Sumo kommt aus seinem Haus herausgewabbelt, sperrt das Tor auf und dann stehen sie zusammen um eine Riesenwaage und handeln. Uns und den Roma gegenüber wird gegeizt und das Tor nicht aufgemacht. Wir müssen uns mit einer kleinen Tür begnügen.

Schon ganz am Anfang meines Lebens auf dem anderen Ufer habe ich am Lagerfeuer die Sagen über einen Mann gehört, der sich einen runterholen konnte, ohne dass sein Gegenüber etwas davon merkte. Eine von Sumos Einkommensquellen war, bettelarmen Paaren ein Zimmer zu vermieten, in dem sie miteinander schlafen konnten; ein Zimmer ohne Tür und Vorhang. Du wirst schon lachen, aber am Anfang musste sogar Gioland Sumos Dienste in Anspruch nehmen. Warum das so war, kann ich jetzt nicht erzählen. Es würde mich wieder vom Hauptthema abbringen. Stell dir mal vor, ich kam immer noch nicht dazu, von dem Grund unserer Zugreise zu berichten. Okay. Ich sag's, aber nur kurz: Eines schönen Tages kam der Teenager Gioland mit einer Nutte und hat Sumo seine mit der Mundharmonika verdienten fünf Rubel gegeben und bekam dafür ein Zimmer, das wirklich keine Tür und auch keinen Vorhang besaß und so lange die arme Nutte erfolglos versuchte, das Glied von Gioland zu beleben, saß Sumo mit dem Rücken zu uns in einem Sessel vor der Glotze. In einem eigens dafür angebrachten Spiegel beobachtete er den ganzen Vorgang und holte sich einen runter. Ich kann schwören, dass mir diese Frau damals völlig gleichgültig war und mein ganzes Interesse dem Wunsch galt zu erfahren, wie Sumo es fertigbrachte, so unbemerkt zu masturbieren. Es ging natürlich auch um meinen beruflichen Ehrgeiz. War ich nicht derjenige, der in der fünften und sechsten Klasse Vollprofi in diesem Job war? Also bin ich mehr mit Sumo und seiner Technik als mit der Frau beschäftigt und doch sieht man nichts. Vielleicht ist der Typ ja unschuldig, obwohl böse Zungen so viel Blödsinn über ihn verbreiten? Plötzlich spürte ich, dass es hier um etwas mehr als nur um Sumo ging, drehte den Kopf und sah in einem Fenster hinter meinem Rücken einen Haufen Leute, die an der Scheibe klebten. Ich sprang vom Sofa auf, womit ich meine Partnerin ziemlich verärgert habe. Die an die Fensterscheibe klebenden Fratzen waren vor lauter Schreck blitzschnell verschwunden. Man hörte bloß, wie sie über den Schrotthof um ihr Leben rannten.

Genau diese Typen, die kurdischen Kinder, waren und sind immer noch die Haupteinkommensquelle für Sumo. Damals, als sie mit den Gesichtern an der Fensterscheibe klebten, konnten sie nicht älter als vier bis fünf Jahre gewesen sein. Im Sommer scharrten sie in Sumos Hof und schliefen in den alten Karosserien auf den noch erhaltenen Sitzen. Im Winter stellte Sumo den Kindern einen Holzofen auf den Dachboden und sie durften dort übernachten. Dabei wurde keine Sekunde verschwendet. Sumo brachte ihnen ein Handwerk bei und bereitete sie auf die Zukunft vor. Sie waren schon immer professionell, doch jetzt entließ Sumo bereits die aus Sieben- bis Achtjährigen bestehende Bande aus seinem Hof und schickte sie in Richtung Stadt. Nun würden bald etwa dreißig Leute Probleme mit ihrem Budget bekommen. Ich habe diese Kinder in Aktion gesehen und weiß, dass sie einem Typen, selbst wenn er über dem Hemd noch drei Pullis und eine geschlossene Jacke tragen würde, die in der Hemdtasche verstauten Sachen so flink entwenden würden, dass David Copperfield ein Dreck dagegen wäre. Meistens schickte Sumo sie zu den Märkten und am Abend kehrten die Kinder zurück und brachten für Sumo jede Menge Diebesgut mit. Manche Glitzersachen behielten sie; einfach nur so, zum Spielen. Geld hatte für sie noch keine Bedeutung. Es war der Wettbewerb untereinander, der sie antrieb. Sumo gab den Kindern gut und ausreichend zu Essen, beschimpfte sie nie und sein riesiger Hof war ein einziger paradiesischer Spielplatz für die Kleinen. Wo er diese Kinder aufgetrieben hatte, weiß ich nicht und ich habe ihn auch nie danach gefragt, doch als ich diese unbesorgten, rundum zufriedenen Kinder sah, fühlte ich Sumo gegenüber schon so etwas wie Respekt.

Ich denke, es waren insgesamt zehn Kinder. Man sah sie niemals ruhig zusammenstehen, um sie dann zählen zu können. Alle sind einander ähnlich wie Zwillinge: Allesamt dunkelhaarig, nur eines davon ist wie Mamao rothaarig; der kleinste, flinkste und bestimmt auch jüngste. Sogar er sieht dunkel aus, voll mit Masut beschmiert. Später erfuhr ich von Lada, dass drei von ihnen Mädchen waren und sollte es mir gelingen, sie auf einen Blick zu erkennen, wäre ich Weltmeister. Als die kleinen Arschlöcher mir meine Mundharmonika geklaut haben, kannten sie Lada nicht oder haben von unserer Freundschaft noch nichts gewusst. Mich haben sie zum ersten Mal eben durch das Fenster von Sumos Zimmer gesehen und konnten sich natürlich nicht an mich erinnern. Solche Leute haben sie bestimmt schon zu Hunderten gesehen. Zum zweiten Mal kam ich dort in Begleitung von Alexander an. Wir wollten dort übernachten, oder genauer gesagt indisches Haschisch rauchen. Die Hacker hatten es von irgendwo her, lobten es sehr und so eine tolle Ware wollten Alexander und ich natürlich in Ruhe genießen. Markus stand nicht so auf Kiffen und Nea hatte Todesangst vor Sumos Hof, denn, das wusste ziemlich jeder, Sumos Hof war voll mit ungiftigen Schlangen. Wenn ich und Alexander Schlangen, giftige sowie ungiftige, nicht mögen würden, wären wir totale Arschlöcher. Wieso und warum, das sage ich euch später. Ich habe zwar geschworen, dass ich in meiner Erzählung keinen Abstecher mehr machen würde, doch in diesem Fall ist es die Geschichte wert.

Also wir haben gutes Hasch. Dimitros hat uns wegen der Kifferei immer wieder Ärger gemacht und uns deswegen manchmal sogar aus dem Schloss vertrieben. Damit ich es kürzer mache: Wir haben tolles Hasch, Sumo hat sein Geld für die Miete bekommen und es war, Brüdergrimms, wirklich total abgefahren, bekifft in seinem verschrotteten und von Mondschein beleuchteten Hof auf Autositzen zu liegen und komische Schatten zu beobachten. Am nächsten Morgen wachten ich und Alex barfuß wie die Hirten und mit einem Tune aus meiner Hohner begleitet auf. Den ganzen Tag haben wir damit zugebracht, die schmutzigen kurdischen Kinder im Hof herum zu jagen. Dabei sind sie flink und schnell wie Eidechsen. Hier steckt eines seinen Kopf heraus, spielt auf meiner Mundharmonika, schon habe ich es erwischt, doch in letzter Sekunde entwindet es sich und im nächsten Augenblick sehe ich es in der gegenüberliegenden Ecke, in der Schaufel eines Baggers sitzen und meine Mundharmonika fröhlich weiter besabbern. Am Ende haben sie Mitleid mit uns gehabt und uns unsere Chucks wieder zugeworfen, doch meine Mundharmonika wollten sie nicht zurückgeben. Wie sie sich mit Lada angefreundet haben, weiß ich nicht. Alex hat Lada immer wieder mit zu Dimitros' Schloss gebracht. Wahrscheinlich kam sie eines Tages auch auf den Hof. Auf jeden Fall hat uns die gesamte Bande eine Woche nach diesem Vorfall unter der Brücke aufgesucht. Der Anführer, der flinkste Bursche hat sich vor mich gestellt und sich auf Russisch bei mir entschuldigt, er habe nicht gewusst, dass ich Ladas Kumpel wäre. Seitdem kam er ab und zu mal unter die Brücke, um mich zu besuchen und brachte mir kleine Geschenke mit: Mal eine leere Damenhandtasche, mal eine Armbanduhr, mal einen Geldbeutel, vom gebildeten Teil der Gesellschaft Brieftasche genannt; als Wiedergutmachung, versteht sich. Für Lada brachte er tonnenweise Schokolade und es war sehr amüsant, diese Kinder anzusehen, wie sie wie Erwachsene langsam herumspazierten, der eine schwarzhaarig und dunkelhäutig, die andere hell und blond und beide mit schokoladenverschmierten Mündern.

Irgendwo am Ende der Welt, über einem stinkenden und breiten Fluss gibt es eine Brücke, die unten einen Fußgängertunnel hat. Über uns rattern die Autos, unten sitzen wir und saufen. Für eine Zusammenkunft ist es ein gemütlicher Platz, aber hier zu übernachten, ist nicht gerade ratsam. Auch unter sieben Decken und in einem schottendichten Zustand kannst du dir nämlich eine Lungenentzündung holen, denn vom Fluss weht ein komischer Wind und egal wie kuschelig du daliegst und vor dem Einschlafen den Geräuschen der nächtlichen Stadt lauschst, wachst du am Morgen mit hohem Fieber und schmerzenden Gliedern auf. Alexander und ich haben diese Erfahrung natürlich schon hinter uns und wissen, wie es ist, uns eine Woche lang wie verrostete Roboter zu bewegen. Nachts ist in dieser Gegend keine Menschenseele unterwegs, außer einem Typen, der zur Salzsäule erstarrt mit einer auf dem Geländer angelehnten Angel auf einer Bank sitzt. Gewitter und Weltuntergänge sind ihm scheißegal. Dieser Mann ist auf einer Illustration des Mythologischen Lexikons abgebildet und zwar als Gott der Meere. Von allen Wassergöttern habe ich mir nur von einem den Namen gemerkt, also nenne ich diesen Typen Poseidon, doch der Gott, dem er ähnelt, ist ein völlig anderer und heißt auch irgendwie viel komplizierter. Also sitzt unser Poseidon tagein, tagaus da und angelt. Manchmal holt er eine Klobrille aus dem Wasser, manchmal eine leere Konservendose, manchmal kleine Fische. Glaubst du, er würde auch nur einmal fluchen? Nein. Mit voller Konzentration macht er den Müll vom Angelhaken ab, wirft ihn aber niemals zurück ins Wasser, sondern legt ihn neben sich auf die Bank. Gefangene Fische landen im Eimer. Früher haben Alex und ich uns voll stoned daneben gesetzt, Poseidon beim Angeln beobachtet und uns totgelacht. Nach und nach brachte mich das Kiffen um diese spontane Freude, dafür hat es mir das Tor zum Philosophieren geöffnet. Poseidon zusehend, verlor ich mich in tiefsten Gedanken. Was war bloß mit diesem Menschen los. Hatte er einen Knall? Ich glaube, ich habe es schon erwähnt, dass ich durchgeknallte Leute im Allgemeinen sehr gerne mag. Also wer ist der Typ? Welche Wasser haben ihn hierhergebracht? Warum verbringt er so viel Zeit an diesem stinkenden Fluss? Hat er keine Nerven, oder kein Fernsehen, damit er sich die Wettervorhersage reinzieht und zumindest bei Sauwetter zu Hause bleibt; vorausgesetzt, dass er überhaupt ein Zuhause hat. Das Beste ist, dass er dieses Sauwetter zu mögen scheint. An sonnigen Tagen werfe ich einen Blick auf die Brücke und nichts: Es sind weder Poseidon noch seine Angel zu sehen. Bei Sauwetter kommen wir mit unseren Flaschen auf der Suche nach einem Unterschlupf und bitte schön, da hockt er wieder. Kommt er mit dem Regen vom Himmel runter? Einmal, mir nichts dir nichts, habe ich mich zu ihm gesetzt und gesagt: Ich mag Regen, Kumpel. Ja und ich habe auch nicht gelogen. Nach der Zeltnacht mit dem Zwerg habe ich den Regen lieben gelernt, Brüdergrimms. Was kann es denn Schöneres geben, als bei strömendem Regen im trockenen Zelt zu sitzen und dem Geprassel zu lauschen. Also sage ich zu ihm, dass ich den

Regen so mag und er dazu, im Regen beißen die Fische besser an, sonst scheiße er drauf. So kackte ich mit meiner Romantik ab. Fische, dachte ich erbost, als ob er gerade Walfische an Land ziehen würde.

So war meine erste Begegnung mit dem windigen Tunnel und mit Poseidon. Damals konnte ich es mir noch gar nicht vorstellen, dass er bald mein und Alexanders Kumpel werden und für unseren Unterhalt sorgen würde.

In der Zeit, die ich nun mit meinem Schiff zu durchfahren gedenke, gibt's noch keinen Markus und keine Nea. Bloß ich und Alexander schlendern umher und wie ich bereits sagte, haben wir immer noch große Probleme mit dem Nachtlager und der Ernährung. Alex ist es immer noch peinlich, draußen auf der Straße Gitarre zu spielen und damit Geld zu verdienen. Mir ist es zwar egal, aber ich kann auf meiner von Mamao geschenkten Hohner die Tunes von Alexander nicht besonders gut begleiten und vor lauter nutzloser Blaserei wird mein Mund wund. Alles was wir verdienen reicht eigentlich nur für Schnaps, also schlendern wir die ganze Zeit schottendicht umher. Soviel wie damals habe ich danach insgesamt in vier Jahren nicht getrunken. Kurz und gut, wir saufen und gewöhnen uns an unsere neuen „Ländereien".

Genau in dieser Epoche haben wir Poseidon kennengelernt. Am Anfang haben wir ihn auch ausgelacht, wie es alle anderen vom neuen Ufer auch taten. Einerseits war das mit dem Kiffen für mich immer noch ein neues Gebiet und so war ich wie ein Dilettant die ganze Zeit am Kichern. Anderseits war Poseidon auch so lustig, wie er mit total ernstem Gesicht irgendeinen Mist aus dem Fluss nach oben zerrte. Eines Tages haben Alex und ich uns mit unseren Schnapsflaschen zu ihm gesetzt. Am nächsten Tag taten wir das Gleiche und am übernächsten auch. Wir saßen da und glotzten ihn beim Angeln zu, bis er sich einmal zu uns drehte und sagte, den Schnapsgestank würden weder er selbst, noch Fische und nicht mal der Fluss mögen. Dabei stinkt dieser Fluss selbst dermaßen, dass ein vorbeilaufender Blinder glatt denken würde, er wäre am Fischmarkt.

Poseidon lebt in einem winzigen Zimmer, das vollgestopft ist mit aller Art von Angelzeug, Latzhosen und Netzen. An einer Wand kleben Bilder von verschiedenen Fischen. Die Bilder sind aus Büchern ausgerissen worden und auf den meisten ist ein kleines Kreuz. Wenn man Poseidon danach fragt, erklärt er, er habe alle mit einem Kreuz gekennzeichneten Fische bereits gefangen – und die ohne würde er bald auf seinem Angelhaken haben. Er lügt, denn ich habe dieses Kreuzchen bei so einem Haifisch entdeckt, aus dessen Arschloch Poseidon mitsamt seiner Angel schlüpfen könnte, ohne dass das Vieh es gemerkt hätte. Es riecht nach geräuchertem Fisch. Er räuchert den Fang auf seinem kleinen Balkon in einem grillartigen, blechernen Dingsbums, wo er vorher mit Sägemehl anstatt mit Holz ein Feuer entfacht. In einem Karton legt er die Fische ins Salz. Die geräucherten, gesalzenen und luftgetrockneten Fische hängen vor seinen Fenstern wie die Vorhänge, bevor er sie an die Bierbars liefert. Bei jeder Luftbewegung rauschen sie so wie der Wind in den Bäumen. An frostigen Tagen sitzt Poseidon zu Hause und wartet auf die Fliegen, die die Eier für die besten Maden legen. Auf diese Maden seien die Fische, die den Frost überlebt haben, besonders scharf. Kapierst du, Alter! Die Leute betrachten doch die ersten Veilchen und Schwalben als Frühlingboten. Für Poseidon ist der Frühlingsbote eine Scheißfliege. Na, wirst du nun in der Lage sein, so eine Fliege zu töten?

In Poseidons Zimmer herrscht ein wahnsinniges Chaos, doch ihr müsst mir glauben, ihr Brüdergrimms, dass ich einen Raum selten als so behaglich, so gemütlich empfunden habe. Schade, dass wir dort bloß drei bis vier Mal übernachten durften.

Ja, vom Angeln verstehen Alexander und ich nicht viel. Wir mögen Angeln nicht einmal, sprich, wir können Poseidon nicht dabei helfen. Dafür setzten wir uns, als der Monat Mai kam, in die U-Bahn und fuhren ins Vorstadtgebiet, wo der gleiche Fluss fließt. Er ist noch nicht durch die Stadt gekommen, deshalb ist er noch relativ sauber und riecht, wie jeder echte Fluss, nach Wasser, Steinen, Moos und Fischen. Auf jeden Fall, meinte das Poseidon. Was Poseidon im seichten Wasser trieb, war kaum zu glauben. Er kroch gebückt am Ufer entlang und steckte seine Hände zwischen die Steine. Ich dachte, okay, vielleicht ist es eine Art des Fischens und fragte, womit wir ihm behilflich sein könnten. Er richtete sich auf, zeigte etwas langes und gürtelartiges, das er in seiner Hand hielt und sagte, wir sollten so welche fangen, sie würden sich gerade vermehren und deshalb sei es auch viel einfacher als sonst. Dann hielt er Alexander das nasse und lange Ding ans Gesicht. Es war eine Schlange, kapierst du, Alter! Es war eine Schlange und sie zischte auch wie eine Schlange! Alex rannte schreiend weg, rutschte auf einem vermoosten Felsen aus, zappelte im flachen Wasser wie ein Krokodil und flehte Poseidon an, er solle sie ganz einfach wegschmeißen. Das Arschloch hörte nicht auf und hielt die Schlange weiterhin vor Alexanders Gesicht. Auf einmal, hatte die Schlange es auch satt, misshandelt zu werden, sie kringelte sich, sperrte das Maul auf und biss Poseidon in den Finger. Oh mein Gott, dachte ich, nun wird der Typ hundert Pro verrecken. Doch Poseidon selbst grinste fröhlich weiter, zeigte die von seinem Finger herunterbaumelnde Schlange herum und sagte, dass wir keine Angst vor ihr haben sollten, denn sie sei nicht giftig. Dann stellte sich heraus, dass die Schlange zu klein war, als dass er mit ihrer Haut etwas hätte anfangen können. Also warf Poseidon das arme Tier ins Gebüsch, ich aber dachte, wenn sie zu klein war, wie groß dann eine Große gewesen wäre. Außerdem, was sollte man mit so einer Schlangenhaut überhaupt anfangen. Angenommen, dass Poseidon ein geborener Mowgli war, hatte er sich die falschen Assistenten ausgesucht. Solche Fragen beschäftigten mich.

Trotz unserer großen Zweifel, die wir am Anfang hegten, stapften wir bald selber durch das mit Schilf bewachsene, sumpfige Wasser und fingen armdicke, bunte Ringelnattern. Hattest du eine erwischt, war eine zweite und dritte immer in der Nähe. So verhielten sich die Schlangen in der Paarungszeit. Aus der Schlangenhaut fertigte Poseidon wunderschöne Armbänder, belieferte die Souvenirläden und bekam anständiges Geld dafür. Außer Schlangen fing Poseidon auch Blutegel, doch dabei waren Alexander und ich ihm wirklich keine Hilfe. Jedes Mal, wenn wir sie gefangen hatten, ließ Poseidon sie wieder ins Wasser schmeißen, weil sie gewöhnliche Blutegeln seien, er aber brauchte eine bestimmte Sorte, um sie an Apotheken zu verkaufen. Dabei sahen die von ihm gefangenen genauso aus und ob er sie durch ihren Gesichtsausdruck oder Muttermale von den gewöhnlichen unterschied, das kann ich nicht sagen. Soll ich mich jetzt, als erwachsener Mann, etwa damit beschäftigen, Blutegeln in die Augen zu schauen? In der Schlangenzeit halfen wir Poseidon und er zahlte uns auch gutes Geld, das uns für Speis und Trank ausreichte. Zwischendurch übten wir im Proberaum zusammen zu spielen und lagen Mamao nicht mehr auf der Tasche. Mamao würde uns zwar niemals hungern lassen, doch es wäre peinlich, da wir wussten, dass wir immer noch Scheißmucke spielten und Mamao uns trotzdem bezahlte.

Die Schlangenzeit ging vorüber und jetzt hör mal zu, was für eine tolle Beschäftigung Poseidon sich für uns ausgedacht hatte.

In Allerherrgottsfrühe gehen Alex und ich zur Mülldeponie, auf der der Müll der ganzen Stadt entsorgt wird. Wir latschen dort auf und ab und suchen weggeworfene Flip-Flops. Bloß diesmal ist es wie mit den Blutegeln: Es sind nun mal nur manche tauglich. Sie müssen richtig dicke Sohlen haben. Die nötige Menge haben wir schnell zusammen, stopfen einen Rucksack voll und schleppen ihn zu Poseidons Wohnung. Poseidon setzt sich, guckt sich die Flip-Flops an, legt die Tauglichen beiseite. Er bearbeitet sie mit einer Rasierklinge und mit Schmirgelpapier, malt sie bunt an und am Ende hat er ein ganz tolles Teil daraus gebastelt und zwar – einen Schwimmer für die Angel. Die frisch angefertigten Schwimmer hängt er neben den Fischen in seine Fenster und wenn die Farbe getrocknet ist, bringt er sie in die Läden mit Jäger– und Anglerbedarf. Natürlich gegen gutes Geld. Die Schwimmer gingen weg wie warme Semmeln. Ich habe mit eigenen Augen gesehen, wie die Angel-Anfänger für diese Schwimmer Schlange standen. Es reichte, dass der listige Ladenbesitzer auf seiner Internetseite eine Anzeige platzierte, sie hätten eine Lieferung von japanischen Schwimmern bekommen, schon rannten sie dahin und stellten sich in die Schlange. Poseidon selbst amüsierte sich prächtig darüber und sagte, es würde sich in solchen Fällen um totale Dilettanten handeln, denn echte Angler hätte niemals Zeit, im Internet unterwegs zu sein und sich Anglerseiten anzugucken. Außerdem sollte ein echter Fischer in der Lage sein, seinen Schwimmer selbst zu basteln. Einmal hat Poseidon mich auch einen basteln lassen. Bis heute trage ich ihn in einem geheimen Fach meines Rucksacks. Manchmal ziehe ich ihn heraus, schaue ihn mir an und denke an die Leute, die diese Flip-Flops getragen haben. Ich finde es spannend, mir vorzustellen, wie ich mich wohl dabei gefühlt hätte, wenn ich das Schicksal meiner eigenen Flip-Flops erst bis auf die Müllhalde verfolgt hätte, sie dann in den Händen zweier hungriger junger Männer gesehen und erlebt hätte, wie sie Poseidon zu herrlich bunten Schwimmern umwandelte. Es ist ja auch nicht minder interessant, wer diese Schwimmer kauft, wohin er sie wirft und was er damit ans Ufer zieht. Ich liebe es so sehr, Brüdergrimms, ich liebe das Leben!

Poseidons Rucksack und Angel haben die Fischer nach dem Juni-Hochwasser in der Nähe der Talsperre gefunden. Die Leute sagten, er sei betrunken ins Wasser gefallen. Das Gleiche haben sie später auch im Fernsehen berichtet. Doch ich und Alexander wussten, dass er niemals betrunken zum Wasser gehen würde. Poseidons Fluss mochte keinen Schnapsgeruch und Poseidon würde niemals etwas tun, was sein Fluss nicht mochte. Es ist ihm bestimmt die Erde unter den Füßen weggerutscht. Flussaufwärts drehen sich arglistige Strudel direkt an den Ufern.

Wie ich schon sagte, haben wir den restlichen Winter und den Frühlingsanfang ziemlich bunt gelebt, ich und meine Karussellbande. Wir schlenderten mit dem Roma-Paar über die vertrockneten Halden und sammelten Schrott, dann luden wir alles auf die Schubkarre und fuhren zu Sumo, bei dem unsere Schlangenfreunde und die kurdischen Kinder hausten. Sumo tut mir nichts, im Gegenteil, er zahlt uns für den Schrott sogar einen anständigen Preis. Das jüngste der Kinder, das Rothaarige, haben die Bullen in der Stadt auf frischer Tat ertappt und seitdem ist Sumo etwas vorsichtiger. Markus berichtete, als er aus der Stadt zurückkehrte, dass die alten Bullen alle entlassen wurden und nun eine völlig neue Art von Bullen bei der Arbeit sei. Bei Mutanten und Junkies kannten sie keine Gnade und dementsprechend seien diejenigen, die uns bedrohten, auch nicht mehr zu sehen. Bei Sonnenuntergang setzen wir uns vor Dimitros Schloss und schauen in die Ferne. Alle Meere und Berge der Erde können mir gestohlen bleiben. Hier gibt es mit Abstand das schönste Abendrot. Noch ein paar Tage und wir kehren zu den Karussells zurück und werden den üblichen Mist bauen, oder vielleicht auch nicht ganz so, wie wir es früher gemacht haben. Diese Stille und Weite haben uns auch verändert. Wir sind etwas schweigsamer geworden. Wir sprechen einander nicht mehr so oft an. Dafür sägt Dimitros im Zelt jeden Abend an unseren Nerven: Er berichtet von den Kriegszeiten und lügt dabei wie gedruckt. Wir, die ganze Karussellbande, Rex und das Roma-Paar hören im Schneidersitz Dimitros und den Schakalen zu, die nach seiner Meinung zum Salzlecken ans Bachufer kommen und die ganze Nacht wie die Klageweiber heulen. Ich flehe Dimitros zum tausendzweihundertunddritten Mal an, dass, wenn er mir seine italienische Mundharmonika nicht schenken will, er sie mir dann zumindest für eine kurze Zeit überlässt oder mir wenigstens ein einziges Mal erlaubt, darauf zu spielen. Es ist keine einfache Mundharmonika, sondern ein ganzes Orchester – dreistöckig, rot, glänzend, mit tollen Ornamenten darauf und mit einem unvergleichlichen Sound. Das ist keine einfache Mundharmonika, – meint Dimitros. Er habe sie von einem italienischen Soldaten geschenkt bekommen, weil er, als er dessen Panzer in die Luft gesprengt habe, angesichts seines Geschreis Mitleid mit ihm bekommen und ihn aus dem brennenden Panzer gerettet habe. Alle anderen im Panzer seien umgekommen, dieser Italiener wurde aber bloß leicht verletzt und habe ihm aus lauter Dankbarkeit die Mundharmonika geschenkt. Außer der tollen Mundharmonika besitzt Dimitros auch noch einen schwarzen Revolver. Einmal habe ich in seinem Zelt etwas vergessen und ihn bei der Suche danach entdeckt. Er lag in einer kleinen khakifarbenen Tasche versteckt. Dimitros selbst hatte den Revolver niemals erwähnt und ich habe ihn auch nicht darauf angesprochen. Scheiß auf Waffen. Ich hasse Waffen!

    In ein paar Tagen kehren wir in unser gewohntes Leben zurück, aber jetzt sind wir auf der Halde und dieses Mal hält Alex den Metalldetektor und trägt den Kopfhörer. Nea ist nicht zu sehen. Sie hat heute Morgen ihre Staffelei und die Farben mitgenommen und ist verschwunden. Völlig umsonst piepst Alex' Gerät. Am Bachufer haben wir bereits alles abgesucht. Wir latschen Alexander hinterher und kichern, weil er in seiner neuen Ausrüstung so komisch aussieht. Auf einmal ist ein lauter Kanal zu hören, als ob irgendwo ein Reifen geplatzt ist. Okay. Dies ist nicht ausgeschlossen, denn unweit von uns gibt es eine Straße. Doch der Knall wiederholt sich noch fünf Mal schnell hintereinander. Ich gerate ins Schwitzen. Markus lässt seine Spitzhacke aus der Hand fallen und wir rennen zu der Stelle, von der das Knallen kam. Alex mit den Kopfhörern und die taube Romafrau bleiben am Bachufer stehen und glotzen uns verdutzt hinterher.

Wir rennen wie die Wahnsinnigen und bei mir kommt ein altes Gefühl hoch, etwas Schlimmes und mir verdammt Bekanntes lässt mein Herz höherschlagen. Über das rostige Gleis rennen drei Typen, vom armen, humpelnden Rom mit Mühe verfolgt. Gott, lass mich das Gebrüll eines stummen Mannes nie mehr vernehmen! Ich werde das Gefühl nicht los, dass sich etwas wiederholt, also bleibe ich stehen und versuche mich zu erinnern. Markus ist auch diesmal neben mir; er drückt meinen Arm so fest, dass er mir seine Fingernägel ins Fleisch schlägt, und flüstert: Hast du sie erkannt, Gioland, hast du sie erkannt?! Sie waren es! Drei Leute rennen durch die Halde und eins davon ist ein Mädchen, das ein Holzbrett mit sich schleppt. Plötzlich gab der Revolver den letzten Schuss ab und Markus schoss auch wie eine Kugel zu dem halbruinierten Häuschen des Stationswächters. Ich folgte ihm widerwillig und mit gesenktem Kopf.

In einer Blutlache liegt mein Freund, von den Hinterbeinen bis zur Rumpfmitte gehäutet wie ein geschlachtetes Schaf; auf seiner Stirn sieht man die Spur einer Kugel. Vor dem toten Rex sitzt Dimitros, mit geschlossenen Augen und einem schwarzen Buch in der Hand, einfach so, als ob er in seinem Zelt sitzend eingedöst wäre. An den Mauern der Ruine sind idiotische Schmierereien. Am Fuß der Mauer liegt mit ausgebreiteten Armen das scheußlichste, beschissenste Wesen der Erde; auch er in einer Blutlache. Er hat viele Schusswunden und wie früher den bis zum Bauchnabel reichenden Bart.

Mamao hat seine Bar neu eingerichtet und sie sogar mit einem Aquarium ausgestattet. Nun können wir in der Bar sitzen und die Fische angucken. Wahrscheinlich hat sich Mamao über die Fischarten keine großen Gedanken gemacht, denn zwei Fische haben alle ihre Mitbewohner aufgefressen. Dabei sehen sie so harmlos aus: klein und blau mit lauter weißen Punkten. Am Anfang haben wir den größten Fisch für den Killer gehalten. Sein Maul glich einer Schüssel und er sah auch irgendwie bedrohlich aus: Schwarz und mit bösem Blick. Doch eines Tages haben wir ihn auch tot vorgefunden. Sein halber Bauch war bereits aufgefressen und nun zupften die blauen Fische ihm den Rücken ab, wie die Haie.

Alles andere scheint in Ordnung zu sein. Weder von den Mutanten noch allen anderen komischen Gruppen gibt es eine Spur, bloß diese neumodischen Bullen gehen unsereinem auf den Wecker. Ja. Es gibt kein familiäres Geschimpfe und keine zünftigen Arschtritte mehr. Jetzt kommen sie, stellen sich vor und sprechen dich wahnsinnig höflich an: Sie bitten um den Ausweis und so ähnlichen Quatsch. Was kann denn lächerlicher sein, als von einem vom anderen Ufer einen Ausweis zu verlangen. Doch lachen darfst du auf keinen Fall, denn dafür haben sie sich auch einen Paragraphen ausgedacht: So etwas wie Beamtenbeleidigung oder ähnlichen Mist. So schleppen sie dich immer wieder auf die Wache, entlassen wird man gegen eine Geldstrafe oder überhaupt nicht und dann wandert man in den Knast und alles ohne einen einzigen Arschtritt. Alles nur höflich. Total langweilige Leute, glaub mir. Das Einzige, woran man sich erfreuen kann sind die tollen Frauen. Was gibt's denn besseres als eine uniformierte Frau. Wer weiß, vielleicht bin ich ein Glückspilz und eine davon wird sich vor mir auch ohne Uniform blicken lassen. Ach, mein Humor war auch mal besser. Ehrlich gesagt wir, die Karussellleute, haben mit den neuen Bullen noch nichts zu tun gehabt. Auf das Gerenne habe ich keine Lust und gekifft habe ich auch lange nicht mehr. Bei Dimitros durften wir nicht rauchen, deshalb haben wir beschlossen, sofort nach der Rückkehr, eine große Marihuana – Party zu veranstalten, doch jetzt ist mir überhaupt nicht mehr danach. Ich denke nicht mehr an Rex. Ich denke überhaupt nicht mehr an Dimitros' Gegend, doch diesen Geruch kann ich nicht aus meinem Gedächtnis verdrängen. Ich wache in der Nacht auf und rieche den dampfenden Revolver und nasses Eisen – das Blut.

Mittlerweile habe ich gelernt, auf der italienischen Mundharmonika zu spielen, die mir Dimitros beim Abschied mit flinker Handbewegung in die Tasche gestopft hatte, bevor er uns aus seinem Schloss rauswarf, damit die Bullen uns nicht dort erwischen konnten. Unsere Musik klingt auch ganz anders und wenn es mir früher scheißegal war, achte ich nun darauf, dass wir eine wahre, eine echte Mucke machen. Das Geld fließt auch so wie nie. Nun kleben wir auch eine Anzeige an Tomasos Proberaum und schon ist er voll. Bei Mamao applaudiert man uns. Die Hacker wollen uns auch für ihre dämliche FM-Wellenlänge haben. Uns ist Popularität nach wie vor egal und es ist auch gut so.

An einem warmen Juniabend sitze ich auf meinem wie üblich ächzenden und krächzenden Karussell, versuche auf der Mundharmonika neue Tunes auszuprobieren und auf einmal werde ich von längst vergessenen Gefühlen und Gedanken heimgesucht. Ich habe wieder das Gefühl des Mangels, der Leere, sprich die Symptome von meinem ersten Aids. Ich kriegte es mit der Panik zu tun. Im ganzen Gedankengewirr habe ich feststellen können, dass mir nichts mehr auf der Welt eine solche Erfüllung bringen würde, wie jene galaktisch stille Halde. Das ganze Gewusel auf den beiden Ufern, Brüdergrimms, war mir nicht mehr wert als ein Rad von einem Zigeunerwagen.

Egal. In zwei Tagen hat Markus Geburtstag. Wir werden uns in eine Sportschule einschleichen und uns besaufen und kiffen bis der Arzt kommt. Dort kann man auch Trampolin springen und Spaß haben. Grübeln kann man auch später. Überhaupt, das mit Aids war einmal und damit basta!

Apropos Winterübernachtungsmöglichkeiten... Diese Sport-schule ist warm wie ein Ofen in der Frostzeit und außerdem noch gemütlich und komfortabel und ist von einer so wüsten Gegend umgeben, als stünde sie nicht mitten in der Stadt, sondern am Arsch der Welt. Hinter dem Schulgebäude gibt es eine abgebrochene Baustelle. Dort liegen lauter zerbrochene Bausteine herum. Davor, ziemlich weit entfernt, sieht man die Lichter der Plattenbauten, die entlang einer Hauptstraße stehen.

Wenn du ein paar Groschen in der Tasche oder eine Wodkaflasche hast, gehst du am Abend zu Anton, einem Greis, der etwa einhunderteinundvierzig Jahre alt zu sein scheint. Sein Poster sollte sich jeder Alkoholiker über sein Bett hängen, denn der Typ kann einen halben Liter Schnaps auf einmal in die Kehle stürzen, ohne dabei ein einziges Mal zu rülpsen. Nein. Ich habe es ernst gemeint. Er muss wirklich über hundert sein. Der Typ muss eine Zauberleber haben. Also man geht zu ihm, schmiert ihn mit einer Wodkaflasche oder mit einer Summe, mit der er sich besagte Wodkaflasche kaufen kann. Dann nimmt er den Schlüssel und sperrt dich in der Sportschule ein. Morgens früh weckt er dich selber auf und fängt an, das riesige Gebäude sauberzumachen und ist damit fertig, bevor die Turner kommen. Früher hat Anton uns den Schlüssel mitgegeben, aber einmal ließen wir etwa siebenhundert Bewohner von unserem Ufer in die Schule, haben uns total bekifft und vergessen, die Schule rechtzeitig zu verlassen. So stand plötzlich einer der Trainer auf der Matte und rieb sich die Hände. Wahrscheinlich hat er uns, die komisch schielenden Leute, für eine ganz neue Art von Akrobaten gehalten. Anton ist ein Hausmeister und dementsprechend muss er dir auch auf die Nerven gehen: Wir sollten die Lichter nicht anmachen, leise sein und sollte uns jemand überraschen, sollten wir uns hinter den Matratzenstapel legen und mucksmäuschenstill bleiben, solange dieser jemand nicht wieder gegangen war. Welcher Abfuck würde uns nachts in der Sportschule überraschen? Es gibt keine Seele in dem gesamten Gebäude und wir haben immer einen Heidenspaß. Auf der oberen Etage gibt es eine große Turnhalle mit Seilen und Springböcken. Es gibt auch eine Menge anderer Turngeräte, deren Bestimmung mir fremd ist. In der Ecke steht Neas Klavier, auf dem sie in der Dunkelheit mehrmals ein Konzert gespielt hat. Doch als Aufenthalts– und Schlafraum, geben wir dem Parterre den Vorzug. Im Parterre gibt es ein riesiges Trampolin und viele Schaumstoffmatratzen in jeder Form und Größe. Am Anfang hatte ich mit den Schaumstoffmatratzen meine Schwierigkeiten, denn sie ziehen eine Menge Staub an und ich musste ganze Nächte durch niesen und morgens die Kleider gut ausschütteln. Nach einiger Zeit habe ich mich daran gewöhnt und nun finde ich, Brüdergrimms, dass es nichts Besseres gibt, als sich in frostigen Nächten in Matratzen zu kuscheln. Alex hat immer noch seine Schwierigkeiten. Nea und Lada schlafen auf Schaumstoffstapeln. Markus kriecht unters Trampolin und schnarcht dort. Damit wir etwas Licht haben, gibt uns Anton zwei Petroleumlampen. Die Lampen brennen solange wir mehr-oder weniger nüchtern sind. Später machen wir sie aus, damit es keinen Brand gibt und machen eine Stereoanlage mit bunten Lichtern an. Sie sorgt für eine richtig coole Beleuchtung, ist nicht schwer und an den Lautsprechern ist auch nichts auszusetzen. Wir haben für sie auch ein Batzen Geld bezahlt, doch sie ist es wert. Und was das elektrische Licht angeht, könnten wir es meiner Meinung nach ruhig einschalten, gäbe es hier normale Glühbirnen. Alle Fensterscheiben sind aus mir unbekannten Gründen weiß angemalt und von der Außenseite dick vergittert. Das Licht wäre von außen unsichtbar und wenn dem nicht so wäre – wer würde sich dafür interessieren? Im Umkreis von einem halben Kilometer gab es keine Seele. Doch diese langen Neonröhren sind verdammt hell und produzieren keinen Schatten. Wir mögen die Schatten und du würdest sie auch mögen, hättest du jemals die Schatten der mit Petroleumlampen beleuchteten Leute beobachtet, die auf dem Trampolin sprangen.

So sieht unser Winterquartier aus. Im Sommer haben wir dort noch nie übernachtet, doch jetzt mitten im Juni bestand Markus darauf, seinen Geburtstag dort zu feiern.

Tschuj und die Hacker sind ans Meer gefahren, also gingen wir diesmal zu fünft zu Anton, wir und Lada und haben ihm einen Liter Schnaps gebracht. Nein, – Anton schüttelt den Kopf. Er könne uns im Sommer keinen Schlüssel geben. Der Schulleiter würde auch öfters kommen und wenn er uns dort entdecken würde, hätten wir alle miteinander ein Problem und vor allem er selbst. Anton, du elender Hund unter den Wesiren, sprach ich zu ihm und fragte, ob er wirklich bereit war, einem Menschen seine Geburtstagsfreude zu verderben. Anton nahm seine Flasche, warnte uns, wir sollten uns lieber von keinem erwischen lassen und sperrte uns in der Sportschule ein. Wir haben einen Rucksack dabei, voll mit Bier– und Wodkaflaschen, Zitronen und RedBull durften auch nicht fehlen. Für Lada haben wir Säfte und einen Pappkarton mit Champignonpizza, denn genau die mag Lada am liebsten und außerdem einen kleinen Vorrat an Marihuana. Übrigens kannst du im Juni kein gescheites Marihuana auftreiben, wenn ein weiser Dealer es nicht vom letzten Herbst aufbewahrt hat. Und sie tun es auch, bloß uns gönnen sie es nicht, dafür verkaufen sie es an ältere Geldsäcke und zwar zum Preis einer harten Droge. Junigras ist zu schwach und zu einem Flash, wie wir ihn mögen, muss es noch zwei Monate länger reifen, doch es ist Markus' Geburtstag und wir müssen etwas dabelhaben. Deshalb diese kleine Menge. Wer weiß, vielleicht wird sogar junges Gras seine Wirkung zeigen, wenn wir uns erstmal betrinken.

Ich werde nicht davon berichten, wer wieviel getrunken hat. Wir sind besoffen und hüpfen auf dem Trampolin. Marihuana hat auch das seinige geleistet. Wir haben das Radio an, doch hören keine Musik, sondern einen armenischen Sender, den Alexander eingestellt hat und nach dem Kiffen fühlt es sich saucool an. Es brennen zwei Petroleumlampen, aus den Lautsprechern hört man eine armenisch sprechende Frau, wir springen auf dem Trampolin und lachen uns tot. Übrigens amüsiert man sich umso ausgelassener je größer der Kummer ist. Nun ist natürlich auch das Kiffen im Spiel und eine Zeit lang vergaß ich sogar den Geruch des dampfenden Revolvers und des Blutes. Wir sind also am Trampolinspringen. Alex hat Schiss und tut etwas Komisches mit seinen Kniegelenken, damit er nicht zu hochspringen kann. Einmal sprang er mit voller Wucht und blieb beinahe mit dem Kopf in der Decke stecken. Seitdem ist er immer vorsichtig. Markus treibt es wirklich toll – mal landet er auf dem Po, mal auf den Augenlidern, mal in der Hocke und springt dann vier Meter in die Höhe. Er ist halt ein geborener Trampolinspringer. Nea, Lada und ich können uns höchstens einen Salto leisten und zwar vom Trampolin direkt in die Schaumstoffmatratzen. Trampolinspringen nach dem Kiffen macht tierisch Spaß.

Auf einmal höre ich ein Auto und zwar irgendwo in unmittelbarer Nähe. Gott sei Dank hat Alex diesen armenischen Radiosender eingestellt, denn wäre es Musik gewesen, hätten wir nichts mitbekommen. Die Lampen und die Stereoanlage haben wir sofort versteckt und stehen nun reglos in der Dunkelheit. Das Auto hielt an und bald darauf schloss jemand die Tür auf und es war das Gelächter von Frauen zu hören. Dann hat jemand im Flur das Licht angemacht. Zum Glück ist die Turnhalle vom Flur abgeschirmt, sprich wir sind aus dem Flur immer noch nicht sichtbar. Hauptsache ist, dass sie die Zigaretten und das Marihuana nicht riechen. An ihrer Stelle hätte ich auf der Stelle alles kapiert. Sie gingen aber sofort die Treppe hoch und vergaßen nicht das Licht im Flur auszuknipsen. Die Abschirmung, die uns vor ein paar Minuten gute Dienste geleistet hatte, ist nun zu einem Hindernis geworden. Wegen ihr kann man nicht in den Flur und anschließend in den Schulhof gelangen. Um in die Turnhalle mit dem Trampolin zu kommen, muss man sich erst die Treppe hoch ins Obergeschoss begeben. Dort muss man durch die ganze obere Turnhalle gehen, dann in den Flur mit den Umkleidekabinen und Toiletten, dort eine Treppe nehmen, die nach unten führt – und erst dann bist du in der Trampolinhalle, in der wir nun in kompletter Dunkelheit hocken. Wenn die Typen sich nicht bald wieder verziehen, müssen wir womöglich bis zum Morgen so mucksmäuschenstill bleiben. Ich und Alexander haben schon etwas Ähnliches, wenn nicht Schlimmeres erlebt. Ich habe, glaube ich, schon davon erzählt, dass wir in einem von außen verschlossenen Container übernachten mussten. Für Nea ist es schon okay, sie ist eine erwachsene Frau, doch Lada… Dass sie in dieser Dunkelheit bloß keine Panik bekommt. Es scheint, Alexander ist auch um sie besorgt, deshalb flüstert er zu ihr: Sie werden sich schon bald verficken, Ladamensch, und dann mache ich die großen Lichter an, ich verspreche es dir! Und wenn nicht, können wir doch auch im Dunkeln Trampolin springen, Alex, – erwidert sie und kaut an ihrer Pizza. Bravo! Zumindest hat sich das mit Lada erledigt. Nun ist es am wichtigsten, dass die unerwarteten Gäste rechtzeitig abhauen, damit Markus keine Sarkophag-Geburtstagsparty hat. Mittlerweile haben die oben Musik angemacht; die Musik, die ich am meisten hasse, die schlimmsten Pop-Schlager und bald darauf, stell dir mal vor, war der Geruch eines uns unbekannten Kiffzeugs zu spüren. Der schwere, süßliche Duft einer tollen Ware mischte sich mit dem nach verbranntem Leintuch riechenden Gestank unseres billigen Grases. Wir sollten sie doch alle zu Markus' Geburtstag einladen, denke ich und blase meine Nüstern auf wie ein geiles Pferd. Und ich muss sagen, dass ich einen legendären Geruchssinn besitze und immer etwas mehr und schneller rieche als die anderen, von Grasgeruch ganz zu schweigen, den ich aus der Entfernung von einem Kilometer spüre. Im vorletzten Jahr habe ich Markus gefragt, ob wir uns zu den Typen gesellen sollten, die, nach dem Geruch zu urteilen, irgendwo nicht weit weg von uns kifften. Markus konnte es nicht glauben, also nahm ich seine Hand und führte ihn dem Geruch nach. Wir mussten fast einen Kilometer lang marschieren, mal rauf, mal runter und endlich kamen wir zu einem Kindergarten, in dem hinter dem Gebüsch wirklich kiffende Typen saßen. Leider waren sie nicht aus unserer Gegend, sondern eher mutantenartige, etwas ältere Männer, die üblicherweise im Kreis hockend einander einen Joint reichen. Markus sah sie und rannte weg. Damals war er wirklich so schreckhaft. Ich habe mich kaum umgeschaut, als er schon fast am Horizont war. Na ja, nicht dass uns jemand der dort Anwesenden etwas getan hätte, aber Rennen kann ansteckend sein. Ich renne sowieso für mein Leben gern. Sollte ein mir völlig fremder Typ an mir vorbeilaufen, laufe ich ihm eben hinterher. Zur zweit zu laufen macht sowieso viel mehr Spaß. Markus rannte und was blieb mir anderes übrig, ich folgte ihm. Dabei schaute ich immer wieder zurück, vielleicht würde uns jemand mit einem Joint hinterherrennen; außerdem will ich erfahren, ob sie beim Laufen auch hocken, so wie immer.

Ich weiß selber nicht mehr in welchem Zusammenhang ich diese Geschichte erzählt habe. Egal. Wir stehen im Dunkeln und hören die idiotische Mucke von oben. Man muss etwas unternehmen, nach oben schleichen und heimlich auskundschaften was das für Leute sind. Vielleicht haben wir es mit völlig friedlichen Menschen zu tun. So schlichen wir die Treppe nach oben, spähten in die Turnhalle, dort war aber keine Menschenseele zu sehen, das Licht war aus und die Musik kam von ganz oben, aus dem Zimmer des Schulleiters. Also gingen wir noch ein Stockwerk höher. Ich spähte durch das Schlüsselloch ins Zimmer und mein Herz ging auf. Willst du wissen warum? Weil das erste was ich sah, schlanke Schenkel waren; die schönen, übereinandergeschlagenen, schlanken Schenkel einer Tusse. Alex, komm, ich will dir etwas zeigen, flüstere ich. Alle haben nacheinander reingeschaut. Lada auch. Na bravo! – sagte sie, – sie essen auch Pizza! Ich schaute noch einmal durch das Schlüsselloch, ignorierte diesmal die Schenkel und sah einen Typen. Auf dem Tisch lagen eine Menge Essen und viele Flaschen. Das Paar war nicht allein. Auch andere Leute bewegten sich im Zimmer. Die Tusse mit den Schenkeln fing an zu tanzen. Ich sah ihr Gesicht, das ich hässlich fand. Sie gefiel mir nicht mehr. Zwei Paare waren miteinander beschäftigt. Den mir wohlbekannten Schnauzbart des Schulleiters habe ich nicht erblicken können.

Auf einmal höre ich das Trampolin quietschen. Alle anderen waren schon unten und hüpften im Dunkeln auf dem Trampolin herum wie die Deppen, nur ich alleine stand vor der Tür. Die hier Versammelten können das Trampolin nicht hören, außerdem könnten wir solange sie sich paaren oder was auch immer tun, unten grad unsere Party fortsetzen. Ich wollte mich auch nach unten begeben, als plötzlich die Tür aufging und das aus dem Zimmer kommende Licht die Hälfte des Flurs erhellte. Sollte sich jemand umschauen, würde er mich sofort entdecken, denke ich. Na und? Alles was sie uns antun können, ist uns rauszuwerfen. Bloß Markus hätte eine abgekackte Geburtstagsparty und das wollte ich doch auf jeden Fall vermeiden. Nein. Das Trampolin können sie nicht hören. Als die Tür aufging, wurde ihre Musik auch lauter. Fieberhaft hin und her überlegend, entdecke ich, dass es keinen anderen Weg gibt; wohl oder übel müssen sie an mir vorbei und sollten sie mich aus irgendeinem Grund nicht bemerken, würden sie unten auf jeden Fall das Geräusch des Trampolins vernehmen. Kapierst du? Ich hatte nicht mal die Zeit, meine Leute zu warnen! So freundete ich mich mit meinem Schicksal an, lehnte mich an die Wand und machte mich möglichst unsichtbar, wie ein Geist. Auf einmal brach im Zimmer eine Auseinandersetzung aus. Jungs, wir haben es echt eilig, sagen die Tussen und die Jungs, na ja, in der Wirklichkeit bereits ergraute Typen, protestieren lautstark, sie sollten noch eine Weile bleiben, sonst wären sie sehr beleidigt. Alle tummeln sich an der Tür. Solange sie miteinander ringen, kann ich nach unten laufen und meine Bande warnen, sie sollten auf der Stelle hinter den Schaumstoffstapeln verschwinden. Als ich nach unten kam, war keiner mehr auf dem Trampolin, als ob sie es geahnt hätten. Dafür hörte man von der Treppe direkt hinter der Abschirmung: Nun ist es nicht mehr lustig, Mädels! Die Frauenstimmen klangen ängstlich und gereizt: Lass mich los, Mischka! Ein anderer brüllte dazu: Lass sie doch mal gehen, die verfickten Schlampen! Wenn diese dämlichen Tussen etwas schlauer wären, würden sie die Klappe halten und das Weite suchen, denn diese nicht mehr ganz jungen Typen drehen völlig hohl, wenn die Tussen mit ihnen nicht bumsen wollen; besonders, wenn sie betrunken und bekifft sind. Doch eine von den Tussen hat die Klappe eben nicht gehalten und schrie: Schlampen hast du zu Hause, du, Arschloch! Der Adressat war von dieser Antwort mehr als enttäuscht. So rannten sie alle heraus und es war vom Hof lange Gekreische, Gezeter und lautes Fluchen zu hören. Ich verfluche den Maler, der nicht nur den Rahmen, sondern auch die Fensterscheiben weiß angemalt hat. Seinetwegen mussten wir eine so tolle Show verpassen! Lada meint, wir sollten die Gelegenheit nutzen und nach oben gehen, vielleicht hätten sie etwas von den Pizzas übriggelassen. Pizza ist gut, denke ich mir, aber die Ware, die womöglich auch herrenlos dort oben lag, ist noch besser. Mittlerweile sind wir auch im Abenteuermodus.

Also rennen wir die Treppe hoch und machen uns ganz schön strafbar: Jemand von uns hat die Pizzaboxen und mit Eclairs gefüllten Schachteln gekrallt, Markus hat sofort etwa neun Flaschen in die Arme genommen, ich und Alex waren auf der Suche nach Stoff. Die Leute haben ihre Jacken im Zimmer liegen lassen. Wir durchsuchten die Taschen und fanden Geldbeutel mit jeder Menge Kröten drin, doch wir interessierten uns nicht für das Geld. Wir suchten nach Stoff, den wir nicht fanden. Alex steckte ein Spielzeug, das noch mit einer Geschenkschleife auf dem Tische lag, ein und flüsterte: Die Ware haben sie sicher dabei, Gioland, lass uns abhauen! Alex war bereits verschwunden. Ich habe mich sicherheitshalber noch einmal umgeschaut und... ich konnte meinem Glück kaum glauben: Eine, prall wie ein Ferkel mit bestem, im Chichani geernteten Gras gefüllte filterlose Zigarette lag da; sie war zwar halb geraucht, aber immerhin. Jemand, der die Hälfte davon übriglässt, hat echt nix Besseres verdient. So schnappte ich mir den ganzen Aschenbecher und haute ab. Meine Leute waren bereits am Futtern und hörten dem Spektakel vom Hof zu und ich überlegte, wie ich ihnen meine Beute vorstellen sollte, um einen möglichst großen Effekt zu erzielen.

Plötzlich hörte man, dass die Tür wieder aufgeschlossen wurde. Diesmal gingen nur die Männer die Treppe hoch. Die Frauen hatten sie weggejagt oder umgebracht. Keine Ahnung. Wir haben alles blitzschnell verschwinden lassen: Die Schachteln schmissen wir hinter die Schaumstoffmatratzen, Stereoanlage und Lampen stopften wir auch in irgendeine Ecke. Wir selbst haben uns auch hinter den Matratzenstapel versteckt, bloß Markus kroch wieder wie eine Ratte unters Trampolin. So sitzen wir in unseren Verstecken und kichern, weil wir das alles total amüsant finden. Auf einmal brüllt jemand. Brüdergrimms, keine Frage, dass jemand, der so brüllen kann, zu allem fähig ist. Kreidebleich lege ich mich noch tiefer hinter den Schaumstoffstapel. Den Lärm hört man schon von der Treppe. Bald darauf stehen die Typen im Eingang der Trampolinhalle und ich bin mir ziemlich sicher, dass die gleich die großen Lichter anmachen, aber nein. Sie leuchten mit den kleinen Taschenlampen oder Handys und schimpfen auf das übelste. Ich habe mir erlaubt für einen Sekundenbruchteil herauszuspähen und sehe, das eine Silhouette in eine Ecke der Halle geht und die andere die entgegengesetzte Richtung wählt und mit aller Kraft schreit: Ich werde sie auf der Stelle abknallen, die verfickten Schweine! Auf einmal sehe ich in seiner Hand einen Pistolenlauf aufblitzen. Der Typ sucht uns mit einer Waffe in der Hand. Nun wünsche ich mir nur noch, dass meine Leute das nicht kapieren und nicht in Panik geraten. Mittlerweile steht einer von den zwei Typen mit der Taschenlampe direkt vor mir und ich liege zu seinen Füßen wie Huckleberry Finn vor Nigger Jim und ich schwöre bei Neas Leben, dass Mark Twain das, was er in seinem Buch erzählt, zu hundert Pro selbst erlebt hatte, weil bei mir genau das Gleiche passiert: Plötzlich fängt mein ganzer Körper an, so stark zu jucken, dass ich beinahe aufspringen muss: Nase, Ohren, ja, sogar der Sack! Alles juckt wie verrückt. Es ist auch kein Zuckerschlecken, im Sommer in Turnmatten zu sitzen. Ich bin total verschwitzt und der ganze Staub vom Schaumstoff klebt mir an der Nase, was nur das eine bedeuten kann und zwar – niesen. Wenn diese Arschlöcher nun in die andere Richtung gegangen wären, würde ich mich auf der Stelle anfangen zu kratzen, doch die beiden gingen nun dorthin, wo Alex und Nea sich versteckten. Scheiße, Mann, denke ich. Alex ist sowieso auf Schaumstoff allergisch. Sprich – das Ende naht! Lada muss man doch loben. Sie sitzt die ganze Zeit mucksmäuschenstill. Gott sei Dank, hat sie das mit der Waffe noch nicht kapiert. Markus scheint sicher zu sein, denn was für ein Depp kommt auf die Idee, unter das Trampolin zu schauen. Doch seinetwegen habe ich am meisten Schiss, denn der Typ ist unberechenbar und total streitsüchtig geworden und dazu auch noch draufgängerisch. Von oben zwar nicht, doch von unten kann man durch das Netz des Trampolinbodens alles sehr wohl sehen. Ich bin auch manchmal dort gelegen und habe deshalb eine Ahnung davon. Markus hat vielleicht auch die Waffe bei dem Typen gesehen und liegt deswegen so still und rührt sich nicht.

Mit diesen Gedanken beschäftigt, höre ich das Quietschen des Trampolins. Ich stecke meinen Kopf aus meinem Versteck und sehe, einer der Typen, der mit der Pistole, ist auf das Trampolin gestiegen, springt leicht darauf, lacht und lädt den Anderen ein, er solle auch dazu kommen, es würde tierisch Spaß machen. Der Zweite, namens Mischa ließ ihn nicht lange warten und stieg auch darauf. Nun springen die beiden und der arme Markus liegt unter ihnen. Die Männer sind mit den Schuhen drauf. Man darf nicht mit den Schuhen Trampolin springen, besonders wenn man ein stämmiger, erwachsener Mann ist. Anton hat uns mehrmals davor gewarnt. Das Trampolin kann kaputtgehen und das ist natürlich auch Markus bekannt. Oh, Mann, denke ich, hier und jetzt wird unsere letzte Stunde schlagen. Der Trampolinboden wird platzen und es wird etwas total Beschissenes passieren und von beschissenen Ereignissen habe ich schon die Schnauze voll. Alles Beschissene dieser Welt verfolgt uns seit einiger Zeit und ich halte alles aus, bloß keine Waffen, Brüder bitte keine Waffen! Eine Trommel Patronen ist mir schon für immer im Hirn stecken geblieben und ich will nicht mehr. Ich will nicht mehr, verdammt noch mal!

Ich bin wirklich nah am Heulen. Nicht bloß wegen dieser Arschlöcher und ihrer Waffe, sondern hier, im Dunkeln, als ich hinter

Matratzenstapel lag, kam plötzlich alles wieder hoch: Demos, Politiker, Fanatiker, Kriminelle, unsere Brüder, Rex und Dimitros und die stille Halde. Es kam alles auf einmal hoch, die Tränen der Verzweiflung und des Zorns würgten mich und rannen aus meinen Augen heraus. Sie haben alle meine Staudämme aus Schnaps und Marihuana durchbrochen. Ich konnte mich kaum zurückhalten, um nicht aus meinem Versteck herauszuspringen und jeden zusammenzuschlagen, jeden mit einer Pistole oder mit einem Panzer, jeden herz– und hirnlosen Menschen und wer weiß, wie das Ganze geendet hätte, wenn diese Zwei nicht vom Trampolin gestiegen und Richtung Treppe gegangen wären, auf einmal gut gelaunt. Es könnten bloß Jugendliche aus der Gegend gewesen sein, behauptete der eine und die würde er sich am nächsten Tag vorknöpfen und ihnen die Ohren langziehen, denn sie sollten wissen, wen sie bestehlen dürften und wen nicht.

    Okay, sagen wir mal, sie haben den Schnaps– und Grasgeruch nicht wahrgenommen, weil sie selbst besoffen und bekifft waren, aber den Geruch des Petroleums? Es stank wie die Hölle nach Petroleum.

    Als sie die Eingangstür hinter sich verschlossen und wir das Geräusch des abfahrenden Autos gehört hatten, kamen wir aus unseren Verstecken heraus. Ich habe mir den Staub von den Kleidern abgeklopft und dann zog ich die Kippe mit dem Stoff aus der Tasche und sagte: Alles Gute zum Geburtstag, Markus! Alle anderen mussten auch erst husten. War das nicht saucool, wie der Typ uns mit der Knarre gesucht hat? – lachte Lada. Alle Achtung, dachte ich und schaute die Kleine voller Bewunderung an. Wir haben die Lampen wieder angezündet. Markus, mein Geburtstagsbro, war immer noch nicht zu sehen. Wir schauten unters Trampolin. Da war er und sagte, er würde sich gleich zu uns gesellen. Als er herauskroch, sah er aus wie gelyncht. Vom Kopf bis Fuß mit Schaumstoffstaub bedeckt stand er da und guckte erschrocken um sich. Wie geht es dir, Mann? – fragte ich und fasste ihn an. Der Typ zitterte am ganzen Leib. Mensch, Aurelius, versucht auch Alexander zu witzeln, haben wir nicht schon schlimmeres erlebt? Ich? Was soll ich sagen. Mir schlägt das Herz immer noch wie verrückt. Bloß Lada und Nea sitzen da, als ob nichts wäre und lachen uns aus.

Wir müssen endlich etwas unternehmen. Die Nacht liegt immer noch vor uns, wie ein Namensvetter von Alex in einem Buch sagt, dass einen auch nicht vom Hocker reißt. Es ist immer noch dunkel und solange Markus an einer Wodkaflasche hängt, zog ich meine Kippe aus der Tasche, steckte sie an und nahm einen tiefen Zug. Nun sind die anderen dran. Nach dem zu urteilen, was ich im Licht der Petroleumlampen gesehen hatte, sah der Stoff nicht nach hausgemachter Ware aus. Er ist dunkel wie Novembergras und das mitten im Juni. Klobrig wie Hasch ist er nicht. Was bleibt also übrig. Es muss aus dem wunderschönen Garten der Hesperiden stammen, das gute Ding. Alex ist auch ganz beeindruckt. Lada wollte den Joint auch probieren, aber sie hat von Alex eines auf den Deckel bekommen, sie solle sich lieber um ihre Pizza kümmern. Dann fiel ihm plötzlich ein, dass er etwas für Lada in der Tasche hatte und zog das mit einer Schleife umwickelte Plüschtier heraus, gab es ihr und sagte, es sei für sie. Lada nahm es entgegen, guckte erstaunt erst das Spielzeug, dann Alex an und hat sich, vielleicht aus Mitleid mit Alex, verkniffen, ihm die Wahrheit zu sagen und meinte trocken: Danke, Alex, du bist cool! Dabei sah man ihr an, dass ihr das Spielzeug scheißegal war und später hat sie es auch in die Ecke geschmissen, ohne dass Alex es mitbekam. Jeder von uns hat einen Zug machen dürfen; Markus auch und es hat ihm gutgetan. Auf jeden Fall zitterte er nicht mehr so und seine Augen sind auch etwas klarer geworden. Auf das Trampolin hatten wir keinen Bock mehr. Nur Nea und Lada zogen ihre Schuhe aus und sprangen. Wir beobachteten ihre hüpfenden Schatten und hörten Musik. Den armenischen Sender hatte Alex gegen eine von Jeanis' CD ausgetauscht.

Am Anfang war es harmlos mit dem Gras, aber nach einer Viertelstunde, brachte es mir einen Schwindelanfall wie eine schlecht gekochte Managua. Es war so stark, als ob ich einen Eimer Wodka getrunken hätte. Also kralle ich mich an etwas Unsichtbares, damit ich nicht hinfalle. Mit Mühe schaffe ich es, meine Leute anzusehen und musste feststellen, dass sie auch irgendwie komisch dasitzen. Auf einmal hat Markus ein Feuerzeug in der Hand, klickt und ich muss mir die Ohren zuhalten, es hört sich an wie der Knall einer Kanone. Lada rüttelt Alex und stellt ihm mit einer derartig lauten Stimme eine Frage, so dass ich schreie: Du musst nicht so brüllen, Kind! Mich wundert's, dass meine Kehle in der Lage ist, so ein Gebrüll freizusetzen. Inzwischen kombiniere ich, dass entweder diese Typen Kiffer des Jahrhunderts und wir dagegen einfach nur elende Amateure sind, oder dass es daran lag, dass wir vorher bereits getrunken und geraucht hatten. Auf einmal sehe ich, dass Nea und ihre Zwillingsschwester zu der Stereoanlage kriechen und beide gleichzeitig den Stecker ziehen, dann haben sie noch den wie ein Oktopus mit mehreren Händen und Beinen ausgestatteten Markus die Feuerzeuge weggenommen. Nun gab's nur noch herrliche Stille, Brüdergrimms, doch wovon ich noch keine Ahnung hatte, war, dass diese Stille wie ein Heuschreckenschwarm summen und dir das Trommelfell zum Platzen bringen könnte. Nein, oh, nein, Brüder, diesem Stoff bin ich nicht gewachsen! Ich muss jetzt schlafen. Das hat mir immer geholfen, wenn mir der Stoff zu stark war. Ich habe es noch geschafft, drei große Schlucke aus der Wodkaflasche zu trinken, die mich etwas entspannt haben und bis ich wie Schneewittchen in einem tiefen Schlaf versank, sah ich noch, wie Markus das verfickte Feuerzeug zwischen seinen Finger drehte.

    Als ich wieder zu mir kam, merkte ich, dass jemand mich mit Leibeskräften rüttelte und mit Ladas Stimme anschrie: Gio, wach auf, schnell, Gio! Ich sah mich um. Es war nicht mehr so dunkel, oder aber meine Augen hatten sich an die Dunkelheit gewöhnt. Ich war nicht mehr bekifft, dafür immer noch besoffen und gut gelaunt. Es war bloß ein unerträglicher Gestank der mich störte. Hä, was geht hier ab, fragte ich, wer hat von euch in die Hose gekackt, will ich fragen, aber da höre ich Alex sagen: Schau mal, Alter, was der Abfuck angestellt hat! Ich sehe die Umrisse von Menschen, die sich vor der Abschirmung komisch bewegen; sie rennen hin und her, immer wieder. Nea hustet und flucht wie ein Kesselflicker. Ich wurde sofort nüchtern, sprang auf und sah, dass das, was ich für eine Abschirmung hielt, bloß dicker, weißer Rauch war. Ich ging hin und ruhig und unbesorgt, als ob nichts wäre (wer weiß, vielleicht war ich immer noch high nach dem Chichani-Gras) fragte ich Alex, warum sie mich wohl nicht früher geweckt hätten. Früher geweckt, Mann, – erwiderte Nea, wir haben dich eine Stunde lang ohrfeigen müssen! Deinetwegen konnten wir nicht fliehen! Und in welche Richtung wolltet ihr fliehen, scherzte ich, und wo ist überhaupt Markus? Dort, Lada zeigte auf ihn, dort sitzt das Arschloch! Als ihr weggeflasht seid, hat er bei den Matratzen gezündet, ich habe es mit meinen eigenen Augen gesehen! Ich schaute hin und sah Markus dort sitzen, still und friedlich wie Buddha. Na, was ist denn, Bruder, fragte ich immer noch fröhlich grinsend, wolltest du dir ein Geburtstagsfeuerwerk gönnen? Kurz und gut, ich erfasse immer noch nicht wie dramatisch unsere Lage ist. Na ja, es ist bloß Rauch, kein Feuer.

Ich necke die Bande noch ein bisschen, dann werde ich hingehen und mich um alles kümmern. Wo ist das Problem? Auf einmal fing ich auch an zu husten. Geht beiseite, Leute, rufe ich, lasst den Anführer der Feuerwehr seine Arbeit erledigen. Wir wollen dem werten Geburtstagskind doch nicht die Laune verderben! Ich näherte mich dem Rauch, konnte aber nichts sehen, also schaltete ich meine Taschenlampe ein und sah, dass auf dem Schaumstoffstapel eine Matratze lag und der Rauch aus dieser Matratze kam. Okay. Gleich werde ich die Matratze herunterzerren, beiseite schleppen und alles gemütlich löschen oder es wird halt von selbst herunterbrennen. Wir können uns in die entfernteste Ecke verkriechen, damit uns der Rauch nicht so stört. So schleppte ich die sauschwere Matratze vom Stapel, drehte sie um und plötzlich schossen daraus die Flammen hoch. Sie waren so hoch, dass sie mir das Gesicht ansengten. Die Flammen schossen hoch bis zur Decke und zwar mit solcher Wucht und solchem Krach, als ob darunter eine Handgranate explodiert wäre. Es brannte nicht bloß die Matratze, sondern der ganze Schaumstoffstapel brannte lichterloh. Verdammt noch mal! Ich hatte keine Ahnung, wie ätzend der Schaumstoffrauch ist! Wir müssen abhauen. Ja. Wir treten die Flucht an, doch ich höre Nea schreien: Gio, hilf mir doch, ich kann Markus nicht von der Stelle bewegen! Sogar in dieser Not registriere ich, dass sie mich um Hilfe bittet; mich, Gioland und nicht Alex. Ich renne zurück und verpasse Markus eine heftige Ohrfeige. Er kommt auf der Stelle wieder zur Besinnung. So schnappen wir ihn weg und rennen los. Als wir oben auf der Treppe ankommen, ist unten alles schon voller Rauch.

Der Raum im ersten Stock war immer noch rauchfrei. Wir können kurz Luft schnappen. Dann laufen wir durch die Turnhalle durch und wieder die Treppe hinunter. Die sinnlose Absperrung konnte den Rauch nicht zurückhalten. Es stank. Da meldet sich Markus, wir hätten die Stereoanlage dort vergessen und außerdem wäre die Tür doch von außen verschlossen. Laut schreiend trete ich mit aller Kraft gegen die Tür. Eine gute Viertelstunde lang, machen ich und Alex etwas komplett Bescheuertes und zwar, wir laufen nach oben, atmen rauchfreie Luft ein, dann rasen wir die Treppe wieder runter und, versuchen die Tür aufzubrechen solange der Atem reicht. Dann geht es wieder nach oben, wo Nea, Markus und Lada vor Schreck kreidebleich stehen. Zwischendurch versucht Alex Lada Mut zuzusprechen: Keine Angst, Lada, wir schaffen es, du wirst schon sehen, wir kriegen das hin! Die weiß angemalten Fensterscheiben hat Alex als erstes zerschlagen, doch von außen waren sie mit einem Metallgitter versehen. Mir tun die Füße weh und mittlerweile schnalle ich auch, dass wir der Tür einen Scheiß anhaben können. Alex hat das Gesicht zwischen die Gitterstäbe gesteckt und schreit: Hilfe! Wir brennen! Lasst und hier nicht verbrennen, ihr verfickten Arschlöcher! Trotz der völlig abgefuckten Lage muss ich lachen, weil Alex nach Hilfe ruft und gleichzeitig die eventuellen Helfer beschimpft. Nein, es hat keinen Sinn mehr, hier weiterzumachen. Wir rennen wieder nach oben und erst jetzt fällt mir einiges ein. Wäre es nicht besser, wenn wir schon in der Trampolinhalle die Fenster zerschlagen hätten? Erstens war hinter diesen Fenstern bloß ein Metallnetz und das hätten wir vielleicht eher zerreißen können. Zweitens, ließen wir dadurch Rauch heraus und Luft herein. Außerdem, hat doch jedes gottverdammte Gebäude eine Hintertür. Hätten wir denn nicht diese Hintertür suchen müssen? Sie ist bestimmt im Erdgeschoß, wenn schon, doch es unten auszuhalten ist nicht mehr möglich. Nea macht die Lichter an und es war auch gut so. Irgendein Straßenkehrer würde uns so besser sehen können, vorausgesetzt, dass das Licht überhaupt nach außen drang. Wir rannten wieder durch die Turnhalle, doch bei den Umkleidekabinen angekommen, merkten wir, dass nun auch hier dicker Rauch stand. Das schlimmste ist, dass es Lada langsam mit der Angst zu tun kriegt. Sie gibt es nicht zu, aber ihre

Stimme zittert. Nea ist auch in Panik und ich, Brüdergrimms, ich bin wieder dabei, eine saukomische und mir neue Erfahrung zu machen. Gioland hat Angst! Voll im Adrenalinrausch bekommt er das Gefühl, als ob ein völlig anderer Gio in seinen Körper schlüpft und nun ist es dieser Andere, der sich blitzschnell bewegt und die nötigen Entscheidungen trifft. Ich checke die Lage, schätze die Möglichkeiten ein und die Zeit reicht sogar dafür, Markus im Auge zu behalten. Seit er unter dem Trampolin ausharren musste, ist er wie ausgewechselt. Er bewegt sich wie ein Mondsüchtiger, langsam und so widerwillig, als ob ihm das Überleben scheißegal wäre. Was hast du, Markus, was hast du, Mann! – murmele ich vor mich hin.

Wir stürzen uns ins Zimmer des Schulleiters. Da ist es hell. Das Zimmer hat sogar einen Balkon, der nicht nach außen, sondern nach innen, zur Trampolinhalle ausgerichtet ist. Dafür sind die Fenster, die von unten unerreichbar hoch angebracht zu sein scheinen, dem Balkon sehr nah, ganz nah, aber…sie sind auch vergittert. Es ist wie im Gefängnis, verdammt noch mal! – schreit Alex. Auf einmal bemerken wir ein Telefon! Ein Telefon, kapierst du, Alter! Es ist unsere Rettung! Nea reißt den Hörer hoch und wählt mit zitternden Fingern eine Nummer und schreit: Die Sportschule brennt! Rettet uns, rettet uns, bitte! Dann ist sie plötzlich still, hört hin und fängt an zu schluchzen. Lada schaut Nea mit weit aufgerissenen Augen an und ich spüre, gleich fängt auch sie an zu heulen. Hör doch mal auf zu plärren, Mädchen! – schreie ich sie an, reiße ihr den Hörer aus der Hand und lege ihn mir ans Ohr: „Dieser Anschluss ist wegen offener Rechnungen gesperrt" wiederholt mehrmals eine unbeteiligte Frauenstimme. Die Notfallnummer muss doch auf jeden Fall funktionieren, denke ich und fange an zu wählen: Null, eins, null, zwei… „Dieser Anschluss ist …" Die obere Turnhalle ist auch schon verraucht. Das Feuer hat sich schon im Erdgeschoss ausgebreitet. Was sollen wir nun tun? – denke ich und beschimpfe die unsichtbaren Typen. Ich verfluche sie, doch ich weiß, dass sie uns mögen. Bis jetzt haben sie es auf jeden Fall immer verstanden uns aus jedem Schlamassel herauszuholen. Auf einmal kam ich auf die Idee, das Fenster aufzureißen und das Gitter dahinter näher anzuschauen. Es stellte sich heraus, dass es sich diesmal um eine ganz andere Art Gitter handelte, als man es von innen hätte vermuten können. Es hatte nach außen gebogene Stäbe, deren Umriss dem Bauch einer hochschwangeren Frau glich. So einen Bauch aus Gitterstäben macht man, um Platz für Blumentöpfe zu schaffen. Drüben hatte meine Wohnung auch solch ein Gitter samt Blumentöpfen. Einen Balkon zu vergittern hat vielleicht einen Sinn aber an Fenstern im ersten Stock Gitter anzubringen ist doch eine bescheuerte Idee, oder? Wer zum Teufel sollte hier hochklettern. Alex schien mittlerweile eine Lösung gefunden zu haben. Er schubste mich an und sagte, ich solle herauskriechen und zwar schnell. Ich hatte mich seitlings in den Gitterbauch gelegt und kroch daran entlang. Am Anfang klappte es ziemlich gut, doch später wurde es etwas enger. Dafür atmete ich frische Luft. Draußen war es kühl und es dämmerte. Es war meine Lieblingszeit und ich schämte mich dafür, dass ich vorhin die unsichtbaren Leute ausgeschimpft hatte. Ich krieche wie eine Schlange voran und grinse. Meine Leute sind hinter mir. Ich höre sie schnaufen. Mich kümmert es nicht mehr, wie lange ich noch so kriechen soll. Ein krummer Gitterstab wird schon dabei sein und dann... Lada, wie geht's dir? – frage ich und plötzlich höre ich ihre Stimme direkt unter meinem Kinn: Ich bin okay, Gioland und du? Verwundert hielt ich an. Alexander lachte und sagte, sie habe zwischen den Gitterstäben durchgepasst und sei schon längst heruntergesprungen. Ich schaute nach unten. Lada stand unten und grinste mich an. Und ich dachte, wir wären sehr weit oben. Aber wie konnte das sein? Von innen musste man eine Sprossenwand hochklettern, um zu den Fenstern des ersten Stockes zu gelangen. Der Balkon des Schulleiters sollte im dritten Stockwerk sein, doch Lada stand gerade unter mir und ich wunderte mich wie es möglich war. Am Ende habe ich es doch kapiert, dass von dieser Seite der abgebrochenen Baustelle, sprich von hinten, das Schulgebäude eingeschossig aussah. Dann fiel der Weg bergab auf die andere Seite und von hier aus erkannte man das Erdgeschoss und das Obergeschoss. Jemand hat wahrscheinlich erst ganz zuletzt bemerkt, dass der Raum des Obergeschosses viel zu hoch war und hat dort ganz oben, wie ein Schwalbennest noch das Zimmer für den Schulleiter samt Balkon gebaut.

Nun habe ich genau gewusst, dass sich die unsichtbaren Typen genug amüsiert haben und der krumme Gitterstab sich bald zeigen würde. Alex würde seinen Kopf zwischen den krummen Gitterstäben durchbekommen und wo Alex' Kopf durchpasste, dort könnte auch unsere Stereoanlage durch. Plötzlich fand ich es schade, dass wir die Stereoanlage und Wodkaflaschen in der Trampolinhalle gelassen haben.

Die Sonne ging auf und ich hörte Sirenen. Über der Sportschule stieg dicker, schwarzer Rauch auf und wir standen gesund und munter auf dem Boden und zogen an Alexander, der immer noch zwischen den Gittern steckte.

Ja, wir haben mächtig Scheiße gebaut, Brüdergrimms. Am nächsten Abend hat man bei Mamao in den Nachrichten gesehen, dass das Erdgeschoss der Sportschule total ausgebrannt war, das Obergeschoss war schwarz wie die Hölle. Das alte Arschloch Anton war schottendicht und sprach in einer Live-Übertragung mit sich selbst, dass er diese Bastarde nicht hätte hineinlassen dürfen. Als Ursache des Brandes wurde ein Kurzschluss genannt und alles wäre damit erledigt gewesen, wenn sie im Zimmer des Schulleiters keinen Stoff gefunden hätten. Nun sah man ihn mit Handschellen zwischen zwei großgewachsenen Bullen. Er selbst war in dieser Nacht zwar nicht dabei gewesen, doch wurde in seinem Zimmer Morphium in erstklassiger Ware gefunden. Nun hatte der Typ ein Problem am Hals. Morphium in Ampullen ist die reinste, wertvollste Droge im Sonnensystem, Brüdergrimms und ganz besonders dieses für den Militärgebrauch bestimmte Morphium in komischen Ampullen.

Diese Ampullen haben sie in seinem Zimmer gefunden, und noch einen ganzen Haufen Spritzen. Gott sei Dank sind ich und Alex nicht in ihren Besitz gekommen, obwohl es sich schon lohnen würde, sich drei bis vier Tage damit zu verwöhnen. Die Bullen haben den armen Schulleiter abgeschleppt und wir hatten deswegen voll Gewissensbisse. Mamao und der Schreiber haben uns die Leviten gelesen und zwar ernsthaft. Nach diesem Erlebnis, ging's mir so als ob ich durchs Fegefeuer gegangen wäre: Der Geruch von Blut und die stille Halde quälten mich nicht mehr so sehr. Ich hatte das Gefühl, dass diese Erinnerungen Jahrzehnte zurücklagen. Auch alles andere, etwa die Fanatiker, Demos und Mutanten waren mir ziemlich egal.

Endlich bin ich bei dem Zug angelangt. Solange wir auf der Fahrt sind, werden wir gesucht. Diesmal werden wir von Bullen gesucht und bei dieser Art von Bullen kommt man nicht mit Tricks und Grinsen davon. Sie sind gefährlich. Ich habe bereits gesagt, warum wir in diesem Zug sitzen und nun werde ich alles der Reihe nach erzählen. Vielleicht werde ich doch zu einigen lyrisch-sentimentalen Intermezzi greifen müssen, um mir unterwegs eine kleine Verschnaufpause zu gönnen.

5.

Am Morgen hat uns das Geschrei eines Zugbegleiters geweckt, es sei die allerletzte Station und wir sollten abhauen. Wir standen auf, nahmen unser Gepäck und stiegen aus dem Zug. Es ist etwas kalt, doch ich bin bestens gelaunt – es riecht nach Abenteuer und ich freue mich schon darauf. Auf einmal sehen wir den kifflustigen Onkel, dem die Backen von Alex' Hasch immer noch blau angelaufen sind und er lächelt uns freundlich zu. Er wollte sofort wissen, was uns zu seinem Heimatort gebracht hatte. Wir haben erzählt, dass hier unsere Kumpels auftreten sollten, dass wir sie besuchen wollten und überhaupt, dass wir auch die Bremer Stadtmusikanten seien. Früher war es mir scheißegal, nun aber bin ich sogar ein bisschen stolz darauf, dass wir Musik machen. Wo ich kann, muss ich damit angeben, während ich meine rote Mundharmonika zwischen den Fingern drehe. Der Typ wollte alles etwas genauer wissen, denn, wie er sagte, er kenne hier alle. Als wir den Bungalow der Hacker nannten, kratzte er sich am Hinterkopf und sagte, er habe immer gedacht, so einen Platz gebe es nur in der Stadt X. Es war ziemlich sicher, dass Alex' Hasch nicht das einzige war, das der Typ im Zug konsumiert hatte. Haben wir denn nicht auch die Stadt X erwähnt? Der Onkel sah uns erst aufmerksam an und fing dann an zu schmunzeln, was wir denn denken würden, wo wir wohl waren. Wir standen völlig baff da und ich fragte meine Bande, wer die falschen Scheißtickets gekauft hätte. Du, Gioland, – war die Antwort.

Kurz und bündig, der Bungalow der Hacker war an einem Ende des zu diesem Land gehörigen Strandes und der Ort, an dem wir uns nun befanden, an dem anderen; ja, fast an der Grenze der Besatzungszone. Über diese Besatzungszone möchte ich mich unbedingt äußern, scheißdrauf dass ich nicht kompetent bin. Als wir diese Provinz verloren haben, saß ich noch immer auf dem Töpfchen, deshalb wird meine Rede hier auch eher keinen patriotischen Charakter haben. Wenn ich ehrlich bin, weiß ich überhaupt nicht, was ich sagen soll. Ich habe auch weder Mamao noch den

Schreiber darüber reden gehört. Sonst hätte ich vielleicht etwas aufgeschnappt und dann auf meine Weise wiedergegeben. Doch ich habe es angefangen und nun muss ich die ganze Geschichte mit ein paar Worten schildern. Es ist eine Besatzungszone. Die Russen haben sich unser Territorium unter den Nagel gerissen. Es ist doch immer so: wenn man auf sein Hab und Gut nicht achtet, dann wird sich bestimmt einer finden, der es als leichte Beute an sich reißt. Was die Russen betrifft, sie werden bereits vom ganzen Planeten gehasst und verflucht. Was soll ich noch dazu sagen. Wenn ich ehrlich bin – ich habe sie gern und ich meine nicht die Neureichen und die hohen Tiere aus dem Kreml, sondern das einfache Volk; das schnapstrinkende, schottendichte und nachts im Mondschein Ziehharmonika spielende Volk. Ich fahre auf sie ab, seit meiner Kindheit, wo ich sie nur aus Büchern kannte. Später, an der südöstlichen Grenze meines Landes habe ich Plätze und Dörfer gesehen, in denen in echt die Älteren in Holzhütten um einen Samowar herumsaßen und unten am See vollbusige Frauen zur Musik eines besoffenen Ziehharmonikaspielers tanzten – genauso wie in den Erzählungen von Schukschin und Below. Die Bewohner jener Siedlung hatten eine komische Religion. Morgens und abends sangen sie zusammen und diese Melodien habe ich bis heute in Erinnerung. Bei Sonnenaufgang stachen die Fischer aus dem Dorf in den immer noch nebelverhangenen See, man sah sie nicht, hörte bloß leise Töne ihres Gesangs, als ob es der See wäre, der sang. Kurz und gut, es ist mir scheißegal, wer in meinem Land über die Russen was denkt. Ich habe sie gern. Und noch Aserbeidschaner. Sie sind zu echter, treuherziger Freundschaft fähig. Viele davon habe ich zwar nicht kennen gelernt und wenn schon, dann waren es hauptsächlich Hirten – stille, wortkarge Typen mit dunkler, faltiger Haut, die mit Schafherden unterwegs sind und die Taschen mit dem besten Gras voll haben, das sie für ein paar Groschen verkaufen und auch gerne völlig kostenlos mit dir teilen. Ich bin auch vielen Armeniern begegnet und mag auch sie sehr gern, besonders den weiblichen Teil. Um es kürzer zu fassen, ich kann bloß den Schwarzen und meinen Mitbürgern nicht vertrauen. Ich weiß, dass auf der Welt Milliarden von coolen Schwarzen unterwegs sind, aber ich bin bisher nur den Arschlöchern begegnet. Und was meine Mitbürger betrifft, wenn jemand sich uns gegenüber jemals Scheiße verhalten hat, dann nur sie. Nur sie haben Geld für Brunnenwasser verlangt. Sie haben uns mitten in der Nacht aufgeweckt und vertrieben – mit der Begründung, dass wir den Heuhaufen, in dem wir schliefen, plattdrücken würden. Und das Sprichwort „Der Gast ist ein Geschenk Gottes" haben sie auch nicht allzu ernst genommen und uns dafür aufkommen lassen, dass wir unser Zelt auf ihrem Grundstück aufgeschlagen haben. In jenen Gegenden hatten wir Angst vor Wölfen, sonst hätten wir das Zelt auch sonst wo im Freien aufschlagen können. Waren wir per Anhalter unterwegs, haben meine Mitbürger selten angehalten und wenn, dann haben sie Geld dafür verlangt. Ich könnte noch lange aufzählen. Eines möchte ich auch betonen: Je weiter der eine oder andere Ort von der Hauptstadt entfernt ist, desto herzlicher sind die Leute dort. Irgendwo am Arsch der Welt werden sie dir ihr Haus und ihr Vieh opfern. Keine Ahnung, was mit dieser Hauptstadt nicht stimmt. Als ob sie ein Tumor wäre, dessen Metastasen die Peripherien des Landes noch nicht erreicht hätten.

Ich hätte beinahe vergessen – einmal haben meine Landesgenossen uns mit Sensen verfolgt, doch damals war ich selbst schuld, denn ich hatte ihre Heuhaufen angezündet. Tatsache war, ich musste es tun, sonst hätte ich Alex nicht retten können, der Flusswasser getrunken und mir nichts davon erzählt hatte. Wir haben uns normalerweise immer anders verhalten: Zwei bis drei Meter von einem Fluss entfernt gruben wir eine tiefe Grube. In einer halben Stunde füllte sie sich mit trübem Wasser. Wir schöpften das Wasser heraus und bald darauf füllte sich die Grube mit weniger trübem Wasser. Wir schöpften das Wasser erneut heraus und machten so weiter, bis sich in der Grube klares Wasser ansammelte. Mit dieser Methode kann man aus einem beliebigen Sumpf eine saubere Wasserquelle zaubern. Es ist bloß ziemlich arbeitsaufwändig und wir haben diese Methode nur dann angewandt, wenn wir an dieser bestimmten Stelle übernachten wollten und sonst keine andere Wasserquelle vorhanden war. Am Morgen stecktest du eine Flasche in die Grube, fülltest sie mit Wasser, dann musste man bloß die Öffnung mit einem doppelt gefalteten Taschentuch umbinden und so trank man kristallklares Wasser.

Im Prinzip würde es auch ohne Taschentuch gehen, doch es filtert die Erde und die Froschlaiche heraus und wenn du Durchfall vermeiden möchtest, dann ist ein Taschentuch schon zu empfehlen. Alex hatte es vor Durst nicht ausgehalten und direkt aus dem Fluss getrunken. Ich hatte wie gesagt keine Ahnung und sah, wie er gegen Mitternacht anfing zu zittern. Am Anfang dachte ich, er würde bloß frieren. Die Gegend kam mir auch irgendwie sinister vor. Tagsüber lagen wir im Wasser, weil es so heiß war und abends mussten wir mit Minustemperaturen kämpfen. Um uns warm zu halten, hatten wir nur Schlafsäcke und Feuer, doch weit und breit gab es kein Holz aufzutreiben. Weit entfernt, am Ufer eines kleinen Sees, sah man einen Wald und dahin wollten wir auch, als Alex krank wurde. Ich musste ihn warmhalten. So setzte ich ihn an einen brennenden Heuhaufen, gab ihm reichlich Schnaps mit Zitrone zu trinken. Erst wurde ihm heiß, dann kotzte er, doch zitterte er weiterhin wie benommen. Ich habe insgesamt drei Heuhaufen verbrennen müssen, er hat auch mehrmals gekotzt und am nächsten Morgen war er wieder fit. Fliehen mussten wir trotzdem. Es blieb keine Zeit, die Isomatten einzurollen, so schnell sind etwa zweihundert mit Sensen bewaffnete Dorfbewohner herbeigerannt. Wir haben uns auf einen Hügel gerettet. Sie waren womöglich zu faul um uns bis auf den Hügel zu verfolgen; standen unten und beschimpften uns auf das Übelste.

Schade, denn es war so schön, bis Alex dieses Scheißwasser getrunken hatte. Wir kamen in jener Gegend bei Sonnenuntergang an. Der See, der von dort aus zu sehen war, hieß genauso (ich habe es später auf der Landkarte nachgeschaut), wie ihn jeder Pfadfinder genannt hätte, wenn er hier wie wir bei Sonnenuntergang angekommen wäre. Wir kamen von der Seite des Hügels, auf den wir später flüchten sollten. Gegenüber dem Hügel sah man noch einige Berge. Dazwischen war ein Tal, wie eine Schüssel. Der Fluss machte einen öden Eindruck. Langsam und irgendwie sinnlos dahinfließend verzweigte er sich vielfach und floss so in den See ein. Der See war auch komisch, mit einem unregelmäßigen Umriss, an den Ufern mit dünnem Wald bewachsen und sogar mit einer Insel mitten drin, auf der ein Baum wuchs; voll wie man es von den Zeichentricks kennt. Zwischen den Flussabzweigungen, auf den Wiesen waren viele Heuhaufen aufgebaut und die Dorfbewohner – immer noch fleißig am Mähen. Irgendwo ächzte eine beladene Karre und bellte ein Hund. Das alles, stellt euch mal vor, Brüdergrimms, der See, die Heuhaufen und die Bauern, war rosafarben und es war der untergehenden Sonne zu verdanken. Ich und Alexander lagen auf dem Hügel im Gras mit nackten Füssen, schauten nach unten und es schien uns, als ob wir uns am Rande der Welt befänden und, sollten wir von den gegenüberliegenden Bergen hinunterschauen, würden wir die Schwänze der drei Walfische sehen.

Am nächsten Tag brachte mir der Fluss beinahe meinen besten Freund Alex um und die Bauern haben uns mit ihren Sensen vertrieben.

Sorry, Alter! Ich bin wieder mal abgeschweift. Ich sollte von mir, Alex und vom Horizont hier nicht erzählen. Wenn ich noch von dieser zwei Monate dauernden Wanderschaft berichte, dann wird das Ganze ein genauso dickes Buch wie „Robinson Crusoe". Abgesehen davon werde ich noch voll durchdrehen. Außerdem bin ich der Herausforderung, darüber zu schreiben, gar nicht gewachsen. Dafür ist ein echter Schriftsteller und Meister des Wortes gefragt. Diese Erlebnisse muss ich wohl vorläufig nur für mich behalten. Also komme ich zurück in mein Fahrwasser. Wo bin ich stehen geblieben?

Es stellte sich heraus, dass ich dummes Arschloch die falschen Tickets gekauft hatte. Kein Wunder. Vorher habe ich das Meer bloß zwei Mal gesehen– selbstverständlich, als ich noch drüben wohnte. Damals haben die Leute aus meinem Stadtviertel und ich uns in einer bestimmten Stadt mit einem Strand getroffen. Die Tage zu verschlafen und die Nächte in Discos zu verbringen war, was damals zählte, also fuhr ich blass hin und kam kreidebleich zurück. Zeit für den Strand blieb eben nicht mehr übrig. Über diese Gegend, wo ich und die Karussellbande nun landeten, wusste ich bloß so viel, dass hier mauleselgroße Mücken hausten. Da wir auf eine Einladung der Hacker hin ans Meer fuhren, hatten wir nur 6 Rubel in der Tasche. Die Hacker hatten uns auch versprochen, die Instrumente bereitzustellen. Deshalb hatte Alexander seine Gitarre nicht mitgenommen und Nea trug wie immer nur ihren

Rucksack und eine kleine Staffelei bei sich. Den Synthesizer, der so groß ist wie ein Klavier und in Mamaos Bar steht, kann sie sowieso nicht mitschleppen. Also es waren nur Markus und ich, die Instrumente dabeihatten. So ahnungslos und pleite stehen wir alle auf dem Bahnsteig. Was bleibt uns anderes übrig, als zu Fuß zu den Hackern zu gehen. Mir macht es nichts aus – ich laufe für mein Leben gern. Ab und zu mal, wenn man Glück hat, kann man per Anhalter etwas schneller vorankommen. Diese Erfahrung, die ich und Alex einmal gemacht haben, möchte ich allerdings nicht wiedergeben. Ein freundlicher Fahrer hielt seinen Muldenkipper an, um uns mitzunehmen. Wir haben erst unsere Rucksäcke in die Mulde geschleudert und sind dann selbst hochgeklettert und reingesprungen – leider in den frischen Mist. Es lohnt sich gar nicht diese Geschichte zu erzählen. So stehen wir auf dem Bahnsteig, mit in der Meeresbrise wehenden Haaren – außer Nea, die überhaupt keine Haare hat. Und plötzlich sagt der Onkel zu uns, wir sollten an diesem Tag seine Gäste sein.

Du kapierst es, Alter. Der Typ hat uns alle zu sich nach Hause eingeladen und uns mit einem Festmahl königlich bewirtet. Es waren nur er und seine Frau im Haus. Alle anderen Familienmitglieder waren in die Hauptstadt gefahren und solange der Onkel aus dem Gämsen-oder Tyrannosaurushorn trank, dachte ich an meine eigene Familie, an Boris – und konnte keinen Bissen herunterwürgen. Außerdem war ich nicht mehr gewöhnt, aus einem Glas zu trinken und musste die angebotene Tschatscha[15] mehrmals ungewollt verschütten. Alex hat eine Karaffe zerbrochen und die Gastgeberin hat die Scherben wortlos aufgekehrt. Die Tafel konnten wir nicht richtig genießen, dafür hat uns das Meer richtig Spaß gemacht. Ich wollte betrunken nicht rein, doch Markus hat sich sofort ins Wasser gestürzt und kam wieder rausgerannt, kichernd und sich an den Eiern kratzend – die Medusen hätten ihn angegriffen. Vielleicht irrte ich mich, aber das Meer hat Markus gutgetan. Er war hellwach und guckte herum mit seinen Kinderaugen und freute sich, dass er endlich das Meer gesehen hatte. Nicht, dass ich der große Kenner wäre, aber so viel kapiere sogar ich, dass

---

[15] Ein traditioneller georgischer Tresterbrand.

das Meer in der Nähe einer Stadt nicht in seiner besten Form ist und weiter wandernd würden wir noch schönere Stellen entdecken und wer weiß, vielleicht wird Markus vom Meer überhaupt geheilt.

Am Abend breiteten wir im Garten unsere Isomatten aus. Unser Gastgeber kam, wunderte sich und fragte, wofür er wohl das ganze Stockwerk im Haus hätte, wenn nicht für einen netten Besuch wie uns. Es wäre nicht höflich ihm zu widersprechen, also standen wir auf, gingon mit und legten uns auf die Federbetten. Ich hatte das Gefühl, dass ich in der Luft hing, sehnte mich nach einem etwas festeren Lager und wälzte mich stundenlang in diesem Bett, genauso wie damals, als ich lernte, auf dem Boden und auf Bänken zu schlafen. Also ich konnte beim besten Willen nicht im Bett einschlafen, zerrte das Bettlaken auf den Boden, legte mich darauf und war sofort weg. Am nächsten Morgen machte ich die Augen auf und sah den Gastgeber, der im Zimmer auf und ab marschierte und grinste wie ein Honigkuchenpferd. Ich sah nach meinen Leuten. Sie lagen alle auf dem Fußboden, Markus sogar unterm Bett und schnarchte wie ein Tiger. Nur Nea lag auf dem Bett eingebrezelt und schlummerte. „Kommt herunter, frühstückt und dann werde ich euch mit dem Auto zu eurer Stadt fahren", sagte der Gastgeber. Nein, Bro, wir kommen schon klar, flüsterte ich und hoffte, Nea hatte nichts mitbekommen, sonst würde sie wirklich mit dem Auto fahren wollen. Sollen wir mit dem Auto fahren und so viele Abenteuer verpassen? Nein, lieber nicht! Wir frühstückten und drei Liter Tschatscha, die uns die Gastgeberin geschenkt hatte, habe ich dankbar in den Rucksack gleiten lassen. Mittlerweile kam ihr Mann wieder und hat etwas Großes mitgeschleppt und zwinkerte uns zu, es würde zwar seinem Sohn gehören, doch er sei zu faul und bequem, um es zu benutzen, deshalb wolle er es uns schenken. Was das wohl war? Ein Zelt, Mann! Ein etwas zu schweres, aber anständiges Dreimannzelt mit Heringen und allem Drum und Dran. Sieh mal einer an, was Alex' Hasch bewirkt hat: Plötzlich hat der Typ uns eine Bleibe hergezaubert.

Zweieinhalb Wochen sind wir, die Karussellbande, zu dem Aufenthaltsort der Hacker gepilgert. Davon gibt es zwar nicht viel zu berichten, doch ich werde es trotzdem tun. Kostet ja nichts. Was die allgemeine Situation angeht, hier gehen sie einem auch mit der Politik auf den Wecker und es liegt immer noch Demogeruch in der Luft. Wir halten uns fern vom Strand. Erstens es ist alles proppenvoll mit Urlaubern, zweitens ist alles total vermüllt. Man hätte es irgendwie ausgehalten, aber da wir die Bullen von hier nicht kennen, es ist vernünftiger, ihnen aus dem Weg zu gehen. So schlugen wir unser Zelt an einem entfernten, stillen Ort auf. Ein paar Mal haben wir es auch mit Musik versucht und es hat ziemlich gut geklappt. Ich hatte keine Ahnung, dass man bloß mit Flöte und Mundharmonika und ohne akustische Verstärkung anständige Tunes spielen konnte. Nea hat Sand in eine Bierdose reingetan, daraus etwas Marakasartiges gebastelt und darauf mitgespielt. Alex kommt immer wieder, als sei er fremd, bleibt stehen und hört uns eine Weile mit geschlossenen Augen zu, wirft dann zum hundertsten Mal denselben Geldschein in die Box und geht wieder. Das ist bloß ein Trick. Früher oder später kommt jemand mit Geld vorbei, guckt bei Alex oder X-beliebigen anderen ab, bliebt auch stehen und fängt an zuzuhören. Auf diese Weise versammelten sich in den Unterführungen manchmal eine ganze Menge Leute, sogar schon damals, als wir noch eine ganz bescheuerte Mucke spielten. Hier jedoch, merke ich, achtet außer den Kühen keiner auf uns. Ab und zu bringt uns mal die eine oder andere Oma ihr Backwerk oder lädt uns in ihren Garten ein, um Bohneneintopf zu essen. Wahrscheinlich denken sie, dass wir Bettler seien und haben Mitleid mit uns. Uns blieb nichts anderes übrig als doch zum Strand zu gehen – und derjenige, der uns als Erster einen nagelneuen Zehnerschein in die Box warf, war eben ein Bulle. Sie hielten das Auto an und hörten uns eine gute halbe Stunde zu und zwar irgendwie gern. Man sah ihnen an, dass sie unter Drogen standen. Es war auf einmal klar, dass sich auf diesem Gebiet noch nichts geändert hatte. Die Bullen waren immer noch die alten Bullen und ich war sofort erleichtert. Es gibt nichts Langweiligeres auf der Welt, als anständige, ehrliche Polizisten.

So haben wir einige Tage in der Umgebung jener Stadt verbracht.

Am Anfang schlugen wir unser Zelt an einem menschenleeren Ort auf. Morgens wurde ich von einem komischen Kratzen geweckt. Ich kam gähnend aus dem Zelt heraus und sah ungefähr zweihundert Kinder um unser Zelt versammelt. Kinder sind bei mir jederzeit willkommen, doch zu diesen Kindern gehörten noch etwa neunhundert erwachsene Urlauber in jeder Form und jedem Alter. Später haben wir uns an der Flussmündung niederlassen, doch dort waren diese mythischen Mücken oder Harpyien und Fledermäuse zu Hause – und Frösche, die wie Vögel auf den Bäumen lebten und so gewaltige Stimmbänder hatten, dass man es kaum glaubte. Es hätten bloß ein paar auf dem Boden herumliegenden Schädel gefehlt und schon wäre eine Horrorlandschaft perfekt gewesen.

Zwei, vielleicht auch drei Tage haben wir in dieser stinkenden Stadt verbracht und kaum fünfzig Rubel zusammengekriegt. Dafür kauften wir Dosenfutter, Tschatscha, Zitronen, Zigaretten und dann brachen wir den Strand entlang zu den Hackern auf. Am Stadtende gab es wieder mal eine versumpfte Flussmündung. Diesmal hielten wir dort nicht an, sondern liefen munter vorbei und sahen nicht mal eine einzige Mücke. Nea war sehr enttäuscht. Sie hatte für ein Antimückenmittel zehn Rubel bezahlt und es fleißig auf die Haut aufgetragen. Das Mittel roch so nach toter und halbvergammelter Maus, dass nicht mal wir uns in ihrer Nähe aufhalten wollten – von den Mücken ganz zu schweigen. Auch später sind wir nur barmherzigen Mücken begegnet, die uns nicht weiter beachtet haben. So kamen wir dem Hacker-Bungalow immer näher. Das Meer war schöner anzusehen. Das Ufer war mit Wald bewachsen. Die Nächte waren dunkel, dafür war etwas weiter, auf der anderen Seite der Küste, alles hell erleuchtet. Eines Tages würden wir auch dort ankommen.

Mittlerweile sind wir in einem Kurort gelandet. Unser Zelt schlugen wir etwas abgelegen auf. Die Vorräte waren schon aufgebraucht und hier etwas zu verdienen war unsere einzige Hoffnung, denn weiter waren nur kleine Dörfer zu sehen und dort würden wir nichts außer Brot und Bohneneintopf auftreiben können. Es gibt so viele Bars und Hotels. Wenn diejenigen, die diese Orte besuchen, auch nicht mit musikalischem oder architektonischem Geschmack gesegnet sind, so müssen sie auf jeden Fall Geld haben. Am Strand ist der Sand pechschwarz und vermüllt. Müll stört mich schon lange nicht mehr. Er ist ein organischer Teil von Mutter Natur geworden. Außerdem sah der Müll am Strand meistens wie ein bunter Streifen aus. Wir haben uns etwas weiter weg am Waldesrand niedergelassen. Es war kein schlechter Ort. Deshalb haben wir beschlossen, dort einige Tage zu verbringen.

Nach der Arbeit lagen wir auf dem Sand, rauchten Hasch und schauten Markus zu, wie er weit, fast am Horizont wie Christus über das Wasser ging. Das Wasser war fast überall knöcheltief, nur manchmal fiel ein Ungläubiger in ein tiefes Loch. So lief Markus im Flachwasser wie ein Kind, spielte, plantschte und freute sich. Ich lag im Schatten der Bäume, rauchte eine Zigarette mit etwas Hasch und redete mit dem Meer, wie cool es sei, wie es unseren Bro und Meisterflötisten wiederbelebt habe und womit ich ihm einen Gefallen tun könne, um mich dafür zu bedanken. So sprach ich zum Meer und es lag nicht am Hasch, Brüdergrimms. Es ist bloß etwas mir immer noch Unverständliches an meiner Natur. Stell dir mal vor, wir sitzen alle unter einer Fichte und ich nehme diese Fichte wahr wie eine von uns: Ich, Alex, Nea, Markus und Fichte. Es ist immer so und ich kann es mir nicht erklären. Und es ist nicht bloß mit den Bäumen so. Vielleicht bin ich verrückt. Vielleicht bin ich permanent high. Ehrlich gesagt, es stört mich gar nicht, ganz im Gegenteil. Nun unterhalte ich mich mit dem Meer und ich finde es auch völlig in Ordnung. Nur mit meinen Leuten spreche ich dieses Thema nie an. Ich schäme mich irgendwie dafür. Markus, mein Broländer schämt sich nicht dafür. Einmal war er gerade dabei, Feuer zu entfachen; er brach vertrocknete Äste von den Bäumen und murmelte dabei ununterbrochen. Ich habe Nea zur Seite gebeten und gesagt, er habe womöglich ohne uns gekifft. Nea lachte und versicherte, er habe gar nichts gekifft, sondern würde sich bei den Bäumen dafür entschuldigen, dass er ihnen die Äste abbrach. Ich neckte Markus den ganzen Tag, indem ich ihm immer wieder die gleiche Frage stellte, ob der Baum uns nicht verfluchte, weil wir seine Äste schön ins Feuer warfen. Markus ist kein einziges Mal darauf eingegangen, doch ich platze immer noch vor Neid, weil er so souverän mit den Bäumen sprechen kann.

Es geht uns allen gut an diesem abgelegenen Ort. Bloß Markus schaut mit leuchtenden Augen in Richtung der Küste und schwärmt, er würde dort ein Riesenrad erblicken, sie würden auch andere Attraktionen haben und wir sollten alle dahineilen. Ich aber weiß sehr wohl, dass es dort nur so von Menschen wimmelt. Markus mag keine Menschenaufläufe. Er hasst die ganze Zivilisation. Früher hat er, genauso wie Alexander, die von drüben richtig gemieden und jedes Mal, als er in eine Menschenmenge kam, sträubten sich ihm die Nackenhaare wie bei einem Wolf. Übrigens ich bin mir ziemlich sicher, dass Alex die von drüben immer noch meidet wo er nur kann und sie sind auf ihn auch nicht scharf. Besonders dann, wenn er rauchend am Strand liegt, mit seiner schwarzen Sonnenbrille und den in der kriminellen Welt üblichen Tattoos. Ein waschechter Al Capone in seiner Jugend. Nea sind die von drüben scheißegal, doch Markus ist der Erzfeind der Menschheit, dafür steht er auf die Natur wie ein Indianer. Was mich betrifft, so bin ich wie Nea. Mir sind sie auch ziemlich egal. Manchmal habe ich sogar ein gewisses Mitleid mit ihnen aber sonst nicht viel für sie übrig. Dass Markus sich plötzlich zu den Menschen gesellen möchte, halte ich für ein gutes Zeichen. Er ist auf dem Weg zur Heilung und deshalb: Wenn er zur Küste möchte, gehen wir mit, egal, ob es für uns alle ein paar mehr Probleme mit sich bringt.

Wir verließen unser Paradies und gingen auf die Straße. Das erste Ziel war natürlich die lichtüberströmte Küste, mit dem Riesenrad und Attraktionen für Markus. Von dort bis zu Hackers Bungalow waren es noch etwa zwanzig Kilometer. Man müsste nur durch ein paar Dörfer durch und schon war man angekommen. Einen halben Tag hockten wir auf der Straße und es war uns, von einer Mitfahrgelegenheit ganz zu schweigen, nicht mal möglich, ein Taxi anzuhalten. Einige Taxifahrer haben schon gebremst, doch als sie uns gesehen hatten, haben sie wieder Gas gegeben und schon waren sie auf und davon. So fühlten wir uns gezwungen, einen alten und bescheuerten Trick anzuwenden und zwar, dass wir Jungs uns im Gebüsch versteckten. Nea alleine konnte im Nu ein Taxi anhalten und dann rannten wir auch heraus und sprangen ins Auto rein. Es ist allgemein bekannt, dass die Taxifahrer an der Küste nicht ganz sauber ticken und auch der hat uns so einen Preis für die Strecke genannt, dass man dafür das Auto haben und selber hinfahren könnte.

Markus' Stadt haben wir erst spät in der Nacht und mächtig bekifft erreicht. Bald haben wir ein gemütliches Plätzchen mitten im Nichts gefunden und unser Zelt aufgeschlagen. Am Morgen höre ich lauter Autogeräusche und Typen, die sich irgendwo ganz in der Nähe totlachen. Alex streckte den Kopf aus dem Zelt heraus und zog ihn sofort wieder ein. Das gemütliche Plätzchen mitten im Nichts hat sich als Hof eines Restaurants entpuppt, unser Zelt steht ein paar Schritte von der Straße entfernt und um das Zelt herum sitzen in bunte Hemden gekleidete Typen und machen Fotos von uns. Nun mussten wir einen anderen Platz für unser Zelt suchen, denn weiter vorne sind die Strände knallvoll mit Urlaubern und hässlichen Bungalows, die die Gegend rund um die Uhr mit geschmacklosen Schlagern beschallen. Einen Kilometer von uns entfernt steht ein Hotel, das meine ehemaligen Nachbarn besonders schätzen, mit einer Disco in den ersten zwei Stockwerken, wo man nichts außer verficktem Techno und Pop zu hören bekommt und am nächsten Morgen kannst du auf dem Strand nur noch gebrauchte Kondome und Spritzen finden. Die Tatsache, dass ich hier jemanden antreffen könnte, den ich kenne, kümmert mich nicht besonders. Ich kann solche Plätze und die Art des dort versammelten Volkes nicht leiden und basta. Endlich fanden wir einen netten Platz in einem Fichtenwald. In der Nähe gab's noch einige Zelte und da stand sogar ein Wohnwagen geparkt. Es sah alles ganz schön friedlich aus.

Am nächsten Morgen gehen Markus und ich zum Strand, setzen uns an die Fashionbar auf dem Gehsteig und spielen, solange es nicht zu heiß wird. Es ist so ein Getümmel um uns herum, dass unsere Musik kaum ein anderer außer uns selbst hören kann. Trotzdem verdienen wir Geld, viel Geld, mehr Geld, als wir jemals verdient haben. Genauer gesagt ist es Markus, der dieses Geld verdient.

Wie ein Profibettler wählt er einen Geldsack aus und starrt ihn an, egal ob er uns sieht oder mit dem Rücken zu uns steht. Markus' Blick zwingt ihn, uns sein Gesicht zuzuwenden und dann ist er schon erledigt. Er schaut und sieht einen schmächtigen jungen Mann mit riesigen runden Kinderaugen, der Flöte spielt, ihn anstarrt, mit seinem Blick ihn um Geld bittet und gleichzeitig zeigt, wie er ihn hasst. Der Geldsack ist irritiert, weil er sogar unter seiner dicken Haut spürt, dass er in seinem mit Glitzer vollgestopften Aquarium etwas Echtem begegnet ist. Die Augen von Markus haben ihn fertiggemacht und während ich noch unter dem Gefühl leide, wie im Schaufenster vor so vielen von drüben zu stehen, zieht der Geldsack seinen Geldbeutel aus der Tasche, nimmt Geldscheine heraus und wirft sie uns in die Box. Und dann geht es von vorne los. Ich harre aus, damit Markus nicht alleine dastehen muss. Nea hat es nicht ausgehalten und bleibt bei Alex. Ich und Markus betteln. Unsere Musik hört hier keiner.

Markus nimmt das Geld, wechselt und teilt auf. Mir gibt er nur fünf Rubel und den Rest stopft er sich in die Tasche. Ich protestiere lautstark. Er schaut mich an und lächelt, denn er weiß, dass es als Spaß gemeint ist. In Wirklichkeit umarme ich ihn und sage: Alles gut, Bro. Wenn es dein Herz erfreut kann ich dir mehr Geld besorgen, unendlich viel mehr. Ich werde nicht vierzig, sondern tausend Tage lang fasten, wenn dir damit geholfen wird, Markus, mein Bruder.

Danach ist er wie aufgezogen. Er zappelt herum. Findet keinen Platz. Trinkt etwas Schnaps, raucht etwas Hasch, nimmt Nea mit und merkt gar nicht, dass Nea nur noch zum Heulen zumute ist. Er nimmt sie mit und durchlebt den restlichen Tag wie man sagt volle Kanne: Mal sitzt er auf dem Scooter, mal auf dem Paddelboot, oder er geht zum Riesenrad und kehrt erst nach Mitternacht zurück. Ich und Alex kochen ihm etwas zu Essen. Wir kennen Markus. Er selbst würde niemals ans Essen denken. Markus hat Spaß. Markus hat keine Zeit.

Ich und Alex stehlen und zwar alles, was uns in die Finger kommt. Wir stehlen Haselnüsse, die in dieser Gegend fast jeder auf dem Balkon zum Trocknen ausgebreitet hat. Wir miauen erst und wenn kein Hundegebell zu vernehmen ist, dann schleichen wir in den Garten und solange die Besitzer im Hof tafeln oder ins Kartenspiel vertieft sind, stehlen wir ihnen vor ihrer Nase alles, was zum Stehlen ist: Haselnüsse, Mais, Wassermelonen, Äpfel – und gehen vollbeladen wieder zu unserem Zelt. Bis Markus und Nea zurück sind, braten wir Maiskolben und Äpfel an der Glut, zahlen im Laden ein Schweinegeld für Brot und Käse. Für Schnaps bleibt nichts mehr übrig, aber das macht nichts. Nea und Markus kommen. Nea hat ein müdes, gequältes Gesicht und sagt kein Wort. Markus hat glänzende Augen und quasselt ununterbrochen. Er plappert wir ein Kind, erzählt wo er was gemacht hat und futtert mit Appetit. Dann geht er ins Zelt und kurz danach hört man das Schnarchen eines gesunden Mannes. Nea bleibt am Feuer sitzen und schaut stumm aufs Meer. Sie malt nicht mehr, doch ich mach mir um sie keine Sorgen. Ich freue mich für Markus. Wir sind alle dabei Markus zu heilen: Das Meer, das Feuer, die reichen Typen, sogar die Bauern. Der ganze Planet kämpft um Markus' Leben. Wer weiß, vielleicht schaffen wir es, ihn zu heilen.

Sobald Nea und Markus eingeschlafen sind, rauchen ich und Alex eine Menge Hasch, vergraben uns im Sand und bleiben liegen, solange uns der feuchte Sand nicht zu kühl wird. Hinter uns knistert das Lagerfeuer, vor uns rauschen die Wellen, ich liege und spüre, wie sich die Erde, der Himmel und die Sterne bewegen und denke, denke ununterbrochen daran, was ich in den letzten vier Jahren alles erlebt habe; ich denke an Poseidon, an Dimitros, an Rex, an die stille Halde mit dem Bächlein und an die Welt unter der Brücke. Ich denke auch an meine Karussellleute. Dann folge ich dem Rausch nach drüben, wo ich in vier Wände eingesperrt vor meiner Tastatur sitze und ich habe Mitleid mit mir selbst, wie armselig, einsam und alleine ich dasitze, an den Bildschirm geklebt, fern vom Leben und von der Welt. Mein Hals schnürt sich schmerzhaft zu, ich möchte weinen und tief im Herzen bin ich jemand Unsichtbarem sehr dankbar, dass er mich aus jener verlogenen Welt herausgenommen und hierhergebracht hat.

Es wird immer schwieriger, weiterhin so zu leben. Ein Typ hat Alex verfolgt und ihn beinahe erwischt. Mich hat eine Alte mit ihrer Wassermelone in der Hand erwischt und sie hat zwar nichts unternommen, doch ihre Flüche waren noch eine Stunde lang zu hören und ich war nicht besonders glücklich damit. Immer wieder versuche ich Markus zu überzeugen, dass wir langsam unsere Zelte abbrechen und zu Hacker gehen sollten. Markus ist dagegen und bettelt, er wolle noch nicht zu Hacker. Nicht zu Hacker, erklärt Alex mit seiner festen Stimme, sondern einen anderen Ort finden,

Bro, wo wir uns alle wohlfühlen werden. Markus hört auf Alex und wir schreiten nach vorne, Richtung Hacker. Wir schlagen unser Zelt an gemütlichen Plätzen auf und verdienen wieder gut Geld, doch Markus nimmt fast alles und gönnt sich viel Spaß. Wir tun uns schwer damit, etwas Essbares aufzutreiben. Maisfelder und Obstgärten sind weiter vom Strand entfernt. Näher sind bloß die mit der Alarmanlage geschützten Häuser. Trotzdem musste man sich bemühen. Einmal kam Alex angerannt mit einem Glas Essiggurken in der Hand und etwas lebendigem und sehr unruhigem in seinem Rucksack. Wie sich später herausstellte, war es eine Ente. Sie hat uns viele Probleme bereitet, denn wir fanden sie zu cool um sie zu schlachten. Aber dann, man musste was essen und Alex hat sie im Meer ertränkt. In dieser Gegend haben wir noch zwei Hühner auf dem Gewissen. Man musste wieder gehen...

    Mittlerweile entfernten wir uns von dieser Stadt oder Siedlung, wie man sie auch nennt, und kamen in einen schrecklichen Ort. Es war eine Brücke mit einem Bahngleis darauf. Wir waren zu faul zum Umkehren und gingen direkt in einen für Züge geeigneten Tunnel. Als wir wieder draußen waren, war der erste Mensch, dem wir begegneten, ein zu Tode erschrockener Stationswächter. Er hat uns des Leichtsinns bezichtigt und gesagt, er habe in seinem langen Leben noch nie jemanden lebend aus diesem Tunnel herauskommen sehen, denn es sei ein Tunnel für die schnellen Züge. Zur Bekräftigung seiner Worte ist ein Schnellzug an uns vorbei gezischt. Ich habe mich auch beschwert, dass wir wegen des doofen Gleises nicht zum Meer hinuntergehen konnten. Der Stationswächter hat uns versichert, nach einigen Metern würde es eine Treppe geben. Die Treppe gab's allemal nicht, aber eine Holzleiter, über die wir zum Strand hinunterkletterten. Der Strand war hässlich wegen der vielen Wellenbrecher, die reichlich mit Miesmuscheln bewachsen waren und nach Furz stanken. Übrigens, wenn man diese Muscheln mit Zitronensaft beträufelt, riechen sie nicht mehr nach Furz und schmecken auch nicht übel. Außerdem machen sie einen satt und mehr kann man ja nicht verlangen. Die Allmächtigkeit der Zitrone habe ich auch nie bezweifelt und ich glaube ihr Loblied habe ich hier auch mehrmals gesungen, doch am Meer kam sie erst wirklich zur Geltung. Zitrone passt ausgezeichnet zu

Meeresfrüchten. Hinter den Wellenbrechern ist ein Felsstrand und noch weiter weg ist eine Großstadt und am Rande dieser Stadt, in der Siedlung von besonders gut Betuchten steht auch der Hacker Bungalow. Die Stadt kann man von hier schon sehen und wenn ich ein Fernglas hätte, würde ich zumindest Tschuj sehen können.

Wir haben unser Zelt im Gebüsch am Flussufer aufgeschlagen. Aus verständlichen Gründen sind an diesem Strand keine Bungalows und auch keine Bars. Die Wohnsiedlung befindet sich weiter oben, am Hang eines Berges. Der Platz ist einsam und menschenleer, dafür besteht der Strand aus kleinen runden Kieselsteinen und das Flussufer ist sandig. Kann man sich etwas Besseres wünschen? Auf den Steinchen kann man liegen, im warmen Sand sich bis zum Hals vergraben. Ich habe keine Ahnung wo Markus spielt. Ich selbst bin eingeschlafen und habe mir einen Sonnenbrand geholt. Nun habe ich Fieber und keinen Bock, hochzuklettern in die Siedlung. Markus ist weiter am Spinnen und wir können ihm am Abend bloß Muscheln anbieten. Nea kann sich wahrscheinlich gar nicht vorstellen, dass ein Mensch Hunger bekommen kann und bringt nur die Getränke mit. Wer weiß, vielleicht isst sie in irgendwelchen Kneipen. Wir stellen keine Fragen und überhaupt, Markus darf sich so verhalten, wie er es für richtig hält. Uns geht es auch nicht schlecht. Bloß wenn ich diese Ente mit dem grünschimmernden Kopf so ansehe...Sie könnte uns ein anständiges Mahl werden und ich würde sie samt Federn auffressen.

Am nächsten Tag hatte ich schon kein Fieber mehr, doch laufen konnte ich immer noch nicht. Meine Schultern sind mit Blasen bedeckt und ich kann keinen Rucksack tragen. Dabei würde ich so gerne weitergehen. Nicht, dass ich es zu Hacker so eilig hätte. Nein, ich möchte bloß wissen, was dieser Felsstrand an sich hat. Die Felsen sind oben mit Wald bewachsen und ich liebe Bäume, muss ich sagen.

Eines Morgens kroch ich aus dem Zelt heraus. Es muss etwa sechs Uhr gewesen sein. Eine Uhr besitzt zwar keiner von uns, aber ich kann die Uhrzeit mithilfe des Sonnenstandes ermitteln, ziemlich genau sogar. Besonders an solchen offenen Stellen ist es gar nicht so schwierig. Es dürfte Typen geben, die auch nachts, nach den Sternen oder Ufos die Uhrzeit bestimmen können, doch so weit bin ich noch nicht. Also um sechs Uhr morgens kroch ich aus dem Zelt (warum ich immer so früh aufstehe, sagte ich bereits) und setzte mich sofort an die Glut. Um diese Zeit ist es am Ufer schrecklich kalt, doch das Meerwasser ist, aus mir unbekannten Gründen, angenehm warm. Das Flusswasser dagegen ist tierisch kalt und das kann ich mir auch nicht erklären. Wasser ist überall Wasser, oder?

Ich kroch aus dem Zelt, legte etwas Kleinholz in die Glut, ging kniehoch ins Wasser und fing an, mich zu waschen. Ich friere am ganzen restlichen Leib, der nicht im Wasser steht. Meine Brandwunden sind offen und brennen, wenn das salzige Meereswasser drankommt. Ich muss es aushalten. In den Fluss kann ich erst, wenn die Sonne hochsteht. Auf einmal sehe ich dort, bei den Wellenbrechern, ein Boot. Na und? Ein Boot auf dem Meer zu sehen ist nicht gerade eine Seltenheit. Morgens früh sind meistens Fischer mit Booten unterwegs. Ich kam zurück zum Feuer, doch das Boot behielt ich im Auge. Eine Zeitlang schwamm es im Meer, dann kam es ans Ufer. Das Boot sehe ich nicht mehr. Es ist einfach zu weit und es hat kaum angefangen zu dämmern. Um diese Zeit pflegen Fischer ihre Netze aus dem Wasser zu holen. Sie sind besonders still und vorsichtig dabei, damit sie die Umweltpolizei nicht auf frischer Tat ertappt. Mit so einem Netz ist es verboten, Fische zu fangen und die Erwischten müssen eine hohe Strafe zahlen. Wobei, wenn die Umweltpolizei tatsächlich vorbeikommt, sollte man sich lieber in den Schützengraben retten, weil sie von Handgranaten bis zu Atombomben alles ins Wasser schmeißen, um Fische zu fangen.

Mittlerweile ging die Sonne auf, das Boot stach wieder ins Wasser und schwamm in die Richtung, aus der wir gekommen waren und verschwand bald darauf. Ich warte, dass die anderen aufwachen und überlege, ob ich die Muscheln in die Glut werfen kann. Mit Äpfeln hat es doch ganz gut geklappt. Wer weiß, vielleicht können in der Glut gebackene Muscheln die Kochkunst bereichern. Hätten wir bloß einen Topf, oder aber ein kleines Radio. Wenn ich Musik höre, vergesse ich, dass ich hungrig bin. Das habe ich an unserem Ufer schon ganz am Anfang herausgefunden, als ich nachts immer noch von meiner Tante träumte, die mit Essen vollbeladene Riesenteller in der Hand hielt. Nun haben wir weder Topf, noch Musik und von meiner Mundharmonika jucken mir die Lippen. Es ist schon zwei Wochen her, seitdem ich bloß dem Knistern des Feuers, dem Rauschen der Wellen und dem fernen Dröhnen der Bass-Lautsprecher zuhören kann. Im Prinzip es ist gar nicht so schlecht, wenn man satt ist, aber auf leeren Magen geht es einem nur auf den Wecker, besonders die Bässe. Dabei habe ich doch keinen besonderen Appetit. Zweimal am Tag esse ich vielleicht etwas und das war's auch. Das Essen kümmert mich am wenigsten. Keine Ahnung was mich hier angegriffen hat; das Meeresklima und Hasch vielleicht. Markus werden wir nach Geld nicht fragen. Er braucht es mehr als wir. Über Nea sprach ich schon. Sie bringt nur noch Alkohol und ihr zu sagen, dass sie lieber etwas zum Essen bringen sollte, bringe ich nicht übers Herz.

Solche trüben Gedanken beschäftigen mich, Brüdergrimms, als ich höre, was das Meer zu mir meint. Ich, Oberschwachkopf Gioland, solle doch kapieren, was der Fischer vorhin im Boot gemacht hätte. Er habe dort ein Netz im Wasser hängen und morgens hole er so viel frischen Fisch, wie in sein Boot reinpassen würde. Es sei mir auch gesagt, dass Fisch im Allgemeinen essbar sei und sogar sehr gut schmecke und auch wenn dem nicht so wäre, wofür ich wohl die Zitronen hätte. Mit einer Zitrone könne man sogar Holzbretter und Steine fressen. Nun habe es seines schon gesagt und lege das Handeln ganz in meine Hände.

Stell dir mal vor, Alter, den ganzen Weg entlang sehe ich bloß Fischer, aber auf diese Idee kam ich nicht. Ich sprang auf und rannte zu den Wellenbrechern, wo vorher das Boot ans Ufer kam. Alles gut, aber wo soll ich dieses Netz suchen. Aus Angst vor der Umweltpolizei verstecken die Fischer die Netze so, dass sie sie selbst nicht mehr finden können. Ich schaute mich aufmerksam um und sah einen großen weißen Stein auf dem Wellenbrecher liegen. Ich ging dahin und sprang ins Wasser, das mir bis zum Bauch reichte. Von nun an schritt ich ins Wasser und fuchtelte mit Händen und Füssen darin. In einer etwas tieferen Stelle bin ich wirklich über ein Netz gestolpert. Ich tauche und suche den Fisch, finde aber gar nichts. Meeresboden, Steine, aber vom Fisch keine Spur. Vor lauter Tauchen bekomme ich Kopfweh und muss passen.

Ich kam aus dem Wasser raus und auf den Arschlochfischer schimpfend ging ich den Strand entlang zu unserem Zelt. Morgen werde ich es wieder versuchen. Nein, ohne Fisch werde ich diese verfluchte Gegend nicht verlassen. Das Feuer hat mich gewärmt und mich mit Weisheit erfüllt. Nun versuche ich nüchtern zu denken und mich an alles zu erinnern, was ich über die Fischer weiß. Üblicherweise werden solche Netze in der Nacht ins Wasser gehängt, meistens nah am Strand. Die Fische, manchmal sogar ein ganzer Schwarm, verfangen sich darin. Morgens schaut man nach, lädt den Fang ins Boot und hängt das leere Netz wieder ins Wasser. Dieser Fischer heute Morgen hat auch nichts anderes getan. Das ist doch klar, dass ich das leere Netz gefunden habe.

An diesem Tag haben wir uns wieder mit den Miesmuscheln begnügt. Es war keine gute Idee, sie in der Glut zu backen. Am Anfang roch es ziemlich appetitlich, aber später konnte man die Glut und die Muscheln nicht mehr auseinanderhalten. Außerdem, die Muscheln öffneten sich mit einem solchen Knall, dass ich und Alex uns die Ohren zuhalten mussten. Bei der Abenddämmerung habe ich das Netz noch einmal geprüft. Es war wieder leer. Na ja, der Fischer war nicht blöd, dass er am Sonnenaufgang kam.

Am nächsten Morgen weckte ich Alex und wir gingen beide hin. Vor dem Fischer hatte ich keine Angst. Wir würden das Boot wohl sehen können und solange er zu dieser Stelle ruderte, würden wir in der Lage sein, uns ein paar Fische unter den Nagel zu reißen. Wir gingen ins Wasser. Dieses Mal fand ich das Netz schneller und stell dir mal vor, da drin zwei ellenlange Fische! Alex rannte zurück zum Zelt und brachte eine Tüte. Einen Fisch habe ich leicht geschnappt, der andere ist mir aus der Hand geschlüpft. Etwas weiter und tiefer haben wir mehr Fische bemerkt. Wir füllten unsere Tüte und gingen wieder ans Ufer. Als wir den Fischer im Boot gesichtet haben, waren wir zurück an unserem Zelt und hatten die Beute vor uns im Sand liegen.

Die drei Tage, Brüdergrimms, die ich zum Heilen meiner verbrannten Schulter brauchte, gab es bei uns so viel Fisch, dass wir zugenommen haben. Vorher habe ich Fisch eigentlich gar nicht gemocht. Nun machen wir in einem kleinen Graben ein Feuer. Haben wir die Glut, legen wir darauf ein aus jungen Zweigen geflochtenes Gitter, darauf Fisch, reichlich mit Zitrone beträufelt und am Ende hat man ein großartiges Essen. Später habe ich diesen Fisch auch mal in einem Restaurant gegessen. Es sei eine Grosskopfmeeräsche, hat man mir gesagt. Aber nun, es sind schon drei Tage her, sorgen wir dafür, dass Großkopfmeeräschen sowie der Fischer ein mächtiges Pech haben. Andere Fische waren im Netz auch mit dabei, kleine und gelbe, doch diese hatten viele Gräten und deshalb ließen wir sie für den Fischer übrig. Der Fischer kam wie immer. Wahrscheinlich war er mit seinem Fang immer noch zufrieden, da er uns nicht auf die Schliche kam.

Am vierten Tag gingen ich und Alex wie üblich ins Wasser; diesmal viel entspannter. Meine Schulter ist schon geheilt. Den Rucksack kann ich tragen, also morgen geht's Richtung Felsstrand. Heute haben wir vor, eine Abschiedsfete zu veranstalten. Wir gingen ins Wasser. Alex tauchte auf eine Seite des Netzes, ich auf die andere und sobald ich meinen Kopf unter dem Wasser hatte, habe ich mit beiden Händen etwas Nasses und Glitschiges gegriffen. Auf einmal kriegte ich es mit einer solchen Angst zu tun, dass ich blitzschnell zu kraulen anfing. Als ich den Kopf aus dem Wasser heraussteckte, merkte ich, dass ich anstatt Richtung Strand, Richtung Tiefe geschwommen war. Scheiße, dachte ich, nun wird mich dieses etwas erwischen und mir das Bein abfetzen. Alex, sah ich, hatte sich bereits auf den Wellenbrecher gerettet und hockte da wie eine Möwe.

So still und unauffällig wie ich nur konnte, schwamm ich auch dahin und überlegte, was ich wohl unter dem Wasser angefasst hatte. Wenn ich mich nicht irrte, gab es in diesem Meer überhaupt keine Haie und Walfische. Poseidon jedoch behauptete, dass er etwas weiter, in der Besatzungszone eine Menge Haie gefangen und wieder freigelassen hätte, weil sie nicht schmeckten und sich nicht verkaufen würden. Damals habe ich ihm nicht geglaubt, aber jetzt war ich ziemlich überzeugt, dass Haie und alle möglichen Biester sich an dieser Stelle versammelt hatten und gegen mich die Zähne fletschten. Endlich schaffte ich es de, Wellenbrecher hochzuklettern, mich neben Alex zu setzen und etwas zu beruhigen. Alex hatte mittlerweile alles gut durchdacht, das Rätsel gelöst und lachte sich nun – selber immer noch blassgrün vom erlebten Schreck – darüber kaputt, dass ich mich von einer Qualle erschrecken ließ.

Eines ist auf jeden Fall klar: Was es auch war, war im Netz gefangen und dieses Netz war wie man sah, auch nicht aus Pappe, wenn es etwas so Riesiges halten konnte. So oder so, wir wollen nicht wie die Fürze davonschleichen und zwar mit leeren Händen. Außerdem möchte ich es genau wissen, was dort im Netz gefangen war, sonst würde ich es mir nie verzeihen können. Also sprangen wir erneut ins Wasser, schritten zu dieser Stelle, sprachen einander Mut zu und damit ich meine Erzählung nicht noch mehr in die Länge ziehe: Es stellte heraus, dass es ein junger Delphin war, der mir vorhin eine solche Angst eingejagt hatte. Ja. Wer weiß, vielleicht war der Delphin auch alt, bloß er war etwas kleiner als diejenigen, die ich im Fernsehen gesehen hatte. Die ganze Welt fährt doch auf Delphine ab. Bloß einem alten Fischer aus einem Buch waren die Delphine scheißegal und er aß sie roh, wie er auch jeden anderen Fisch verspeisen würde. Mir ist die ganze Welt scheißegal und der alte Fischer oben drauf. Ich weiß über Delphine bloß so viel, dass die ein großes Maul mit vielen Zähnen haben. Was, wenn er mir etwas abknipst? Das möchte ich auf jeden Fall vermeiden.

Wir schleichen uns an den Delphin an und merken, dass er in Schwierigkeiten steckt. Das ganze Netz samt mit dort gefangenen Großkopfmeeräschen ist um seinen Körper gewickelt und er kann sich nicht von der Stelle bewegen. Entweder ist er am Sterben, oder einfach sehr, sehr müde. Ich stehe so wie ein Depp bis zu den Nüstern im Wasser und überlege, was ich als nächstes tun sollte. Auf einmal höre ich Alex schreien: Hey, Gioland, wir sind kurz davor gegrillten Delphin zu probieren. Ich rief ihm zu, dass wir ihn bald auf dem Spieß haben würden und schon wusste ich, was zu tun war. Wir tauchten ins Wasser und zerrten an dem Delphin. Ohne Erfolg. Der Delphin mag unsere Gesellschaft nicht, zappelt herum und verfängt sich noch fester im Netz. Man kann ihn nicht mal mit den Händen festhalten, er ist glitschig wie ein frisch ausgepacktes Kondom. Ich sprang aus dem Wasser, rannte zu unserem Zelt und brüllte die ganze Zeit laut zu Alex, dass er den Delphin bitte nicht loslassen sollte. Am Zelt zog ich blitzschnell zwei Taschenmesser aus dem Rucksack, eins für mich, das andere für Alex. Dann habe ich es mir anders überlegt, schnappte bloß ein Messer und lief zurück zu Alex. Alex sah das Messer, wurde blass im Gesicht und fing an zu betteln, wir sollten den Delphin lebend befreien und zum Spaß Nea ins Zelt legen. Ja, stimme ich sofort zu, dafür habe ich doch das Messer mitgenommen, damit wir ihn aus dem Netz befreien können. Ich habe trotzdem Angst, dass er mir Hilfe anbietet, das Messer in die Hand nimmt und es dem Delphin zwischen die Rippen steckt. Im Salzwasser brennen mir die Augen, trotzdem zerschneide ich das Netz um den Delphin herum; vorsichtig, damit ich ihm keinen Schaden zufüge. Noch ein kleines Stückchen und er ist frei! Alex hält bloß seine Schwanzspitze. Doch der Delphin rührt sich nicht. Hast du ihn auch gestochen, du Depp, flüstert Alex. In diesem Augenblick, als ob der Delphin alles mitbekommen hätte, riss er aus, drehte sich um, glitt erst zwischen uns und dann, warum auch immer, zum Ufer. Dort war er eine Zeitlang unterwegs. Mit seiner Rückenflosse, die aus dem Wasser ragte, sah er wirklich aus wie ein Hai. Ich sah ihm zu und meinte, er solle sofort abhauen, wenn er nicht aufgespießt werden wollte. Der Delphin hörte auf mich und verschwand in der Tiefe des Meeres. Ich aber schrie: Hey, Alex, du Oberloser, er ist dir entwischt. Komm, lass uns ihn einholen! Wir schwammen dem Delphin hinterher, als ob wir ihn jemals erwischen könnten und Alex schiebt die ganze Schuld mir in die Schuhe und schimpft. Erschöpft standen wir im Wasser, das uns bis an den Hals reichte und bedauerten, dass uns ein herrliches Mittagessen davongelaufen ist. Mittlerweile ist die Sonne aufgegangen und in ihrem Schein sehe ich, wie Alex strahlt. Ich strahle auch und schaue in die Richtung, wo unser Delphin verschwand, in der Hoffnung, er würde als Zeichen der Dankbarkeit seinen Rettern gegenüber noch einmal aus den Wellen springen, wie ich es öfter in Filmen gesehen habe. Doch diesem Delphin waren wir anscheinend völlig Latte, so wie er verschwand.

 Wir kamen ans Ufer und sahen das Boot und neben dem Boot einen alten Mann und ein Kind. Wie hat er es geschafft ungesehen hierher zu gelangen? Wahrscheinlich hat er sein Boot am Ufer entlang geschleppt. Vom Himmel konnte er ja nicht gefallen sein.

Wir gingen aus dem Wasser und blieben mit gesenkten Köpfen vor ihm stehen, triefend nass und vor Kälte zitternd. Zum Weglaufen ist es spät. Weder ich noch Alex wissen, was wir ihm sagen sollen und so stehen wir dumm rum wie die Dödel. Angst haben wir nicht. Der Typ ist steinalt. Das Mädchen, das neben ihm steht, ist ungefähr in Ladas Alter und glotzt uns verwundert an. Der Alte scheint schon eine Zeitlang hier zu sitzen. Er atmet ruhig und regelmäßig und seine filterlose Zigarette steckt auch fast zu Ende geraucht im Mundstück. Er sitzt und schweigt. Es wäre wesentlich besser, wenn er uns ausschimpfen würde. Danach könnten wir gehen. So stehen wir da und frieren. Eine Brise so früh am Morgen ist schlimmer als ein Tsunami. Ich weiß was ich sage. Also schaut uns der Alte wortlos an mit warmen, klugen Augen und streicht seinen Bart mit der Handfläche und endlich meint er: Ich dachte, es kämen keine Schwärme mehr vorbei... Genau das hat er gesagt und gelächelt. Er sah schon aus wie andere Fischer, doch sprach er nicht ihre Mundart. Auf einmal meldet sich das Kind und schaut uns streng an: Die haben uns die Fische geklaut, nicht wahr, Opa? Sieh mal einer an, was für eine gescheite Generation auf uns zu kommt. Entschuldigung, murmelt Alexander beschämt und wir beide gehen zu unserem Zelt zurück. Ich schaute immer wieder nach hinten. Der alte Mann sah uns mit seinen müden und gutmütigen Augen nach.

Bei unserem Zeltplatz angekommen, haben wir das Feuer geschürt, etwas Kleinholz dazu getan und saßen da und schwiegen einander an. Nea und Markus schliefen noch.

Der Felsstrand war genauso, wie man ihn aus der Ferne sah. Als wir dort ankamen, bäumte sich plötzlich ein riesiger Fels aus dem Wasser vor uns auf. Man sah keinen Pfad. Uns nach oben begeben und einen Umweg machen wollten wir nicht, deshalb kletterten wir auf den Felsen selbst und von einem Stein auf den anderen springend setzten wir unseren Weg fort. Den Meeresboden sieht man nicht mehr. Das Wasser muss in dieser Gegend ziemlich tief sein. Wir nähern uns mühsam, Schritt für Schritt dem Hackerbungalow und hoffen auf einen weniger beschwerlichen Weg. Manchmal gibt es zwischen den Felsen einen kleinen steinernen Strand. Dort bleiben wir kurz, um zu verschnaufen. Einmal bin ich sogar beinahe ertrunken. Meine Chucks rutschten auf dem nassen Moos aus und ich fiel vom Fels ins Wasser. Ich bin zwar kein schlechter Schwimmer, doch der bleischwere Rucksack zog mich nach unten und wären nicht meine Leute gewesen, wäre ich schon ein Untertan der Amphitrite. Das hat uns davon überzeugt, dass wir doch einen sicheren Weg nehmen sollten. Also fanden wir einen nach oben führenden Pfad und mittlerweile fing es an zu regnen. Wir haben den Regen gern und nass sind wir sowieso alle, aber es weht ein kalter Wind und macht das Ganze noch ungemütlicher. Das Zelt aufschlagen wollen wir nicht mehr. Wir sind nicht mal fünfhundert Meter von unserem ursprünglichen Zeltplatz entfernt. Also, wir gehen weiter im strömenden Regen, übel gelaunt schreiten wir durch den Schlamm, mit schweren, durchnässten Rucksäcken. Bloß Markus ist heiter. Guckt vergnügt nach oben, als ob kein Wasser, sondern Wodka vom Himmel herunterkäme. Zum Schleppen hat er auch am wenigsten; bloß das Zelt und Neas Staffelei. Markus' gute Laune hat auch mich angesteckt. So fing ich zu Schreien an, denn beim Schreien wird es einem schnell warm. Die anderen folgten mir. Wir marschieren weiter, der Regen hört nicht auf, dafür wird die Landschaft um uns herum immer freundlicher. Große, mit Efeu bewachsene Bäume sind zu sehen und hohes Gras. Bald standen wir vor einem Tunnel durch einen Felsen. Diesmal führte weder ein Gleis noch ein Weg durch ihn durch. Der Eingang war auch mit Efeu bewachsen. Der Boden darin war mit Moos bedeckt und weich wie ein Teppich. Wenn wir diesen Tunnel etwas früher gefunden hätten, hätten wir uns hier niederlassen, so gemütlich wie der Platz auf uns wirkte. Der alter Fischer am Strand und sein Enkelkind hätten den Delphin auch ohne uns freigelassen.

    Die Rucksäcke haben wir abgelegt und nun ist die Hauptsache, etwas trockenes Holz zu finden und Feuer anzuzünden. Markus kann zwar auch aus nassem Holz Feuer entfachen, aber am Tunneleingang unter den Bäumen findet man genug Kleinholz für den Anfang. Wir sind nackt um Markus herum versammelt. Ich schaue ihm beim Feueranzünden zu und frage mich zum tausendsten Mal, wie er es schafft, aus feuchtem Holz ein so herrliches Feuer zu machen und zwar ohne Benzin oder eine andere Zündhilfe. Nach seiner Auskunft könnten Benzin und Zigarettenkippen sein Feuer beleidigen. Wir glauben ihm und respektieren sein Feuer. Um den Müll zu verbrennen, zündet Markus ein ganz anderes Feuer an und auf dieses Feuer kannst du sogar pinkeln. Man sieht, dass es nichts kapiert. Mittlerweile waren wir wieder trocken, unsere Shorthosen und T-Shirts auch einigermaßen. Bloß die Rucksäcke und die Chucks waren immer noch nass, doch in der Sonne würden sie auch schnell trocknen. Übrigens, wenn auf so einen strömenden Regen starke Windböen folgen, wird das Unwetter nicht mehr lange dauern.

Markus konnte nicht stillsitzen. Mal rannte er heraus, mal kam er wieder herein und erkundete den Tunnel. Auf einmal kam er grinsend zu uns und sagte, wir sollten mitgehen. Er wollte uns etwas zeigen. Wie man Markus kannte, würde er uns einen Käfer oder eine Eidechse zu zeigen haben. Einmal hatte er uns sogar voller Stolz einen bunten Stein präsentiert. Ich freue mich, dass er wieder so kindisch ist. Vielleicht haben wir sein Aids doch besiegt, wir und das Meer.

Wir standen auf, packten unsere Sachen, löschten das Lagerfeuer und folgten Markus in den Tunnel. Ich bin wirklich gespannt, wo dieser Tunnel hinführt. Vielleicht führt er in den Wald, der über dem Felsen wächst. Markus bleibt stehen und fragt wie Tom Sawyer Huckleberry Finn vor der mit Sumachsträuchern bewachsenen Felshöhle, ob uns nichts auffiele. „Spinnst du, was soll uns hier auffallen?"– Fragte Alex etwas irritiert. Doch Markus ging wie ein Geist direkt in die Wand rein und ruft, wir sollten ihm folgen. Erst dann haben wir eine Öffnung in der Wand bemerkt und gingen rein. Drinnen war es nicht ganz dunkel. Wahrscheinlich war der Ausgang nicht weit. Das stimmte auch und als wir herausgingen, sahen wir vor uns das Meer und einen Kiesstrand zwischen den Felsen, ziemlich groß und halbmondförmig. Rechts und links wächst der dichte Wald, den wir von unten gesehen haben und die Öffnung, aus der wir herauskamen, stellte eine Felsgrotte dar, die mit lianenartig hängendem Efeu und Wurzeln wie von einem Vorhang verdeckt war. Auf dem Strand steht ein Zelt, ganz mit Hippie-Zeichen, Margeriten und Smilies bemalt. Im Zelt rührt sich nichts. Wahrscheinlich schlafen sie immer noch. Was Hippies angeht, so bin ich einem lebenden Hippie noch nie begegnet. Unter der Brücke trugen manche ungewaschenen Mädels Hosen mit Peace-Zeichen darauf, aber sie waren doch keine Hippies. Ich dachte es gäbe von der Art keine mehr und kapierst du, wo wir sie antreffen! Ich beschloss, mich hinzusetzen und so lange zu warten, bis jemand aus dem Zelt herauskäme. Hier unser Zelt aufzuschlagen, ist auch keine schlechte Idee. Wir sind zwar nicht mal zwei Kilometer lang gelaufen, aber diese Gegend scheint viel kühler und viel angenehmer, also schnallen wir unsere Rucksäcke ab und bleiben hier.

Ich kann leider nicht sagen, dass sie mich wahnsinnig beeindruckt haben. Ein biederes Paar um die dreißig wohnte im Zelt und sie haben sich nicht besonders darüber gefreut, uns kennenzulernen. Am Anfang waren sie so schüchtern, als ob wir sie beim Oralsex erwischt hätten. Gott sei Dank tranken sie Schnaps wie manche Wasser trinken. Ich mag es, mit Fremden zu trinken. Üblicherweise werden sie sofort redselig und von einem Betrunkenen erfährt man auf der Stelle wer er ist und was ihn bewegt. Ein weiser Mann hat mal gesagt, dass das, was einem in der Nüchternheit fehlt, ihm in der Trunkenheit gegeben wird und das stimmt auch, keine Frage. Bloß in meinem Fall findet diese Methode keine Anwendung, denn ich bin genauso betrunken wie auch nüchtern und ich kann nichts dafür. Okay. Mit Schnaps intus werde ich vielleicht etwas lustiger und das war's auch. Die Hippies haben auch nicht lange gebraucht, sich mit uns anzufreunden. Es stellte sich heraus, dass wir auch gemeinsame Bekannte hatten und so fragten sie uns über Mamao und die anderen aus. In ihrer Sprache ist ein lokaler Akzent zu hören, doch sie versuchen, es zu vertuschen und arg städtisch zu wirken, doch damit enttäuschen sie mich immer mehr.

Als ich noch drüben lebte, habe ich es gemocht, wenn jemand lokalen Dialekt sprach. An der Hochschule hatte ich eine Kommilitonin, die sich manchmal vergaß und anfing, ihre Mundart zu sprechen. Die anderen lachten sie aus und die Arme schämte sich dafür. Ehrlich gesagt wird der Dialekt, den das Mädchen sprach, in der Stadt besonders missachtet. Manchmal fand ich ihn auch nervig, wie das Kratzen mit einem Nagel auf Glas, doch als wir hierherkamen, stellten wir fest, dass fast jeder diese Mundart sprach und es hörte sich viel schöner, weicher und melodischer an. Und nun rackern sich diese zwei damit ab, das übliche weiche „L" hart wie die Städter auszusprechen. Deswegen kann ich diese Leute nicht mehr leiden. Wir sitzen um ein riesiges Lagerfeuer herum. Die Hippies sind bereits schottendicht und quasseln uns nun voll wie alle anderen hier, bloß es kommt mir immer noch falsch vor, weil ich in ihrer Sprache keine Musik höre.

Als ich ein Kind war und mich langweilte, wählte ich mir erst einen Menschen und dann einen Soundtrack dazu, der zu ihm passte. Es war ein interessantes Spiel, das ich niemandem verraten habe. Ehrlich gesagt, wem könnte ich es verraten; hatte ja keinen außer einer Holzbank, der mir zuhören würde. Diese Art, Menschen mit Musik zu verbinden, blieb mir bis heute. Nun muss ich mir keine Mühe mehr geben, denn die Musik kommt mir selbst in den Sinn. Alex, Markus, Nea, Mamao und überhaupt fast jeder von unserem Ufer hat seine Musik. Ich sag dir mehr: Ein Hund, den ich sehr mochte hatte seine eigene Musik; die Bäume, sogar Dimitros Mundharmonika, die ich nun meine nenne, spielt wie über sich selbst und zwar die Tunes von dem Schloss und von jedem seiner Bewohner. Alles, alles hat seine Musik. Das genau wollte ich sagen und habe ich auch getan, so gut wie ich es konnte.

Diese Hippies jedoch, egal wie viel sie quatschten, es wehte nur die Stille und Leere von ihnen herüber. Nichts, auf jeden Fall nichts von dem, was sie auf ihr Zelt darauf gemalt hatten, sprich: bei ihnen war weder Liebe noch Friede noch Freiheit zu spüren.

Wir tranken zusammen und die Hippies haben doch etwas Großartiges getan und zwar, sie haben Musik angemacht; die Musik, die wir schätzten. Wegen den Scheißbungalows am Strand hatten wir ewig nichts Gescheites mehr gehört. Mir war alles egal. Ich lag am Lagerfeuer und hörte Joplin, Beatles, Morrison. Alex und Nea schwiegen und wenn die Hippies auch den Schnabel gehalten hätten, wer weiß, vielleicht hätte ich sie mehr geschätzt.

Außerdem waren wir in einer solchen Gegend, dass man sogar zu Jack the Ripper eine gewisse Nähe spüren konnte. Aber die Hippies und Markus quasseln ununterbrochen und lassen mich diese Nähe mit der Musik und der Natur nicht genießen. Auf einmal sehe ich, die Hippies haben eine kleine Flasche hergezaubert, selbst einen Schluck davon genommen und nun bieten sie uns auch an. Als ich mir die Flasche im Licht des Feuers ansah, kriegte ich eine Gänsehaut. Es war die hässlichste Droge aller Zeiten, die darin stand – eine panzergrüne Managua. Im Managuaflash habe ich früher beinahe meinen Kumpel umgebracht. Ich habe schon gesagt, dass ich davon erzählen würde, aber ich habe es nun satt, über Drogen zu sprechen. Ich hasse diese Flüssigkeit und werde sie niemals nehmen. Alex kennt meine Geschichte. Außerdem ist es bei uns richtig peinlich so einen Scheiß zu nehmen und er bedankt sich auch. Es ist mir ziemlich klar, dass Alex die Hippies auch nicht besonders mag und deshalb will er mit ihnen unser Hasch nicht teilen. Wir haben dort im Tunnel gekifft und es soll uns noch ein bis zwei Stunden reichen. Die Hippies aber haben sich schon einen Schuss Managua gegönnt und nun grinsen sie einander anzüglich an. Ich hoffe, dass sie nicht gleich anfangen zu bumsen, sonst müssen wir abhauen. Wir sind ihre Gäste oder etwas in dem Sinne.

Morgens standen wir auf und gingen zu unserer Felsgrotte. Die Hippies hatten keine Ahnung davon, dass es diese Grotte überhaupt gab und waren wie die Gämsen entlang der Felsen hierhergekommen. Uns rieten sie den gleichen Weg zu gehen. Es wäre bloß am Anfang schwierig und später würde es schon leichter gehen. Wir verabschiedeten uns und gingen auch den Felsen entlang. Bald war ein enger Streifen des Strandes zu sehen, mit flachem Wasser am Ufer. Wir gehen leichten Schrittes und Nea amüsiert sich über die Hippies. Aus der Ferne hört man schon das Dröhnen der Basslautsprecher, was bedeutet, dass es zum Bungalow von Hacker nicht mehr weit sein kann. Von den anderen kann ich nichts sagen, aber ich werde eben glücklich da rein springen. Ich bin müde, Mann! Auch wenn ich ein typischer Vertreter des anderen Ufers und ein guter Wanderer bin, so bin ich immer noch ein Mensch und ab und zu mal brauche ich eine Badewanne mit heißem Wasser und eine Dose Pökelfleisch und zwar nur für mich, ohne sie mit jemandem teilen zu müssen. Rasieren müssen wir uns auch noch. Ich und Markus sind nicht mit dichtem Bartwuchs gesegnet, doch Alex hat so einen langen Bart, Osama bin Laden ist ein Dreck dagegen. Unsere Klamotten sind auch ausgeblichen und schmuddelig. Nea hat sie für uns im Meerwasser gewaschen. Einmal war Masut im Wasser und Masut ist wie ein Tattoo, man kann ihn nicht mal von der Haut abwaschen, von den Kleidern ganz zu schweigen. Zwischendurch haben wir noch einen Felsen besiegt und nun sind wir wieder auf einem Strandstreifen. Auf einmal sehe ich Shorts, Sandalen und ein Hemd auf dem Ufer liegen. In der Tasche der Shorts finde ich einen Geldbeutel mit einer Menge Geld und einen armenischen Personalausweis. Von dem Armenier fehlt jede Spur. Entweder ist er ertrunken oder er hat auf die Klamotten verzichtet und nun läuft er nackt irgendwo in der Natur herum, um ein Teil von ihr zu werden. Die unsichtbaren Typen amüsieren sich prächtig auf unsere Kosten, denn nun brauchen wir wirklich kein Geld mehr. Das Dröhnen der Bässe und das ganze Spektakel hört man schon ganz nah. Wir ließen die Shorthosen und alles andere auf dem Strand liegen und gingen weiter. Mittlerweile haben wir eine Metalleiter mit einem Geländer gefunden, die nach oben führte; wie nahmen sie und schon waren wir draußen aus der verwunschenen Gegend.

Nun liegen wir am Strand, um uns zu erholen. Es ist Schluss und Aus mit unserer langen Wanderschaft. Die Haltestelle, an der wir ursprünglich hätten ankommen sollen, liegt gerade hinter uns. Nun müssen wir uns zum anderen Ende der Stadt begeben, um in den Hackerbungalow zu gelangen. Von hier aus sieht man den ganzen Felsstrand und den ganzen Weg, den wir von der Besatzungszone entlanggelaufen sind. Ich finde es schade, dass wir kein einziges Mal im Wald gewesen sind, dabei erzählt man, dass eben diese mit Eukalyptusbäumen, Eichen und Bambus bewachsenen Wälder ein echter Stolz dieser Kurorte seien. Unten könnte man bloß mit dem Boot durchfahren, denn für einen längeren Aufenthalt wären diese Gegenden nix. Es gäbe zwar eine Möglichkeit von hier aus in den Wald zu kommen, doch ich werde meinen Weg zum Bungalow um keinen Millimeter verlängern. Ich bin wirklich erschöpft. Anderseits macht uns die Nähe zum Ziel irgendwie deprimiert. So liegen wir am Strand und melden uns nicht.

Was, wenn ich das richtige Ticket erwischt hätte, was, wenn unser Gastgeber, den wir im Zug kennengelernt hatten, uns wirklich mit seinem Auto hierhergefahren hätte. Wie viel hätten wir verpasst, nicht erlebt, nicht erfahren. Der Weg hat auch seine Eigenschaften: Je langsamer man ihm folgt, desto mehr Abenteuer hat der Weg für einen parat. Das weiß ich aus Erfahrung und mir, einem eingefleischten Wanderer, kann man wohl glauben.

Über den Hackerbungalow gibt es nicht viel zu erzählen. Ich werde damit schnell fertig. Bis zum Ende der Saison, das heißt bis Ende September leben wir mit den Hackern in ihrem zweistöckigen Haus, direkt am Strand und wenn wir nicht im Bungalow spielen, so strecken wir uns auf die Liegen aus und drehen Däumchen. Das Meer hängt mir schon aus dem Hals raus. Ich wünschte, ich wäre zurück in der Stadt, unter der Brücke. Mamao und dem Schreiber zuzuhören vermisse ich auch. Nicht, dass es hier nicht genügend Plätze für den Zeitvertrieb gäbe. Selbst der Hackerbungalow ist ein angesagtes Lokal und immer knallvoll mit nackten Frauen, Drinks und Drogen, doch ich bin meine Müdigkeit noch nicht los. Bei Markus war auch die Luft raus. Den ganzen Tag säuft er, abends legt er sich auf den Liegestuhl und schaut in Richtung der Küste, von der wir herkamen. Im Bungalow haben wir Erfolg, auch bei Ausländern. Als die Hacker auftreten, klatschen die Leute und tanzen. Sind wir dran, so hören sie auf und lauschen. Ich merke selbst, dass wir besser geworden sind; viel besser. Alex hat eine ganz andere Stimme und Markus und ich spielen abartige Soli. Die Popularität ist mir nach wie vor egal. Ich mag unsere Musik und höre sie selber gern. Mamao hat angerufen und gesagt, in der Stadt sei alles komplett durcheinander und um uns kümmere sich doch keiner, denn sie seien jetzt damit beschäftigt einander aufzulauern und einzugittern. Meine Mutter habe mehrmals angerufen und der Zwerg auch und wo wir wohl so lange verschwunden wären. Er habe selbst zwar keine Angst um uns gehabt, aber die anderen seien etwas beunruhigt. Der Schreiber habe ein Buch geschrieben, dass drüben großen Erfolg habe und er habe sich seither nicht mehr an unserem Ufer blicken lassen. Wie man sieht war das Arschloch bloß deshalb bei uns, damit er sein Buch schreiben konnte. Alexander telefoniert jeden Tag mit Lada. Am Anfang machte er sich Sorgen, dass er Lada nicht mitgenommen, sondern Mamao anvertraut hatte. Später jedoch sagte er, dass er es besser findet, sie in der Stadt gelassen zu haben. Hätte er sie mitgenommen, wäre er gezwungen gewesen, per Anhalter zu reisen und hätte niemals erfahren, wie man eine Ente klaut. Woher er die Essiggurken hatte, möchte er mir immer noch nicht sagen. Nachts gehen wir im Meer schwimmen. Hier gibt es keine Netze und weniger Quallen, dafür Masut. Morgens können wir die Masuttropfen nicht von der Haut abbekommen. Markus ist zu faul, sein Feuer zu entfachen, deshalb machen wir das Feuer am Strand, setzen uns herum und hören Tschuj zu. Tschuj hat eine fast genauso lange Ukrainerin geangelt und freut sich riesig. Das Mädel versteht kein Wort in unserer Sprache. Manchmal sagt ihr der bekiffte Tschuj hässliche Sachen mit einer schnuckeligen Miene und sie strahlt ihn an. Wahrscheinlich ist sie nicht weniger naiv als Tschuj selbst. Die Hacker verbringen auch hier die ganzen Nächte im Netz und versuchen ausländische Sänger dazu zu bewegen, dass sie in ihrem Bungalow auftreten.

An einem vom Pech gezeichneten Tag spielen wir im Bungalow und sehen, dass die Hacker vorne am Tisch mit ein paar fremden Typen sitzen, die weiße Anzüge und schwarze Sonnenbrillen tragen, reden und uns ununterbrochen anglotzen. Nachdem wir den Song fertig gespielt haben, kam einer der Hacker und bat, das gleiche nochmal zu singen, bloß auf Englisch. Alexander war dagegen, das Lied zu wiederholen, doch Hacker bettelte weiter, wir sollten es unbedingt tun. Mir missfiel das Ganze und ich bestand darauf, dass er uns erst sagen solle worum es genau ging, dann würden wir sogar auf Suaheli für ihn singen. Der Hacker ist offensichtlich sehr nervös. Wahrscheinlich sind diese Typen Mafiosi. Allerdings, es muss auch gesagt werden, dass kein Mafioso sich mit solch lächerlichen Klamotten und Frisuren in der Öffentlichkeit zeigen würde. Na ja, vielleicht haben sie einfach Bock darauf und wollen ein bestimmtes Lied hören. Wir aber, die Karussellleute nehmen keine Bestellungen mehr entgegen und basta. Wenn dem nicht so wäre, würden wir in jedem Bungalow an der Küste spielen und einen Batzen Geld verdienen. Nein, mir ist der musikalische Geschmack meines Volkes zuwider. Schluss und Aus. Doch der Hacker sagt, wir hätten keine Ahnung, wen wir vor uns hätten. Aha, denke ich, ich hatte wohl recht mit meiner Vermutung, aber Alexander meinte, die Hacker wären unsere Brüder und damit war alles erledigt. Das Lied wurde diesmal auf English vorgetragen. Die Leute mochten es. Die Typen haben kurz mit Hacker gequatscht und sind verschwunden.

In dieser Nacht haben wir uns wieder ums Feuer versammelt. Die Hacker gesellten sich auch zu uns und brachten anständigen Stoff mit, der, nicht weit weg von hier, in Istanbul, als Bonsai bekannt ist. Man tut etwas Tabak auf Zigarettenpapier, dann etwas Marihuana und eine Prise Heroin darauf und dann wieder Tabak und das Ganze zusammengedreht und fertig. Wir stellen Hacker keine Fragen. Was soll man denn groß fragen. Der Zug ist schon abgefahren. Doch Nea kann's nicht lassen und fragt, wer diese Typen wohl wären. Halt gute Bekannte, sagte der eine und nach einiger Zeit fügte der andere hinzu, sie wären dabei, ein neues Programm, ein geiles Programm auf die Beine zu stellen und da man hierzulande die eigene Sprache für Songs nicht besonders schätze, solle man von nun an eben auf Englisch singen. Ich gab mich mit dieser Antwort nicht zufrieden und sagte sie sollten endlich raus mit der Sprache. Auf einmal platzte einem der Hacker der Kragen und er schrie, ob wir einen blassen Schimmer hätten, wessen Producers und aus welchem Studio die Typen überhaupt wären und wenn sie es uns sofort gesagt hätten, wären wir einfach davongeschlichen und abgehauen. Ich war erleichtert. Der genannte Sänger und das Studio waren mir sehr wohl bekannt und es war völlig okay, dass sie unsere Mucke mochten. Popularität ist mir Latte, das habe ich mehrmals unterstrichen, Markus und Alex hatten ebenfalls keine Reaktion gezeigt, doch Nea sprang auf, fing an wild zu klatschen und zu kreischen, sie habe doch schon immer gewusst, dass wir super wären, nun hätte unsere Stunde geschlagen und wir würden der Welt schon zeigen was wir draufhätten. Alex zieht die Augenbrauen zusammen, um ihr zu zeigen, dass das, woran sie jetzt denkt, niemals passieren wird. Nicht mit uns. Markus hat das ganze Gespräch, glaube ich, überhaupt nicht mitbekommen, lag da und starrte in die Ferne. Ich allerdings schaue sie an und denke: Na, wenn du das wirklich brauchst...

Kurz und gut die Typen haben uns den ganzen August lang gehört, wir haben zusammen gesoffen, gekifft. Mit Alex, Markus, Nea und den Hacker sprachen sie Englisch, mit mir und Tschuj Russisch und versuchten uns rumzukriegen. Wir sollten uns für Klamotten und ein Bühnenimage entscheiden, einen Namen für die Band wählen und um den Rest würden Sie sich kümmern. Als sie es zum ersten Mal erwähnt haben, habe ich rotgesehen und zischte Alex in unserer Muttersprache zu, sie sollen doch verschwinden, sonst würde ich sie aneinanderbinden und im Meer ertränken. Die weiße Garde kapiert schon, dass ich der wildeste von der ganzen Gruppe bin und sie ziehen die Bremse an: Ja, das Beste an uns sei wohl unsere Natürlichkeit und die Unbändigkeit unserer Mucke usw.

Den ganzen August versuchten sie, uns zu werben, haben aber nichts erreicht. Die Hacker meinten, dass wir undankbare Idioten wären, denn wenn sie selbst so eine Chance gehabt hätten, hätten sie es auch verstanden, sie zu nutzen. Wenn Tschuj das hört, bekommt er einen verträumten Blick. Nea ist sauer, sagt kein Wort und das ist es, was mir leidtut und nicht die verfickten Producers. Wir sind nicht für große Bühnen, Kameras und Mikrofone geschaffen. Außerdem weiß ich von dem Land über dem Meer, wohin sie uns einluden, bloß zwei Sachen und keine davon finde ich besonders cool: Sie haben tolle Chili und sind die größten Lieferanten von Subutex – ein Medikament, dessen Blisterpackung dort etwa 6 Euro kostet und in jeder Apotheke zu haben ist, während man bei uns für eine halbe Tablette bei einem Dealer hundert Dollar zahlen muss, denn es ist als eine der führenden Drogen anerkannt. Wenn es nach der weißen Garde ginge, sollten wir erst in ihrem Lande unser Glück versuchen und dann wäre es zu dem nebligen Albion und zu jeder Menge Kohle auch nicht weit. Ja, die Typen hätten uns in die Europagemeinschaft eingeführt und das fände ich nicht schlecht, aber nicht um diesen Preis. Ich würde es nicht mal Nea zuliebe tun und schon gar nicht für Geld. Meine Beziehung zu den Kröten habe ich bereits ausführlich geschildert. Also nur das Nötige und kein Cent mehr. Ich habe ja alles was ich zum

Leben brauche: Hände und Beine, Augen und Ohren und sogar einen Schwanz, in einem regen Zustand. Ich bin ein Mensch verdammt noch mal und wenn man das weiß, wird sich alles andere von sich selbst erledigen.

Also als Erinnerung an die weiße Garde haben wir bloß ihre Visitenkarten. Sie wären bis Ende Oktober im Land und wir sollten uns bis dahin entscheiden. Wir aber haben unser Hab und Gut zusammengepackt, von den Hackern für alle Fälle den Schlüssel von „Leber" mitgenommen und gingen zurück zu der Gegend, wo der Schnapsgeruch den Gestank von Urin und verbrannten Autoreifen so wunderbar ergänzt – zu den Kerkern unserer Hauptstadt, die von den vernünftigen Bürgern als Untergrund bezeichnet wird.

Wir Karussellleute gehen heim.

6.

Ich habe dich herumgetragen, Bruder! Ich bin um deine Achse gekreist. Ich habe alle Wege, die wir jemals zusammen gegangen sind, noch einmal gemacht. Und nun... Was soll ich machen? Wie soll ich es anstellen? Nun bin ich bei dir und weiß nicht mehr, ob ich deine Geschichte mit dem üblichem Witz erzählen soll – oder zulassen, dass sie auf einmal wie ein Geysir aus meinem Herzen herausschießt. Um vom Tod zu erzählen, wie es die großen Schriftsteller tun, mangelt es mir an Talent und an Bildung. Ich habe nichts außer Ehrlichkeit und ich fürchte, dass ich deine letzte Geschichte nicht zu einfach, zu einfältig erzähle, Bro. Nun mache ich noch einen Kreis um dich, wie der silberne Marlin um das Boot von Santiago. Dieser Kreis wird es mir einfacher machen. Und ohne Abstecher wird es wohl auch nicht gelingen und darin bin ich doch Weltmeister.

☆☆☆

Ich habe es doch kaum erwarten können, wieder in die Stadt zurückzugehen. Nun bin ich da, etwas enttäuscht, wie ein Alter, der zu seinem Kindheitsort kommt, den er früher für einen ganzen Planeten gehalten hat und nun dasteht und bloß einen winzig kleinen Hof sieht. Genauso war es mit mir, Brüdergrimms und zwar schon gleich auf dem Bahnhof. Wir waren kaum aus dem Zug gestiegen, da standen schon die Bullen vor uns – und zwar die neuartigen Bullen, ehrliches und höfliches Volk. Und ja, das Gerücht, sie hätten auch schöne Frauen in ihren Reihen, das hat auch gestimmt. Nun hießen sie Patrouille, aber egal, der Name sagt bekanntlich nichts über den Charakter. Sie durchsuchten uns und wir hatten nichts dagegen, so geil wie sie aussahen. Das Wichtigste war, dass sie nichts fanden und uns gehen ließen, aber als ich mich umschaute, sah ich, wie sie aus jedem Wagen mindestens einen herausschleppten und zwar mit Handschellen und allem Drum und Dran. Kein Mensch kommt aus dem Westen ohne Stoff, aber zu verstehen, wie man ihn schmuggeln soll, ist eine ganz andere Wissenschaft. Wir schafften es, mit etwa dreißig Marihuana-Joints davon zu kommen, ohne mit der Wimper zu zucken. Alex ist sofort zu Mamaos Bar gerannt, um Lada zu sehen. Markus hat von mir den Schlüssel von „Leber" genommen, er brauchte Schlaf. Da er wirklich fertig aussah, habe ich mir nichts weiter dabei gedacht. Und ich wollte erstmal los und all meine geliebten Plätze abklappern. Es wäre natürlich nett gewesen, wenn Nea auch mitgekommen wäre. Übrigens schaut sie mich manchmal so an, als ob ich der erste und der letzte Mann auf der Welt wäre. Auf jeden Fall kenne ich von anderen so einen Blick nicht. Vielleicht ist es jedoch nichts weiter als Wunschdenken. In solchen Fällen schaue ich weg und versuche nicht schüchtern zu wirken. Nea ist Markus' Freundin und ich habe eine überdimensionale Fantasie und bilde mir etwas ein. So wie jetzt. Also sag ich zu Markus, dass ich erstmal eine Weile durch die Stadt latschen wolle und tue so, als würde ich Neas Blicke überhaupt nicht wahrnehmen. Markus Ließ Neas Hand los, drehte sich wortlos um und ging weg. Nea stand da und konnte sich nicht entscheiden. Ich aber habe das Weite gesucht, um keinen Stoff mehr zum Fantasieren zu haben. Erst dann folgte Nea Markus.

    Als erstes ging ich in den Park. Das Tor stand offen, so musste ich nicht mehr über den Zaun springen – und schon da bekam ich ein schlechtes Gefühl. Es war irgendwie alles ganz anders. Man hörte keine Zikaden zirpen, und auch nicht das Ächzen und Krächzen der wie von Geisterhand bewegten Karusselle und Wippen. Der Park ist voller Arbeiter, die laut und geschäftig herumwuseln. Sogar einen Hebekran habe ich gesichtet. Ja, denke ich, hier vielleicht, aber unten, bei unserem Karussell wird doch keine Baustelle sein. Was soll man dort überhaupt bauen wollen. Markus' Hunde würden doch niemanden dahin lassen. Also schritt ich zu unserem Stammplatz, zu unserem Karussell – und wahrhaftig, es ist immer weniger Lärm von der Baustelle zu hören. Mamao hat schon gesagt, der Neue sei ganz eifrig am Bauen. Dass man erst alles abriss und die Plätze mit einem Scheiß bebaute und zwar ohne Sinn und Plan, Hauptsache – es wurde gebaut. Aber, dass er eines Tages unseren Stammplatz mit Baggern angreifen würde, auf den Gedanken wäre ich nie gekommen. Unten, bei unserem Karussell war es still wie immer, doch man sah keinen einzigen Hund mehr. Alleine konnte ich das Karussell nicht von der Stelle bewegen, also schnallte ich den Rucksack ab und legte mich auf meine Bank. Nea, was hast du mir angetan, dachte ich und schob die ganze Schuld Nea in die Schuhe, weil ich mich so abartig in sie verknallt hatte. Auf einmal stand ein Typ vor mir und sprach mich sehr höflich an, dass ich, Gioland mich hier nicht mehr aufhalten dürfte, und auch meine Leute nicht, weil diese Gegend schon mit dem Band abgesperrt und für den Abriss bereit sei und dass es ab morgen dieses Karussell hier auch nicht mehr geben würde. Mir verschlug es die Sprache. Woher er wohl wusste, dass ich Gioland hieß? Woher wusste er, dass wir hier hausten? Vielleicht war er die gute Seele des Karussells, der nun herkam, weil er von dem Lärm die Schnauze voll hatte. Inzwischen hat er sich umgedreht und ich habe ihn sofort erkannt. Es war der Reiter, über den wir immer so lebhaft diskutiert haben, ich und meine Leute. Er kam nur in der Dämmerung und in der Dämmerung waren wir nicht mehr nüchtern. Also wir waren uns nie sicher, ob der Typ wirklich zu Pferd im Park unterwegs war. Es konnte sein, dass wir dieses Pferd unserer Fantasie, der Mystik des nächtlichen Parks und dem Mondschein verdankten. Ja, unsere Vorliebe zum Kiffen sollte man auch nicht vergessen. Ich wollte dem Typen schon zurufen, ob es mit dem Pferd stimmte, doch er war bereits verschwunden.

So wurde ich in dieser Nacht zu einem unnahbaren Mann, ganz mit dem Absperrband umwickelt. Ich ließ das Karussell knarren und dachte an einen komischen Typen, der ab und zu den Schreiber in Mamaos Bar besuchte und mich folgendermaßen charakterisierte: Ich sei, sagte er, ein absolut asozialer Typ mit überdeutlich ausgeprägtem Individualismus und gemeingefährlichen Ansichten. Ich meine, er sprach mit Mamao im Flur vor den Toiletten und ich war in einer Kabine, stand vor einem Spiegel und wackelte mit den Ohren. Damit du nicht denkst, dass ich spinne, muss ich wohl das Ganze mit den Ohren erzählen. Als ich klein war, sammelte mein Nachbar alle Kinder aus dem Hof ein und las uns aus verschiedenen Büchern vor. Damals habe ich das Lesen voll gehasst, doch ich liebte es, vorgelesen zu bekommen und hörte gespannt zu. Einmal las er uns aus einem Buch vor, für dessen Haupthelden, einen Jungen unseres Alters, es besonders wichtig war, mit den Ohren zu wackeln. Er war davon überzeugt, dass er, sollte er es schaffen, kein Opfer mehr sein würde. So waren wir Kinder auch eifrig dabei, uns diese Fähigkeit anzueignen. Es war nicht einfach, schließlich waren wir keine Esel und die anderen gaben bald auf, aber ich übte fast ein Jahr lang jeden Morgen vor dem Spiegel, bis ich wirklich mit den Ohren wackeln konnte. Seither komme ich an keinem Spiegel vorbei, ohne dass ich mich mit meiner Kunst verwöhnen würde. Vielleicht liegt es auch daran, dass ich elfenartige, spitze Ohren habe. Der Schreiber hat auch spitze Ohren und nicht nur Ohren. Bei ihm ist alles spitz: Die Ohren, die Nase, der Humor und überhaupt, er ist ein ganz spitzer Typ. Was wollte ich doch sagen? Ach, ja. Ich stand in der Toilettenkabine vor dem Spiegel, wackle mit den Ohren und grinse wie blöd. Ich bin stolz auf mich, als ob diese Fähigkeit mich wirklich zu jemand Besonderem machte – und plötzlich bekomme ich von dem Typen so einen Scheiß über den Kopf geschüttet. Okay. Die ersten zwei Behauptungen könnten noch stimmen, aber was hat er denn in meinen Ansichten Gemeingefährliches entdeckt. Ich, einer, der wirklich keiner Ameise etwas zuleide tut. Gott sei Dank hat Mamao ihm widersprochen, sonst hätte ich herausgehen und mit ihm ein klares Wörtchen reden müssen. So ein Quatsch, sagte Mamao zu ihm, seine Ansichten sind sehr brauchbar und nicht allgemeingefährlich. Na sieh mal einer an. Er sagt das über mich! Doch der Typ macht gerade weiter, warum Mamao es nötig hätte sich mit solchen Typen zu beschäftigen und sie zu erziehen. Von welcher Erziehung ist hier die Rede, verfickt noch mal?! Ja, Mamao hat mir beigebracht Mundharmonika zu spielen, aber erzogen hat er mich nicht! Plötzlich wurde es still. Ich dachte, sie wären schon weg und wollte gerade hinausgehen, als ich Mamao sagen hörte: Der Junge ist eben ein Unikat und seine Weltanschauung ist die eines wandernden Hirten im Olivenwäldchen. Er nimmt alles im Kontext der Mythologie wahr… Manno! Damit hat er direkt ins Schwarze getroffen. Wenn er nur wüsste, durch wenn ich so ein mythologischer Hirte geworden bin. Mamao hört nicht auf und quasselt weiter wie eine Lästertante. Meiner Weltanschauung wegen habe ich etwas, woran es vielen anderen mangeln würde und zwar Vollständigkeit und Komplexität. Für mich habe die Leere überhaupt nicht existiert, sondern es wäre alles mit Farben und Tönen gefüllt. Ich würde alles erst intuitiv, gefühlsmäßig erfassen und die Umrisse des Ganzen nach Belieben zeichnen. Und unter diesem Himmel, mein guter Mann, – fuhr Mamao fort, gibt es nichts, was ein Einzelstück wäre, nichts, was allein und ohne Zusammenhang existieren würde. Sogar ein Stein, ein Felsbrocken, der auf dem Boden liegt, würde in seinem Dasein, seiner Existenz und seiner Festigkeit an allem anderen anknüpfen. Es gäbe doch nichts Starres und Unbewegliches in diesem Universum und auch dieser Stein würde innerhalb seiner Konturen, seiner Umrisse leben und sich bewegen, wie alles andere. Das ganze Universum bewegt sich ruhig und rhythmisch, es tanzt seit dem Tag seiner Erschaffung und der Junge kapiert das, verstehst du, rein intuitiv, aber er kapiert, dass er als Mensch auch ein vollberechtigter Teil dieser Einheit, dieses Zusammenhangs ist und spürt, dass es in unserem Universum nichts Fremdes gibt, wenn der Mensch es nicht selbst verfremdet. Das sei der Grund, warum ich mich mit offenen Armen in der Welt bewegen und das Leben mit vollen Zügen genießen würde.

Kapierst du, Alter, was Mamao über mich gesagt hat? Ich stand die ganze Zeit vor dem Spiegel, wackelte mit den Ohren und dachte, er sei nun komplett durchgedreht. Auf einmal höre ich den Brillenträger kichern, ob meine ganze Weltanschauung nicht zu infantil sei. Er solle doch Mitleid mit mir haben. Ich würde eines Tages ein erwachsener und gescheiterer Typ werden und noch eine Lachfigur dazu. Nun wird er bestimmt etwas von Mamao zu hören kriegen. Spricht er von mir? Sollte ich eine Lachfigur werden? Doch Mamao schwieg einige Zeit und sprach dann so weiter, als ob er die Frage des Gegners überhaupt nicht mitbekommen hätte: Es gibt viele Dinge auf dieser Welt, deren Inhalt man nicht bloß mit Intellekt und Bildung erfassen kann. Da kommt es viel öfter auf das Gefühl an. Manchmal ist es eben das Gespür, das Bauchgefühl, das uns das Richtige vermitteln kann und dieses Gespür ist nichts Angeborenes, sondern entsteht im Kontakt mit der Natur, mit dem wahren Leben. Genau deswegen ist der heutige Mensch der schwächste, der am meisten belogene Mensch. In keiner Epoche, nicht einmal in der Steinzeit war ein Mensch so hilflos, so aufgeschmissen und versklavt. Die Menschheit braucht Hilfe wie nie zuvor. Ach, komm schon, unterbrach der Brillenträger, als ob es zuvor nie der Fall gewesen wäre, dass die Menschen den Grausamkeiten anderer Mitmenschen ausgesetzt waren und Hilfe brauchten. Doch Mamao dazu, wenn man Zeit und Raum auf der Handfläche hätte um sich die ganze vergangene Geschichte der Menschheit angucken zu können, würde man für jeden Scheiß eine Begründung, eine Norm finden, doch die allgemeine Einstellung des modernen Menschen der Natur, der Umwelt und den Mitmenschen gegenüber sei schon von vorneherein abnormal. Es gäbe keinen Inhalt und keine Zukunft um sie herum, sondern nur noch Leere. Genau deswegen würde er Gioland und seinesgleichen großziehen. Der Typ aber protestiert, wir seien doch bloß ein alkohol- und drogenabhängiges Pack. Doch Mamao erklärt, dass wir noch jung seien und später würden wir selbst darauf kommen, dass es alles nur unnützer Scheiß war und alle Rauschmittel von selbst absetzen. Alles woran es uns mangeln würde, wäre Bildung, doch auch das würden wir bald einsehen und das ändern. Dafür haben sie das Allerwichtigste schon begriffen, sagte Mamao, und zwar, dass das Ziel menschlichen Daseins Liebe und Nachhaltigkeit ist und sie werden genau diesem Ziel folgen, wenn sie erwachsen sind. Merk dir bitte, solange die Anderen ihre Köpfe, wie die Straußvögel in den Sand, in die virtuelle Welt stecken, werden diese Jungs aufstehen und die Hauptwerte der Menschheit verteidigen und weißt du warum, weil sie sie lieben uns schätzen werden. Alles was ich mache, ich erziehe sie zu freien Menschen. Das war's.

Ich stand immer noch da, hörte zu und dachte daran, plötzlich aus der Kabine hinauszuspringen und sie zu überraschen, doch Mamao würde ich nicht in Verlegenheit bringen. Ich war erstaunt darüber, wie er von uns sprach. Gott weiß, ich werde meine Finger niemals von Alkohol und Drogen lassen und Bildung brauch ich auch nicht, bin ja schon ziemlich gescheit, aber sonst...stimmte doch alles, oder? Und ich habe versucht, euch diesen Dialog möglichst originalgetreu wiederzugeben.

So lag ich auf der Karussellbank und dachte, sollte mich der bebrillte Typ hier sehen, mit Absperrband umwickelt, würde er bestimmt etwas Symbolisches darin sehen und sich freuen. Gefährliche Ansichten, Mann! Dabei tue ich keiner Ameise etwas zuleide und wenn es mir zufällig doch passiert, dann tut es mir ehrlich leid.

In dieser Nacht schlief ich tief und gut, am nächsten Tag wachte ich total erfroren auf. Am Vorabend hatte ich keinen Schluck Schnaps getrunken und außerdem sind die Nächte schon kühl. Üblicherweise verlassen wir die Karussellgegend Anfang Oktober, um anderswo zu überwintern wie die Zugvögel. Wo wir die kalten Winternächte verbringen erwähnte ich schon. Ich stand auf, schaute mir das Karussell nochmal genau an, dann roch ich daran, um es besser in Erinnerung zu behalten, strich mit der Hand drüber, dann drehte ich um und verließ den Park, ohne mich noch einmal umzuschauen. Eine Zeitlang ging ich die kleinen Strassen entlang. Unterwegs kaufte ich frischgebackenes Holzofenbrot, Schnaps, Zitronen und ohne einen Cent in der Tasche ging ich zu der Brücke von Poseidon, damit ich in Ruhe etwas essen und trinken könnte. Dort unten war keine Menschenseele zu sehen, nur eine glühende Zigarette leuchtete in der Dunkelheit. Um auf die Brücke zu kommen, muss man erst durch eine stockdunkle Unterführung. Ab und zu sieht man die Glut einer Zigarette, die nichts Gutes verspricht. Das ist der Grund, warum die armen Leute von drüben Herzrasen bekommen und sich nicht mehr in die Unterführung hineinwagen, sondern oben über die Autostraße rennen um auf diese Weise ihre Leben zu gefährden. Wir, die Leute vom anderen Ufer wissen sehr wohl, was hinter dieser Glut steckt. Um diese Uhrzeit steht und raucht dort das ungefährlichste Wesen im Sonnensystem, die transsexuelle Sasu, die ich am Anfang wirklich für eine Frau hielt, doch dann warnten mich die Jungs – Gott sei Dank gerade noch rechtzeitig. Sie steht dort und wartet auf Kundschaft. Sollte sie sich auf der Straße zeigen, wäre es so, als ob Godzilla aus dem Gully steigen würde. Du kennst diesen Film, oder? Busen hat sie wie Pamela Anderson, aber mit der Stimme konnte sie nichts machen. Sie klingt immer noch wie ein kettenrauchender Pirat.

Ich habe Sasu ein halbes Brot abgegeben, fand eine Bank, ließ mich nieder. Ich aß, trank und dachte an Poseidon. Er hat diesen stinkenden Fluss so geliebt, er ist bestimmt hiergeblieben. Vielleicht ist er ein Wassergeist oder eine Nixe geworden. Nein, Nixen sind ausschließlich Frauen. Ich betrank mich, wurde auch satt und hatte etwas bessere Laune, so zog ich meine Mundharmonika heraus und fing an einen Tune zu spielen, den Nea am meisten mochte. Auf einmal wollte ich auf die Hauptallee gehen. Wenn man nach Wodka stinkt, ist es am sichersten, auf der Allee herumzuspazieren. Gehe im Zickzack, bitte schön, es wird dir sowieso kein Zusammenstoß passieren. Alle weichen dir von selbst aus. Ich stank zusätzlich nach Schweiß, sprich – ich war doppelt abgesichert.

Ich gehe die Allee entlang. Ich will zu Mamao. Unterwegs glotze ich die Passanten an, die wirken, als würden sie von einem Fliessband vorwärtsbewegt. Die Meisten kehren, so mein Bauchgefühl, aus dem Facebook zurück, oder sie schweben dahin. Eine echte Zuckerberg-Armee. Schade, dass es so still ist. Ich höre keine Musik mehr. Habe ich nicht vorhin von meiner Angewohnheit erzählt, Menschen Musik zuzuordnen. Der Straßenlärm ist mir egal. Ich verdränge ihn leicht. Was mich wundert ist, dass nur sehr, sehr selten einer der Passanten einen Tune mitbringt und wenn, dann jedoch kaum vernehmbar. Dafür höre ich, wenn ich ihnen in Gruppen begegne, ein belästigend monotones, langweiliges und sinnloses Techno und zwar so laut, dass es mir beinahe das Trommelfell zerfetzt; die Musik, die ich richtig hasse, Mann!

Mittlerweile bin ich bei dem Denkmal von unseren Kumpels, zweier mit den Mänteln bekleideten Herren. Ich zwinkerte ihnen zu und stieg in die Straßenunterführung hinunter. Auf der anderen Seite steht meine Kirche. Ich werde erst an ihr vorbei und dann die winzigen, engen Gassen entlanglaufen, um zu Poseidons Fluss zu kommen, und von dort ist es nicht mehr weit zu Mamaos Bar, dem geistlichen Seminarium für das andere Ufer. Meine Leute sitzen bestimmt schon dort und warten auf mich.

Schon auf der Treppe hörte ich die Gitarre und freute mich. Sicher würde ich jemanden von uns treffen. Ich habe die Leute von unter der Brücke gut zwei Monate lang nicht mehr gesehen. Es waren Fremde, Teenager, etwa sechszehn bis siebzehn Jahre alt. Zwei von ihnen lehnten an der Wand und spielten. Verstärker haben sie nicht, trotzdem gab es an ihrer Mucke nichts auszusetzen. Etwas abseits legte ich meinen Rucksack ab, setzte mich darauf und zündete mir eine Zigarette an.

Ich sehe ihnen zu, Brüdergrimms und fühle mich wie bedeppert: waschechte Gioland und Alexander. Ich und Alex, kapierst du, Alter? Wir sehen bloß etwas besser aus. Kurz und gut, Gio und Alex am Beginn ihrer Karriere stehen nun vor mir und spielen, genauso schüchtern, mit gesenkten Köpfen. Ab und zu spucken sie aus lauter Nervosität. Und ich starre sie an wie ein alter Mann, liebkose sie mit meinen Blicken und denke: Wer seid ihr, Jungs? Was macht ihr hier? Seid ihr eurem AIDS davongelaufen oder wollt ihr euch bloß etwas Spaß und Abwechslung gönnen? Und wenn sie doch meinesgleichen sind, mein Fleisch und Blut, wie werden sie auf dem anderen Ufer klarkommen, wie werden sie die Kälte ertragen, den Hunger. Wo werden sie ihren Mamao, ihren Poseidon, ihren Markus und Nea treffen. Werden ihre Roma die gleichen Augen haben wie die meinen? Welcher Dimitros wird sie in seinem Zelt aufnehmen, um ihnen die ganze Wahrheit zu erzählen; die ganze Wahrheit über Schakale, die nachts zum Salzschlecken ans Bachufer schleichen. Ob sie wie ich einen mit Helium gefüllten Ballon brauchen werden, der mir, an Neas Rucksack angebunden, als Kompass dient, damit ich den richtigen Weg nicht verfehle. Ob sie kapieren werden, dass der einzig richtige Weg eben zum Herzen führt und alles andere ist nur Quatsch und Narretei. Bloß kein Tod, lieber Gott, sie sollten dem Tod nicht begegnen, weder eines Menschen noch eines Hundes.

Ich stand auf und nahm meinen Rucksack. Geld hatte ich nicht, also warf ich ihnen meine Zigarettenschachtel ins Gitarrenetui. Ich bin sicher, sie werden sich darüber freuen, besonders über diese drei mit dem Zusatzstoff.

Ich schlendere durch die Gegend wie ein Gespenst. Die Brücke, Mamao, Alex, ja, sogar mein Brolander Alex sind mir scheißegal.

Weise Leute nennen es Frustration, glaube ich. Keine Ahnung. Ich fühle mich total am Ende. Ziemlich lang glaubte ich, dass es einem schlimmer als drüben nicht gehen könnte und da lag ich falsch. Ich verschlafe fast den ganzen Tag in der Wohnung von Hacker, dann gehe ich in Mamaos Bar und wir spielen. Die Bar ist knallvoll von Leuten. Manche kommen sogar mit Kameras und schießen Fotos von uns. Es hat mich so angekotzt, dass ich lieber alleine in den Unterführungen spielte und genug Geld für mich allein verdiente. Am Anfang waren auch Alex und Tschuj bei mir, doch ich merkte, dass sie lieber in der Bar aufgetreten wären. Tschuj liebte den Applaus und Alex möchte für Lada sorgen. Vielleicht gehen unsere Wege deswegen etwas auseinander. Anscheinend hat Alex seine Mauer schon gefunden und von nun an wird es ihm nur noch gut gehen. Also sagte ich, dass ich lieber alleine spielen würde und habe sie zurück in die Bar geschickt. Sie gingen, weil es bei uns nicht üblich ist einander zu viele Fragen zu stellen. Im Grunde genommen es ist mir scheißegal, was hier üblich und was nicht üblich ist. Ich gehe selber jedem auf den Geist, indem ich ihnen immer wieder die gleichen Fragen stelle: Wo ist Markus? Wo ist Nea? Warum sind sie auf einmal verschwunden? Sind meine Nächsten in Sicherheit? Scheiße, denke ich, meine Nächsten! Wo ich nicht mal ihre echten Namen kenne. Vielleicht heißen sie nicht Markus und Nea, sondern Kaikhosru und Lamara. Wenn ich mich nicht irre, Nea heißt wirklich Nea und Markus, wie soll er sonst heißen. Er ist eben Markus, mein Kumpel und Kaiser aller Lagerfeuer. Und ich? Wie ich drüben hieß, weiß selbst ich nicht mehr und will es auch nicht wissen. Ich bin Gioland und werde als Gioland verrecken. Ich schlendere durch die Gegend und merke, dass ich mich nüchtern viel besser fühle als betrunken und bekifft. Ich habe die Schnauze voll und es kann nur das Zeichen des baldigen Todes sein, warum sonst sollte jemand die Schnauze voll von Alkohol und Drogen haben.

Ich ertappe mich dabei, dass ich immer öfter an die weiße Garde denke. Wäre es nicht besser auf sie zu hören und aus diesem Scheißland abzudampfen, wo mich alles an Nea erinnert. Eine andere Taste können wir leicht finden. Auf diesem Ufer gibt es genügend Tasten. Und die Flöte muss nicht unbedingt sein. Wir kommen auch ohne Flöte klar. Solche geschäftlichen Gedanken gehen mir ab und zu mal durch den Kopf und es hilft mir. Diese Gedanken helfen mir auf dem Boden zu bleiben. Sie trocknen mich innerlich aus, doch sie verdrängen andere Gedanken und ich leide weniger.

Alles andere läuft wie gewohnt. Solange ich alleine unterwegs bin, leben Meinesgleichen, die alten wie die neuen, so wie immer. Manche halten es nicht aus und verschwinden. Manche bleiben. In letzter Zeit haben sie ein gemeinsames Hobby und zwar die Poesie. Es ist schon mal passiert, dass der eine oder andere etwas in seinem Notizbuch kritzelte, aber jetzt entfachen sie ein Riesenfeuer, setzen sich drumrum und sagen idiotische Verse laut auf. Ich setze mich auch zu ihnen und höre zu. So kann man auch die Zeit totschlagen.

Ach, ja, bei den Poeten fällt mir ein, dass auch der Schreiber sich nicht mehr blicken lässt. Ich habe keine Ahnung wo er steckt. Mamao hat mal erzählt, dass er ein Buch geschrieben hat, das drüben groß rauskam. Ab und zu ruft er in der Bar an und das war's. Einmal hat Mamao uns alle vor der Glotze versammelt, es sollte im Fernsehen ein Programm mit dem Schreiber kommen. Die Bar war knallvoll. Wer auf dem Fußboden und an den Wänden keinen Platz gefunden hat, der steckte seinen Kopf in die Fenster rein und wir saßen alle einander auf dem Schoß, so wenig Platz hatten wir. Egal wo er sich nun aufhielt, war der Schreiber halt einer von uns und wir hatten ihn gern. Ich denke bloß daran, wie sie ihn wohl rumgekriegt haben, ins Studio zu kommen. Entweder hat die Moderatorin ihm eine Zisterne mit Wodka geschenkt, oder aber... Nichts aber, ich sehe es ja. Sie ist total sexy und einen extra kurzen Rock trägt sie auch noch. Was will der Schreiber mehr? Wir glotzen in Mamaos überdimensionalen Fernseher, trinken, rauchen. Erst labert die Moderatorin selbst und hat einen uns Unbekannten bei sich im Studio sitzen. Später sagt sie den Schreiber an und sieh mal einer an, da kommt ein Anzugträger ins Studio, glattrasiert, mit leicht sichtbarem Ansatz eines Doppelkinns und überhaupt, wie aus dem Ei gepellt. Unser Schreiber, Mann, den wir nie anders als in einem dreckigen Mantel und mit zerzaustem Bart und Haar kannten. Zunächst waren die in der Bar Versammelten mucksmäuschenstill und dann auf einmal buhten alle den Schreiber aus. Plötzlich hat Mamao seine Hundertwattstimme zur Geltung gebracht und befohlen, jeder sollte ganz einfach die Schnauze halten. Der Schreiber ging auf die Bühne, setzte sich in den Sessel und schlug die Beine übereinander. Die Leute im Studio haben ihn auch mit lauten Rufen und Pfeifen empfangen, doch der Schreiber machte sich nichts daraus, saß entspannt da und glotzte die Beine der Moderatorin an. Seine Backen waren rot und seine Nasenspitze weiß, was für mich nur eines bedeuten konnte: Der Schreiber war betrunken. Mittlerweile hat die Moderatorin auch die anderen ins Studio eingeführt, Frauen und Männer verschiedenen Alters, hat sie als Mitglieder einer mir völlig unbekannten Vereinigung vorgestellt und schon war der Teufel los. Alle fingen an lebhaft miteinander zu diskutieren. Alle außer dem Schreiber. Er saß nach wie vor da und meldete sich nicht. Dafür fielen sich die anderen ins Wort, machten das Buch vom Schreiber zunichte, gossen dem Autoren eimerweise Dreck über den Kopf und zwar mit einer solchen Wut und Hass, dass sie ihn, da bin ich mir sicher, auch echt zusammengeschlagen hätten, wenn die Moderatorin nicht dort gewesen wäre – unsere Brüder-Fanatiker mit ihren Bärten, mit traurigen, müden Augen, mit einer Falte der Verbitterung im Mundwinkel und mit hochpatriotischen Sprüchen. Genau wegen dieses Habitus' und der leidenschaftlichen Reden schienen sie so überzeugend, dass sogar ich mich mit Schwert und Schild bewaffnet hätte und ihnen gefolgt wäre, wenn sie mich gerufen hätten. Der Schreiber dagegen machte zwar einen entspannten Eindruck, doch sah in Wirklichkeit ziemlich bedauernswert aus, wie er da saß in seinem teuren Anzug und mit schwacher, piepsender Stimme seine Kommentare abgab – und überhaupt war er irgendwie zum Kotzen. Für so einen zum Philosophieren neigenden Typen wie mich war es besonders unterhaltsam, den Schreiber und die Fanatiker im gleichen Rechteck zu betrachten. Mamao hatte schon recht. Wenn man dafür kein Gespür besaß, könnte man den Schreiber für ein verlogenes Arschloch halten und die Fanatiker für wahre Helden. Was mich jedoch am meisten enttäuschte war, dass jemand, der ihn nicht kannte, nie im Leben vermuten würde, dass der verschreckte Typ, der mit eingezogenem

Schwanz und lächerlichem Anzug im Sessel saß und zum Heulen unnatürlich aussah, einer war, der nach Zigaretten, Schnaps und Schweiß stinkend ohne Isomatte mit seinen Kumpels unter freiem Himmel übernachten konnte. Ich und mein Hund wussten es jedoch ganz genau: Egal wie durchgeknallt, war der Schreiber doch ein weiser Mann.

Die Fanatiker treten weiter auf ihn ein. Manche machen es auf vornehme Weise, betonend, dass dieses Buch ein Gipfel der Pornographie und Verdorbenheit sei und ein Literat sich niemals erlauben würde, so etwas zu schreiben. Die Bärtigen gehen ihm direkt an die Gurgel: Was für ein Beispiel er der Jugend gebe. Ob man einer mit diesen und jenen Werten erzogenen Gesellschaft so einen Schund anbieten dürfe. Er würde damit seine Heimat verraten. Das letzte war dem Schreiber echt zu viel, er sprang auf und versuchte mit knallrotem Kopf, den Fanatikern zu widersprechen, konnte aber vor lauter Aufregung nicht richtig artikulieren. Seine Gegner nutzten die Gelegenheit und droschen erst recht auf ihn ein. Ich, Brüdergrimms, halte solche Diskussionen überhaupt für etwas komplett Überflüssiges und zwar nicht nur in der Öffentlichkeit, sondern egal wo, vom Olymp bis zu den Kerkern. Da kommt ein Sprechender nicht gleich auf das richtige Wort und schon wird er von seinen in der Psychologie bewanderten Opponenten wie von Raubtieren überfallen und schon ist es um ihn geschehen. Die anderen hingegen halten sich für totale Sieger. Sollte man nicht warten? Wer weiß, was dieser Mensch mitzuteilen hat. Gib ihm doch Zeit seine Argumente erstmal richtig zu formulieren. Was ich damit sagen wollte ist, dass wenn ein Mensch dem anderem nicht zuhören kann, dann ist er nichts wert. Begegnest du so einem, weiche ihm aus und gehe weiter. Wenn du keine Chance hast auszuweichen und dem Hirnficker ausgeliefert bist, dann gebe ich dir einen Rat: Stell dir mal vor, dass er auf seinem Kopf, tief bis zu den Schultern einen Eimer trägt. Er wird dich nicht mehr langweilen können; im Gegenteil, so ein Bild kann sogar für Unterhaltung sorgen.

Auf jeden Fall mache ich es immer so und der arme Schreiber kennt diese Methode anscheinend noch nicht. Kreidebleich im Gesicht sitzt er nun da und sagt immer wieder vor sich hin: Ich soll die Heimat verraten haben... Ich soll die Heimat verraten haben...

Mittlerweile sagte die Moderatorin die Pause für die Werbung an. Nach der Werbung war im Studio keine Spur von dem Schreiber mehr. Der Schreiber könnte übrigens die Adressen von Markus und Nea haben. Und in welchem Nebel ist der Schreiber selbst zu suchen? Vielleicht kann mir das Mamao sagen.

Alex und ich, wie früher nur Alex und ich gehen langsamen Schrittes die Straße entlang und ich freu mich, denn nicht weit von hier, in diesem Stadtviertel soll Markus wohnen. Ich habe mir doch auch geschworen, dass ich mich, wenn ich alt bin und keinen Bock mehr auf das Wanderleben habe, hier niederlassen werde. Ich meine, wenn ich alt bin kann ich es mir noch anders überlegen, aber jetzt plane ich, auf einem Dach ein gemütliches Zelt aufzuschlagen und dort zu leben, wie Carlson, der tagsüber mithilfe eines auf dem Rücken befestigten Propellers herumfliegt und sich abends vor sein Häuschen setzt, auf die Stadt niederschaut, Zimtwecken verschlingt und Marihuana pafft. Die Autorin hat uns zwar nichts von Marihuana verraten, aber meiner Meinung nach fehlte dem mit dem Propeller herumfliegenden Typen noch ein wichtiges Utensil und erst hier, auf dem anderen Ufer habe ich kapiert, was das sein könnte.

Was wollte ich gerade sagen? Ja, der Landkarte nach sollte Markus hier wohnen und in dieser Gegend bin ich wie ein Fisch im Wasser. Wo ich nicht hinschaue und lausche, höre ich Musik. Jeder hat hier seinen Tune, sogar Straßen, Laternen und Katzen. Einfache, ehrliche Leute sind hier zu Hause und die Typen, die sich für etwas Besseres halten, rümpfen zum Glück die Nase. Deshalb kann man sie hier auch fast nie antreffen. Kurzgefasst, es ist eine Gegend, wo ich keine Lust habe die Leute in die von drüben und Unsereinen einzuteilen. Im Umkreis eines Kilometers stehen die Kirchen verschiedener Konfessionen, Moschee und Synagoge und kommen einander nicht in die Quere. Sie respektieren sich und haben sich sogar gern. Leute jeder Hautfarbe und Weltanschauung sitzen friedlich zusammen in den Höfen, spielen Backgammon, trinken Tee und andere Getränke. Sie feiern gern und wenn sie streiten, dann nur light. Übrigens ist es idiotisch genug, einen Menschen schief anzugucken, bloß weil er eine andere Hautfarbe oder Konfession hat – von einem Konflikt ganz zu schweigen. So etwas kann nur ein ungebildeter, ein engstirniger Mensch anstellen, so glauben wir, ich und mein innerer Hund – und wenn ich nun anfange, mich darüber auszulassen, werde ich nie mit dem fertig, was ich erzählen wollte. Es fehlt mir so schon schwer, das Steuerrad gerade zu halten, damit ich nicht in fremden Gewässer segeln gehe – mit jedem Satz fällt mir etwas Neues ein und möchte sofort davon reden. Eine Seite dieses Stadtteils ist durch Poseidons Fluss von den anderen Vierteln abgegrenzt, auf der anderen durch einen Berg. Wenn man auf diesen Berg steigt, sieht man das ganze Quartier wie auf der Handfläche, Tag und Nacht. Tagsüber vom Berg niederschauend, merkt man, dass die Dächer der ganzen Stadt die gleiche graue Farbe haben, bloß in diesem Stadtviertel sind sie bunt. Nachts ist überall alles grell erleuchtet, und nur dieses Gebiet am Fuße des Berges schimmert hie und da dezent, wie ein schlummerndes Feuer, Markus' Feuer.

    Markus selbst sollte irgendwo hier sein. Ich gehe und blättere in Gedanken alle mir bekannten Atlanten der Physiognomie und Deduktion. Wo und wie wohnt Markus? Ist das ein Haus oder eher ein Zimmer? Er selbst ist doch fast durchsichtig wie aus Glas und ist auch auf der Musikhochschule gewesen… Wenn ich daran denke, sehe ich einen schwarzen Flügel und im Wind wehende Spitzengardinen. Ich folge meiner Imagination und mein inneres Auge sieht viel mehr: Einen riesigen Kristalllüster und einen blankgeputzten, glänzenden Parkettboden. Ich bin überzeugt, dass so ein Typ wie Markus nur in so einer Umgebung zu Hause sein kann.

    Nun biegen wir in eine enge, mit Kopfstein ausgepflasterte Straße ab, laufen bergauf und wenn der Plan des Schreibers stimmt, dann sollte uns der bogenförmige Hofeingang zu Markus führen. Wir gehen rein und sind nun in einem winzigen Hof, wo man vor lauter zwischen den Balkonen gespannten Wäscheleinen keinen Himmel mehr sehen kann. Es ist laut. Es laufen gleichzeitig viele Fernseherapparate. Die Menschen reden und zwar in den verschiedensten Sprachen. Kurz und gut, es ist ein gewöhnlicher, cooler italienischer Hof, mit Wasserhahn in der Mitte und einem uralten Auto, das anstatt auf Reifen auf Ziegelsteinen steht. Am Wasserhahn steht eine alte Frau mit einem Zuber und wäscht die Wäsche. Um sie herum spielen Kinder – schwarze, weiße und schwarzweiße und alle spindeldürr. Ich schaue mich um und denke, welche der Wohnungen würde wohl zu Markus passen. Mittlerweile ist Alex bei der Frau angelangt und fragt, wo Markus, unser Bro und Kaiser aller Lagerfeuer wohnen würde. Die Frau sagte, sie wüsste es nicht. Dann nannte Alex ihr den Nachnamen, den uns der Schreiber aufgeschrieben hatte und auf einmal wurde es totenstill im Hof. Radio und Fernseherapparate wurden stumm und sogar die herumstreunende Katze blieb stehen und guckte uns erstaunt an. Geradeaus, sagte die Frau und wir merken, dass von oben etwa einhundertzwanzig Köpfe auf uns herabschauen und wir hören nur noch reges Geflüster. Bloß die Kinder achten nicht auf uns und rennen um den Wasserhahn. Die Kinder sind cool. Ich liebe die Kinder. Die Frau am Wasserhahn schaut uns nicht mehr an und zeigt mit der Hand auch keine Richtung an. Na, sei klug und finde heraus, was sie in einem runden Hof mit „Geradeaus" meint.

Wir gingen zu einer verglasten Loggia und ich denke, wir taten das Richtige, denn die Frau aus dem Hof rief uns zu, wir sollten bloß das Licht nicht anmachen, sonst wären wir selber schuld. Wie bitte? Liebe Frau, was soll das Ganze? Wir sind hier, um unseren Kumpel zu besuchen. Ich rege mich auf, weil ich weiß, dass man hier wie überall in der Stadt lieber eine Kugel in den Kopf bekommen würde, als einen Aidskranken in seiner Nähe zu dulden. Ich weiß und verstehe es sogar. Man hat Angst und wenn man Angst hat, wird sogar der coolste Typ zu einem erbarmungslosen Arschloch. Trotzdem hat mich so eine Wut gepackt, dass ich beinahe den ganzen Hof anbrüllte, dass sie über Markus, einem über dem Wasser schreitenden Mann leben würden, mit dem ich vier Jahre lang aus einer Schüssel gegessen, bei klirrender Kälte nah an ihn gekuschelt in Unterführungen geschlafen hatte – und noch hundert Jahre das Gleiche tun und mir nichts holen würde, auch wenn er an allen ansteckenden Krankheiten der Welt litte.

Im Gegenteil, ich schwöre bei Neas Leben, er spendete mir Mut und Zuversicht.

Ich gehe durch diese verglaste Loggia und ich scheiße auf alle meine Atlanten, ich schwöre, ich würde mich nicht mehr Gioland nennen und meinen inneren Hund würde ich auch eigenhändig erwürgen, bloß, wenn mir jemand sagen würde, dass wir uns im Weg geirrt haben, dass hier kein Markusaurelius lebte, dass ich mir alles eingebildet habe. Herr Gott, schick uns jemanden, der sich uns in den Weg stellt und aus diesem Hof hinausjagt. Am Ende der Loggia gingen wir durch eine offene Tür und stiegen Treppenstufen hinab, ohne Licht anzumachen. Dieser beschissene Kerker nötigte uns dazu, mit gesenktem Kopf hinabzusteigen und mit einer Menge Schrott, alten Möbeln und Kisten zusammenzustoßen, bis wir zu Markus gelangten. Wo bist du, Markus? – flüstere ich und knipse mit dem Feuerzeug, um ein kleines Bild der Umgebung zu erhaschen. Ich knipse und warte, dass der Kerker sich vor mir öffnen und das Gesehene mich zerschmettern wird – mitsamt meiner Hoffnung der im Wind wehenden Spitzengardinen.

Wo bist du verschwunden, Mann, Markusaurelius? – fragt diesmal Alex und schaut dorthin, wo er etwas Licht vermutet, wo Lada steht, seine Mauer. Alles andere möchte er nicht sehen, denn er hat Angst und ich verstehe ihn nur zu gut. Und ich? Wo bleibt meine Mauer, mein Feuer, der auf dem alten Sofa liegt, unrasiert und mit eingefallenen Wangen. Stirbt meine Mauer. Zerbröselt. Und ich weiß nicht, was ich dagegen unternehmen soll, verdammt noch mal!

Sorry, Bro, hab bloß einen Stuhl gesucht, entschuldige ich mich, weil ich wieder etwas umgestoßen habe und versuche, mir den Gestank nach Medikamenten und Urin zu merken, der den Kerker füllt. Wir setzen uns auf Kisten. Es ist stockdunkel und Markus krächzt und gibt, immer wieder hüstelnd, verschiedene Anweisungen: Man sollte ihm etwas reichen, etwas heraustragen, etwas wegschütten. Das Licht anzumachen erlaubt er uns nicht und ich bin auch nicht so scharf darauf. Ich möchte ihn nicht sehen. Wir bewegen uns tastend, stoßen immer wieder etwas um und jedes Mal, da ich wieder einen Krach verursache, ducke ich mich zusammen, fühle mich schuldig dem Zimmer oder besser gesagt dem Kerker gegenüber. Gott sei Dank kommt die Frau, die vorher am Wasserhahn gewaschen hat, herein. Bewegt sich im Dunkeln laut- und wortlos. Sie sei eine Verwandte von ihm, Oma oder Tante. Ich habe mich als kleinliches Arschloch entpuppt, Brüdergrimms. Ich halte es hier nicht mehr aus und will gehen, fliehen wie ein Feigling. Ich will nicht bei Markus sein, verfickt noch mal, ich will es nicht!

Auf einmal kam jemand die Treppe runter und stellte sich neben mich. Eine Zeitlang schwieg ich, zur Salzsäule erstarrt, dann murmelte ich: Du bist es, Nea! Sogar in diesem wirren Zustand kapierte ich, wie sicher und lautlos wie ein Geist Nea in den Raum schlich. Sie hat nichts umgestoßen. Sie muss den Kerker auswendig gelernt haben und plötzlich kriegte ich Angst vor mir selbst. Ich hasse alles, vor allem diesen verfickten Alten, der sich als Markus ausgab und lauthals krähte, röchelte, hustete und sabberte. Ich hasse den stinkenden Kerker, Alex, mich selbst und hatte Lust aufzustehen und alles um mich herum zusammenzuschlagen; den ganzen Hof und den ganzen Scheißplaneten. Meine Hände zitterten und ich war sicher, ich hätte die Kraft dazu gefunden, es genauso zu tun.

Markus spricht und kichert und krächzt ununterbrochen. Ich höre nicht zu. Ich verdränge seine Stimme. Plötzlich in der Stille, wo man bloß das Zirpen der Zikaden oder das Knarren des von unsichtbaren Typen angeschubsten Karussells vernehmen kann, fragt mich mein Fleisch und Blut, vorsichtig und liebevoll mit seinem kindlichen Stimmchen: Gio, du bist in Nea verliebt, oder? Und bläst mir eine Schnapsfahne ins Gesicht.

– Gio, liebst du Nea, liebst du sie doch... Gio, du liebst Nea, nicht wahr, fragt mich die perfide, krächzende Stimme eines mir unbekannten Alten. Lasst mich doch in Ruhe, Mann! Du und überhaupt alle! Meine Augen füllen sich mit Tränen.

– Ja, ich liebe sie, Markus!
– Und? Hast du keine Angst, Gio? – fragt der Alte.
Ich bin irritiert.
– Wovon soll ich denn Angst haben, Markus?
– Sie könnte dich anstecken, Gioland. Mit AIDS anstecken. Hast du keine Angst? Und er lacht, lacht hysterisch, röchelt, schnappt

nach Luft, es steigt ein Pfeifen auf aus seinem Inneren und dann lacht er wieder.

Er beruhigt sich und ich höre Nea mit zitternder Stimme leise flüsternd: „Markus, du Arschloch! Du Arschloch!" Daraufhin rennt sie die Treppe hoch, Alex hinter ihr her.

Ist sie nicht verrückt, Gio? Was hat sie so beleidigt, weißt du es vielleicht? – fragt er mit gespielter Verwunderung und fasst meine Hand.

Ich denke, dass ich ihn auf der Stelle kalt machen soll, Markus, meine ich. Nein, ich muss diesen bösen und perfiden Typen kalt machen und nicht Markus. Es ist mir egal wer er auch ist. Ich saß und dachte, ob ich ihn mit dem Kissen ersticken sollte oder lieber mit etwas Schwerem erschlagen. So dachte ich, bis mir klar wurde, dass Markus schon lange tot war.

Ich stand auf und ging zur Treppe:

– Ich muss los, Markus.

– Wo, wo gehst du hin, Gio? – gierig, mit unerträglicher Neugierde fragte er mich und ich spürte, wie er die Decke wegstieß, wie er aufstand. Nein, nicht dieser vertrocknete Alte, sondern Markus. Der echte Markus, mein Markus stand auf, mit einem Schlag machte er alles weg, wie eine vergammelte Schale: den krächzenden Alten, den dunklen Kerker und den faustgroßen, flüsternden Hof – und er stellte sich neben mich, dieser mitten im Meer schreitende Mann, der für seine größte, seine längste Wanderung bereit war...

Ich antwortete nichts und rannte mit lautem Poltern die Treppe hoch, lief über dem Hof und stürzte durch den Torbogen ins Freie.

Ich glaube weder an das Paradies noch an die Hölle. Anderseits spüre ich, dass es unmöglich ist, dass jemand, den du kanntest, einfach so endet und erlischt und du glaubst, glaubst mit jeder Zelle deines Wesens, dass es mit seinem Leben irgendwo weiter geht und zwar so, wie es für ihn, einen Menschen oder einen Grashalm besser wäre. Sie gehen von uns und gehen in Ewigkeit. Und du, Bruder, wo gehst du hin, wer holt dich ab, wem wirst du auf deinem neuen Weg begegnen. Keine Ahnung. Ich weiß nur das eine, dass es dir gut gehen wird und auch jedem um dich und um dein Feuer herum. Ich bin schon neidisch auf deine neue Bande,

Bruder. Ich bin schon neidisch, Mann! Aber... Was, wenn du immer noch hier gebraucht wirst und bei uns bleibst. Was, wenn du zu einem unsichtbaren Typen bestimmt wirst, damit du uns von oben Streiche spielst und nervst. Poseidon und Rex lassen nicht zu, dass du dich langweilst. Ärgert uns so lange ihr wollt, geht bloß nicht allzu weit weg, bitte.

Lass euren neuen Aufenthaltsort Paradies heißen. Am Ende glaube ich noch daran. Doch die Hölle ist wirklich ein Quatsch und mich kann keiner vom Gegenteil überzeugen. Keiner hat vor, uns zu bestrafen und im Fegefeuer brutzeln zu lassen. Warum sollte man auch so weit suchen. Die Menschen können sich und einander schon hier, auf Erden das Leben zur Hölle machen. Ich habe Tausende getroffen, bei denen man denkt, wo und warum sie wohl weiterbestehen sollten. Die, wie Mamao zu sagen pflegt, all ihren Lebtag lang selbst leer und mit Leere umgeben sind. Das muss wirklich die Hölle sein und okay, an so eine Hölle glaube ich schon.

Benommen laufen ich und Alex die Hauptallee entlang. Das Fließband bewegt sich und ich stoße mal mit einem, mal mit dem anderen zusammen, aber es kümmert mich nicht. Ich denke an Markus. Es war alles gelogen. Atem und Puls haben in der Wirklichkeit gar keine Bedeutung. Man kann bei immer noch schlagendem Herzen schon tot sein und dich alleine lassen, ohne jemanden zu haben, bei dem du dir Wärme holen kannst, zu dem du immer wieder zurückkehrst. Nun haben sie meine einzige Stelle, meinen sicheren Hafen mit Baggern angegriffen. Und mein Herz? Mein Herz ist an Neas Rucksack befestigt.

Dieses Land bietet mir keinen Platz mehr, warum sollte ich also noch hierbleiben. Es ist immer noch Oktober, sprich, es ist immer noch nicht zu spät. Ich habe versucht, Alexander darauf anzusprechen, aber er wird ohne Lada nicht verreisen und es ist wesentlich einfacher, dieses Land mit einer Tasche voll Marihuana zu verlassen, als mit einem Kind. Man braucht tausende Unterlagen und du kannst niemandem erklären, dass Lada jedem scheißegal ist und niemanden hat außer Alex und mir. Niemand wird dir zuhören, wenn du den bürokratischen Ratten die gestempelten Papiere nicht in den Rachen steckst.

Die weiße Garde wird uns dabei helfen, Ladas Angelegenheit zu klären. Wenn nicht, dann werden wir es wohl selbst hinbekommen müssen. Ich glaube fest daran, dass, egal wie lange sie uns mit den Baggern umherjagen, immer der eine oder andere Platz für uns übrigbleibt – wie eine Oase in der grenzenlosen Wüste, und wir werden diese Oasen finden. Wir Karussellleute lassen uns nicht unterkriegen.

Wir werden gehen und jedem von dir und Dimitros erzählen, von Rex und Zigounerpaar, Poseidon, Mamau, dem Delphin und den Kindern von Sumo. Wir werden bezeugen, dass das Leben auch ohne den verfickten Masut und ohne virtuelle Welten gut möglich ist und gerade nebenan fließt; das Leben mit einem ganz anderen Gefühl für Zeit, Kälte und Wärme, Liebe und Schmerz. Wir werden eine mit Donnern und Sternen übersäte Gegend besingen, Bruder, wo ein Funke aus deinem Feuer mehr erzählen, ein Regentropfen mehr beinhalten kann, als alle Server und Winchester des Sonnensystems zusammen. Sollten wir mit dem Lied nichts erreichen, dann werden wir schreien, Markus. Dann wird der ganze Planet unser Gebrüll vernehmen! Das spüren wir, ich und mein innerer Hund: Bald wird es Zeit, die Zeit des lauten Gebrülls, unsere Zeit.

Was noch…Im Prinzip habe ich nichts mehr zu berichten und ehrlich gesagt, bin ich auch müde, sonst würde ich natürlich noch jahrelang erzählen. Ich habe auch vieles für mich behalten. Ein saucooler Typ sagt am Ende eines ganz tollen Buches, dass er, wenn er gewusst hätte, was für ein Abenteuer das Schreiben sei, niemals damit angefangen hätte. Ich bin auch so einer und weiß ganz genau, dass, wenn mein Bericht in die Hände von Idioten fallen sollte, sie mich wie meinen Kumpel, den Schreiber, für den Fähnrich der Narkomanie und für Schund halten werden und mich steinigen wollen. Sie werden mich nicht einholen und überhaupt, für mich ist es kein Problem; ich mag ja, wenn man mich verfolgt. Die Gebildeten und Gescheiten werden bestimmt den Schreibstil und Schimpfwörter bemeckern und die wirklich Weisen werden ihren Spaß daran haben. Sprich, jeder wird es so verstehen, wie er es möchte und eines möchte ich noch sagen: Mir ist es herzlich egal, wer was darüber denken wird. Ich bin kein Schriftsteller, was ich schon mehrmals beteuert habe. Ich kann die Großköpfe sowieso nicht leiden und mit dem Schreiber habe ich mich auch nur deswegen angefreundet, weil er auf dem anderen Ufer verkehrte. Was und wie er schreibt, ist mir völlig Latte. Wenn wir schon das Thema Schreiben auf der Tagesordnung haben, werde ich jetzt sagen, warum ich meine Abenteuer aufgeschrieben habe: Vor allem habe ich es aus Angst getan. Aus Angst davor, dass ich mich vor lauter Alkohol und Kiffen eines Tages an gar nichts mehr erinnern könnte. Es ist beruhigend, wenn man weiß, dass das alles schön aufgeschrieben irgendwo versteckt liegt. Das war der Hauptgrund und außerdem schrieb ich, weil ich weiß, dass es drüben Menschen gibt, die die gleiche Krankheit haben, unter der auch ich gelitten habe, bis ich auf das andere Ufer wechselte. Es gibt nichts Schlimmeres auf diesem Planeten, als das Gefühl der Befremdung. Wenn es um dich nichts gibt, was du dein Eigen nennen kannst und nicht kapierst, ob es an dir oder daran liegt, dass du von einer klaffenden Leere und Verlogenheit umgeben bist. Von solchen Menschen gibt es nicht gerade wenig und man denkt, dass es an einem selbst liegt; dass man derjenige ist, der spinnt und ich will, dass sie die Wahrheit erfahren. Es ist auch nicht sicher, dass du Zwergen, Mamaos und den Besitzern des großen Hundes begegnest. Oder aber du begegnest ihnen und merkst es nicht. Das ist es, womit man drüben die meisten Schwierigkeiten hat – mit der Fähigkeit des Sehens, des Bemerkens. Deshalb habe ich mir die Mühe gemacht, deshalb bin ich nachts am Computer der Hacker gesessen und habe anschließend diesen File in der Tiefe der Folder versteckt, um dich zu erreichen: Hier sind wir alle – keine Punks, keine Metaller, keine Hippies und überhaupt bloß Menschen. Doch man muss nicht nur drüben, sondern auch auf dem anderen Ufer irgendein Namensschild tragen. Deshalb heißen wir Karussellleute. Man hat uns so genannt, weil wir auf dem Karussell übernachteten. Wir sind da für dich, hörst du? Wir, Karussellleute sind da für dich, die Sichtbaren und die Unsichtbaren und zwar jeder Zeit, jeder Epoche. Du bist nicht fremd und wirst es auch nie sein, Bruder! Das, was ich den anderen zu sagen habe, kann ich auch mündlich mit drei einfachen Wörtern ausdrücken. Die Anderen können weiterhin auf diejenigen hören, die in der Glotze idiotische Sachen über uns erzählen und sich wie Papuas aufführen, die zum ersten Mal ein Feuerzeug in die Finger bekommen haben. Zu ihnen wird sich noch ein Pfaffe gesellen und herumsabbern, dass sie uns aus dem Dreck und Dunkelheit befreien sollten. Kapierst du, Alter? Sie sagen es über mein Heim, wo man die wahren Menschen, die reinsten Seelen treffen kann, wo eine Kippe mehr Licht abgibt, als tausend Kerzen von irgendwelchen eingeschüchterten, unterwürfigen Typen und überhaupt, sollte Gott noch einmal in Menschengestalt auf der Erde auftauchen, wird er sicher einer von uns, einer aus dem anderen Ufer sein.

Alles schön und gut, aber ich kann jetzt doch nicht einfach so aufhören. Weder habe ich von mir und Nea erzählt, noch ist mir Lust zum drauflos Labern vergangen. Dafür muss ich mich wieder ins Flachwasser begeben, denn ich habe mein Schiff nicht für die Tiefen gebaut. Um es nicht zu lange hinauszuzögern: Ich biete euch ein Finale an, das Finale der Finale.

Ich und Nea sitzen auf dem Baugerüst; *Charatschoebze.* Mir gefällt der Klang dieses Wortes. Es gibt auch noch ein Instrument, das Horototo[16] heißt und ein Musikinstrument als Horototo zu benennen kann nur eine Nation auf Erden – ein Land, das ich abgöttisch liebe und das mir gleichermaßen egal ist. Es ist mir egal, weil ich ihm nicht helfen kann, weil ihm nicht mehr zu helfen ist. Es ist mir egal, wie egal mir der sterbende Markus war, dem ich nicht mehr helfen konnte.

Wir sitzen also auf dem Baugerüst, ich und Nea. Nea sitzt zwischen meinen Beinen, ihren Rücken an mich gelehnt. Ich konnte mir nicht vorstellen, dass es möglich wäre, eine größere Angst zu bekommen, als vor den Glöckchen des Androiden und vor Fanatikern. Ich konnte mir auch nicht vorstellen, dass ich ohne den mit Helium gefüllten Ballon so ein Feigling sein würde. Ich habe buchstäblich gezittert, als nach Markus' Tod auch Nea verschwand. Im Prinzip wäre doch alles logisch gewesen: Nea war Markus' Freun-

---

[16] Horototo – Blashorn aus Messing, etwa 1,5-2 m lang. Ähnlich dem Alphorn.

din und wenn er nicht mehr da war, so müsste sie sich auch nicht mehr mit uns abgeben. Was weiß ich, vielleicht hatte sie die Nase voll von unseren Abenteuern und hat ein Tattoo-Studio gefunden. Es sind mehrere ausgestiegen und das war auch in Ordnung so. Wenn sie so dasitzt, bin ich mir ziemlich sicher, dass ihr Kopf der einzige Kopf ist, den ich sogar morgens und nüchtern gerne auf meinem Kissen sehen würde. Gibt es einen schlimmeren Fluch? Erstens sich ein Bett und ein Kissen zu wünschen und dann den gleichen Kopf darauf liegend und zwar tagein, tagaus. Das ist der größte Albtraum, den jemand vom anderen Ufer haben kann. Doch Nea hat meine ganze Weltanschauung mit einem Schlag zerschmettert. Ich wünsche mir, dass es sie ist, die in meinem Bett aufwacht und wenn sie das tut, dann kann sie meinetwegen sogar Papilotten im Haar haben.

Du kannst dir schon vorstellen, wie ich drauf war, als sie eines Tages verschwand. Ich war schon bereit, über alle sieben Berge und sieben Meere zu gehen, um sie zu suchen. Und nun sitzen wir hier, schön aneinander gekuschelt und warten auf den Sonnenaufgang. Vom Baugerüst aus ist das besonders schön anzusehen. Erst sind es die vielen Farben, die den Horizont färben. Dann glänzt es und schimmert, als ob dort jemand eine Menge Lametta ausgebreitet hätte. Diesmal habe ich Nea wieder hierhergebracht und es ist wie in den Hollywoodschnulzen: Da sitzt ein junges Mädchen, das von einem jungen Mann umarmt wird – und am Horizont geht die Sonne auf. Morgen oder übermorgen verlassen wir dieses Land mithilfe der Weißen Garde. Wir gehen alle zusammen: Ich, Nea, Alex, Lada und Tschuj und nun möchten wir unser Anwesen nochmal von oben betrachten. Nun fehlen nur noch Untertitel und ein Erzähler im Hintergrund: „Auch in Giolands Leben wehte der Wind, der plötzlich alles zum Besseren veränderte". Wäre es ein schlechter Film oder ein schlechtes Buch? Das lustigste daran ist, dass ich der Hauptheld dieses schlechten Films bin. Es ist ein großes Glück, dass Nea auch vom anderen Ufer ist. Dass wir uns umarmen, bedeutet nicht viel, weil wir es bei der Kälte ziemlich oft gemacht haben. Ich meine, vielleicht hat es für Nea keine große Bedeutung und ich will sie so sehr wissen lassen, dass sie das einzige Mädchen in der Galaxie ist, das ich mir nicht mal in meinen

Gedanken in allen Kamasutra-Positionen vorstelle. Ich kenne sie so lange und habe niemals etwas auch nur annähernd Ähnliches über sie gedacht. Nein, ich verbiete es mir nicht. Ich muss mir nicht erklären, dass so etwas nicht in Ordnung wäre. Ich habe nie das Bedürfnis gehabt, derartiges über Nea zu denken. Eines war schon von Anfang an da: Wenn sie in meiner Nähe war, kriegte ich Gänsehaut und Bauchweh. Ich müsste sie dafür gar nicht sehen. Das fühlte sich besser an als jeder Orgasmus. Am Anfang schämte ich mich, weil ich mich für krank hielt. Nun ist es mir egal und ich kann offen darüber reden.

Wir sitzen auf dem Baugerüst und Nea fragt: Gioland, woher kennst du solche Plätze? Mein Zauberstab fing an zu brennen und mir brach der kalte Schweiß aus. Weißt du noch, ich habe dir von Charlize erzählt, die es liebte, an den komischsten Plätzen Sex zu haben. Genau Charlize hat mich hierhergebracht. Ob sie den Platz selber fand oder von jemandem gezeigt bekommen hat, das weiß ich nicht. Ich konnte mich kaum mehr an diese Frau erinnern und wenn, dann kam diese Erinnerung als körperlicher Schmerz.

Na, woher? – wiederholt Nea die Frage. Ich kann ihr unmöglich von Charlize erzählen, also murmelte ich mit einer fremden Stimme: Keine Ahnung. Ich kenne sie halt.

Mein Zauberstab brennt weiter und ich muss etwas unternehmen; etwas, was mich nie mehr an Charlize und unsere gemeinsamen Abenteuer denken lässt. Mir nichts, dir nichts, wie man sagt, steckte ich meine Hand von oben in Neas Bluse und legte sie an Neas Brust – und erstarrte. Mein Herz schlug etwa eine Million siebenhundertzwölf Mal pro Minute. Hier, auf diesem Baugerüst wird sich mein Schicksal entscheiden. Nea ist nicht das Mädchen, das sich irgendeinen Dahergelaufenen ihre Brüste anfassen lässt und wenn sie mich nun beschimpft und aus dem Baugerüst herunterkickt, dann wird sich herausstellen, dass ich nicht der Typ war, für den ich mich hielt. Sollte dem so sein, soll sie mich auch herunterkicken, verdammt noch mal! Es sind zehn Minuten vergangen, dann zwanzig, vielleicht auch eine halbe Stunde. Ich warte und zähle die Minuten ab, um diese Unsicherheit, dieses Chaos, das in mir abläuft, irgendwie auszuhalten.

Auf einmal lehnt Nea ihren Kopf an meine Schulter und streichelt mich mit ihrer Wange. Meine Nea...

Was habe ich dafür getan? Womit habe ich dieses Glück verdient? Man wird doch nicht einfach so beschenkt, frage ich die unsichtbaren Typen. Man wird doch nicht belohnt, ohne etwas dafür getan zu haben. Ich liebe ihn, den dort oben, der mich mit einem Wohltäter verwechselt hat und mich so reichlich beschenkt hat. Er gab mir Nea und das Leben.

Nein. Es geht so nicht. Wir sitzen schon seit einer Stunde so und schweigen. Ich muss was sagen. Ich muss Nea etwas sagen. Etwas, das mir gerade durch den Kopf schießt, denn darüber darf man gar nicht lange nachdenken. Und ich sage, wenn ich aufgeregt bin, immer irgendeinen Scheiß.

Diesmal war es nicht anders und ich sagte:

Du hast ein Haar auf deiner rechten Brust, Nea!

Genau so mag ich aufzuwachen: Wenn du die Augen aufschlägst und eine Zeitlang keine Ahnung hast wo du dich befindest und genau dafür, genau für dieses Aufwachen lebst du wie du lebst – und nicht nur ich, sondern alle meine Leute, Karussellleute.